ZHONGGUO XIAOSHUO
100 QIANG

中国小说100强（1978—2022）

小阑干

付秀莹 著

北京联合出版公司
Beijing United Publishing Co.,Ltd.

图书在版编目（CIP）数据

小阑干 / 付秀莹著. -- 北京：北京联合出版公司，2023.9

（中国小说100强）

ISBN 978-7-5596-7104-2

Ⅰ.①小… Ⅱ.①付… Ⅲ.①长篇小说－中国－当代 Ⅳ.①I247.5

中国国家版本馆CIP数据核字(2023)第117946号

小阑干

作　　者：付秀莹
出 品 人：赵红仕
出版监制：张晓冬　范晓潮
责任编辑：肖　桓
特约编辑：和庚方　郭　漫
封面设计：武　一

北京联合出版公司出版
（北京市西城区德外大街83号楼9层　100088）
北京兴星伟业印刷有限公司印刷　新华书店经销
字数199千字　650毫米×920毫米　1/16　19.5印张
2023年9月第1版　2023年9月第1次印刷
ISBN 978-7-5596-7104-2
定价：58.00元

版权所有，侵权必究
未经书面许可，不得以任何方式转载、复制、翻印本书部分或全部内容。
本书若有质量问题，请与本公司图书销售中心联系调换。
电话：010-65868687

中国小说100强（1978—2022）丛书

编委会

丛书总策划

张　明　　著名出版人
张　英　　资深媒体人

编委主任

吴义勤　　中国作协副主席
　　　　　中国小说学会会长

编　委

吴义勤　　中国作协副主席、中国小说学会会长
宗仁发　　《作家》杂志主编
谢有顺　　中山大学教授、中国小说学会副会长
顾建平　　《小说选刊》副主编
张　英　　资深媒体人
文　欢　　作家、出版人

总 序

"中国小说100强"(1978—2022)是资深出版人张明先生和腾讯读书知名记者张英先生共同策划发起的一套大型文学丛书。他们邀请我和宗仁发、谢有顺、顾建平、文欢一起组成编委会,并特邀徐晨亮参与,经过认真研讨和多轮投票最终评定了100人的入选小说家目录。由于编委们大多都是长期在中国文学现场与中国文学一路同行的一线编辑、出版家、评论家和文学记者,可以说都是最专业的文学读者,因此,本套书对专业性的追求是理所当然的,编委们的个人趣味、审美爱好虽有不同,但对作家和文学本身的尊重、对小说艺术的尊重、对文学史和阅读史的尊重,决定了丛书编选的原则、方向和基本逻辑。

从文学史的角度来说,1978年以后开启的新时期文学是中国当代文学的黄金时代,不仅涌现了一批至今享誉世界的优秀作家,而且创造了许多脍炙人口的文学经典,并某种程度上改写了20世纪中国文学史的版图。而在中国新时期文学的经典家族中,小说和小说家无疑是艺术成就最高、影响力最大的部分。"中国小说100强"（1978—2022）就是试图将这个时期的具有经典性的小说家和中国小说的经典之作完整、系统地筛选和呈现出来，并以此构成对新时期文学史的某种回顾与重读、观察与评判。呈现在读者面前的这套丛书是对1978—2022年间中国当代小说发展历程的一次全面、系统的整体性回顾与检阅，是中国当代文学经典化的重要成果，从特定的角度集中展示了中国新时期文学在小说创作方面的巨大成就。需要说明的是，与1978—2022年新时期文学繁荣兴盛的局面相比，100位作家和100本书还远远不能涵盖中国当代小说的全貌，很多堪称经典的小说也许因为各种原因并未能进入。莫言、苏童、余华等作家本来都在编委投票评定的名单里，但因为他们已与某些出版社签下了专有出版合同，不允许其他出版社另出小说集，因而只能因不可抗原因而割爱，遗珠之憾实难避免，而且文学的审美本身也是多元的，我们的判断、评价、选择也许与有些读者的认知和判断是冲突的，但我们绝无把自己的标准强加于别人的意思。我们呈现的只是我们观察中国这个时期当代小说的一个角度、一种标准，我们坚持文学性、学术性、专业性、民间性，注重作家个体的生活体验、叙事能力和艺术功力，我们突破代际局限，老、中、青小说家都平等对待，王蒙、冯骥才、梁晓声、铁凝、阿来等名家名作蔚为大观，徐则臣、阿乙、弋舟、鲁敏、林森等新人新作也是目不暇接，我们特别关注文学的新生力量，尤其是近10年作品多次获国家大奖、市场人气爆棚的新生代小说家，我们禀持包容、开放、多元的审美立场，无论是专注用现实题材传达个人迥异驳杂人生经验、用心用情书写和表现时代精神的现实主义作家，还是执着于艺术探索和个体风格的实验性作家，在丛书里都是一视同仁。我们坚信我们是忠实于自己的艺术理想、艺术原则和艺术良心的，但我们并不认为自己的角度和标准是唯一的，我们期待并尊重各种各样的观察角度和文学判断。

当然，编选和出版"中国小说100强"（1978—2022）这套大型丛书，除了上述对文学史、小说史成就的整体呈现这一追求之外，我们还有更深远、更宏大的学术目标，那就是全力推进中国当代文学"经典化"的历程和"全民阅读·书香中国"建设。

从 1949 年发端的中国当代文学已经有了 70 多年的发展历程，但对这 70 多年文学的评价一直存在巨大的分歧，"极端的否定"与"极端的肯定"常常让我们看不到当代文学的真相。有人认为中国当代文学达到了前所未有的高度和水平。王蒙先生在法兰克福书展上就说：中国当代文学现在是有史以来最繁荣的时期。余秋雨、刘再复甚至认为中国当代文学的成就远远超过了现代文学。也有人极端否定中国当代文学，认为中国当代文学都是垃圾。他们认为现代文学要远远超过当代文学，中国当代文学连与现代文学比较的资格都没有。比如说，相对于鲁（迅）、郭（沫若）、茅（盾）、巴（金）、老（舍）、曹（禺）这样大师级的人物，中国当代作家都是渺小的侏儒，根本不能相提并论，两者比较就是对大师的亵渎。应该说，与对中国当代文学的肯定之声相比，对当代文学的否定和轻视显然更成气候、更为普遍也更有市场。尽管否定者各自的角度和出发点不同，但中国当代作家、作品与中外文学大师、文学经典之间不可比拟的巨大距离却是唱衰中国当代文学者的主要论据。这种判断通常沿着两个逻辑展开：一是对中外文学大师精神价值、道德价值和人格价值的夸大与拔高，对文学大师的不证自明的宗教化、神性化的崇拜。二是对文学经典的神秘化、神圣化、绝对化、空洞化的理解与阐释。在此，我们看到了一个非常有趣的悖论：当谈论经典作家和文学大师时我们总是仰视而崇拜，他们的局限我们要么视而不见要么宽容原谅，但当我们谈论身边作家和身边作品时，我们总是专注于其弱点和局限，反而对其优点视而不见。问题还不在于这种姿态本身的厚此薄彼与伦理偏见，而是这种姿态背后所蕴含的"当代虚无主义"。这种"虚无主义"的最大后果就是对当代作家作品"经典化"的阻滞，对当代文学经典化历程的阻隔与拖延。一方面，我们视当下作家作品为"无物",拒绝对其进行"经典化"的工作,另一方面又以早就完全"经典化"了的大师和经典来作为贬低当下泥沙俱下的文学现实的依据。这种不在同一个层面上的比较,不仅毫无意义,而且只能使得文学评价上的不公正以及各种偏激的怪论愈演愈烈。

其实,说中国当代文学如何不堪或如何优秀都没有说服力。关键是要进行"经典化"的工作,只有"经典化"的工作完成了才有可能比较客观地对当代的作家作品形成文学史的判断。对当代的"经典化"不是对过往经典、大师的否定,也不是对当代文学唱赞歌,而是要建立一个既立足文学史又与时俱进并与当代文学发展同步的认识评价体系和筛选体系。当然,我们也要承认,"经典化"问题是一个非常复杂的问题,并不是凭热情和冲动一下子就能完成的,但我们至少应该完成认识论上的"转变"并真正启动这样一个"过程"。

现在媒体上流行一些对于中国当代文学经典化冷嘲热讽的稀奇古怪的言论,其核心一是否定中国当代文学有经典、有大师,其二是否定批评界、学术界有关"经典化"的主张,认为在一个无经典的时代,"经典"是怎么"化"也"化"不出来的,"经典化"是一个实实在在的"伪命题"。其实,对于文学,每个人有不同的判断、不同的理解这很正常,每一种观点也都值得尊重。但是,在"经典"和"经典化"这个问题上,我却不能不说,上述观点存在对"经典"和"经典化"的双重误解,因而具有严重的误导性和危害性。

首先,就"经典"而言,否定中国当代文学早就不是什么新鲜事,对当代文学的虚无主义态度在很多人那里早已根深蒂固。我不想争论这背后的是与非,也不想分析这种观点背后的社会基础与人性基础。我只想指出,这种观点单从学理层面上看就已陷入了三个巨大误区:

第一个误区,是对经典的神圣化和神秘化的误区。很多人把经典想象为一个绝对的、神圣的、遥远的文学存在,觉得文学经典就是一个绝对的、乌托邦化的、十全十美的、所有人都喜欢的东西。这其实是为了阻隔当代文学和"经典"这个词发生关系。因为经典既然是绝对的、神圣的、乌托邦的、十全十美的,那我们今天哪一部作品会有这样的特性呢?如果回顾一下人类文学史,有这样特性的作品好像也没有。事实上,没有一部作品可以十全十美,也没有一部作品能让所有人喜欢。在这个问题上,我们应该明确的是,"经典"不是十全十美、无可挑剔的代名词,在人类文学史上似乎并不存在毫无缺点并能被任何人所认同的"经典"。因此,对每一个时代来说,"经典"并不是指那些高不可攀的神圣的、神秘的存在,只不过是那些比较优秀、能被比较多的人喜爱的作品而已。从这个意义上说,当今中国文坛谈论"经典"时那种神圣化、莫测高深的乌托邦姿态,不过是遮蔽和否定当代文学的一种不自觉的方式,他们假定了一种遥远、神秘、绝对、完美的"经典形象",并以对此一本正经的信仰、崇拜和无限拔高,建立了一整套关于中国当代文学的伦理话语体系与道德话语体系,从而充满正义感地宣判着中国当代文学的死刑。

第二个误区,是经典会自动呈现的误区。很多人会说,是金子总是会发光的。但对文学来说,文学经典的产生有着特殊性,即,它不是一个"标签",它一定是在阅读的意义上才会产生意义和价值,也只有在阅读的意义上才能够实现价值,没有被阅读的作品没有被发现的作品就没有价值,就不会发光。而且经典的价值本身也不是固定不变的。如果一个作品的价值一开始就是固定不变的,那这个作品的价值就一定是有限的。经典一定会在不同的时代面对不同的读者呈现出完全不同的价值。这也是所谓文学永恒性的来源。也就是说,文学的永恒性不是指它的某一个意义、某一个价值的永恒,而是指它具有意义、价值的永恒再生性,它可以不断地延伸价值,可以不断地被创造、不断地被发现,这才是经典价值的根本。所以说,经典不但不会自动呈现,而且一定要在读者的阅读或者阐释、评价中才会呈现其价值。

第三个误区，是经典命名权的误区。很多人把经典的命名视为一种特殊权力。这有两个层面的问题：一，是现代人还是后代人具有命名权；二，是权威还是普通人具有命名权。说一个时代的作品是经典，是当代人说了算还是后代人说了算？从理论上来说当然是后代人说了算。我们宁愿把一切交给时间。但是，时间本身是不可信的，它不是客观的，是意识形态化的。某种意义上，时间确会消除文学的很多污染包括意识形态的污染，时间会让我们更清楚地看清模糊的、被掩盖的真相，但是时间同时也会使文学的现场感和鲜活性受到磨损与侵蚀，甚至时间本身也难逃意识形态的污染。此外，如果把一切交给时间，还有一个前提，那就是对后代的读者要有足够的信任，要相信他们能够完成对我们这个时代文学的经典化使命。但我们对后代的读者，其实是没有信心的。我们今天已经陷入了严重的阅读危机，我们怎么能寄希望后代人有更大的阅读热情呢？幻想后代的人用考古的方式对我们这个时代的文学进行经典命名，这现实吗？我不相信后人对我们身处时代"考古"式的阐释会比我们亲历的"经验"更可靠，也不相信，后人对我们身处时代文学的理解会比我们亲历者更准确。我觉得，一部被后代命名为"经典"的作品，在它所处的时代也一定会是被认可为"经典"的作品，我不相信，在当代默默无闻的作品在后代会被"考古"挖掘为"经典"。也许有人会举张爱玲、钱钟书、沈从文的例子，但我要说的是，他们的文学价值早在他们生活的时代就已被认可了，只不过很长时间由于意识形态的原因我们的文学史不谈及他们罢了。此外，在经典命名的问题上，我们还要回答的是当代作家究竟为谁写作的问题。当代作家是为同代人写作还是为后代人写作？幻想同代人不阅读、不接受的作品后代人会接受，这本身就是非常乌托邦的。更何况，当代作家所表现的经验以及对世界的认识，是当代人更能理解还是后代人更能理解？当然是当代人更能理解当代作家所表达的生活和经验，更能够产生共鸣。因此，从这个角度来说，当代人对一个时代经典的命名显然比后代人更重要。第二个层面，就是普通人、普通读者和权威的关系。理论上，我们都相信文学权威对一个时代文学经典命名的重要性，权威当然更有价值。但我们又不能够迷信文学权威。如果把一个时代文学经典的命名权仅仅交给几个权威，那也是非常危险的。这个危险表现在什么地方呢？就是几个人的错误会放大为整个时代的错误，几个人的偏见会放大为整个时代的偏见。我们有很多这样的文学史教训。在这个问题上，我们既要相信权威又不能迷信权威，我们要追求文学经典评价的民主化、民主性。对一个时代文学的判断应该是全体阅读者共同参与的民主化的过程，各种文学声音都应该能够有效地发出。这个时代的文学阅读，最理想的状态应该是一种互补性的阅读。为什么叫"互补性的阅读"？因为一个批评家再敬业，再劳动模范，一个人也读不过来所有的作品。举个例子：现在我们一年有5000部以上的长篇小说，一个批评家如果很敬业，每天在家读二十四小时，他能读多少部？一天读一部，一年也只能读三百部。但他一个人读不完，不等于我们整个时代的读者都读不完。这就需要互补性阅读。所有的读者互补性地读完所有作品。在所有作品都被阅读过的情况下，所有的声音都能发出来的情况下，各种声音的碰撞、妥协、对话，就会形成对这个时代文学比较客观、科学的判断。因此，文学的经典不是由某一个"权威"命名的，而是由一个时代所有的阅读者共同命名的，可以说，每一个阅读者都是一个命名者，他都有对经典进行命名的使命、责任和"权力"。而作为一个文学研究者或一个文学出版者，参与当代文学的进程，参与当代文学经典的筛选、淘洗和确立过程，更是一种义不容辞的责任和使命。说到底，"经典"是主观的，"经典"的确立是一个持续不断的"过程"，"经典"的价值是逐步呈现的，对于一部经典作品来说，它的当代认可、当代评价是不可或缺的。尽管这种认可和评价也许有偏颇，但是没有这种认可和评价，它就无法从浩如烟海的文本世界中突围而出，它就会永久地被埋没。从这个意义上说，在当代任何一部能够被阅读、谈论的文本都是幸运的，这是它变成"经典"的必要洗礼和必然路径。

总之，我们所提倡的"经典化"不是要简单地呈现一种结果，不是要简单地对一个时代的文学作品排座次，不是要武断地指出某部作品是"经典"，某部作品不是"经典"，不是要颁发一个"谁是经典"的荣誉证书，而是要进入一个发现文学价值、感受文学价值、呈现文学价值的过程。所谓"经典化"的"化"实际上就是文学价值影响人的精神生活的过程，就是通过文学阅读发现和呈现文学价值的过程。可以说，文学的经典化过程，既是一个历史化的过程，更是一个当代化的过程。文学的经典化时时刻刻都在进行着，它需要当代人的积极参与和实践。因此，哪怕你是一个对当代文学的虚无主义者，你可以不承认当代文学有经典，但只要你还承认有文学，你还需要和相信文学，还承认当代文学对人的精神生活具有影响力，你就不应该否定当代文学经典化的重要性。没有这个"经典化"，当代文学就不会进入和影响当代人的生活，就失去了存在的意义。每一个人，哪怕你是权威，你也不能以自己的好恶剥夺他人阅读文学和享受文学的权利。

从这个意义上说，当代文学的经典化当然是一个真命题而不是一个伪命题。在一个资讯泛滥的时代，给读者以经典的指引是文学界、出版界共同的责任，而这也是我们编辑出版这套书的意义所在。

最后，感谢张明和张英先生为本套书付出的辛劳，感谢北京立丰天文化传播有限公司、北京金圣典文化有限公司的资金支持，感谢全体编委和北京联合出版公司各位编辑，感谢所有对本套丛书的出版给予大力支持的作家和他们的家人。

是为序。

吴义勤

2022年冬于北京

爱情到处流传____1

迟　暮____15

出　走____26

地铁上____37

花好月圆____48

火车开往 C 城____58

锦绣年代____67

旧　院____80

腊　八____123

六月半____134

那　边＿＿148

他　们＿＿163

蜗　牛＿＿205

无衣令＿＿217

小米开花＿＿249

醉太平＿＿266

爱情到处流传

那时候,我们住在乡下。父亲在离家几十里的镇上教书。母亲带着我们兄妹两个,住在村子的最东头。这个村子,叫做芳村。芳村不大,也不过百十户人家。树却有很多,杨树,柳树,香椿树,刺槐,还有一种树,到现在我都不知道它的名字,叶子肥厚,长得极茂盛,树干上,常常有一种小虫子,长须,薄薄的翅子,伏在那里一动不动。待要悄悄把手伸过去的时候,小东西却忽然一张翅子,飞走了。

每个周末,父亲都回来。父亲骑着那辆破旧的自行车,在田间小路上疾驶。两旁,是庄稼地。田埂上,青草蔓延,野花星星点点,开得恣意。植物的气息在风中流荡,湿润润的,直扑人的脸。我立在村头,看着父亲的身影越来越近,内心里充满了欢喜。我知道,这是母亲的节日。

在芳村,父亲是一个特别的人。父亲有文化。他的气质,神情,谈吐,甚至,他的微笑和沉默,都有一种与众不同的东西。这种东西把他同芳村的男人们区别开来，使得他的身上生出一种特别的吸引力。我猜想，芳村的女人们，都暗暗地喜欢他。也因此，在芳村，我的母亲，是一个很受人瞩目的人。女人们常常来我家串门，手里拿着活计，或者不拿。她们坐在院子里，说着话，东家长，西家短，不知道说到什么，就嘎嘎笑了。这是乡下女人特有的笑，爽朗，欢快，有那么一种微微的放肆在里面。为什么不呢，她们是妇人。历经了世事，她们什么都懂得。在芳村，妇人们，似乎有一种特权。她们可以说荤话，火辣辣的，直把男人们的脸都说红了。可以把某个男人捉住，褪了他的衣裤，出他的丑。经过了漫长的姑娘时代的屈抑和拘谨，如今，她们是要任性一回了。然而，我父亲是个例外。

微风吹过来，一片树叶掉在地上，闲闲的，起伏两下，也跑不到哪里去。我母亲坐在那里，一下一下地纳鞋底。线长长的，穿过鞋底子，发出嗤啦嗤啦的声响。对面的四婶子就笑了。拙老婆，纫长线。四婶子是在笑母亲的拙。怎么说呢，同四婶子比起来，母亲是拙了一些。四婶子是芳村有名的巧人儿，在女红方面，尤其出类。还有一条，四婶子人生得标致。丹凤眼，微微有点吊眼梢，看人的时候，眼风一飘，很媚了。尤其是，四婶子的身姿好，在街上走过，总有男人的眼睛追在后面，痴痴地看。在芳村，四婶子同母亲最亲厚。她常常来我们家，两个人坐在院子里，说话，说着说着，两个脑袋就挤在一处，声音低下来，低下来，渐渐就听不见了。我蹲在树下，入迷地盯着蚂蚁阵，这些小东西，它们来来回回，忙忙碌碌。它们的世界里，都有些什么？我把一片树叶挡在一只蚂蚁面前，它立刻乱了阵脚。这小小的树叶，我想，在它们眼里，一定无异于一座高山。那么，我的一口口水，在它们，简直就是一条汹涌的河流了吧。看着它们惊慌失措的样子，我格格地笑出了声。母亲诧异地朝这边看过来，妮妮，你在干什么——

在芳村，没有谁比我们家更关心星期了。在芳村，人们更关心初一和十五，二十四节气。星期，是一件遥远的事，陌生而洋气。我很记得，每个周末，不，应该是过了周三，家里的空气就不一样了。到底有什么不一样呢，我也说不好。正仿佛发酵的面，醺醺然，甜里面，带着一丝微酸，一点一点地，慢慢膨胀起来，让人有一种说不出的喜悦，还有隐隐的不安。母亲的脾气，是越发好了。她进进出出地忙碌，根本无暇顾及我们。我知道，这个时候，如果提一些小小的要求，母亲多半会一口答应。假如是犯了错，这个时候，母亲也总是宽宏的。至多，她高高地举起巴掌，然后，在我的屁股上轻轻落下来，也就笑了。到了周五，傍晚，母亲派我们去村口，她自己，则忙着做饭。通常，是手擀面。上马饺子下马面，在这件事上，母亲近乎偏执了。我忘了说了，在厨房，母亲很有一手。她能把简单的饭食料理得有声有色。在母亲的一生中，厨艺，是她可以炫耀的为数不多的几个资本之一。有时候，看着父亲一面吃着母亲的饭菜，一面赞不绝口，我就不免想，学校里的食堂，一定是很糟糕。一周一回的牙祭，父亲同我们一样，想必也是期待已久的了。母亲坐在一旁，欹着身子，随时准备为父亲添饭。灯光在屋子里流淌，温暖，明亮，油炸花生米的香味在空气里弥漫，有一种肥沃繁华的气息。欢腾，跳跃，然而也安宁，也妥帖。多年以后，我依然记得那样的夜晚，那样的灯光，饭桌前，一家人静静地吃饭，父亲和母亲，一递一句地说着话。也有时候，什么也不说，只是沉默。院子里，风从树梢上掠过，簌簌响。小虫子在墙根底下，唧唧地鸣叫。一屋子的安宁。这是我们家的盛世，我忘不了。

芳村这个地方，怎么说呢，民风淳朴。人们在这里出生，长大，成熟，衰老，然后，归于泥土。永世的悲欢，哀愁，微茫的喜悦，不多的欢娱，在一生的光阴里，那么漫长，又是那么短暂。然而，在这淳朴的民风里，却有一种很旷达的东西。我是说，这里的人们，他们没有文化，却看破了很多世事。这是真的。比如说，生死。村子里，谁家添了丁，谁家老了人，在人们眼里，仿佛庄稼的春天和秋天，发芽和收割，是再平常不过的事情。往往是，灵前，孝子们披麻戴孝，红肿着一双眼，接过旁人扔过来的烟，点燃，慢慢地吸上一口，容颜也就渐渐开了。悲伤倒还是悲伤的。哭灵的时候，声嘶力竭，数说着亡人在世的种种好处和不易，令围观的人都唏嘘了。然而，院子里，响器吹打起来了，悲凉的调子中，竟然也有几许欢喜。还有门口，戏台子上，咿咿呀呀唱着戏。才子佳人，花好月圆。峨冠博带，玉带蟒袍。大红的水袖舞起来，风流千古。人们喝彩了。孩子们在人群里跑来跑去，尖叫着。女人们在做饭，新盘的大灶子，还没有干透，湿气蒸腾上来，袅袅的，混合着饭菜的香味，令人感到莫名的欢腾。在这片土地上，在芳村，对于生与死都看得这么透彻，还有什么看不开的呢？然而，莫名其妙地，在芳村，就是这么矛盾。在男女之事上，人们似乎格外看重。他们的态度是，既开通，又保守。这真是一件颇费琢磨的事情。

父亲回来的夜晚，总有人来听房。听房的意思，就是听壁角。常常是一些辈分小的促狭鬼，在窗子下埋伏好了，专等着屋里的两个人忘形。在芳村，到处都流传着听来的段子，经了好事人的嘴巴，格外地香艳撩人。村子里，有哪对夫妻没有被听过房？我的父亲，因为长年在外的缘故，周末回来，更是被关注的焦点。为了提防这些促狭鬼，母亲真是伤透了脑筋。父亲呢，则泰然得多了。听着母亲的唠叨，只是微笑。现在想来，那个时候，父亲不过才三十多岁，正是一个男人一生中最好的年华。成熟，笃定，从容，也有血气，也有激情。还有，父亲的眼镜。在那个年代，在芳村，眼镜简直意味着文化，意味着另外一种可能。父亲的眼镜，它是一种标志，一种象征，它超越了芳村的日常生活，在俗世之外，熠熠生辉。我猜想，村子里的许多女人，都对父亲的眼镜怀有别样的想象。多年以后，父亲步入老年，躺在藤椅上，微阖着双眼，养神。旁边，他的眼镜落寞地躺着。夕阳照在镜框上，一线流光，闪烁不已。我不知道，这个时候，父亲会想到什么。他是在回想他青枝碧叶般的年华吗？那些肉体的欢腾，那些尖叫，藏在身体的秘密角落里，一经点燃，就喷薄而出了。它们曾那么真切地存在过，让人慌乱，颤栗。然而，都过去了。一片阳光从树叶的缝隙里漏下来，落在他的脸上，他微微蹙了蹙眉，把手遮住额角。

周末的午后，母亲坐在院子里，把簸箕端在膝头，费力地勾着头。天热，小米都生虫子了。蝉在树上叫着，一声疾一声徐，霎那间，就吵成了一片。母亲专心捡着米，也不知想到了什么，就脸红了。她朝屋里张了张，父亲正拿着一本书在看，神态端正，心里就骂了一句，也就笑了。她顶喜欢看父亲这个样子。当年，也是因为父亲的文化，母亲才绝然地要嫁给他。否则，单凭父亲的家境，怎么可能？算起来，母亲的娘家，祖上也是这一带有名的财主。只是到后来，没落了。然而架子还在。根深蒂固的门户观念，一直延续到我姥姥这一代。在芳村，这个偏远的小村庄，似乎从来没有受到时代风潮的影响。它藏在华北平原的一隅，遗世独立。这是真的。母亲又侧头看了一眼父亲，心里就忽然跳了一下。她说，这天，真热。父亲把头略抬一抬，眼睛依然看着手里的书本，说可不是——这天。母亲看了父亲一眼，也不知为什么，心头就起了一层薄薄的气恼。她闭了嘴，专心捡米。半晌，听不见动静，父亲才把眼睛从书本里抬起来，看了一眼母亲的背影，知道是冷落了她，就凑过来，伏下身子，逗母亲说话。母亲只管耷着眼皮，低头捡米。父亲无法，就叫我。其时，我正和邻家的三三抓刀螂，听见父亲叫，就跑过来。父亲说，妮妮，你娘她，叫你。我正待问，母亲就扑哧一声，笑了，说妮妮，去喝点水，看这一脑门子汗。然后回头横了父亲一眼，错错牙，你，我把你——恨狠了。我从水缸子的上端，懵懵懂懂地看着这一切，内心里充满了莫名的欢喜，还有颤动。多么好。我的父亲和母亲。多年以后，直到现在，我总是想起那样的午后。阳光。刀螂。蝉鸣。风轻轻掠过，挥汗如雨。这些，都与恩爱有关。

周末的时候，四婶子很少来我家。偶尔从门口经过，被我母亲叫住，稍稍立一下，说上两句，很快就过去了。看得出，此时，母亲很希望别人同她分享自己的幸福。母亲红晕满面，眼睛深处，水波荡漾，很柔软，也很动人。说着话，常常忽然就失了神。人们见了，辈分小的，就不禁开起了玩笑。母亲轻声抗辩着，越发红了脸。也有时候，四婶子偶尔来家里，同我母亲在院子里说话。我父亲在屋子里，静静地看书。我注意到，这个时候，他看得似乎格外专心。他盯着书本，盯着那一页，半晌，也不见翻动。我轻轻走过去，倒把他吓一跳。说妮妮，捣什么乱。

事情是什么时候开始发生变化的呢，我说不好。总之，后来，记忆里，我的母亲总是独自垂泪。有时候，从外面疯回来，一进屋子，看见母亲满脸泪水，小小的心里，既吃惊，又困惑。母亲看到我，慌忙掩饰地转过身。也有时候，会一把把我揽在怀里，低低地啜泣不已。我伏在母亲的胸前，不知道究竟发生了什么。母亲的身体微微颤抖着，我能够感觉到，来自她内心深处的强烈的风暴，正在被她竭尽全力地抑住。我想问，却不知道该问些什么，如何开口。在我幼小而简单的心目中，母亲是无所不能的。她能干。这世上，没有什么能够难倒她。

后来，我常常想，当年的母亲，一定知道了很多。她一直隐忍，沉默，她希望用自己的包容，唤回父亲的心。她装作什么都不知道。平日里，家里家外，她照常操持着一切。每个周末，她都会像往常一样，迎接父亲回来。对父亲，她只有比从前更好，温存，体贴，甚至卑屈，甚至谄媚。而且，一向不擅修饰的母亲，竟也渐渐开始了打扮。多年以后，我才发现，原来，母亲的打扮是有参照的。当然，你一定猜到了，这个参照，就是四婶子。

怎么说呢，在芳村，四婶子是一个特别的人物。四婶子的特别，不仅仅在于她的标致。更重要的是，四婶子有风姿。这是真的。穿着家常的衣裳，一举手，一投足，就是有一种动人的风姿在里面。你相信吗，世上有这样一种女人，她们天生就迷人。她们为男人而生。她们是男人的地狱，她们是男人的天堂。直到后来，我常常想，父亲这样一个读书人，敏感，细腻，也多情，也浪漫，偏偏遇上四婶子这样的一个人物，什么样的故事是不可能的呢？我忘了说了，四叔，四婶子的男人，早在新婚不久，就辞世了。据说是患了一种怪病。村子里的人都说，什么怪病。丑妻，近地，家中宝。这是老话。也有人说，桃花树下死，做鬼也风流。听的人就笑起来，很意味深长了。

关于父亲和四婶子，在芳村，有很多版本，流传至今。在人们眼里，这一对人儿，一个郎才，一个女貌，真是再相宜不过了。然而——人们叹息一声，就把话止住了。然而什么呢？人们摇摇头，又是一声叹息。我说过，芳村这个地方，对于男女之事，向来是自相矛盾的。保守的时候，恨不能唾沫星子把犯错的人淹死。开通的时候，怎么说呢，在芳村，庄稼地里，河套的林子间，村南的土窑后面，在夜色的掩映下，有多少野鸳鸯在那里寻欢作乐？有时候，我想，父亲和四婶子，他们之间，或许真的热烈地爱过。也或许，一直到老，他们依然在爱着。我不愿意相信,当年,父亲只是偶一失足,犯了男人们常犯的毛病。当然,这一桩风流事惹恼了很多人。男人们,对我的父亲咬牙切齿。女人们,则恨不能把四婶子撕碎。她们跑到母亲面前,声声诅咒着,替母亲不平。在她们眼里,父亲是无辜的。是四婶子,这个狐狸精,勾引了父亲,坏了他的清名。母亲只是听着,也不说话,脸上淡淡的,始终看不出什么。

周末,父亲照常地回家。我和哥哥受母亲的委派,在村口迎他。夕阳在天边慢慢融化了,绯红的霞光一片热烈,简直就要燃烧起来了。远处的树啊庄稼啊都被染上一层薄薄的金红。远远地,有一个黑点渐渐移过来,越来越近,越来越近。是父亲。我们欢呼起来。暮色一点一点笼罩下来,黄昏降临了。我们跟在父亲身旁,雀跃着,回家。淡紫色的炊烟在树梢上缠绕,同向晚的天色融在一起,很快就模糊了。至今,我老是想起那样的场景。黄昏,我们同父亲回家。家里,有温暖的灯光,可口的饭菜,还有,忙碌的母亲,她似乎从一开始就在那里,永远在等。

一家人静静地吃饭。父亲和母亲,照常说说闲话。我和哥哥,为了什么争执起来,打着嘴仗,手里的筷子也成了兵器,说着说着就纠缠在一起。父亲呵斥着我们,骂我们不懂事。你们两个,能不能让你娘少操些心?我们都住了口,默默地吃饭。母亲却忽然扭过头去,我惊讶地发现,她的眼里,分明有泪光。父亲不说话。他的半边脸隐在灯影里,灯光跳跃,我看不清他的表情。那一天,晚上,我半夜里醒来,听见母亲低低的啜泣,压抑地,却汹涌,仿佛从很深的地方,一点点升上来。父亲也例外地没有了鼾声。夜色空明,我想挣扎着睁开眼睛,然而,一不小心,又一脚跌入夜和梦的深渊。我实在是太困了。

现在想来,那个时候,父亲和母亲,或许正在经历着一生当中最致命的一场危机。他们在人前若无其事，尤其是，在我和哥哥面前，几乎从来没有流露过什么。然而，可以想象，在他们的内心深处，正在经受着怎样的海浪，潮汐，以及飓风。他们站在岁月的风口处，听任那些袭击降临，一次又一次。当然，平日里，他们也吃饭，睡觉。逢红白喜事，一起出礼。他们端正，平和，像天下大多数夫妇一样，昵近，亲厚，也淡然，也家常。一个眼神，一个手势，一句欲言又止的话，不待开口，全都心领神会了。人们见了，非常诧异了。当然，这里面，也有隐隐的失望和释然。因笑道，怎么样——我早说过的——

对这件事，母亲一直保持沉默。她没有像大多数女人一样，找上那个狐狸精的门，撒泼，示威，直唾到她的脸上，出尽胸中的那一口恶气。在家里，也没有跟父亲闹。母亲照常把家里家外收拾得清清爽爽，然后，把自己打扮整齐，等父亲回家。我记得，母亲甚至托人买了雪花膏。在那个年代，在芳村，雪花膏简直是天大的奢侈。一种精巧的小瓶子里，盛了如玉如脂的东西。我曾经趁母亲不注意，偷偷地尝试过，那一种香气，芬芳馥郁，令人想起所有跟美好有关的一切。后来，只要想到爱情，我总是想起多年前的那一种香气，穿越时光的尘埃，它扑面而来，让人莫名的心疼，黯然神伤。

四婶子，几乎再也不来我家串门了。不是万不得已，总是绕开我家的门口，宁愿多走一段冤枉路。有时候，在街上遇见，也是赶忙把眼睛转向别处，只作没有看见了。有一回，是个傍晚吧，我们几个孩子捉迷藏，绕来绕去，我看见一个麦秸垛。在乡间，到处都是这样的麦秸垛。麦秸垛已经被人掏走一块，留下一个窝，正可以容身。经了一天的日晒，麦秸垛散发出一种好闻的气息，夹杂着麦子的香味，热烈，干燥，烘烘的，把人紧紧包围。小伙伴的声音由远而近，看到了，早看到你了——妮妮——我躲在麦秸垛里，一颗心怦怦直跳，紧张，不安，还有模模糊糊的兴奋，我的心简直要蹦出来了。忽然，我听见一阵脚步声，很轻，但是很急。在麦秸垛前面，停住了。我的心跳得更厉害了。一定是三三，他识破我了。可是，却迟迟没有动静。许久，一个女人说，天，黑了。是四婶子。这个时候，四婶子是来抽麦秸吧。可不是，天都黑了。父亲！竟然是父亲！我记得，下午，母亲派父亲去姥姥家了。姥姥家在邻村。这个时候，父亲，和四婶子，在这麦秸垛后面，他们要做什么呢？我支起耳朵，却再也听不见什么。沉默。沉默之外，还是沉默。然而，在这黏稠的沉默里，却分明有一种异样的东西，它潮湿，危险，也妩媚，也疯狂，像林间有毒的蘑菇，在雨夜里潜滋暗长。也不知过了多久，脚步声，一前一后，渐渐地远了，远了，再也听不见了。我躲在麦秸垛里，一动不动。心头忽然涌上一种莫名的忧伤，还有迷茫。我不知道这是为什么。暮色越来越浓了，四下里一片寂静。一个孩子，她无知，懵懂，仿佛一只小兽，尘世的风霜，还没有来得及在她身上留下痕迹。然而，在那一天，苍茫的暮色中，她却生平第一次，识破了一桩秘密。这是真的。父亲和四婶子，几乎是沉默的，可即便是片言只语，也能够使一些隐秘一泻千里。这是多么奇怪的事情。那一年，我只是个孩子，五岁。那一年，我什么都不懂。

想来，那一天，一定是个周末。我回到家的时候，夜色已经把芳村淹没了。屋子里，灯光明亮，一家人坐在桌前，桌上，是热腾腾的饭菜。看见我回来，父亲微笑了，说，来，吃饭了。母亲骂道，又去哪里疯了，看这一身的土。我坐在灯影里，静静地吃饭。父亲和母亲，偶尔说上两句。哥哥呢，始终不怎么开口。我忘了说了，从小，哥哥就是一个寡言的人。然而，长大以后，也不知道从哪一天开始，他忽然就变了。变得——怎么说——甚而有些油嘴滑舌了。他风趣，灵活，会说很多俏皮话。跟他相熟的人，谁不知道他那张嘴呢。想想都觉得不可思议。在我的童年记忆里，哥哥一直是沉默的。我无论如何努力，都听不见他的声音。当然，我们总有吵架的时候。吵架的时候不算。父亲和母亲说着话，不知说到了什么，父亲先自笑起来。我疑惑地看了一眼他的脸，平静，坦然，笑的时候，眼角已经有了细细的鱼尾纹。英俊倒还是英俊的。也不知为什么，我忽然感觉到了父亲的不平常。他在掩饰。那些从容后面，全是惊慌。他微笑着，有些艰难，有些吃力——至少，我是这么认为的。他慢慢地喝了一口汤，强自镇定。母亲也笑着。她正把一筷子菜夹到父亲碗里。我停下来，看着父亲，忽然跑到他的身后，把一根麦秸屑从他的头发上择下来。父亲惊诧地看着饭桌上的麦秸屑，它无辜地躺在那里，细，而且小，简直微不足道。然而，我分明感觉到父亲刹那间的震颤。我是说，父亲的内心，剧烈地摇晃了一下。灯光也倏忽间亮了，也只是一瞬间的事。那一根麦秸屑，衬了乌沉沉的饭桌，变得是那么的触目。那一刻，似乎一切都昭然若揭了。母亲抬眼看了一下电灯，咕哝道，这电压，不稳。一只蛾子在灯前跌跌撞撞，显得既悲壮，也让人感到苍凉。

　　夏天过去了。秋天来了。秋天的乡村，到处都流荡着一股醉人的气息。庄稼成熟了，一片，又一片，红的是高粱，黄的是玉米、谷子，白的是棉花，这些缤纷的色彩，在大平原上尽情地铺展，一直铺到遥远的天边。还有花生，红薯，它们藏在泥土深处，蓄了一季的心思，早已经膨胀了身子，有些等不及了。芳村的人们，都忙起来了。母亲更是脚不沾地。父亲的学校不放假，我们兄妹，又帮不上忙。收秋，全凭了母亲一个人。那些日子，母亲简直要累疯了。她穿着干活的旧衣裳，满脸汗水，疲惫，邋遢，萎顿。然而，周末，父亲回家的时候，他看到的，却是另外一个母亲。母亲已经仔细洗了澡，头发湿漉漉的，还没有完全干透。米白的布衫,烟色裤子,浑身上下,无一处不熨帖得体。她把饭菜端上来,笑盈盈的。转身的时候,就有一股雪花膏的香气淡淡地散开来,芬芳而馥郁。父亲看着她的背影,在刹那间,就怔忡了。他在想什么?或许,他是想起了当年。那时候,他们还那么年轻。他最不能忘记的,是她那一头黑发,在颈后梳成两条辫子,乌溜溜的,又粗又长,一直垂到腰际。走起路来,一荡一荡,简直要把他的心都荡飞了。那一回,也是个秋天吧,他们在通往镇上的乡间小路上,一前一后地走。忽然,一只野兔从田野里跑出来,把她吓了一跳。那是他第一次拉她的手。玉米正吐缨子。青草的气息潮润润的,带着一股温凉。风很轻,拂上发烫的脸颊。这一晃,多少年了。母亲把一双筷子递过来。父亲默默接了,半晌,叹一口气。

一直到现在,我都无法明了,我的母亲,是如何独自走过了那一段艰难的岁月。那个年代,物质上,当然是贫乏的。她也曾经为了柴米而犯愁,忍受过旁人的轻侮。也尴尬过,带着两个年幼的儿女,捉襟见肘。然而,那个时候,她再想不到,物质上的贫乏,到底不能把人打倒。同精神上的磨难相比,它简直不值一提。那个时候,她再想不到,人生更大的不如意,还在后面。她还远远没有触及。这是真的。多年以后,母亲老了,坐在院子里,偶尔,抬头看一眼树巅,一片流云轻轻飘过去了。蝉在叫。忽然之间,就恍惚了。这还是多年前的蝉声吗?她也不知道,当年,自己怎么会那么——那么什么呢,她抬手拢一拢头发,微笑了,非常难为情了。父亲这个人,怎么说呢,自己的男人,她怎么不知道?当年,那么多,那么多的磨难,她竟然都一一承受了。有时候,想起来,她自己都不免要惊讶。这惊讶里有得意,也有疼惜。当年,她竟然去找那个女人,四婶子,主动同她交好。她若无其事地叫她,同她说笑,约她一道赶集,下地。请她到家里来,在周末。她和四婶子坐在一处，叽叽咕咕地说着女人间的体己话儿，忽然就吃吃笑了。阳光从侧面照过来，给四婶子镀上了一层淡淡的光晕。她脸颊上的绒毛微微颤动着，说话的时候，偶尔一摆头，眼波流转。母亲从旁看着，心里感叹一声。难怪。现在想来，那个时候，四婶子也不过刚满三十，也许，还不到。正仿佛清晨的花朵，经历了夜雨的洗礼，纯净而娇娆，也成熟，也单纯。也宁静，也恣意。母亲入神地看着，不知道想到什么上去了，忽然就红了脸。这两年，也可能，是有些委屈他了。然而——母亲在心里恨一声，自己的男人，她怎么不知道？当然，也不止这些。她知道。她不识字。可是，这怪不得她。在芳村，有几个女人识字？四婶子，也不过是勉强能写写自己的名字罢了。然而——母亲在心里暗想，也许，这些，都不重要。阳光在院子里盛开，满眼辉煌，也有些颓败。母亲坐在椅子上，隔着几十年的时光，静静打量着当年的一切。她叹了一口气，然而也微笑了。她是想起了那一天，想起了父亲。她小孩子一般，得意地微笑了，眼睛深处，却分明有东西迅即无声地淌下来，她抬手擦一把，看一眼四周，自己也不好意思了。

　　那一天，母亲和四婶子，在院子里说话。父亲不出来，他在屋里看书。眼睛紧紧盯着书上的一行字。那些字密密麻麻，像蚂蚁，一点一点，细细地啃啮着他的心。院子里传来两个女人的轻笑，弄得他心神不宁。他的一只手握着书本，由于用力，都有些酸麻了。他盯着眼前的那一群蚂蚁，仿佛什么都没有看见，他看到虚空里去了。母亲在院子里叫他，扬着声，他这才猛然省过来，答应着，却不肯出去。母亲就派我叫，妮妮——父亲无法，慢吞吞地站起身，他来到院子里，从小井里提出水筲，把冰镇的西瓜拿出来，抱着，去厨房。他从四婶子身旁走过，轻轻地咳一声，把容颜正一正。他在掩饰了。四婶子呢，她坐在那里，半低着头，一团线绕在她的两个膝头，她的一双手灵活地在空中绕来绕去。眼睛向下，待看不看的。我母亲从旁看着这一切，微笑了。她把一牙瓜递过来，眼睛却看着父亲，问道，甜不甜，这瓜？父亲搭讪着走开去，心里恨得痒痒的。她这是故意——简直是——然而——父亲眼睛盯着书本，黯淡地笑了。

四婶子一辈子没有再嫁，也没有生养。我一直不敢确定，四婶子，这么多年不肯再嫁，是不是为了父亲。在她漫长的一生中，尤其是，当她红颜褪尽，渐渐老去的时候，在无边的夜里，或者，昏昏欲睡的午后，我不知道，她是否还会想起我的父亲。想起当年，那一个意气风发的青年，英俊，儒雅，还有些羞涩，如何见识了她的淹然百媚。那些惊诧，狂喜，轻怜密爱，盟誓和泪水，人生的种种得意，以及失意，如今，都不算了。

关于我的父亲，和我的母亲，他们的婚姻，他们的爱情——如果还称得上的话，他们之间的种种纠葛，物质的，情感的，肉体的，精神的，他们之间的挣扎，对峙，相持，以及妥协，以及和解，其实，我并不比芳村的任何一棵庄稼知道得更多。我单知道，他们携了手，在那个年代，在漫长的岁月中，相互搀扶着，走过了许许多多的艰难，困厄。也有悲伤，也有喜悦，也有琐碎的幸福，出其不意的击打。然而，都过去了。记得倒还是记得的。然而，大部分，差不多都已经忘记了。当然，或许，他们是不愿意再去想了。他们的时代，早已经远去了。而今，是我们，他们的儿女的天下了。他们风风火火，来了又去。他们活得认真，没有半点敷衍。这很好。

院门开了，想必是孩子们回来了。他们在躺椅里欠一欠身，就又不动了。他们是懒得动了。

迟　暮

　　太阳静静地照下来，很热了。他直起腰，拿手背擦了一把汗。西墙根下面，开了一片菜地。也不多，两畦吧，却把院子占去了一小半。无非种一些瓜瓜茄茄，春上很是忙了些日子，松土，撒籽，浇水，施肥。而今，开花的开花，结果的结果，牵藤爬架，有红有白，很热闹了。

　　下了一场雨，草们就疯了。他站在菜畦边上，看着这一片绿，心里高兴起来。两畦菜，他侍弄了大半晌。儿子笑他，爹在地里绣花哩。他听这话不顺耳。青皮小子，懂得什么！

　　村子里的大喇叭咳嗽了两声，喊起来，撒水啦，撒水啦。赶紧接水，赶紧接水。这地方，虽装了自来水管，却是定点撒水。逢这个时候，家家户户就忙着接水，接得瓮满缸流。然后，捎带着把院子里的菜啊花啊浇一浇。该浇的浇完了，要是还有水，有的人就索性拿起水瓢，把自家院子泼得凉荫荫的，空气里弥漫着新鲜的泥土的腥味，很好闻。他接满了瓮,把水管子放在垄沟里,浇菜。水在阳光下静静地流淌,他眯着眼睛看了一会,正要摸出旱烟袋,只见儿媳妇一路摇着铃铛,径直把车子骑进院子里。他赶忙把刚伸进兜里的手拿出来,放在脖颈后面,仓促地握一握。儿媳妇支好车,从车筐里拎出一捆嫩茴香,就去了屋里。他咳了一声,刚要搭讪,却又闭了口。

怎么说呢,年轻的时候,他也是个血性汉们,脾气不济,点火就响。为这个,屋里人没少受他的气。想起屋里人,他心里有个地方就软了一下。十年了。这一晃。他看了一眼那捆嫩生生的小茴香,刚要坐下择,却又迟疑了。也不知怎么,如今,上了岁数,脾气倒柔软了。在儿女面前,尤其刚硬不起来。他叹口气,心里暗骂了自己一句。儿媳妇出来了,已经换了衣裳。家常的背心,七分裤,人造棉,粉底上开满了大朵的牡丹。他忽然就想起了屋里人。那时候,他们多大?屋里人长得喜人。那鼻子,眼睛,嘴巴,单看倒不扎眼,凑在一起,就不一样了。怎么看都顺眼,怎么看都看不够。村子里,有多少汉们为她睡不着觉?他孩子一般得意地笑了。一只鸡探头探脑地过来,脖子上的一圈翎毛一伸一缩,心事重重的样子。他扬起手,冲它虚张声势地挥一挥,鸡怔了怔,扭身跑了。

儿媳妇坐下来,择茴香。他在院子里百无聊赖地转了一圈。东看看,西看看。把手伸进兜里,捏一捏旱烟袋,又放下了。为吸烟的事,儿子说过他多少回了。儿子说,吸烟不好。然后掰着指头,一条一条列举了很多个不好出来。要是在早几年,他会把脖子一梗,说,甭跟我唱这个——你爷爷,吸了一辈子烟,活到八十四。可是,如今,他只是听着,心里依然不服,嘴上却只管答应着。这兔崽子,管起老子来了。他把头摇一摇,有些安慰,又有些心酸。儿子当然是为自己好。可是,他还是固执地认为,吸烟这件事,或许就是儿媳妇的意思。儿媳妇闻不得烟味。有时候，老白娃来串门，吸了一屋子烟，儿媳妇嘴上不说，却把门窗都敞开了，通了半晌的风。他看在眼里，心里不是滋味。有愧疚，也有恼火。不知从什么时候，这个家，仿佛不再是他原来那个家了。原来，在家里，他就是王，说一不二。屋里人性子温顺，向来都是依着他的。孩子们呢，小，他简直就不把他们放在眼里。那时候，多好的年纪。像一棵青壮的庄稼，蓬勃，饱满，汁液充盈。阳光照下来，风很野，青枝碧叶发出新鲜而喜悦的叫喊。他眯起眼睛，看着天边的一片云彩，直到把眼睛都看酸了。

　　房是新房。儿子结婚前就盖好了。高大，宽敞，气派，在村子里，也算是鹤立鸡群。人们都说，看人家起立的房子，铁桶似的。起立是儿子的名字。不知从什么时候开始，人们都悄悄改了口。起立长，起立短。去起立家借把锤子。给起立家把车子送去。他成了起立他爹。人们似乎忘记了他的名字，似乎他一开始就是起立他爹。他仰脸看了看探出头的房檐，高高地耸着，很威风。起立的房子。他在心里笑了一下。起立个小崽子，能盖起这么排场的房子？在乡下，房子是大事。乡下人，把盖房看得重，比吃穿两样都重。没有一处齐整房子，哪家的姑娘肯上门？当初，为了盖这房，他流了多少汗，吃了多少苦？阳光照在白色的瓷砖上，亮亮的，直灼人的眼。唉，不提了。都过去了，过去了。他在心里暗暗叹口气。要是屋里人在，他一定要坐下来，把过去的酸甜苦辣都翻出来，慢慢地回味。两个人，隐在灯影里，一递一声，说着话，絮絮的，全是想当年。也怪了。年轻的时候，总是贪睡，总也睡不够。可如今，最怕的就是晚上了，漫漫长夜，一眼看不到头。有时候，实在睡不着，他就在心里跟屋里人说话，一说就是大半宿。

　　夜里起来，儿子屋里早已经黑了灯，儿子的鼾声，打雷似的，震天响。这一点，像他。为了他这毛病，当初，屋里人竟然害起了失眠。后来，习惯了，才慢慢好转起来，甚至，到最后，要是没有他的鼾声，她倒睡不踏实了。有时候，儿子屋里分明黑了灯，却有一种很奇怪的声音传出来，他在枕上张耳朵听一听，就骂一句，个小崽子。月亮从窗子上慢慢移过来，把半张炕照得亮堂堂的。他翻了个身，浑身的骨头嘎巴直响。老了。当年，刚成亲的时候，他多厉害。起立这小子，就是第一天夜里怀上的，这地方，叫做迈门儿。谁家的媳妇迈门儿了，这家的男人就格外的脸上有光。媳妇呢，倒是羞得很了。就连媳妇的娘家人，也闪闪烁烁的，像是怕难为情。屋里人迈门儿了，这可治苦了他。夜里，两人常常就起了争执。他是贪，屋里人却为肚子里的孩子担着一份心事。最后，总是他得逞。屋里人柔顺，这一点，他顶喜欢。

儿媳妇已经择好茴香，去缸里舀水。她弯下腰，哗啦哗啦洗茴香。如今，世道真是变了。不管是姑娘家，还是媳妇家，都把个胸脯弄得鼓胀胀的，让人不敢正眼看。哪像先前。女儿刚十一岁的时候，屋里人就给她做好了胸衣。紧紧的，在腋下一侧系一排纽子。须得使劲吸口气，才能勉强一个个系上。女儿哭，不穿，屋里人就骂她。屋里人是个好性子，轻易不骂人。做爹的立在一旁，开口不是，不开口不是，很尴尬了。儿媳妇洗好茴香，放在箅子上，沥水，转身去了西屋。他知道，她是准备和面了。儿媳妇说了，今天捏饺子。这地方人有句话，好吃不过饺子，好受不过倒着。倒着，就是躺着的意思。这话说得实在。有客人来，七大碟子八大碗，再热闹，也不如捏顿饺子来得隆重。他就爱吃饺子。从前，屋里人喜欢捏饺子，韭菜馅，煮熟了，一个个白白的，胖胖的，透着隐隐的青色。屋里人管这个叫青筋大蛤蟆。一顿饭，他能吃两海碗。青筋大蛤蟆。都多少年了。儿媳妇张着两只手，沾满了湿的面粉，厚厚的，像一个个小棒槌。可别小看了和面，也是有讲究的。讲的是盆净手净，干净利落，绝不拖泥带水。这一条，他最佩服屋里人。说起来，屋里人真是一把过日子的好手。屋里屋外，炕上地下，眼一分手一分。村子里的女人们，有哪个能赶得上她一根手指头？女儿就不行。想来，也是自己把她惯坏了。念书倒是用功。乡下孩子，肯吃苦。就凭着手里的一支笔，愣是从乡下考到了省城。在这个地方，可是不得了的事。人们都说，老刘家的祖坟风水好，出贵人。他脸上看不出什么，听在耳朵里，却是十分的受用。要是屋里人还在，不知道能欢喜成个啥样子。蝉们在树上叫着，闹得很。忽然有那么一瞬，都缄了口，四周一下子静下来，倒叫人不自在了。几件衣裳在铁丝上晾着，夏天的风钻进去，一鼓一鼓，像鸟，拍着薄的翅子。

　　捏饺子的时候，儿子回来了。摩托车突突响着，一直驶进院子里。儿子把衬衫脱下来，两只手在脸前交替扇着，嘴里嚷，热，真热。儿媳妇坐在那里，只管低头捏饺子。儿子咋呼了两声，觉出了无趣，只好自己去瓮里舀水，擦洗。儿子光着背，两只膀子上都是一疙瘩一疙瘩的肌肉，小耗子似的，随着儿子的动作，一蹦，再一蹦。儿子结实，这一点，也随他。想当年，他壮得像头牛。一百斤的大麻袋，一抡就上了肩。村里人家，晒粮食都在自家房顶上。他从来不像别人，站在房上，拿绳子一点一点往上提。他扛。整袋整袋地扛，梯子在他的脚下嘎吱响着，屋里人在下面仰着脸，直着嗓子喊，慢点，慢着点。他不说话，也不回头，牙齿紧咬着，汗水顺着脸颊流进嘴里，咸咸的。屋里人疼他。他怎么不知道？他还知道，夜里，他一定会享受到更多的好处，比平日里还多。

　　儿子已经洗完了，立在电扇前，让风把身上的水珠子吹干。这小子，二十好几的人了，还这么让人操心。他刚要开口，儿媳妇把手里的擀面杖往案板上当的一戳，说，起立。儿子张着两只胳膊，立在那，像一只大鸟。大鸟把翅膀扇了扇，说，啥？儿媳妇把擀面杖又戳了两下，不待她开口，大鸟却把两只翅膀举起来，作投降状。儿媳妇瞪了他一眼，扑哧笑了。儿子过来，拽过只板凳，坐在媳妇身旁，看捏饺子。个小崽子。他心里骂了一句。儿子怕媳妇，这一点，他早看出来了。这会儿，碍着老子在眼前，究竟得端着点。背后，还不知道是个什么死样子。儿媳妇耷着眼皮，自顾捏饺子。儿子涎着一张脸，把盖帘上的饺子一只一只排好队。说实话，儿媳妇的饺子捏得不差。可是，再好，怎么跟屋里人比？屋里人的饺子，又小巧，又好看，像一群小白鹅，真是喜爱人儿。他踱到院子里，立在菜地旁，看着精神抖擞的菜们，发呆。屋里传来说笑声，低低的，却很热烈。他们在一起，总是有很多话。有一些，他听不大懂。他不识字。儿子媳妇却是念过初中的。这些日子，两个人怕是一直商量着那件事。怎么说呢？那天，儿子在他面前，跟他吞吞吐吐地说了两句，他就明白了。好，好啊。这是好事，好事。他当时是这么说的，脸上笑着，嘴唇却忽然变得很干，一说话，就沾在牙龈上。他恨自己的笑。装什么大头蒜！在自己儿子面前！那天夜里，他睡不着。小虫子在院子里咯吱叫着，没完没了。儿子说要去城里，挣钱。儿子说，不挣钱不行，这年头。儿子的话没错。单靠种地，不行了。不比先前。先前，有了地，什么都有了。如今，村子里的人，尤其是年轻力壮的男人，有几个肯白白待在家里种地？儿子也要走了。而且，还带着媳妇。两个人，像两只鸟，就要从这个院子里飞出去，双双地飞到城里，安家落户。那么，这个家里，这五间他千辛万苦盖起来的房子里，就剩下他一个人了。院子里，小虫子还在咯吱叫着，吵得人心慌意乱。这五月的乡下，入夜，真的有点凉了。

吃饺子的时候，儿子把头一碗递给他。他爱吃烫饺子，头一碗，总是盛给他的。他眼皮也不抬，接过来，慢条斯理地吃。儿子把醋碟子朝他面前推了推，咧了咧嘴，一时找不到一句话。他不理会，只顾埋头吃饭。他恨儿子的殷勤。还不是心里愧，才这么低声下气的。平日里，张狂的样子！满眼都是媳妇，哪里有自己的亲爹？饺子味道不错，这嫩茴香，就要同五花肉调馅，香气才能出得来。可是，他到底还是想念他的青筋大蛤蟆。头茬嫩韭菜，顶多打上一两个鸡蛋，黄是黄绿是绿，又素淡又新鲜，看一眼就让人流口水。都多少年了。他就是忘不了。孩子们倒没什么，个小崽子！他爱吃饺子，这一条，儿媳妇知道。一定是儿子说的。可是，青筋大蛤蟆，她就不知道了。儿子也不知道。孩子们都不知道。知道的人，早不在了。他也不说。有些东西，说出来，就不是那么回事了。他这个人，看着绵软，性子却是硬的。他执拗，有时候自己都不知道是怎么一回事。年轻的时候，在家里，霸王惯了，就像一个人，一直待在高处，忽然就有些下不来。尤其是，在儿媳妇面前，更是得处处端着。他也累。累得不行。岁数越来越大了，他得自己摸索着，找台阶，一步一步慢慢挪下来。可这也累。有什么办法呢，人这一辈子，哪还能不累？就说吃饭这件事。怎么说呢，可别小看了吃饭。一日三餐，在一户人家的日子里，要说重要，怎么说都不为过。屋里人在的时候，在这上头，他是个甩手掌柜。屋里人做饭的手艺也实在是好。她的一双手，简直就是变戏法，把一家人的日子调弄得有滋有味。这么多年，他是吃惯了屋里人的饭菜。屋里人走了之后，他很是吃了一些苦头。后来，好不容易熬到儿媳妇进了门，他却发现，有什么事情，慢慢就变了，就不一样了。比方说，儿媳妇喜欢换卷子。这地方，管馒头不叫馒头，叫卷子。先前，屋里人总是自己蒸,把面发好了,反复揉,蒸出来的卷子筋道,有咬劲儿。儿媳妇却不喜欢蒸,说蒸着太费事,换着方便。换是拿麦子换,村南的六指家,开了卷子坊。也有外村的老瓠子,推着一簸箩卷子,走街串巷,把一只牛角吹得呜呜响。他不爱吃换来的卷子,贵且不说,还不好吃。一股硫磺味,硫磺是用来熏卷子的,让卷子显得白净。又不实在。看着挺大一个,咋咋呼呼的,一捏,就没有了。吃着换来的卷子,他心里生气。可是,他不说,什么也不说。他只把这气闷在心里。如今,儿媳妇当家,他不想惹不如意。再比方说,捏饺子。儿媳妇喜欢茴香馅儿。茴香下来的节令,上一顿,下一顿,都是饺子,茴香饺子。就像今天。说实话,他也不怪儿媳妇。人家在娘家从小长到大,自然会不知不觉把娘家的那些习惯带过来。还有,人家也不是自家的骨肉,终究隔了层肚皮,哪里能知道他的心思。就算是儿女,亲骨肉,又能够怎样?

吃完饺子,他把板凳拉到一边,坐着,就想吸烟。手在兜里摸了摸,才发现,烟袋丢在自己屋里了。吸了大半辈子,想改都改不了。真是没有办法的事。儿子还在喝汤,呼噜呼噜的,响得很。一边喝,还一边吧嗒着嘴,说,香,真香。这是夸饺子,也是夸自己的媳妇。他顶看不惯儿子这样子,大汉们家,把女人惯的!儿媳妇呢,笑盈盈的,把饺子一个一个从碗里撂到箅子里,怕坨住了。他坐在一旁,看着,忽然就觉得自己是个外人,这个家的局外人。他的鼻腔里就慢慢涌上来一片酸。他咳了一声,把它们努力咽下去了。他这是怎么了?在自家的屋子里,却像在别人家一样,浑身的不自在。过几天,就是端午了。也不知道,女儿会不会回来。要说疼,他最疼的就是这个小女儿。做爹的,往往这样。连屋里人都说他偏心眼。这他不承认。五个手指头,伸出来,咬咬哪一个,不疼?可是,细想起来,他到底是偏向女儿多一些。就说这念书吧。他是一心一意要把女儿供出去，到城里，再也不用沾一点乡下的土泥巴。富养闺女穷养小子，这老话是对的。当然了，女儿也争气，一口气从村子里念到省城，毕业留下来，在城里坐办公室。风不吹日不晒，月月有工资，多好！不像起立，调皮捣蛋，念到半道就撤了，就当了逃兵。为此，他倒是没有多说他一句。起立是小子，家里怎么也得有个顶门立户的。可是，女儿却是很少回来。说忙。念书那会儿，说是忙功课。毕业了，说是忙工作。总之，女儿是公家人了，身不由己了，吃人家的饭，还不得听人家的差？这一回，也不知道，能不能回来过端午。听起立说，女儿八成是谈对象了，对象是城里人。这个消息让他心里震了震。欢喜倒是欢喜，又有点惶恐。嫁个城里人，女儿不会受人家的欺负吧。想一想，女儿也不容易，真不容易，这几年，一个闺女家，在那么大的城里，一个人，孤单单的，连个遮风挡雨的依靠都没有。真不容易。他不该怪她。不回来，肯定是有推不开的事。他心疼她还来不及，怎么忍心怪她？关于找对象的事，女儿没有跟他说。也许是不好意思，这种事，跟自己的爹，倒说不出口了。从小，女儿就是一个害羞的孩子。见了人，还没有开口，脸倒先红了。后来，念书多了，也大方多了。说话，做事，那语气，那举止，越来越像城里人了。比方说，这地方人，管筷子不叫筷子，叫箸子。不知从什么时候开始，女儿就说，给我拿双筷子。这让他感到陌生，又有点不知所措。他总是要怔一怔，才回过神来。还有，他发现，女儿添了不少新毛病。比方说，吃饭前，她把碗洗了又洗，还从包里拿出一张雪白的纸，把她的筷子擦了又擦。他问那是干啥？女儿说，是消毒纸巾。他心里就堵上了。消毒？谁有毒？从小到大，土里生，土里长，在家里吃了这么多年饭，也没见有谁中了毒！

起立已经喝完了饺子汤，帮着媳妇往盆里舀水。吃饭的时候，起立他们没有提那件事。他们不提，他也不问。正是晌午，村子里都静下来，仿佛是快要盹着了。这样的午后，刚吃过饭，肚子里又饱又胀，整个人就慢慢迟钝下来。脑袋发沉，身子发虚，想睡一觉了。他站起来，准备回自己的屋子。起立说话了。起立说，爹，你不再坐坐？他收住脚，立住了，看着自己的儿子。起立说，爹，你坐。他犹豫了一下，就又坐下了。起立倒了一杯水，晾在桌子上。这是给他倒的水了。个小崽子。刚吃完饭，谁还喝得下水？他坐在凳子上，把一双眼睛看住起立。他知道起立。起立是个直肠子驴，憋不住。闷了一会，果然起立说了。起立说，爹，我们，我们俩，过了端午，就走。尽管他猜到了，他的心还是那么一沉。他又感到嘴唇干燥得厉害，他想舔一舔，舌头却涩得不听使唤。那麦子咋办？他终于把嘴唇舔了一下。几场热风，早已经把地里的麦子吹黄了。端午一过，就该开镰了。四亩地，飞芒炸穗的一大片，少说也得忙上几天。起立说，麦收的事，我都说好了，大志全包了。他问，啥叫全包了？起立说，麦子打多少，都归大志，咱只收钱。他一听就急了，凭啥？凭啥把种了一年的粮食给了人？起立说，大志的厂子，工人多，粮食老不够吃。老四的地，都让他种了两年了。起立，你说，你是不是也想把地卖给人家种？你说！他忽然就火了，他也不知道，自己怎么会有那么大的火气。他的嘴唇哆嗦着，手也哆嗦着，晾在桌上的那杯水，被他呼拉一下摔到地上，碎了一地的瓷片片。儿媳妇显然是吓坏了，张着湿淋淋的一双手，整个人都傻在那里了。

日光慢慢暗淡下去了。从窗子上面，可以看见太阳一点一点移动的影子。他躺在炕上，看着窗子上的影子发呆。自己这是怎么了？平白地发那么大的脾气。在儿媳面前，让儿子没脸，下不来台。这么多年了，他什么没有受过？怎么眼前这个坎儿，就迈不过去了呢。到底是老了。一年不如一年了。屋里人是怎么说的？临走，屋里人跟他说，你这性子，要改一改了。她说得真对。他是改了。改了很多。他以为，他是全都改了。可是，今天他才知道，他错了。

　　还有一集，就是端午了。过了端午，也就是说，再有五天，他们，儿子儿媳，就走了。去城里。城里好啊。人们都愿意去城里。儿子，媳妇，还有女儿，他们都到城里了。城里要是不好，他们能都走了，把这个家抛在脑后？

　　老猫慢慢地爬上炕来，拿脑袋往他的怀里拱，一下，再一下。他伸出一只胳膊，把这柔软的东西揽过来。

　　天就一点一点黑下来了。

出　走

　　从家里出来，陈皮心里轻轻舒了一口气。周末的早晨，整个城市还没有从睡梦中醒来，一切都是恍惚的。阳光从树叶的缝隙里漏下来，新鲜而凌乱，他仰起脸，有一点阳光掉进他的眼睛里，他闭了闭眼。

　　在路边的摊子上吃了早点，陈皮拿手背擦一擦嘴，打了个饱嗝。这个饱嗝打得响亮，放肆，无所顾忌。陈皮心里有些高兴起来。旁边有个女人走过，穿着松松垮垮的睡衣，蓬着头发，脸上带着隔夜的迟滞和懵懂，看了他一眼。陈皮没有以眼还眼。他只是略略地把身子侧了侧，有礼让的意思。其实，陈皮顶恨女人穿睡衣上街。睡衣是属于卧室的，怎么可以在大街上展示？简直连裸体都不如。陈皮知道自己未免偏激了，也就摇摇头，笑了。然而，他终究是有原则的人。旁的人，他管不了。可是艾叶，他一定要管。

　　想起半夏，陈皮的心里就黯淡了一下。昨天晚上，他同艾叶吵了架。怎么说呢，艾叶这个人，哪都好，就是性子木了一些。这个缺点，在做姑娘的时候，是看不出来的，甚至，还可以称得上是优点。一个姑娘，羞怯，畏缩，反倒惹人怜爱了。当初，陈皮就是看上了她这一点。陈皮很记得，那一回，他们第一次见面，在滨水公园。是个夏天，艾叶穿一件月白色连衣裙，上面零星盛开着淡紫色的小花。夕阳把她的侧影镀上一层金色的光晕，毛茸茸的，陈皮甚至可以看得清她脸颊上细细的绒毛。陈皮深深地吸了一口气，试探着去捉她的手，她没防备，受了惊吓一般，叫起来。附近的人纷纷掉过头来，朝他们看。陈皮窘极了，简直想找个地缝钻进去。可是，艾叶的那声尖叫，却久久在他耳边回响。还有她满脸绯红的样子，陈皮想起来，都要不自禁地微笑。真是一个可爱的姑娘。陈皮想。可是，从什么时候，事情发生了变化呢？陈皮蹙着眉，努力想了想，也没有想出来。

　　街上的市声喧闹起来，像海潮，此起彼落，把新的一天慢慢托起。陈皮把两只手插进口袋里，漫无目的地走。有小贩匆匆走过，挑着新鲜的蔬菜瓜果，水珠子滚下来，淅淅沥沥地洒了一路。陈皮看一眼那成色，要是在平时，他或许会把小贩喊住，讨价还价一番，买上两样。可是，今天不同。今天，他决心对这些琐事，漠不关心。郝家排骨馆也开张了。老板娘扎着围裙，正把一扇新鲜的排骨铺开，手起刀落，砰砰地剁着。骨肉飞溅，陈皮看见，有一粒落在她的发梢上，随着她的动作，有节奏地颤动。陈皮不忍再看，把眼睛转开去。艾叶最爱郝家排骨。可是，又怎么样？陈皮有些愤愤地想。她爱吃，自己来买好了。反正，他不管。

　　一片树叶落下来，掉在他的肩上，不一会，就又掉下去了。陈皮抬手擦了一把汗，他有些渴了。若在平时，周末，他一定是歪在那张藤椅里，在阳台上晒太阳。旁边的小几上，是一把紫砂壶。他喝茶不喜欢用杯子，他用壶。就那么嘴对嘴地，呷上一口，丝丝地吸着气，惬意得很了。通常，这个时候，艾叶在厨房里忙碌。对于做饭，艾叶似乎有着非常的兴趣。往往是，刚吃完早点不久，她就开始张罗午饭了。下午，陈皮一觉醒来，就听见厨房里传来丁丁当当的声响，他就知道，这一定是艾叶。算起来，一天里，倒有一多半的时间，艾叶是在厨房度过的。有时候，陈皮很想跟她说上一句，却又懒得叫。何况，厨房里是那么杂乱，叫上一两声，不见回应，也就罢了。晚上呢，艾叶督着儿子写功课，不一会，母子两个就争执起来。陈皮歪在沙发里，把电视的音量调小一些，枕着一只手，听上一会，左不过还是那几句话。做母亲的嫌儿子不专心，做儿子的嫌母亲太絮叨。陈皮皱一皱眉，重又把音量放大。他懒得管。这些年，他是有些麻木了。有时候，陈皮会想起年轻的时候。那时，他们新婚，还没有孩子。艾叶喜欢穿一件淡粉色的睡衣，一字领，后面，却是深挖下去，横着一条细细的带子，露出光滑的背。让人看了忍不住就想去触摸。陈皮爱极了这件睡衣。他知道，艾叶最怕他吻她的背。他喜欢从后面抱住她，一路辗转，吻她，只吻得她整个人都要融化了。陈皮想到这些的时候，心里潮润润的。他和艾叶，有多久不这样了？

　　前面，是一个街心花园。晨练的人们正醉心于他们的世界。陈皮在旁边立了一时，找了张椅子坐下来。阳光从后面照过来，烘烘的，很热了。一枝月季斜伸过来，横在他的脸侧。陈皮忍不住伸出鼻尖嗅一嗅。私心里，陈皮不大喜欢月季。月季这种花，一眼看去，很像玫瑰，然而，再一深究，就知道，到底是错了。不远处，几个人在练太极，都是上了年纪的人。穿着白色的绸缎衣裤，风一吹，飒飒地抖擞着，一招一式，很有些仙风道骨的气度。有的还拿着剑，舞动起来，也是刀光剑影的景象，鹅黄的穗子飞溅开来，动荡得很。

　　陈皮掏出一支烟，点燃，并不急于吸，只是夹在两指间，任它慢慢烧着，冒出淡淡的青烟。陈皮是一个很自制的人，在很多方面，对自己，他近乎苛刻。平日里，他几乎烟酒不沾。偶尔，在场面上，不得已也敷衍一下。当然，他也没有多少场面需要应付。一个办公室的小职员，天塌下来，有上面层层叠叠的头们顶着。这么多年了，陈皮早年的壮志都灰飞烟灭了。能怎么样呢，这就是生活。所谓的野心也好，梦想也罢，如今想来，不过是年少轻狂的注脚。那时候，多年轻。刚刚从学校毕业，放眼望去，眼前尽是青山绿水，踏不遍，看不足。他们几个男孩子，骑着单车，把身子低低地伏在车把上，箭一般地射出去。满眼的阳光，满耳的风声，车辆，行人，两旁的树木和楼房，迅速向后退去。路在脚下蔓延，他们要去往世界的尽头。身后传来姑娘们的尖叫，他们越发得了意，忽然直起身，来一个大撒把，任车子向前方呼啸而去，整个人都飞了起来。陈皮喜欢那种飞翔的感觉。有时候，在梦里，他还会飞，那一种致命的快感，眩晕，轻盈，羽化一般，令人颤栗。然而，忽然就跌下来，直向无底的深渊坠下去，坠下去。声嘶力竭地叫着，惊出一身冷汗。睁开眼睛，却发现是在自己的床上。微明的晨光透过窗帘漏进来，屋子里的家具一点一点显出了轮廓。空气不太新鲜，黏滞，暧昧，有一种微微的甜酸，那是睡眠的气息。陈皮在这气息里怔忡了半晌，方才渐渐省过来。艾叶在枕畔打着小呼噜，很有节奏，间或还往外吹气，带着模糊的哨音。吹气的时候，她额前的几根头发就飘一下，再飘一下。陈皮重又闭上眼睛。如今，陈皮是再也不会像年轻时候那样，骑着单车在大街上发疯了。每天，他被闹钟叫醒，起床，洗漱，坐到桌前的时候，艾叶刚好把早点端上来。通常，儿子都是一手拎书包，一手抓过一根油条，急匆匆地往外赶。艾叶在后面喊，鸡蛋，拿个鸡蛋——早一分钟都不肯起。这后半句早被砰的关门声截住了。两个人埋头吃饭，一时都无话。吃罢饭，陈皮出门，推车，把黑色公文包往车筐里一扔，想了想，又把包的带子在车把上绕一下，抬脚跨上去。这条路，他走了多少年了？他生活的这个小城，这些年，也有一些变化。可是，从家到单位，这一条路，却基本上还是原来的样子。要说不同，也是有的。比方说，临街的理发店换了主人，听说是温州人，名号也改了，叫做亮魅轩。比方说，原来的春花小卖部，如今建成了好邻居便利店。比方说，两旁的树木，当年都是碗口粗的洋槐，如今，更老了。夏天的时候，枝繁叶茂，差不多把整条街都覆盖了。每天，陈皮骑车从这里经过，对于街上的景致，他不用看，闭着眼，就能够数出来。上班，下班，吃饭，睡觉。在这条轨道上，来来回回，这么多年，陈皮都习惯了。

也有时候，下了班，陈皮一只脚在车上跨着，另一只脚点地，茫然地看着街上的行人，发一会呆。也不知怎么，就一发力，朝相反的方向去了。他慢慢地骑着车，饶有兴味地打量着周围。行人，车辆，两旁的店铺，一切都不熟悉，甚至还有点陌生。他喜欢这种陌生。想来也真有意思，这座古老的小城，他在这里出生，在这里长大，娶妻，生子，这是他的家乡。他以为，他对家乡是很熟悉了。可是，他竟然错了。现在，他慢慢走在这条路上，只不过是一条街的两个方向，他却感到了一种奇怪的陌生，一种——怎么说呢——异乡感。这是真的。他被这种陌生激励着，心里有些隐隐的兴奋。忽然间，他把身子低低地伏在车把上，箭一般把自己射出去。夕阳迎面照过来，他微微眯起眼，千万根金线在眼前密密地织起来，把他团团困住，他胸中陡然升起一股豪情，他要冲决这金线织就的罗网。他一路摇着铃铛，风在耳边呼呼掠过，他觉得自己简直要飞起来了。在一个街口，他停下来。夕阳正从远处的楼房后面慢慢掉下去。他感觉背上出汗了，像小虫子，正细细地蠕动着。他大口喘着气，想起方才风驰电掣的光景，行人们躲避不及的尖叫，咒骂，呼呼的风声，皮肤上的绒毛在风中微微抖动，很痒。他微笑了。真是疯了。也不知道，有没有熟识的人看见他，看见他这个疯样子。他们一定会吃惊吧。他这样一个腼腆的人，安静，内向，近于木讷，竟然也有疯狂的时候，在车水马龙的大街上，飙车，简直是不可思议。他们一定会以为认错人了。陈皮想。暮色慢慢笼罩下来，陈皮感觉身上的汗水慢慢地干了，一阵风吹过，皮肤在空气里一点一点收缩，紧绷绷的。他把周围打量了一下，心里盘算着，怎么绕过一条街，往回走。还有，回到家，怎么跟艾叶解释——平日里，这个点，他早该到家了。

一对夫妇从身旁走过。陈皮把烟送到嘴边，吸上一口，闭了嘴，让香烟从鼻孔里慢慢出来。这种吸法，他还是年轻时候，刻意模仿过，结果自然是呛了，咳起来，流了一脸的泪。可是如今，他竟然也变得很从容了。他冷眼打量着这对夫妇，想必是出来遛早了，顺便去早市上买了菜。两个人肩并着肩，穿着情侣装，不过二十几岁吧，一定是新婚。女人的身材不错，走起路来，风摆杨柳一般。男人一只手拎着袋子，一只手揽着女人的腰，两个人的身体一碰一碰，两棵青菜从袋子里探出头来，一颤一颤，欣欣然的样子。女人间或抬起眼，斜斜地瞟一下丈夫，有点撒娇的意思了。陈皮看了一会，心里忽然就恨恨的。谁不是从年轻走过来的？他们懂得什么？未来，谁知道呢。然而，在这一刻，他们终究是恩爱着的。他们那么年轻，且让他们做些好梦吧。当年，他和艾叶新婚的时候，也是这样，天天黏在一处。在家的时候，从来都不分时间和地点。每一分钟都流淌着蜜，浓得化不开了。陈皮看着女人渐渐远去的背影，忽然觉得有些似曾相识。这个女人，有点像小芍呢。尤其是，她走路的样子，看起来，简直就是小芍了。

小芍是他的同事，一个办公室。陈皮的位置，正好在小芍的左后侧。只要一抬眼，看到的就是小芍的背影。公正地讲，小芍人长得并不是十分的漂亮。可是，小芍的姿态好看。是谁说的，形态之美，胜过容颜之美。这话说的是女子。陈皮以为，说得真是对极。小芍的一举手一投足，就是有一种特别的韵味在里面。小芍的背影，尤其好看。夏天的时候，小芍略一抬手，白皙的胳膊窝里，淡淡的腋毛隐隐可见，陈皮的身上呼啦一下就热了。真是要命。有谁知道呢，陈皮眼睛盯着电脑，手里的鼠标咔哒咔哒响着，心思呢，却早不知飞到哪里去了。还有一点，小芍活泼，笑起来，脆生生的，像有一只小手拿了羽毛，在人心头轻轻拂过，痒酥酥的，让人按捺不住了。有时候，陈皮就禁不住想，这个小芍，在床上，会是什么样子呢。想必会是活色生香的光景吧。他把手握住自己的嘴，装作哈欠的样子，在发烫的脸颊上狠狠捏了一把。自己这是怎么了，一辈子中规中矩，战战兢兢地活着，到如今，都快五十岁的人了，却平白地生了这么多枝枝杈杈的心思。他都替自己脸红了。然而，人这东西，就是奇怪。有时候，晚上，和艾叶在一起的时候，他却总是要想起小芍。怎么说呢，艾叶这个人，年轻的时候，就从来没有热烈过。总是逆来顺受的样子，一脸的平静，淡然，甚至，还有那么一点悲壮。让人心里说不出的恼火和索然。而今，年纪渐长，在这方面，她是早就淡下来了。有时候，白天，或者晚上，儿子不在家，艾叶坐在厅里剥豌豆，一地的绿壳子。陈皮在沙发上看报纸，看一会，就凑过去，逗她说话。她照例是淡淡的。陈皮觉得无趣，就同她敷衍两句，讪讪地走开去。逢这个时候，陈皮心里就委屈得不行。他承认，艾叶算得上好女人，典型的贤妻良母，对老人也孝敬，在街坊邻里中，口碑不坏。可是，陈皮顶看不得她这个样子。到底都是外人，他们，知道什么？

也有时候，陈皮会耐着性子，跟艾叶纠缠一时。就像昨天。昨天是周末，晚上，吃过饭，看了一会电视，陈皮就洗了澡，准备睡觉。他是有些乏了。单位是个清水衙门，办公室里，总共才有五个人，却也是整日里勾心斗角。头儿是老邹，都五十多岁的人了，却一副油头粉面的样子。喜欢同女孩子开玩笑，尤其喜欢站在小芍的桌前，两手捧个大茶杯，有一搭没一搭地同她说话。前不久小芍刚刚度蜜月回来，一脸的喜气，时不时地发出清脆的笑声。陈皮冷眼看着他们，心里恨恨的，却又不知该恨谁。陈皮歪在床头，闭着眼，想象着小芍的样子。结了婚的小芍，倒仿佛越发平添了动人的味道。长发挽起来，露出美好的颈子。有拖鞋在地板上走过来，托托的，然后，是窸窸窣窣的衣物声，他听出是艾叶过来了，就一把把她抱住，嘴里乱七八糟地呢喃着，身上简直像着了火。艾叶先是沉默着，后来，不知怎么，啪的一下，她一巴掌打在他的脸上。在寂静的夜里，那个耳光格外清脆。两个人一时都怔住了。

  怎么会这样，怎么会呢？陈皮盯着黑暗中的天花板，卧室里，传来艾叶的饮泣，像蚂蚁，细细的，一点一点啃咬着他的心。黑暗包围着他，压迫着他，让他艰于呼吸。在那一刻，他忽然觉得异常的萎顿和迷茫。这就是他的生活？他生活的全部？这一生，他小心翼翼地活着，不敢稍有逾矩。他在自己的轨道上，慢慢地往前走，一步一步，试探着，每一步都不敢马虎。走了大半辈子，到头来，他得到了什么？一个小职员，快五十岁了，仕途无望，一生都看人脸色。他当年的雄心呢？至于家庭，看上去还算平静，却被一记耳光打破了。这记耳光，在他们之间，藏匿了多少年了？至于小芍，怎么可能。如今的女孩子，他清楚得很。不过是白日梦罢了。天地良心，在女人方面，他一向是中规中矩的。就连同艾叶，自己的妻子，也没有那么——怎么说呢——那么放荡过。还有儿子。从小，都是艾叶一手把他带大。而今，嘴唇上已经长出了细细的绒毛，声音也变了，像一只小公鸭。有时候，看着高大的儿子在眼前晃来晃去，他就有些恍惚了。这才几年。儿子都陌生得令他不敢认了。

天刚蒙蒙亮，陈皮就从家里出来了。他害怕面对艾叶，害怕看见艾叶几十年如一日的早点，害怕家里那种气息，昏昏然，沉闷，慵懒，一日等于百年。现在，陈皮坐在街心公园的长椅上，看野眼。太阳已经很晒了。空气里有一种植物汁液的青涩味道，夹杂着微甜的花香。一只蜜蜂，在他身旁营营扰扰地飞。他挥挥手，把它轰开。晨练的人们，不知什么时候，都渐渐散了。公园里，寂寂的，显得有些空旷。陈皮抬头看一眼天空，太阳都快到头顶了。地上，他的影子矮而肥，就在脚下。快中午了。陈皮站起身，准备吃午饭。

附近有一家汤记烧麦，味道很是正宗。陈皮拣了张靠窗的桌子坐下来，慢慢地吃着。今天，他有的是时间。他不着急。他要了一瓶啤酒，两道小菜，从容地自斟自饮。这要是在家里，艾叶总会唠叨两句的。前段时间体检，他是轻度的脂肪肝。这个年龄的人，该控制一些了。陈皮端起酒杯，慢慢地呷一口。窗外，有一个女人遥遥走过来，打着太阳伞，墨镜，白皙而丰腴，一看就是一个养尊处优的妇人。对于女人，早些年，陈皮以为，一定要窈窕才好，而现在，陈皮却宁愿喜欢丰满一些的了。丰满嘛，不是胖，就像眼前这个女人。陈皮眯起眼睛看了一会，端起酒杯，细细地啜了一口。这些年，艾叶确实是胖了些。穿起衣服，也没有了形状。不穿呢，就更没有了。陈皮心里笑了一下，也不知怎么，就暗暗同艾叶做起了比较。他想起了昨天晚上，还有那记耳光。他不笑了。老板娘远远地坐着，时不时抬头朝这边看一眼。她在看什么呢。陈皮想。她一定是奇怪，这个男人，看起来有些面熟的，说不定就在附近住，从中午进来，要了一屉烧麦，一瓶啤酒，两道菜，一直坐在那里，慢条斯理地吃喝。脸上，却是平静得很。他一边吃，一边看着窗外，仿佛窗外有什么好风景一般。抬眼看了看表，都四点多了。下午，店里也没有多少生意，他坐在那里，就由他去罢。若是在平时，顾客多的时候，她一定要过来问了。

夕阳在天边渐渐燃烧起来，把一条街染成淡淡的绯红。陈皮在街上漫无目的地走着。刚从空调房里出来，整个人仿佛不小心掉进了热汤里，浑身暖洋洋的，毛孔一点一点打开，说不出的熨帖。向晚的小城，已经渐渐冷静下来。大街上，人们都行色匆匆，急着赶回家。一个小孩子，踩着脚踏板，迎面冲过来，嘴里呼啸着，得意得很了。柔软的头发在风中立着，紧抿着嘴巴，暗暗使着劲。夕阳在他脸上跳跃着。那张脸，纯净，稚气，还没有来得及经历尘世的风蚀和碾磨。他咧开嘴，笑了，露出几颗豁牙。陈皮心里感叹了一下。他想起了小时候。那时，他几岁？跟这个孩子差不多吧。拿一根铁丝弯成的把手，把一个铁圈推得满街跑。这一恍惚，都多少年了。而今，他的儿子都上高中了。父子们在一起，也不似小时候那么亲密了。小时候，他喜欢把儿子举过头顶，托在半空中，任他咯咯笑个不休，直到他都害怕了，讨饶了，他才把哇哇乱叫的小人往空中一抛，让他结结实实落在自己怀里。现在，儿子在他面前，倒一本正经了，甚至，有那么一点严肃。常常是，忽然间就沉默了。昨天晚上，那个耳光，那声响，不知道儿子听见没有。陈皮竟有些慌乱了。

暮色渐渐浓了。站在自家楼下的时候，陈皮才发现，他是又回来了。也不知怎么回事。早上，不，昨天夜里，他就已经下定了决心，离开这里，这个家，再也不回来。他在黑暗中暗暗咬着牙。他恨艾叶，恨这个家。他恨这么多年的生活，他恨他这半生。他恨这一切。他要走。一去不回头。可是，怎么现在，他又回来了。他有些恼火，也有些释然。屋子里灯火明亮。厨房里,传来油锅爆炒的飒飒声。一只砂锅坐在炉子上,咕嘟咕嘟冒着热气,鸡汤的香味一蓬一蓬浮起来,窗玻璃上模模糊糊的,笼了一层薄薄的水汽。陈皮悄悄走进来,蹑着足,为了不惊动厨房里的人。一抬眼,儿子正坐在饭桌前,端着遥控器,噼哩啪啦地换频道。看见父亲进来,也不说话,只是一心一意盯着电视。陈皮怔了一时,转身从冰箱里拿出一听可乐,啪地打开,喝了一口,沁人肺腑。他静静地打了个寒噤。艾叶端着盘子走过来,嘴里哑哑哈哈地嘘着气,把菜放在桌上,两只手就不停地摸着耳垂。陈皮偷偷看了她一眼,眼睛红肿,脸上却是淡淡的,始终看不出什么。陈皮把头皮挠一挠,刚欲开口,只听艾叶吩咐儿子摆碗筷。儿子应声出去了。只把陈皮一个人扔在原地,很尴尬了。好在有电视,女播音员侃侃地宣讲着,局部冲突,金融风暴,飞机失事,某大学发生枪击案。世界原没有想象的那样太平。陈皮入神地听着,心里有叹惜,有同情,也有安慰。饭菜的香味在空气里慢慢缭绕,把他们团团包围。陈皮端起碗,试探着喝了一口鸡汤,却被烫了舌头,也不好张扬,只有强自忍着。看一眼桌上的菜,也都是他素常喜欢的。还有绿豆稀饭,估计是下午就煮好的,上面结了一层薄膜,在灯下发着暗光。风扇一摇一摆,把桌上的一张报纸吹得一掀一掀。一家人谁都不说话,静静地吃饭。电视里在播天气预报。终于要下雨了,这些天,实在是太热了。

　　陈皮靠在椅背上,他吃饱了。这一刻,他心满意足。所有的那些小情绪,委屈,悲伤,怨恨,他都不愿意去想了。他这一生,都毁了。然而,能怎样呢。就连艾叶,也料定,他总会回来。他无处可去。

　　夜里,醒来的时候,外面一片雨声。雨打在树木上,簌簌的响。外面的风雨,更衬出了屋里的温暖安宁。陈皮翻了个身,很快,又睡熟了。

地铁上

一大早，梧桐出门赶地铁上班。他们家离地铁挺近。以梧桐的速度，大概不过走上七八分钟吧。在北京，交通便利顶重要。当初她买房子的时候，就是看中了这一点。

这个季节，马路两边的槐树都开花了。槐花的香气很特别，有一种微微的甜腥，丝丝缕缕，直往人的肺腑里钻。那家老魏羊汤门口，早点摊子早已经摆出来了。油条豆浆，烧饼羊汤，包子小米粥。老板娘有三十多岁吧，胖胖的，戴着白帽子，穿着白围裙，人长得干干净净，叫人觉得放心。梧桐买了油条豆浆，装在袋子里拎着，往地铁站赶。今天有点晚了，她可不想看头儿的脸色。

地铁口附近，停着一大片共享单车，挤挤挨挨的，几乎把味多美的门口给堵住了。有的单车倒在地下，跟着多诺米骨牌似的倒了一片，朝着一个方向，好像是被一阵风吹倒的。人们来来往往匆匆走过，看都不看它们一眼。

地铁里人很多。据说五号线是北京最拥挤的线路，它贯穿城市南北，最北边是号称亚洲最大社区的天通苑，已经属于昌平了。这一站在北五环边上，客流量巨大，尤其是早晚高峰时段。刚才的那趟车没有挤上去，梧桐只好等下一趟。又等了一趟，还是没有挤上去。

这一段地铁在地面以上，从天通苑，一直到惠新西街北口，再往南，就钻入地下，成了真正的地铁。巨大的弧形顶棚覆盖在头顶，太阳透过穹顶照下来，把偌大的站台烤得闷热潮湿，叫人窒息。这种露天站台不像地下的，有空调制冷，凉爽舒适。不断有乘客的脑袋从自动扶梯口升上来，升上来，潮水似的，一个浪头接着一个浪头。车厢口的队伍越排越长，歪歪扭扭，有的还拐了弯，看上去乱哄哄一片。对面的列车轰隆隆开过来，停靠，门开启，一批人上去，一批人下来。站台内回荡着乘务员高亢的声音：请自觉排队，先下后上——一遍又一遍，机械而娴熟。梧桐感觉汗水顺着脊背流下来，雪纺衬衣被濡湿了，贴在身上，痒索索的难受。她疑心自己的妆也花了，借着手机屏幕照一照。还好。

直到第四趟车过来，梧桐才被强大的人流推动着，稀里糊涂挤上去。车厢里人挨人，她个头小，被两个高个子夹在中间，动弹不得。她把包紧紧抱在胸前，感觉站立不稳，后悔怎么就穿了高跟鞋呢，找罪受。后头是一个健壮的中年女人，印花连衣裙上，开满了蓝色粉色的花朵，浑身上下散发着浓烈的香水味，混合着车厢里的汗味脂粉味大葱味花露水味，叫人头疼。前头是一个男人，牛仔裤白衬衣，背对着人群，看上去像一个大学生。梧桐试图把身子转过来，往旁边挪一挪，却听见那印花裙子哎呀一声尖叫起来。梧桐刚要说对不起，却发现那裙子旁边的一个棒球帽说，不好意思不好意思不好意思。一连好几个不好意思。那印花裙子瞪了棒球帽一眼，没有说话，自顾打开手机，埋头刷起来。经过一阵骚乱，人们慢慢找到属于自己的位置。车厢里很安静，也很凉爽。空调制冷的声音嗡嗡响着，听起来一点都不叫人烦躁，倒有几分悦耳动听。窗外，夏日的绿荫大片大片闪过，夹杂着锦绣一般盛开的鲜花。六月阳光下的北京城，显得明亮耀眼，散发着勃勃生机。

梧桐喜欢这段地上地铁。老实说，她喜欢火车，喜欢窗外短暂的一掠而过的世界，世界的片段，像断章，又像是漫不经心的咏叹。坐在火车上，可以看风景，也可以发呆，什么都可以想，什么都可以不想。铁轨向远方不断延展延展，直到消失在地平线神秘的遥远的阴影中。过往的生活被毫不留情地抛弃，而无限的可能正隐藏在无尽的远方。她喜欢这种在路上的感觉，一种，怎么说，一种不确定的确定，已知中隐藏着未知。梧桐心里笑了一下。她是在笑自己。都三十多岁的人了，居然还有这么多乱七八糟的想法。

忽然有人叫她的名字，竟然是白衬衣。白衬衣说，怎么，不认识我了？梧桐惊叫一声，张强！张强笑得眼睛亮亮的，可能是因为兴奋，脸颊通红。旁边那印花裙子不耐烦地看了他们一眼，嫌他们声音大。梧桐抿着嘴儿笑，压低声音，你也住这边？怎么咱们以前没碰上过啊？张强说，是啊，我还纳闷呢。张强说刚毕业的时候我在方庄那边住，搬过来好几年了。梧桐说，是不是？张强说自从那次吃饭以后，就再没聚过了。梧桐说，都十年了吧？张强说，差不多。

窗外，夏天的北京绿烟弥漫，好像是哪个莽撞的画家，不小心打翻了他的绿油彩，深深浅浅大大小小的色块恣意流淌着渲染着，把这个钢筋水泥的城市弄得蓬勃而柔软，湿润而富有诗的情味。张强看上去变化挺大，人胖了些，脸上上学时代的棱角都不见了，变得圆润，中年人的圆润。下巴刮得青青的，一直蔓延到铁青的两颊，叫人惊讶怎么会那么一大片。眼镜不见了，不知道是不是戴了隐形。看起来，他的状态还算不错。干净的衣着，随意却得体。头发依然乌黑发亮，夹杂着少许的银丝，倒平添了一种成熟的稳重的气质。张强说，老啦。梧桐说，你没怎么变。张强说，你倒是没变化，刚才我一眼就认出来了。梧桐说，真快啊，一晃十年了都。张强说，一眨眼的事儿。梧桐说，我还记得上回吃饭，大家都喝高了。你酒量挺不错。张强说，你也喝多了，哭了好大一场。梧桐说我怎么不记得了。脸上有些发烧。张强说，你忘了？那一回，你一个人喝了一打啤酒，把我们都给震了。大勋不让你喝，你非要喝，谁都拦不住。大勋。梧桐心里跳了一下。张强说，后来，大勋说，干脆他陪你一起喝，你一瓶他一瓶，那阵势！大勋。梧桐心想，这名字怎么觉得这么陌生呢。张强说，结果，你们俩都喝高了，互相对着脸儿哭。张强说，哭得那个痛哇。把服务生都招来了，以为出了什么事儿。张强说，你不记得了？梧桐却忽然指着窗外，你看，喜鹊！一只喜鹊好像是受了什么惊吓，扑棱棱飞起来。窗外的林木渐渐变得茂盛幽深，好像是一个什么庄园。园子挺大，一眼看去，只见草木葳蕤，遮天蔽日，叫人心里顿生凉意。

  又一个站台到了。车厢里小小的骚乱了一阵子，有人下车，有人上车，更多的人依然留在车上。车门关闭，继续行驶。车厢里又渐渐安静下来。梧桐往边上挪了挪，正好跟张强并肩站着，脸朝着窗外。光线明暗交错，混杂着乱七八糟的阴影和光斑，在张强脸上变幻不定。窗玻璃上映出他们的影子，一时清晰，一时模糊。头顶的通风口呼呼呼呼吹出一股股气流，把梧桐的头发弄得有点凌乱。张强说，那什么，你还在学校？梧桐说，对，教书。你呢？张强说，我啊，我这故事就长了。A Long Story。梧桐说，是不是？张强说，我都换了好几个地儿了。惊讶吧？梧桐说，有点儿。张强说，当初能留校，多少人羡慕啊。

本来都打算好了，边工作，边读研，再读博。这年头儿，在高校，博士是必要条件。梧桐说，要想搞业务，肯定是。张强说，后来，研也考了，可我还是换了工作。梧桐说，不懂。张强说，我考了公务员。当时倒也没抱着多大希望，没想到，居然考上了。梧桐说，厉害啊。张强说，公务员，你知道的，按部就班，在一个庞大的机器里，做一只螺丝钉，转啊转，转一辈子。梧桐说，稳定啊。张强说，我痛恨这种稳定。梧桐说，所以呢？张强说，我辞了职，到一家国企，干宣传。梧桐说，国企？张强说，待遇不错，国企嘛。就是那几年，我买了房子，按揭。梧桐说，不错嘛。张强说，天天写材料，那一套话语体系，刚开始挺新鲜，后来，哎，没劲。梧桐说，不会吧，难道你又？张强说，最近，我忽然对艺术有了兴趣。具体一点，就是画画。张强说，你知道，当年读大学的时候，我参加过他们的艺术社团。梧桐说，一点儿印象都没有了。张强笑笑，好像是原谅了她的健忘。你知道吗，画画是需要天分的。不只是画画，一切艺术，天分是最关键的。有的人就是天分好，悟性高，老天爷赏饭吃，你怎么办？没办法。梧桐说，那么，你现在是，画家？张强说，准确地说，曾经是。

惠新西街北口到了。车门打开，一批人下去，另外一批人上来。因为是换乘车站，车厢里秩序有点混乱。车厢门口有志愿者在维持秩序，耐心引导乘客，这边走，那边走。有个盲人，戴着墨镜，拄着一根拐杖，哒哒哒哒上车。志愿者小声提醒他注意脚下，想要搀扶，却被盲人客气而坚决地拒绝了。车厢里人们霎时间安静下来。有个女孩子站起来让座，那盲人却不肯，点头说谢谢。那女孩子一时间有点尴尬。又有人站起来，引导着他，在供人停靠的地方站住。那盲人立定，戴着墨镜的脸入神地地对着窗外。梧桐看着他那神秘的墨镜，心想这上班高峰，乘地铁够危险的。张强忽然小声说，说不定这个人根本就不是什么盲人。梧桐啊了一声。张强的声音更低了，他看得见。梧桐说，你怎么知道？张强说，我只是说出了我的猜测，生活的一种可能性。梧桐说，可能性？张强说，比方说，你。梧桐说，我？张强说，对。你。你看起来还不错，其实——梧桐忽然紧张起来。其实什么？张强说，其实你并不是你看起来的样子，我是说，也许，你并没有你看起来那么，那么幸福。梧桐说，你什么意思？张强说，别生气啊，实话就是不中听。梧桐说，你从哪里看出我不幸福？你凭什么妄自揣测别人的生活？车厢里忽然变得特别安静，一点声响都没有。人们惊讶地朝这边看过来。张强小声说，你看你，那么大嗓门。梧桐尴尬得不行，对不起，我刚才，我也不知道自己怎么了。两个人一时无话。

　　窗玻璃里映出车厢里人们的脸，重重叠叠的，显得有点怪异。有的人脸上长出了树木，有的人眼睛里忽然冒出一座高楼，有的人下巴颏儿上打上了几个大字，中国银行。车里的脸和窗外的城市交错混杂在一起，有一种魔幻般的不真实。张强松松垮垮站着，一条腿稍息，有点吊儿郎当。三十多岁的人了，身材保持得还不错。牛仔裤紧绷绷地勾勒出一双长腿来，衬衣是棉布的，圆角下摆，细细碎碎的褶皱，有一种皱巴巴的高级感。手上没有戒指。梧桐猜测着他的婚姻状态。仿佛是听到了梧桐心里的疑问，张强说，我离婚了。好几年前的事儿了。梧桐哦了一声，不知道该怎么接话。张强说，你肯定是在想，这时候是该安慰呢，还是该祝贺呢。梧桐说，那么我是该安慰你呢还是该——祝贺你呢。窗子上映出后面谁的一副眼镜，却跟一个女人猩红的嘴巴重叠在一起，仿佛是电影里的蒙太奇镜头。张强笑了一下，露出一口不太整齐的牙齿。都过去了。他说。看着窗外的城市不断向后退去退去退去。你认识的。就是小蔡。梧桐想起来了。小蔡是外文系的，瘦瘦高高，有点弱不禁风。有人背后说她挺厉害的，别看那么瘦。

身边男孩子一直不断，还老有社会上的人过来，为了她打架滋事。张强那时候一点儿都不起眼。乡下出身，穿衣打扮也土，说话一着急就结巴。成绩嘛，倒挺优秀，出了名的学霸。可大学里，谁还光看你的学习成绩？尤其是姑娘们。张强说，我爱她。张强看着窗外，好像那里就站着他的小蔡。我整整追了她两年。张强摸了摸衣兜，大概是想抽烟。他把一根烟抽出来，凑到鼻子下面闻了闻，又放回去。有时候，我想，这大概就是命运吧。梧桐看着他。她不知道他曾经遭遇过什么样的命运。命运这东西，有时候我们相信它。有时候我们反抗它。命运到底是什么样子的呢。一个小孩子忽然哭起来，肆无忌惮的，是忽然爆发的那种。做妈妈的哄不住他，只好任他哭。张强说，做个孩子真好啊。大人太累了。想哭的时候装着笑，想笑的时候还得忍住，不能任性。梧桐心想，您还不够任性？张强忽然问，对了，你有孩子吗？抱歉，其实我应该先问，你结婚了吧？梧桐被他逗笑了。说，你猜？

　　过了惠新西街南口，地铁由地上转入地下。车厢里忽然暗下来。几乎是报站的同时，灯被调亮了。灯光仿佛星光，在幽暗的地下粲然绽放。车厢里亮如白昼。窗外，是大片大片的黑暗。不时有巨大的广告招牌闪过，色彩明亮。化妆品，汽车，包包，高端别墅，私人订制服装，光华照人，充满了浓郁的奢华的物质的气息。列车仿佛一头巨大的野兽，在城市的腹部轰然穿过，呼啸着，挟带着凛冽的浩荡的风声。车轮碾压过铁轨，发出有节奏的撞击声，从地下传到地面，传到城市的各个角落。写字楼，商场，游乐园，各种不同档次的居民区。张强换了一种姿势，靠着车厢门口那根栏杆。栏杆上面写着一行字，危险！禁止倚靠。梧桐想提醒他，张了张口，却说，后来呢。我是说，小蔡。张强说，离了。我们根本就不是同一类人。但我一点都不后悔。你信吗？梧桐不说话。张强说，生活的本质是什么呢？生活的本质就是，千差万错，来不及修改。梧桐说，是吗？张强说，这要是在年轻时候，我根本不服。梧桐看着他的脸，心里说，那么，现在呢？

雍和宫站到了。乘务员的播报声在车厢里回荡，好像是一块石头投进水里，一波一波荡漾开去，跟地铁里巨大的空洞的回声碰撞在一起，交织成一种辉煌的华丽的轰鸣。梧桐说，你去雍和宫许过愿吗，据说挺灵的。张强说，你也信这个？站台内的装修都是中国风，雕梁画栋，飞檐下挂着大红灯笼，朱红的柱子，回廊曲折。有一个金发碧眼的外国姑娘，靠着一根柱子打电话，忽然间，她放声大笑起来，毫无顾忌地露出一嘴粉色的牙龈。哭和笑，大约是人类最通用的语言了吧。不用解释，不用翻译，一听就懂。张强说，对了，你哪站下？梧桐说，我灯市口。你呢？张强说，我得终点站了。张强说你怎么不问问，我现在干吗呢。梧桐说，那，你现在干吗呢？张强就笑了。梧桐忽然发现，张强眼角的鱼尾纹挺细挺密，笑起来，好像是一把小扇子忽的打开。那些细细密密的纹路里，藏匿着什么呢。现在，我又回炉了。梧桐说，回炉？张强说，重新回到大学课堂，学管理。我准备自己创业，开公司。对面的一趟列车开过来，巨大的影子把窗玻璃整个覆盖，先是车头，然后是长长的车身，最后是车尾。当你感觉漫长的黑暗总也看不到头的时候，刷的一下，眼前一亮，列车已经错身而过了。梧桐说，你真，真行。张强说，你是想说，真能折腾吧。张强换了一条腿稍息着，一只手在窗子上漫无目的地画着。窗玻璃上是一幅北京地铁线路图，花花绿绿，弯弯曲曲，乍一看，好像是一幅印象派油画。这么多年，你也变了。张强说，我记得，你是一个心直口快的姑娘。梧桐说，你就是说我直肠子呗。张强说，没什么不好。直来直去。老同学还藏着掖着，忒累。梧桐说，没错，我是觉得，你挺能折腾。张强的手指沿着图上的地铁线路缓慢地经过北京的大街小巷，好像是在辨识,又好像是在确认。有个女人打电话的声音忽然激动起来,你说什么?你再说一遍?你敢不敢再说一遍?梧桐说,其实我还挺羡慕你的。真心话。那个打电话的女人忽然哭起来,这么多年,我坚持了这么多年——哽哽咽咽的,泣不成声。张强叹口气,笑笑。车窗上,映出那个打电话的人的背影,是个短发女人,穿着剪裁得体的裙装,两只肩膀剧烈地耸动着,好像胸腔里埋藏着一个炸弹,随时都可能爆发。梧桐说,小蔡,她后来怎么样了?——我是不是挺八卦的?张强说,有点儿。你怎么不问问大勋。梧桐不说话。窗外,大团大团的黑暗往后方退去,退去,叫人感到没来由的一阵阵窒息,好像是,那黑暗是有重量的,隔着窗子,都能对人造成强大的压迫。半晌,梧桐才说,都过去了,不是吗。梧桐说,好像是一场梦,你在梦里哭啊笑啊,跟真的一样,醒来却发现,什么都没有,不过是一场梦而已。张强说,幸亏还有梦。人这一辈子,要是连个梦都没有,也挺没意思的。那打电话的短发女人还在哭泣,好像是已经挂了电话,不知道是对方挂了,还是她挂了。一侧的直直的短发垂下来,齐刷刷遮住她的半张脸。耳环一闪一闪,随着抽泣的节奏和列车节奏激烈晃动着,仿佛是另外一种诉说。张强说,有人通知你了吗,咱们班拉了个群,毕业十周年,说要搞一次聚会。梧桐说,回学校聚?张强说,还没定。梧桐说,很多人都没联系了。张强说,武建伟,你还记得吧。梧桐说,又高又壮,我们背后都叫他武二郎。张强的声音忽然低下来,他走了。梧桐说,走了?张强说,听说是车祸,好几年前的事了。车窗外,又一辆列车从对面呼啸而来,先是车头,然后是长长的长长的车身。好像是庞大的笨重的野兽,拖着巨大的影子,在地下横冲直撞。车厢里陷入长时间的黑暗,叫人难以忍受。梧桐想起来,她们宿舍那些女生,对高大的武二郎是有些暗暗的喜欢的。私下里,她们喊他二郎。二郎这个,二郎那个。二郎是篮球场上的明星人物，矫健的身影敏捷的奔跑凌厉的动作，汗水飞溅热血奔腾淡淡的荷尔蒙的气味草地上露珠滚动被女生们的尖叫声震碎了。梧桐忽然觉得胸口发紧。张强说，我也是刚知道的。这不是要聚了吗，大家才开始联系。张强说，有的人死活联系不上，你说怪不怪？大约是发觉自己这话说的不好，又找补说，我是说，现在通讯这么发达，世界就这么大。梧桐说，世界太辽阔。张强说，看怎么说。这不，坐个地铁都能偶遇。梧桐说，也是。张强说，李静一，小个子，洋娃娃似的，你还记得吗。梧桐说，她好像是南方人。张强说，她出国了。梧桐说哦。张强说，还有欧阳老师，升官了，刚提了副校长。梧桐说，上学那会儿倒没看出来，一身书生意气。张强说，学术带头人，也是领域内大牛了。梧桐说，确实挺有才的，你记不记得他有个口头禅？张强说，开什么玩笑！两个人一齐笑起来。

　　这一站是张自忠路。上车的人很多，下车的人也很多。站台里，人群潮水一般，汹涌着朝着四面八方流去。新的人群又汹涌而至。早高峰时段，地铁好像是庞大的钢铁的怪兽，吞吐着呼啸着奔跑着，把人群送往他们各自的目的地。张强说，我是不是有点话痨？梧桐笑起来。我记得你以前话很少。张强说，一着急还有点结巴。梧桐说，现在都好了？张强说，诡异吧？我也觉得纳闷儿。说实话，我跟生人话也不多。我嘴笨。窗外，大幅广告牌一闪而过，跟大片的黑暗不断交替着。窗玻璃上，很多人的脸重叠在一起，消失，出现，消失，出现。梧桐说，我离了，刚又结了，就这个五一。张强说，是吗，其实，也正常。梧桐笑起来。张强说，你灯市口，是吧？梧桐说，还有两站，下站东四。张强说，还挺快。东四站到了。窗玻璃上出现了站台，柱子，人群，扶梯，乘务员穿着制服，笔直站立着。张强说，其实，我还在咱学校，搞行政。梧桐说，哦？张强说，我跟小蔡——我们也没有离婚。她的公司做得不错。我们，怎么说，我们刚换了大房子。张强停顿了一下，说，有空来玩吧。

灯市口马上就到了。乘务员的播报声响起来，是催促，也是提醒。车厢里又是一阵骚动。梧桐说，我下车了，祝你——一切都好。张强说，新婚快乐。

六月的北京城，阳光明亮。行道树巨大的树冠支撑起大片的绿荫，叫人觉得夏日的清新可爱。梧桐这才发现，早餐一直还在手里提着，塑料袋子内壁被水蒸气弄得湿漉漉的。她拿出油条豆浆，边走边吃。油条已经有点皮了，豆浆却不凉不热正好。一个学生从背后叫她，老师好！清脆稚嫩的声音，毛茸茸的，叫人心里痒酥酥的舒服。

她拿出手机看时间，忽然想起来，她跟张强还没有加微信。电话也没有。她喝着豆浆，看着阳光下的背着书包上学的学生们，叽叽喳喳，仰着新鲜的明亮的脸。灯市口这一带，种了很多槐树。蝉在树上热烈鸣叫着。梧桐第一次发现，蝉鸣声中有一种金属的质感，清脆亮烈。有槐花簌簌落下来，落在马路牙子上，落在行人的头上肩上。

上课预备铃响了。梧桐加快了脚步。

花好月圆

　　这家茶楼,藏在一条胡同的深处。生意却是特别的好。沿着胡同一直走,走出去,就是车水马龙的大街。来过的客人都称赞说,这真是一个好地方,闹中取静。

　　桃叶也喜欢这地方。算起来,来这家茶楼,已经有半年多了。茶楼的工作并不累,无非是端茶续水,迎来送往,洒扫抹擦,对于年轻的女孩子,尤其相宜。桃叶呢,性子又娴静,终日在淡淡的茶香中来去,真是再好没有了。当然了,还有音乐。多是一些古典的曲子。桃叶听不懂,可是却喜欢得很。有时候,桃叶听得痴痴的,不免想,这世上,竟真有这样好的东西。

　　晚上,是茶楼最忙的时候。周末呢,就更忙了。人们吃完饭,来这里喝茶,聊天,也有打牌的,下棋的。比较起来,桃叶更喜欢下棋的。打牌的太闹。喝茶聊天的,就更安静了。三两个人,沏一壶茶,静静地聊天,闲适得很。城里人,可真会享受。哪像乡下。想到乡下,桃叶就轻轻叹一口气,然而也就笑了,笑自己的傻。这是北京城呢。真是。

渐渐地,桃叶注意到,这些客人,大都是茶楼的常客。他们在这里存了茶,不定期地来这里消费。其中,有一对客人,也是这里的常客。他们的茶室,几乎是固定不变的,最里面的那一间,在一株硕大的植物的掩映下,门牌上垂下长长的流苏,上面写着:花好月圆。这是一间小茶室,最适于两个人对饮。装饰也不俗。迎面窗子上,挂着半月形的竹编,又别致,又清雅。墙壁设计出叠层,高高下下摆着竹筒,半只的,整只的,青色宜人,有的甚至还带着活泼泼的枝叶。另一面墙上,是一幅画。画上的物事,桃叶都认得,南瓜,葫芦,一只大石榴,咧开嘴,露出里面鲜红的籽实。这幅画,让桃叶感到亲切。每一回来这里清扫,桃叶总要对着这幅画看一回。也许是因了这幅画,桃叶喜欢这间茶室。名字也好。花好月圆。又吉祥,又悦耳。更巧的是,这间茶室,正好在桃叶的分工范围之内。茶楼里的服务生,都是有分工的。桃叶管小茶室。私下里,她们管小茶室叫做鸳鸯房。通常情况下,来这里喝茶的都是成双成对的人。两个人,在幽静清雅的小茶室里,一坐就是半天。有时候,桃叶不免想,他们,在做什么呢?桃叶十七岁。十七岁的女孩子,已经懂了事。想着想着,桃叶就有点心神不定。然而,大多时候,桃叶什么都不想。茶楼里的规矩,服务生要知情识趣,懂得眉眼高低,在该出现的时候出现,在该消失的时候消失。每一间茶室,都有呼叫器,服务生要应声而动,不可擅入。这些,在最初来茶楼的时候,桃叶都一一牢记在心里了。

桃叶发现,往往是,那位男客先来,然后,大概十分钟之后,那位女客才姗姗来迟。也有相反的时候。总之是,这一对客人,极少同时来到。每一回,那男客来了,桃叶就过去照顾。通常,桃叶会问一下客人，是点新茶呢，还是喝先前存的？这一对客人，也是在这里存了茶的。普洱，十年的普洱。他们一直喝普洱，几乎从来没有换过。桃叶烫茶壶，烫茶杯，洗茶，一遍，两遍，三遍。这种陈年普洱，总要至少烫三遍才好。客人坐在椅子上，颇有兴味地看她沏茶。逢这个时候，桃叶就格外的紧张。心里怦怦跳着，手下也失去了分寸，一不小心，茶水就溢出来。桃叶偷眼看一下客人，却见他并不曾留意，就把心神定一定，专心做事。眼角的余光，却无意中扫到了客人的一双皮鞋，擦得锃亮，闪着凛然的光。沏好茶，桃叶躬身退出来，替客人把门带上，方才轻轻舒了一口气。

　　对于这位男客，桃叶她们几个都悄悄议论过了。怎么说呢，这位男客，在客人里面，是显得太出类了一些。不单是容貌，只那神情气度，行止之间，就有一种摄人的风仪。私下里，几个女孩子会拿他开玩笑，彼此打趣一番，说着说着就追逐起来，嘴上骂着，脸上却是朝霞满面，仿佛给人说中了心事，很难为情了。这类玩笑，桃叶几乎从来不参与的。桃叶是一个端正的人。在人前，最是懂得自持。这一点，临出来的时候，娘已经细细叮嘱过了。然而，有时候，桃叶也会暗自猜测，这个人，是做什么的？多大？还有，那位女客，是他的什么人呢？想着想着，桃叶就有些入神。看样子，这男客一定是一个学问很大的人，念过很多书，在堂皇的大楼里办公。在北京，多的是这种堂皇的高楼，亮闪闪的玻璃墙幕，傲慢而矜持，让人不敢直视。年龄嘛，桃叶看不出。三十多？四十？或者，五十出头？男人的年龄，真是似是而非的一个问题。在这方面，桃叶尤其没有天赋。至于那个女人，桃叶一直不大愿意去想。用小白她们的话，什么人？情人嘛。若是夫妻，怎么会老是在茶楼里幽会？桃叶不爱听这话，虽然也觉得有理。私心里，她倒宁愿相信他们是夫妻，般配，恩爱，罗曼蒂克，周末，出来喝喝茶,放松一下。她也知道,这愿望的不可靠,然而,她还是禁不住这样想。桃叶是一个执拗的人。莫名其妙地,她认定,这样一对人物,神仙一般,必是完满的。他们合该幸福。他们不该有别的。

这家茶楼,外面看并不起眼,进得门来,倒是一派朴野之趣。一段小桥,一弯清泉,几块石头随意散置着,篱笆后面,是几竿竹子。灯光照过来,竹影子印在墙上,一笔一笔,仿佛画出的一般。桃叶正冲着那影子发呆,听见有客人来了。细看时,却是那女客。桃叶赶忙上前去,引着她去那间茶室。不料她却把手摆一摆,示意不用了,自顾袅袅婷婷而去。桃叶看着她的背影,竟莫名其妙地生出几分失落。女客的身姿很美,一头卷发,往常都是披下来的,今天,却被松松地绾起来,在颈后绾成一个髻,倒越发平添了几分娇慵之美。女客穿一件奶白色开衫,长裙,淡淡的石绿色,浮着荷花的断梗,裙摆宽大,走动处,偶尔有零落的花瓣,飘飘洒洒,满眼秋意。桃叶在后面简直看得呆了。正怔忡间,那美丽的背影已经隐在花好月圆的门后了。怎么说呢,对这女客,几个女孩子心情复杂。公正地讲,这女客是一个顶标致的美人,不施粉黛,却自有一种动人的风姿。尤其是,这女客的衣裳,令女孩子们暗暗叹服。桃叶记得,几乎每一回,都是不重样的。多是裙装。长的,短的,宽的,窄的,素淡的,缤纷的。也有旗袍。桃叶很记得,其中有一袭,她最是喜欢。紫色,阴凄凄的,盛开着一朵一朵的淡白的花。有时候,她不免想,这样的衣裳,穿在自己身上,会是什么光景?阳光从窗子里照过来,晒着她的半个背,暖暖的。她低头瞅一眼身上的工作服,很不好意思地笑了。这工作服,是浅茶色的衣裤,配了雪白的兜肚围裙,一色的船形包头,两端尖尖翘起,说不出的干净俏丽。初来的时候,对这服饰,桃叶真是喜欢。她把自己关在卫生间里,在镜子前左顾右盼,心里有一种难言的快乐。

她盘算着，在电话里，该怎么对娘描述这新的衣裳。还有杏儿。当初，杏儿本要同她一起来的，因为杏儿爹的病，只好耽搁了。看见她的样子，杏儿会怎么想呢？她一定会眼红吧。可是，后来，对这工作服，桃叶的看法渐渐改了。喜欢还是喜欢的。然而，却多了很多无端的憧憬。到底憧憬什么呢，一时也说不出。桃叶低头把围裙上的一些褶皱慢慢抚平，很黯淡地笑了。

有音乐细细地传来，缥缈，清婉，仿佛一个辽远的梦。茶楼里点一种香，淡淡的，不十分浓郁，却有一种沁人肺腑的气息，让人迷醉。桃叶立在地下，看着那间茶室门上的牌子，花好月圆，四个字瘦瘦的，眉清目秀，很受看。长长的流苏披拂下来，微微荡漾着，闪烁出丝质的光泽。门的上端，是磨砂玻璃，一丛兰草图，在灯光的映衬下，起伏有致。桃叶看了一眼那灯光，柠檬色调，温馨，神秘，让人莫名的心乱。墙壁上的钟当当响起来，十点钟了。算起来，那一对人，在茶室里，总有四个钟点了。茶楼里，依然闹热。棋牌室里传来麻将碰撞的声音，泼辣辣的，很清脆。下棋的呢，则安静得多了。托着脑袋，一脸的严峻，一脸的风霜，他们是沉浸在另一个世界里去了。走廊上，偶尔有人走动，把木质地板踩得吱吱响。洗手间在茶楼的两端，中间的茶室的客人，须经过一段不短的旅行。几个女孩子站得乏了，忍不住相互说说话。却不能凑在一处，担心领班或者老板看见了。她们各自站在原地，用神情示意。小白把嘴巴冲着花好月圆努一努，又抬起下巴指一指墙上的挂钟，做出一个很暧昧的表情。桃叶知道她的意思。

在这几个女孩子当中，小白算是元老。据说，早在茶楼开业之前，就追随着老板南征北战。关于小白同老板的关系，茶楼里的人都讳莫如深。桃叶隐隐约约听到，这个小白，是老板的旧情人。十几岁来京城闯荡，认识了现在的老板。老板是有家室的人，同小白，是露水的鸳鸯，稍有风吹草动，就只有散了。小白呢，究竟年幼，对世事还远不曾看破，她原是一心想修得正果的。老板是何等样人物？近五十岁的人了，经历了风雨无数，早洞穿了其间的山重水复，种种艰险处。权衡之下，索性就把小白介绍给了一个朋友。怎么说呢，小白是这样一个水性的女子，流到哪里，都是随遇而安。岂料那一个人，也是使君有妇。直到如今，小白依旧是妾身未分明。私下里，人们都说，这个小白，怕是命里如此。最近，也不知为什么，放着安闲的外室不做，小白执意要来茶楼做工。老板呢，碍着多年的情分，当然也有朋友的面子，就只有把这颗定时炸弹留在身边，却自此对她敬而远之。据传说，小白是对老板心有不甘。当然，这些都不过是传说罢了。以桃叶的眼光看来，小白称得上风姿楚楚。在京城磨练既久，妩媚之外，身上自有一种风尘和沧桑。言谈间，却似乎是天真未凿的。这令桃叶很惊诧，同时也感到暗暗的宽慰。或许，只有小白这样的女子，才适合在京城里左冲右突，攻城略地。桃叶把目光跳开去，看着窗外。此时的北京，一城灯火，远远近近地闪烁着，把夜晚的天地映得明明灭灭。廊檐下，一只红灯笼，在夜色中摇曳不已。小白终是忍不住，已经同另一个女孩子凑到一处，吃吃笑着，咬耳朵。桃叶过去不是，不过去呢，也不是，迟疑了一时，只好去卫生间避一避。在这家茶楼，小白是无所惧的。在她，不过是寂寞之余的游戏，或者叫做娱乐也好。游戏总是不乏娱乐的成分的。桃叶却不同。她必须兢兢业业。这份工作，对她非比寻常。

　　从卫生间出来，一眼看见洗手池前站着一个人，却是那女客。此时，她正对着镜子，很仔细地补妆。桃叶慢慢地洗手，一面偷眼看镜子里的女人。她发现，女人脸色微酡，有一种掩不住的春色。她的头发已经纷披下来，流泻在肩头，她正用嘴衔着一支发卡，慢慢地整理。

大概觉出了旁边的注视，她微微侧转过身。桃叶赶忙低头洗好手，匆匆往外走，却同迎面而来的小白几乎撞个满怀。小白说，桃叶，正找你呢——花好月圆——

植物硕大的叶子在灯光中招展着，把婆婆的影子投在地上，大片大片的，掠过来，森森地，满蓄着风雷。桃叶立在门外，对着一地的影子看了半晌。门已经阖上了。花好月圆。牌子底下的流苏还在微微颤动。方才，她犹疑了一下，才轻轻叩响了门。男客已经站起来了，慢慢踱到窗子旁，很专注地欣赏那幅画。桃叶把电热壶里的水续满茶壶，重又把各自杯子里的残茶倒掉，斟上新茶。把托盘里的果壳清理好，换上干净的烟灰缸。男人自始至终背对着她。他可真是挺拔。站在那里，仿佛一棵蓊郁的大树，沉默中透着一种说不出的英气。不知为什么，桃叶感到这房间里有一种莫名其妙的气息，黏稠，热烈，微甜，却又是暗流汹涌，让人止不住的心旌摇曳。男人慢慢转过身来，朝这边看。桃叶感觉自己的心像惊了的马，跳得动荡。慌乱间，她碰翻了一盘开心果，白色的果实撒落下来，骨碌碌滚了一地。桃叶慌忙弯腰去拾，抬眼却看见那男人的皮鞋，闪着凛然的光。桃叶越发慌了。正手忙脚乱，她感到一片阴影覆盖下来，心里一惊。男人立在她身旁，居高临下地看着她。这令她感到一种莫名的威压。正无措间，门开了。女客回来了。男客重又踱到窗子旁边，认真地看那幅画。女人呢，则在沙发的另一端坐下来，端起茶杯，看桃叶收拾。一时无话。收拾完，桃叶躬身退出来，把门带上。花好月圆的牌子轻轻摇晃了一下，就平静下来。桃叶立在影子里，想着方才的事。几位客人从走廊的另一端走出来，打着长长的哈欠，准备离去了。还有一位，从深处的茶室里踱出来，擎着手机，絮絮地说着，忽而，纵声笑起来，看看周围，赶忙又握住嘴巴，冲着手机窃窃地讲着，一脸的莫测。一位女客在走廊上慢慢走着，忽然，高跟鞋就趔趄了一下，她一惊，赶忙把心神定一定，更添了几分小心走路。桃叶看着这一切，仿佛看着一场乱梦的碎片，一时收拾不起。她感觉手里的电热壶越来越重，像铅一样，令她整个人都坠下去，坠下去。握着壶把的那只手，却早已经僵硬了。

窗外，夜色迷离。偶尔，有一辆汽车疾驶而过，在灯光的河流里，溅起闪亮的浪花。小白正在低头发短信，发着发着，忽然就吃吃笑了，掩着口，一脸的是非恩怨。世间，或许真有这样的女人，她们感情丰沛。对异性，永远怀着缥缈的幻想，永远心神激荡。这一向，小白同一个男孩子过从甚密。这个男孩子，桃叶是见过的。看样子，顶多刚满二十，穿着牛仔，脸上是稚气未脱的神情。同小白站在一起，简直是悬殊得无理。当着人，男孩子叫小白作白姐。小白携着男孩子的手，很欢喜地介绍道，这是我弟弟。说着，朝着那弟弟飞去一个媚眼，弟弟就红了脸。小白格格笑起来。桃叶从旁看着这一切，心头忽然涌上一种说不出的忧伤。

又有一拨客人走出来，在门口，相互道别，挥手，不知说到了什么，都笑起来，在这安静的夜里，显得格外响亮。小白还在低头发短信。那几个女孩子，都已经乏了，站在那里，神情倦怠，目光恍惚。小白的手机唱起来，她让它响了半晌，方才接听，懒懒地问道，喂——那边不知道在说什么，只见小白的眉头慢慢蹙起来，蹙起来。渐渐地，声音里就有了柔情的哽咽。良久，那边显然是在极尽曲折地逢迎，这一端，容颜也就渐渐展开了，倏忽就笑了一下，骂道，去——很娇嗔了。小白脸上还带着泪珠，却已经开始冲着手机的那一端吹气了，轻柔地，一脸小孩子的天真，还有小女人的风情。桃叶把眼睛看向窗外。

茶楼对面，是一家时装店。此时，早已经关了门。一对恋人相拥着走过，在不远处的灯影里，忽然就停下来，抱在一起，热吻。地上，他们的影子长长短短，纠缠不休。小白的电话还在继续，只是，早已经变成含混的呢喃，还有轻笑。桃叶立在窗前，感觉自己背上出了一层毛茸茸的细汗，痒刺刺的，很难受。这一带，路的两旁，多的是槐树，叫做国槐的，深秀繁茂，很老了。夜色中，老树枝叶模糊，黑黢黢的，沉默着，仿佛隐藏着无尽的秘密。一辆摩托车飞奔而过，风驰电掣一般，转眼就不见了踪影。墙上的挂钟当当响了，桃叶吃了一惊，方才把心思慢慢收回来。小白已经打完了电话，此刻，正在忙着发短信。几个女孩子，在走廊里慢慢走动着，为着能够及时给客人服务，当然，也为着不让自己犯困。正在放着一支古筝的曲子，低低地，百转千回，仿佛一只蝶，美丽而哀伤，在茶楼的每一个角落里细细地游走，停停落落。桃叶很入神地听着，轻轻叹了口气。真的。也不知从什么时候，桃叶喜欢上了叹气。有时候，桃叶自己也觉得难为情。有什么可叹气的呢？想想从前，还有乡下，父母，还有，杏儿。为什么要叹气呢？桃叶黯淡地笑了。

植物硕大的叶子静静地绿着，在地上投下森森的影子，一片一片的，形状有些夸张。桃叶对着门上的牌子看了一会，花好月圆，四个字瘦瘦的，很好看。柠檬色的灯光透出来，把那丛兰草映得格外生动。桃叶看着那灯光，忽然心里有个地方细细地疼了一下。

直到后来，桃叶也不知道，事情究竟是什么时候发生的。清场的时候，那一对客人，被发现双双卧在沙发上，拥抱着，已经没有了呼吸。地上散落着几只竹筒。这种劈开的竹筒，有着锐利的棱角。茶具却是完好的。茶几上，两只茶杯相对，静静地打量着对方。那幅画还在。还有画上的物事，南瓜，葫芦，大石榴，咧开嘴巴，露出里面鲜红的秘密。

日子一天天过去了。茶楼照旧热闹。那件事，人们议论了一时，也就渐渐淡忘了。花好月圆的茶室，一切如旧。每天，迎来送往，满眼都是繁华。只是，桃叶却有些变了。她喜欢站在茶室外面，那一株茂盛的植物下面，默默地看茶室门上挂的那个牌子。一看就是半晌。花好月圆。这几个字瘦瘦的，眉清目秀，很受看。

火车开往 C 城

夜色慢慢降临了。我看着窗外一掠而过的田野，村庄，树木，河流，心里有一种久违的轻松。我要出趟公差，去 B 城。

我在我们这个小城的一家图书馆上班，出差的机会很少。绝大部分时间，我坐在图书馆的借阅处，无聊地翻看小木盒子里的借书卡。借书卡上有借书人的姓名，年龄，单位，住址，联系方式，借阅的图书等。我把这些借书卡一张一张抽出来，翻来覆去地看，想象着这些人的相貌，性格，还有他们的生活。当然，这些人有一个共同的特点，就是爱看书。我对此不屑一顾。我不喜欢看书。面对着一排排的书架，以及书架上黑沉沉的书，我总是犯困。我更喜欢坐在椅子上，发呆，瞌睡，胡思乱想。在周围人眼里，我是一个循规蹈矩的人，准时上班，准时下班，准时接送孩子，准时吃饭，准时睡觉。就连跟老婆做爱，也从来都不肯马虎。一周两次，这是一个固定不变的频率。当然，一些特殊日子除外。

车上的灯亮了。对面坐着一男一女。男人总有五十了，或者，四十七八，衣着讲究，戴一副眼镜，很斯文的样子，看上去像一个学者。女人很年轻，至多不过二十岁，很清纯的一张脸。两个人不时地聊上两句。我半闭着眼，猜测着他们的关系。有售货车过来，男人招手示意，买了两杯冰淇淋。我犹豫了一下，要了一杯奶茶。我慢慢地喝着奶茶，心里盘算着出差的事。其实，这回出差纯属阴错阳差。采购小姜病了，我是临时替补。B城有一个图书订货会，我去探一下行情。也就是说，这次出差，并没有什么具体任务。这令我很放松。就当作一次公费旅行好了。我想起头儿的话。B城，可是美女如云啊。我抬头看了一眼对面的美女，整个人就呆住了。我发现，学者正把美女揽在怀里，在她耳边低语。我把空的奶茶纸杯慢慢捏扁，内心里忽然充满了莫名的忧伤。

出了站，已经是夜里十一点半了。我拉着行李箱，慢慢走在B城的街道上。此时，夜色温柔，这个陌生的城市，竟令我有一种奇异的亲切。一辆出租车在我身旁慢下来，我挥挥手，放它离去。我忽然想在这个城市走一走。为什么不呢？这么好的夜晚。灯光闪烁，把夜色装点得繁华动人。高楼，店铺，街道，硕大的广告牌，一切都是陌生的。我喜欢这种陌生。有一对情侣相拥着走过，缠绵得迈不开脚步。一个男人，一身的酒气，正在对着手机说话，语无伦次，时而大笑。我的箱子在路面上碌碌地响着，在这深夜时分，格外引人注目。然而，没有人注意我。甚至，都没有人朝我看上一眼。我心里高兴起来。先生，要不要喝上一杯？路旁的黑影里，一个女人的声音。我吃了一惊。一个艳妆的女人，站在那里，背着光，我看不清她的脸。我停下来，很从容地跟她调情，砍价，她的眼睛在夜色中闪闪发亮。我闻到一股浓烈的香水的味道，我皱了皱眉。一辆出租车过来，我招招手，打开车门，请女人上车，女人提着裙子，很艰难地爬上去。我对司机说，九州大厦。啪的把门关上。我目送着车子扬长而去，想象着女人歇斯底里的咒骂。是的，我骗了她。我不住九州大厦512房间。小姜说过，九州大厦太贵，五星级，我们消受不起。

来到预订的宾馆，已经是凌晨两点了。洗完澡，躺在宽大的双人床上，洁白的卧具，散发着淡淡的芬芳。我忽然特别渴望在这一尘不染的床上放肆一番，当然，是和女人。想起那个艳妆女人的眼神，我有些隐隐的懊悔。不应该把她骗走，应该把她带回来。这么多年，我只有老婆一个女人。凭什么？这么多年！有时候，老婆拧着我的耳朵，说，嫁给你，就是图一样，放心。说着，嘎嘎地笑，语气很嘲讽了。平日里，对这种话，我是早就麻木了。可是今天，我忽然变得忍无可忍。哼，放心。我知道这话里的意思。我老实，窝囊，懦弱，无能，没有哪个女人会对我这样的男人动心。放心。她当然放心。她以为，就因为我让人放心，就可以任意地对我，当着外人，当着她的父母，甚至，当着儿子。想起老婆臃肿的腰身，我心里恨恨的。凭什么？

门铃响的时候，我都快要睡着了。然而，我很快就激动起来。这是一个很丰满的女人。在床上，这个女人如此狂野，妩媚，伶俐而风情，这令我吃惊。我们度过了一个销魂的夜晚。这么多年了，我从来没有像今天这样，这样放松，这样享受，这样欲仙欲死。欲仙欲死，这真是一个生动的词。我付了一笔很可观的钱，我真的喜欢她。不，我感激她。她让我懂得，什么才是女人。我拥着她，情意缱绻。忽然，铃声大作，我一下子坐起来。是闹钟。每天早上，我的手机都会在七点钟准时响起。昨晚我是忘了调了。屋子里寂寂的，我看了一眼身侧，什么都没有。我横在床上，一只枕头被我抱在怀里，揉得面目全非。妈的。我把怀里的枕头狠命地扔在地上，颓然倒下。我侧过身，百无聊赖地按着床头灯的开关。灯一亮一灭，仿佛一双闪烁其辞的眼睛。我躺着，浑身无力，感到异常的迷茫和绝望。

　　吃早点的时候，我同服务小姐吵了一架。起初，我还努力地保持冷静。我把她叫过来，把豆浆里的一根头发指给她看，她千不该万不该，在说对不起的时候把嘴巴撇了一下，扭着腰肢去给我换一杯新豆浆。我忽然就爆发了。我咆哮着，把豆浆摔在地上，清脆的玻璃破碎声立刻引起了整个餐厅的骚动，人们纷纷把目光投过来，想看一看事情的究竟。我也不知道自己哪里来的那么大的火气，我站在那里，面对闻讯赶来的经理，滔滔地宣讲，辩驳，训斥。我简直为自己感到惊讶了。平日里，我是一个寡言的人，用我老婆的话，三锥子扎不出一个屁。我内向，害羞，近于木讷，从来都是多一事不如少一事，在众人面前，我几乎不会大声说话。有时候，我老婆气急败坏地诅咒我，骂我窝囊废，受气筒，烂泥巴抹不上墙。你简直不是男人。最后，我老婆骂累了，总结道。然而，今天，我是怎么了？如果老婆在场，她一定会对自己的老公刮目相看。经理在我面前弯着腰，忙不迭地道歉，冲身旁肇事的服务小姐喝斥着。我看见，泪水在服务小姐漂亮的眼睛里闪烁，我忽然有些怜香惜玉了。我想起这么多年，在单位，在家里，在任何地方任何时候，我总是扮演这种被训斥的角色。我把手挥一挥，结束了这场讨伐。餐厅里慢慢平静下来，我重新坐在桌前，从容地享受新鲜的豆浆，还有一份美味的烘焙面包。

　　吃过早点，我在街上悠闲地散步。我本来是打算去图书订货会的。既然来了，怎么也要去看看。对工作，我向来是一丝不苟的。可是，来到街上，我就改变了主意。是个晴好的天气。阳光照下来，软软地泼在身上，让人说不出的温暖熨帖。这样好的春天，这样好的阳光，我应该尽情享受一下才是。大街上，来来往往都是行色匆匆的人。春日的阳光下，他们一脸的茫然，还有麻木，低着头，急急地赶路。看着汹涌的车流，我长长地舒了一口气。说实话，我有些幸灾乐祸。多好。今天，此时，我什么都可以想，什么都可以不想。我自由，散漫，像一个无业游民，一个流浪汉。我看了一下手表，八点半，通常，这个时间，我刚送完儿子，正奋力骑车赶往单位。从家到学校再到单位，几乎要绕过大半个城市。这么多年，风雨无阻，我是怎么过来的？身旁，一个男人骑车擦身而过，身后坐着一个胖墩墩的孩子。男人一边骑车一边看表，满脸的焦虑。我心里笑了一下，立刻又觉出自己的不厚道。我冲着天上的鸽群，吹了一声响亮的口哨，鸽群受了惊，扑楞楞飞走了。

太阳越来越热了。我渴了，在路边的冷饮店坐下来，喝果汁。这时候，手机响了，一个陌生电话。对方是个女人，一开口就说，死哪去了，没良心的——快点啊，九州大厦，一层咖啡厅。我对着手机愣了那么一会，刚要开口，对方却挂断了。九州大厦。我想起了那天晚上，那个艳妆的女人。我把果汁慢慢地喝完，把瓶子倒过来，扣在桌上。冷饮店的老板娘很诧异地看了我一眼，张了张嘴，没有说话。

站在门外，我仰起脸，看着高高的台阶，铺着红地毯，一直通到闪闪发光的旋转门。九州大厦，果然气派不凡。听小姜说，这里面的服务小姐，一律是大学毕业，年轻貌美，经过特殊训练。小姜说这话的时候，特意把特殊两个字强调了一下。我在咖啡厅靠窗的位置上坐下来，打量着四周。客人不多。一对老外，一个梳辫子的男人，在屏风背后，有一个女人，正认真地研究着单子。我猜测，这个人，就是电话里的女人。服务生走过来，问我要什么，我踌躇了一下，要了一杯冰水。妈的，一杯冰水，都要三十块。简直是敲诈。我喝着冰水，眼睛从杯子上方遥遥地观察着那个女人。她还在耐心地研究单子。凭心而论，这是一个很有味道的女人，大概三十出头的样子，美丽而优雅。女人的气质，只有在三十岁以后，才能慢慢地显露出来，这话看来是真的。想起她在电话里的娇嗔，我心里一跳，身上就热起来。这样的一个女人，她要等的，会是一个什么样的男人？我想起凌晨的那个梦。直到这时，我才发现，眼前这个女人，跟梦里那个人，何其相似。不，简直就是梦里的人。我的心越发跳得厉害了。热热的掌心，在冰凉的杯子上留下清晰的痕迹。我出汗了。正心猿意马间，那个女人掏出手机接电话，一脸的恼火，拎起包就往外走。我赶忙尾随出去。

这么多年，生平第一次，我跟踪一个女人。在一个陌生的城市，跟踪一个陌生的女人。我这是怎么了？大街上人潮汹涌。女人的白裙子在阳光下，时隐时现，白裙子的屁股很好看，在紧绷绷的裙子里，像两只饱满的苹果，一前一后地滚动。我满头大汗。忽然，白裙子不见了。我站在那里，茫然地看着四周。车声，人声，一片喧嚣。阳光像雨点，劈头盖脸砸下来。我的太阳穴突突跳着，眼前金灯银灯乱窜。我闭了闭眼。

坐在路旁的长椅上，我心情沮丧。我还在想着白裙子。一个人的消失，仿佛一滴水掉进大海，转眼就无处寻觅了。太阳明晃晃的，把这个世界照得昏昏欲睡。我把脚跷在椅背上，让自己更舒服一些。蝉躲在不知哪棵树上，热烈地叫着。真是奇怪，这才几月，在这个城市，居然有蝉鸣了。我循着蝉声望去，满目的青枝绿叶，在阳光下灼灼地闪烁。我觉出口袋里硬硬的，摸了一会，摸出一支棒棒糖。我儿子爱吃棒棒糖，草莓口味。我把棒棒糖剥开，让糖纸随风而去。我吮着棒棒糖，看着那张花花绿绿的糖纸伏在地上，被风吹得一张一翕。我不喜欢甜食，对各种糖果，更是敬而远之。可是今天，我竟然爱上了棒棒糖。棒棒糖很甜。我的口腔里弥漫着浓郁的草莓的甜香,我不由得打了寒噤。我喜欢这种感觉。一个孩子走过来,胖胖的,大概不到两岁。他弯下腰,努力去捉那张糖纸。后边跟着一位年轻的母亲,学着细细的童音,说宝宝真棒,把糖纸扔到垃圾筒。我这才发现,旁边几步开外,有一个垃圾筒。我感到脸上有些发烧。从小,我就是这样教育儿子的。年轻的母亲拉着孩子走过去了,我眯起眼,看着她的背影,半天,从牙缝里挤出一个字,切。

中午,我回到宾馆。宾馆里有自助餐,据小姜介绍,味道好极了。当然,更重要的是,餐费含在住宿费里,可以报销。我慢条斯理地享受午餐,偶尔,会想念一下白裙子。此时,她在做什么?回到房间,我冲了个澡,并不擦,淋漓着一身的水珠,赤条条地走来走去。镜子里出现了一个中年男人,已经开始发胖,肥厚的肚腩,后背,线条模糊,完全没有了棱角。我看着这个男人,心头忽然涌上一重很深的悲伤。我想起很多年前,阳光下,几个少年,在操场上奔跑,呼啸,浑身热气腾腾。力量,速度,汗水,血液在血管里沸腾。可是,如今,都过去了。我有多少年不上球场了?我的身体,在时光深处慢慢堕落,沉沦,在生活的重围中,我无能为力。身上的水珠一点一点蒸发了,皮肤一寸一寸地紧绷起来,像一张张小嘴,温柔地吸吮。我抱着双肩,看着镜子里的那个人。这么多年了,我甚至从来不曾注意过自己的身体。我感到陌生,不安,还有莫名的恐惧。我蘸着口水,在镜子上画了一个很大的叉,镜子里的人被分成了几半,看上去很滑稽。我把自己扔在床上,看着天花板发呆。我又想起了白裙子。

晚上,我本来打算出去走走。明天一早,我就要回去了,回到那个小城,回到日复一日的生活。我说过,我这种工作,出差机会几乎为零。那么,今天晚上,我应该好好挥霍一下才是。或者,叫一个女人？我吃了一惊,我被这想法吓了一跳。天地良心。我是一个正派的人。这么多年了,我一直很努力。好丈夫,好父亲,好员工,好公民。总之,我努力了。可是,我为什么总要让旁人满意?

吃过饭,我刚要出门,发现手机不见了。不行,我不能没有手机。手机是我同这个世界之间的纽带,我离不开它。我找遍了房间的每一个角落,床上,地下,窗帘的后面,地毯缝隙里。没有。手机不见了。我敲着脑壳,在房间里团团转。真他妈的邪门了。我努力回想最后一次用手机的时间,却怎么也想不起来了。平日里,我的手机习惯沉默。我说过,我交际不多,朋友更少。就连老婆,有事找我,也喜欢把电话打到图书馆。因为电话少,我的手机没有办免费接听。倒是偶尔有一些垃圾短信,在那些百无聊赖的图书馆的午后,或者是黄昏,适时地骚扰我一下,让我从昏昏欲睡中蓦然惊起,懵懵懂懂地看一眼墙上的钟表。如今,手机不见了。焦躁过后,我竟然感到一种莫名的轻松。多好!手机不见了。谁都别想找到我。谁都别想。

火车站很嘈杂。天南海北的人,在这里短暂停留,然后,从这里出发,各奔东西。火车很准时。我坐在窗前,看着B城一点一点被火车抛在身后,感觉自己像做了一场梦。早晨的阳光落在玻璃上,一跳一跳,活泼极了。我拿出一份B城晨报,慢慢看起来。晨报上多是一些无聊的新闻,我看了一会,感觉很乏味。对面是一个中年人,正埋头认真地剪指甲。旁边是一个青年,塞着耳机,闭着眼睛,摇头晃脑。一个女孩子,正专心致志地发短信,手指飞快地动着,熟练得惊人。我百无聊赖。把车票拿出来,翻来覆去地看,就像看一张借书卡。T123次,开往C城。我笑了。C城。我发誓,之前,我从来没有听过这个名字。我想起买票的时候,人很多。我前面的一个胖子气喘吁吁地把钱递给窗口,说,C城,最早的一趟。我挤过去,对着窗口说,我也是。我看着手里的车票,粉红色,很好看。这不能怪我。来之前,我忘了买返程票。

太阳已经很高了。我半闭着眼睛,昏昏欲睡。C城,应该快到了吧。

原载《广州文艺》2010年第7期

锦绣年代

我说过，在我的童年时代，我的表哥，是我唯一亲密接触的异性。我的意思是，年轻的异性。

我们家姐妹三个。旧院呢，又俨然是一个女儿国。表哥的到来，给这闺帏气息浓郁的旧院，平添了一种纷乱的惊扰。这是真的。我记得，那个时候的表哥，大约有十来岁吧。他生得清秀，白皙，瘦高的个子，像一棵英气勃勃的小树。表哥是大姨的儿子。我说过，我的大姨，在很小的时候，就被送了人。其实，也不是外人。我姥姥的妹妹，我应该叫做姨姥姥的，嫁得很好，可是，唯一不足的，是膝下荒凉，就把我大姨要了去。大姨一共生了三个儿子，我的表哥，是老大。小时候，表哥是旧院的常客。他干净，斯文，有那么一种温雅的书卷气。是的，书卷气，这个词，我是在后来才找到的。当然，现在想来，表哥念书终究不算多。初中毕业以后，他便去了部队。一去多年。怎么说呢，表哥身上的这种书卷气，把他同村子里的男孩子们区别开来。

这使得他在芳村既醒目,又孤单。那时候,还有生产队。我姥姥常常带着表哥,下地干活。我表哥挎着一只小篮子,或者背着一个小柳条筐,跟在大人们后面,很有些样子了。生产队里的人,谁不知道我表哥呢?休息的时候,他们喜欢凑过来,逗我表哥说话。我表哥的村子离芳村不远,却有一些很有意思的方言,从小孩子的嘴里说出来,既新鲜,又陌生。还有,我表哥会唱《沙家浜》。人们干活累了,就逗他唱。这个时候,我姥姥总是不太乐意。她或许觉得,一个男孩子,唱戏,终究不好。然而,我表哥被人们奉承着,哪里看得见我姥姥的眼色?他站在人群中间,清清嗓子,唱起来了。人们都安静下来。我表哥唱得未见得多好。然而,他旁若无人。人们是被他的神情给镇住了。在乡间,有谁见过这么从容的孩子?直到后来,我姥姥每说起此事,总会感叹说,这孩子,从小就有一副官相呢。那时候,我表哥已经是家乡小城里的父母官了。

那几年,是我们家最好的时候。表哥常到我家来。我母亲总是变着花样,给表哥做吃食。我母亲喜欢表哥。曾一度,她想把表哥要过来,做她的儿子。这事情在大人们之间秘密地商谈了一阵,后来,也不知道为什么,不了了之了。在我的记忆里,母亲在厨房里喜气洋洋地忙碌的时候,十有八九,一定是表哥来了。食物的香味在院子里慢慢缭绕,弥漫,表哥坐在门槛上,同我母亲,一递一声说着话。阳光照下来,很明亮。现在想来,或许,我表哥的存在,对我母亲,是一种安慰。她命中无子,对这个外甥,自然格外地多了一份偏爱。后来,表哥参军,去了部队,常常有信来。信里,夹着他的照片。一身的戎装,英姿飒爽。我母亲捧着照片,笑着,看着,简直是看不够。笑着笑着,忽然就哽咽了。我父亲把手里的信纸哗啦啦抖一抖,警告道,还听不听念信了——挺大个人了都——我母亲便撩起衣襟,把眼睛擦一擦，不好意思地笑了。直到后来，我们家的相框里，都有很多我表哥的照片。我母亲把它们一张一张摆好，放在相框里，挂在迎门的墙上。在我的几个姨当中，表哥同我母亲尤其亲厚。甚至，超过了姥姥。甚至，超过了大姨，他的亲生母亲。我忘了说了，在家里，大姨是一个强硬的人物，生平最痛恨酒鬼。我的大姨父呢，又简直嗜酒如命。为此，两个人打打闹闹，纠缠了一生。大姨脾气刚硬，对孩子们，想必也少有柔情。心思细密的表哥，少年时代，有了我母亲的疼爱，或许也是一种依赖和安慰吧。

对于表哥，我的记忆模糊而零乱。那时候，我几岁？总之，那时候，在表哥眼里，或许，我只是一个懵懂的小丫头，淘气的时候，给一根绳子就能上天。安静的时候呢，跟在他的身边，寸步不离。那乖巧的样子，常常惹得他笑起来。表哥笑起来很好看，一口雪白的牙齿，灿烂极了。那些年，河套里还有水。表哥常常带着我，去捉鱼。我们把鱼放在一只罐头瓶里，捧着回家。村东，临着田野，有一带矮墙。表哥捧着罐头瓶，在矮墙上蹒跚地走。我在墙根下，紧张地跟着。我看着他的两条长腿在矮墙上小心翼翼地交替，身子左右摆动，极力保持着平衡。那一天，表哥穿了一双黑色塑料凉鞋，是那个年代里常见的样式。他忍住笑，故作严肃，眼看就要到头了，他一个鱼跃，跳下来。我惊叫起来。罐头瓶在他的手里安然无恙。几条细小的鱼，惊慌失措，四下里逃逸，终是逃不出我表哥的手心。表哥纵声大笑起来。至今，我还记得他当时的样子。十一岁的表哥，穿一件蓝花的短裤，黑色塑料凉鞋里，一双脚被泡得发白，起着新鲜的褶皱。

表哥当兵走的时候，我已经上了小学。可是，依然不知道当兵的含义。我以为，表哥是回了他的村子，过不了几天，就会回来，像往常那样。我再也想不到，此一去，山高水长。再见面，已经是多年以后的事情了。

　　有一天放学回家，一进门，看到屋里坐着一个青年。看见我，他连忙站起来，笑道，小春子——我的心怦怦跳着，不知该如何是好，只听母亲从旁呵斥道，还不快叫哥哥——是表哥！我看着表哥，他站在那里，微笑着，更挺拔更清秀了，只是，脸上的线条已经有了分明的棱角，下巴上，铁青的一片，他早已经开始刮胡子了。我站在地下，半响说不出话。我母亲朝我的额上点了一下，轻轻笑了，这孩子——表哥也笑了，小春子，长这么高了。我忽然一扭身，掀帘子跑出去了。正是春天。阳光照下来，懒洋洋的，柔软，明亮。也有风。我看着满树的嫩叶，在风中微微荡漾着，心里有一种莫名的怅惘。母亲在屋子里叫我。我踌躇着，不肯进屋。我不知道，我是难为情了。

　　表哥到底是见过世面的。吃饭的时候，他已经非常从容了。比当年唱《沙家浜》的时候，更多了一种成熟和持重。他同我母亲说起部队上的事，说起他这次转业，小城里的新单位，说起来他的未来。我母亲认真地听着，微笑着，显然，有一些地方，她听不懂，然而，还是努力地听着，脸上眼里，尽是骄傲。她的外甥，终于回来了，要去城里吃皇粮，做官。这真是天大的好事。在我母亲简单而有秩序的世界里，上班，就是吃皇粮的意思，吃皇粮呢，自然就是做官的意思。这是乡村妇人最朴素的判断和认知。表哥在说起未来的时候，眼神里有一种光芒，是自信，也是憧憬。刚从部队回到地方，一切都是新鲜的。不同的环境，不同的规矩，不同的人事，在这个家乡的小城，他是决意要施展一番了。那时候，他还没有结婚。之前，我不知道，他是不是谈过恋爱。不过，那些日子，家里的门槛，早已经被媒人踏破了。大姨很着急。表哥呢，却是漫不经心，仿佛这事与他无关。后来，我才知道，我的表哥，心里曾经爱着一个人。那个人，不是别人。你一定猜不到，那个人，是我们隔壁的玉嫂。

　　对于表哥的这场爱情，我始终不明所以。我只是从大人们闪烁的言辞中，隐隐知道了一些模糊的片断。玉嫂是一个俊俏的小媳妇。你知道橘子糖吗？一种硬糖，色状如橘子瓣，上面撒满了白色的糖霜。在那个年代的乡村，这是我们最爱的零食。因为奢侈，偶尔才能得到。在芳村，玉嫂的好模样儿，是男人们含在口里的一瓣橘子糖，每每咂摸起来，都是丝丝缕缕的味道，甜甜酸酸，让人不忍下咽。那时候，我们和玉嫂家，一墙之隔。表哥常常被玉嫂唤去，帮她把洗好的湿衣裳抻展，帮她到井上抬水，帮她把鸡轰到栅栏里去。表哥总是乐颠颠地跑过去，听从玉嫂的吩咐。还有一回，我记得，玉嫂央我表哥把树上的一只猪尿脬摘下来。我们这地方，杀猪的时候，小孩子们把猪尿脬捡来，吹了气，当作气球玩。玉嫂指着挂在树上的猪尿脬，它在阳光中飘飘扬扬，仿佛是柳树上长出的一个大果子。玉嫂脸色微红，神情娇柔，想必是有些难为情了吧。一个小媳妇，在家里玩猪尿脬，这要说出去，还不让人笑断肠子。我表哥看了玉嫂一眼，又抬头看了看树上的大果子，他稍稍犹豫了一下，很快，他往手掌心里吐了一口口水，像村子里那些野孩子那样，他开始了笨拙的攀爬。现在想来，当年，我的表哥，那样一个安静斯文的男孩子，酷爱干净，在我为了躲避惩罚，身手敏捷地爬上树杈的时候，他也只能站在树下，仰着脸，低声下气地请求我下来。那一回，他居然为了一个猪尿脬，玉嫂的猪尿脬，毅然地学会了爬树，像村里那些他鄙视的野孩子那样。我不知道，是不是从那个时候，我的表哥，那个斯文的少年，就对俊俏的玉嫂萌发了爱情的尖芽。当然，如果那也可以称为爱情的话。然而，多年以后，我依然能够记起玉嫂当时的样子，她的淘气和羞涩，她孩子气的神情，她眼睛深处的纯净和柔软，在那个春天的下午，显得那么可爱动人。

当然了，也可能是更早的时候。当年，玉嫂刚刚嫁到芳村，洞房里，少不得垂涎的男人们，说着各种各样的荤话，把新娘子逼得走投无路。我表哥默默坐在角落里，看着羞愤的新娘子，像一只惊慌的小鹿，在猎人的围攻下无力突围。灯影摇曳，表哥心头忽然涌上一股难言的忧伤。多年以后，表哥从部队回到小城，青云直上的时候，玉嫂还会跟母亲提起，感叹道，这孩子，就是不一样呢。规矩。那时候，在我的屋里只是坐着，一坐就是一夜。玉嫂说这话的时候，眼神柔软，她是想起了那个羞涩的少年，还是追忆起自己如锦的年华？

我不知道，那么多年，表哥是不是一直想着玉嫂，那个俊俏的小媳妇。那么多年，他是不是曾经喜欢过别人。总之，表哥对大姨的热心张罗，一直置身事外。大姨无奈，托我的母亲劝他。我母亲的话，表哥倒是听进了耳朵里。不久，他开始了漫长的相亲。那一阵子，我们的话题，总是围绕着表哥的婚事。表哥很挑剔。简直要从鸡蛋里把骨头挑出来。为此，委实得罪了不少人。大姨的长吁短叹，常常路途迢迢地传到芳村，传到旧院，传到我们的耳朵里，扰动着我们的心。后来，我姥姥出面威慑，表哥也不见动心。其时，我表哥已经在小城里干得风生水起。事业上的得意，更加衬托出情场的落寞。人们都感叹，世间的事，到底是难求圆满。也就由他去了。却忽然有那么一天，表哥带回旧院一个姑娘。那个姑娘，后来成了我的表嫂。

那一天，是个周末。我趴在桌上写作业。院子里一阵摩托车响，表哥来了。我迎出去，却看见，表哥的身后，带了个姑娘。表哥没有向我介绍，只是笑着问我，小春子，你一个人在家？这时候，我母亲从厨房里迎出来，两只手上满是面粉。她在和面。我母亲慌忙把他们让进屋，吩咐我去小卖部买瓜子和糖。她自己呢，忙着给客人倒水。

看得出，我母亲是有些乱了阵脚了。我知道，这慌乱，是因为那个姑娘。我表哥呢，倒是镇定得多了。他坐在椅子上，同我母亲说着话，东一句西一句的，并不怎么看旁边的姑娘。我母亲敷衍着我表哥，极力劝那姑娘喝水，吃糖。她是怕冷落了人家。那姑娘坐在炕沿上，一直很温和地微笑着，抿着嘴。也不怎么嗑瓜子，只把一块糖仔细剥开，放在嘴里，静静地含着，偶尔，动一动，嘴角便隐隐现出两个深深的酒窝。公正地讲，这是一个好看的姑娘。圆润，甜美，像一颗珍珠，静静地发出纯净的光泽。然而——然而什么呢？我从旁看着，心里忽然涌上一股难言的忧伤。阳光从窗格子里照过来，懒洋洋的，半间屋子都有些恍惚了。表哥同母亲说着话，不知说到了什么，就笑起来。那姑娘也跟着笑了，露出一口雪白的牙齿。只这一瞬，我却发现了一个秘密。那姑娘的一颗门牙，少了一角。这使得她的笑容看上去有些奇怪。我在心里暗想，她的那颗牙，是怎么一回事呢？是小时候不小心摔的，还是天生如此？总之，这颗牙，实在是白玉上的一点微瑕，让人在惋惜之余，有些隐隐的悲凉。这是真的。就在这之前的几分钟，我还在暗暗挑剔着她的容貌，她的举止，她的一切，甚至，她的圆脸庞，也让我觉得有一些——怎么说——甜俗了。我的表哥，他是那样一个倜傥的人儿，温文尔雅，玉树临风。这世上，什么样的姑娘，才能够配得上他？然而，现在，我却已经暗暗原谅她了。原谅。我竟然用了原谅这个词。你能理解吗？你一定会笑我吧。阳光落在表哥的脸上，一跳一跳地，把他脸庞的棱角都镀上了一圈毛茸茸的金边。他铁青的下巴，微微向前翘起，有着很男子气的鲜明轮廓。我看着，看着，心里一阵难过。我是在替表哥委屈吗？

　　吃饭的时候，表哥一直在跟我父母说话。他甚至没有同那姑娘坐在一起。他坐在我母亲身旁。倒是我，同那姑娘紧挨着，我闻到一股淡淡的香气，跟母亲的好饭菜无关。那是姑娘身上特有的芬芳。我母亲不停地给她夹菜，那姑娘红着脸，谦让着。表哥端着酒盅，对饭桌上的推让不置一词，只顾同父亲聊天。他是在掩饰吗？我忽然感到喉头哽住了，鼻腔里涌起酸酸凉凉的一片。我端起碗，去厨房盛饭。

一院子的阳光。风把白杨树叶吹得簌簌响。芦花鸡无所事事地走来走去，偶尔，漠然地看我一眼。我立在院子里，只感觉喉头的东西硬硬的，横在那里，上不去，也下不来。我的目光越过树巅，天很蓝，让人心碎。在那一刹那，往事像潮水，汹涌而来。生平第一次，我感到了那种心碎。我是说，那一回，表哥，还有那个姑娘，他们的出现，对我，一个十几岁的小女孩，是一种打击。这是真的。后来，我常常想起当年，那一个秋日的中午，晴光澄澈，我立在院子里，为失去表哥而伤心欲绝。真的。失去。当时，我以为，我失去我的表哥了。我的表哥，被那个姑娘抢走了。而且，她虽然好看，却有着缺了半角的门牙。

然而，你相信吗？两年以后，在我表哥的婚礼上，我已经很坦然了。那时候，我已经上了中学。在学校里，在书本中，我见识了很多。我长大了。有了女孩子该有的秘密。会莫名其妙地发呆，叹气，有时候，想到一些事情，也常常脸红。喜欢幻想。也喜欢冒险。却把这些小小的野心藏在心里，让谁都看不出来。表面上，我是一个文静的姑娘，懂事，听话，也知道用功。可是，有谁知道我的内心呢？那一天，我是说，我表哥的婚礼上，到处是喧闹的人群。我表哥和表嫂——我得称她表嫂了，他们站在人群里，笑着。新娘子笑得尤其灿烂，她时时不忘拿手背掩一下口，她是担心她的那颗牙齿吗？新郎呢，则要矜持得多了，他穿着雪白的衬衣，打着红领结，那样子，真是标致极了。我忘了说了，当时正是五一节。按说，乡下的风俗，婚嫁的事情，大都在冬月农闲的时候。表哥和表嫂，据说是奉子成婚。当然，这些，我都是隐约从大人们口里听来的。

　　表哥常到芳村来。在旧院看看姥姥，然后到我家看母亲。当然，有时候，尤其是过年的时候，表哥也会带上表嫂。那一回，是过年吧，正月里，表哥和表嫂到我家来。我母亲正和玉嫂在院子里说话，看见表哥他们，很高兴，从他们手里接过东西，招呼他们进屋。表哥却立住了。冬天的阳光照下来，苍白，虚弱，像一个勉强的微笑。空气清冽，隐约浮动着硫磺呛鼻的气味。这地方，过年的时候都挂彩。如果你没有在乡下生活过，你一定不知道什么叫做彩。红红绿绿的一种纸，剪成好看的样子，用细绳串起来，院子里，大街上，飘飘摇摇，到处都是。母亲牵着表嫂的手，很亲热地说着话。那时候，表嫂已经怀了孕，酒红色呢子大衣，下面却是肥大的军装裤子，我猜想，一定是表哥当年的军装。她站在那里，已经显山露水了。不知道我母亲问到了什么，她点点头，却忽然红了脸，很羞涩地笑了。玉嫂却是大方多了。那时候，她已经生过两个孩子，在这方面，显然有着丰富的心得。她同表嫂热烈地讨论着一些细节，说着说着，就笑起来，是那种妇人才有的爽朗的笑。表哥立在那里，一时有些怔忡。风把头顶的彩吹得簌簌响。他在想什么呢？或许，他是想起了当年，那个隔壁的小媳妇，俊俏，羞涩，还有一些孩子气的调皮。那个猪尿脬，在多年前的那个下午的树梢上，微微飘荡。那个爬树的少年，笨拙，却勇敢，他的心怦怦跳着，他拼命抑住，不让它蹦出来。阳光透过树叶的缝隙，落在他的脸上，他不由得眯起了眼睛。他的手心里湿漉漉的，火辣辣地疼。他出汗了。那个少年，他的喘息声，穿过重重光阴，在耳边回响。而今，却已经是一个成熟的男人了，稳重，镇定，握有一些权柄，在小城里，也算是有些头脸。娶妻，生子，中规中矩地生活。偶尔，也有幻想,然而,很快就过去了。街上传来一声鞭炮的爆裂声,很清脆。表哥这才回过神来,刚要说些什么,却听母亲说,快进屋——外头多冷——

那一天,我记得,表哥一直很沉默。当然了,很小的时候,表哥就是一个沉默的人。或者说,沉静。表哥的话不多,可是,一句是一句。这是我母亲的评价。母亲在训斥我的时候,总是把表哥拿出来作比较。小时候,我是一个话篓子。那一天,表哥一直同父亲喝酒,而且,竟然在父亲的劝诱下,也点了一支烟,夹在手指间,也不怎么吸。里屋,玉嫂正和表嫂说得热烈。炉火很旺,欢快地跳跃着。阳光透过窗纸照进来,细细的灰尘在光线里活泼地游走。女人们的笑声传出来,我表哥猛地吸了一口烟,大声地咳嗽起来。

吃完饺子,他们就要走了。自然又是一番推让。我表哥把带来的东西堆在桌上,罐头,点心,其中有一种,叫做马蹄酥的,状如马蹄,香甜酥软,我已经多年没有见过那种点心了。表哥他们的车筐里,也装满了东西,南瓜,红薯,小米,我母亲一样一样地塞过来,摁着表哥的手,有些气势汹汹,仿佛在打架。表哥一直微笑着,连连说,够了,够了,盛不下了——我一直想不起来,那一天,表哥为什么要带上我。只记得,我坐在表哥的身后,表嫂骑着车,在我们旁边慢慢走。冬天,衣裳厚,她已经很有些吃力了。夕阳照在她身上,酒红的大衣仿佛要融化了。路两旁是麦田。这个季节,麦田还在沉睡。不过,也许,在大地深处,正在一点一点萌动着,渐渐醒来。谁知道呢?毕竟,二月,即便寒意料峭,也算是早春了。表嫂忽然停下来,跟表哥轻声说了两句。表哥迟疑了一下,回头让我下来。

夕阳温软地泼下来,村路上,远远近近,浮起一片薄薄的暮霭。我跟在表嫂后面,往麦田深处走。不知谁家的洋姜,许是忘了收割,孤零零地在田埂上立着。表嫂踌躇了一会儿，很费力地蹲下去。我背对着她，挡在前面。村路上，表哥的身影有些模糊，然而依然挺拔。他背对着我们，站着，一动不动。他是有些难为情吗？夕阳渐渐在天边隐去了。暮色四合。一群飞鸟从空中掠过，仿佛一群流星。微风吹拂，带着田野潮润的气息。多年以后，我依然记得那个黄昏。我站在表哥和表嫂之间，在某一瞬，我的心忽然柔软下来。多年以来，对表哥怀有的那种静静的情感，变得纯净，澄澈，轻盈无比。它在那一个黄昏，生出了翅膀，飞进童年光阴的深处，在那里长久栖落。

在姥姥家，在旧院，表哥一直是大家的骄傲，怎么说，是一种象征，象征着城市和权力。远亲近戚，谁家有了事，不去找表哥呢？那时候，表哥已经在城里牢牢扎下了根须。一个小城的父母官，在人们心目中，就是当朝的宰相，甚至，是朝廷。翻手为云，覆手为雨，有什么事情能够难倒他？他们的女儿，已经上了小学，聪明伶俐，是旧院里的小公主，有关她的种种趣事，在旧院的亲戚中广为流传。其时，表哥已经有些发福，很气派的啤酒肚，在皮夹克下隆起。先前浓密的头发，开始微微谢顶。一如既往地沉静，却更多了一种志得意满的笃定和从容。他是旧院的座上客。我父亲，我舅，甚至，我姥爷，都从旁陪着，有些诚惶诚恐的意思了。这个时候，表哥往往把我叫过来，让我坐在他旁边，问我一些学校里的事情。芳村这地方，有一些不成文的规矩，通常，女人是不能上酒席的。女孩子，尤其不能。我却不同。那时候，我已经在城里上大学。回到芳村，自然享有不一样的待遇。而且，大家都知道，从小，表哥最是宠我。我坐在表哥身旁，却忽然变得沉默了。我知道，我是感到性别的芥蒂了。当然，还有一种莫名的陌生感。表哥端着酒杯的手，白皙，肥厚。同我父亲他们粗糙的大手遭逢在一起，简直是鲜明的对照。我的表嫂呢，已经是泰然自若的妇人了。雍容,闲适,早已没有了当年的羞涩不安。她微笑地看着一旁鲜花般的女儿,接受着旁人的奉承,很怡然了。我姥姥,还有我的母亲,一直极力逢迎着那娇蛮的小女孩,甚而,有些谄媚了。也不知道为了什么,小女孩哭了起来,大人们立刻慌作一团。我表哥皱一皱眉头,喝斥道,不像话!然而也就微笑了,语气里有着明显的纵容。

  大学毕业后,我在城里工作。回芳村的次数,是越来越少了。同表哥,也有几年不见了。偶尔,从母亲的嘴里,听到一些表哥的事。据说,表哥的仕途一直通达,同所有事业辉煌的男人一样,在那个闭塞的小城,他也时时有绯闻流传。表嫂为此同他闹,眼泪,争吵,甚至威胁,也往往无济于事。关于表哥和表嫂,他们之间的一切,我都不甚明了。只有一回,表嫂忽然打电话来,同我说些家常。说着说着,就说到了表哥。忽然就饮泣了。我一时不知如何是好。那一回,我们说了很多话,大都已经忘记了,只有一句,我依然记得。你哥他——是变了——表嫂说这话的时候,我能感到语气里那一种悲凉和无助。我怔住了。多年前的那一个斯文的少年,从岁月的幽深处慢慢走来。面目模糊。那是我的表哥吗?

  那一年,母亲故去。表哥连夜从城里赶回来。他不顾人们的劝阻,一头跪倒在母亲的灵前,扑在母亲身上,恸哭失声,仿佛一个受尽委屈的孩子。我的泪水汹涌而下。往事历历。我的表哥。我的母亲。

  芳村有一句俗话,两姨亲,不是亲。死了姨,断了根。母亲故去以后,表哥难得来芳村一回了。当然,也来旧院,看姥姥。每一回,都是来去匆匆。母亲故去的那一年,中秋,表哥来看父亲。一进院子,表哥就哽咽了。他是想起了母亲吧。物是人非。表哥和父亲,两个男人坐在屋子里,艰难地寻找着话题。更多的,是长久的沉默。秋天的阳光照过来，落在墙上的相框里。那是母亲的相框。如今，已经落上一层薄薄的灰尘。然而，依稀可以看出，有那么多一身戎装的青年，英姿勃发。那是当年的表哥。

从省城到京城，一路辗转。离芳村，离旧院，是越来越远了。其间，经历了很多世事。有磨难，也有艰辛。一颗心，渐渐变得粗砺和坚硬了。不见表哥，总有五六年了。偶尔也听到他的一些事情。说是因为什么问题，免了职。姐姐们的话，因为不大懂得，总是含混不清。父亲已经老了。对很多事都失去了好奇心，或者说，失去了关心的能力。总之是，在他们的传说中，表哥是落魄了。我不知道，表哥和表嫂，究竟怎样了。他们过得好吗？他们，还算——恩爱吧？我一直想打电话过去。也不为什么，只是想说一说话。拿起电话的时候，却终于又放下了。我不知从何说起。后来，也就不了了之了。有时候，会想起表哥，总是他十一二岁的样子。穿着蓝花的短裤，黑塑料凉鞋，提着一罐头瓶小鱼，在矮墙上走着。忽然间，纵身一跃，把我吓了一跳。他笑起来了。

我悲哀地感到，有些东西，已经悄悄流逝了。滔滔的光阴，带走了那么多。那么多。令人不敢深究。真的。不敢深究。我不知道，从什么时候，我已经变得越来越懦弱了。我一直不愿意承认。可是，我知道，这是真的。

真的。表哥。

原载《天涯》2011 年第 1 期
选载《中华文学选刊》2011 年第 2 期

旧　院

一

村子里的人都知道，旧院指的是我姥姥家的大院子。为什么叫旧院呢，这个问题，我一直没有想过。当然，也许有一天，我想了，可是没有想明白。甚至，也可能问了大人，一定是没有得到满意的答案。我歪着头，发了一会呆，很快就忘记了。是啊，有那么多有趣的事情，爬树，掏蚂蚁窝，粘知了，逮喇叭虫。这些，是我童年岁月里的好光阴，明亮而跳跃。我忘不了。

旧院是一座方正的院子，在村子的东头。院子里有一棵枣树，很老了。巨大的树冠几乎覆盖了半个房顶。春天，枣花开了，雪白的一树，很繁茂了。到了秋天，累累的果实，在茂密的枝叶间，藏也藏不住。我们这些小孩子，简直馋得很，吮着指头，仰着脸，眼巴巴地看着表哥攀上树枝，摘了枣子，往下扔。我们锐叫着，追着满院子乱跑的枣子，笑。每年秋天，姥姥总要做醉枣，装在陶罐里，拿黄泥把口封严。过年的时候，这是我们最爱的零嘴了。

姥姥是一个很爽利的老太太。年轻的时候，大概也是个美人。端庄的五官，神态安详，眼睛深处，纯净，清澈，也有饱经世事的沧桑。头发向后面拢去，一丝不苟，在脑后梳成一只光滑的髻。在我的记忆里，似乎，她一直就是这种发式。姥姥一生，共生养了九个儿女，其中，有三个，夭折了。留下六个女儿。我的母亲，是老二。

谁会相信呢，姥姥这样一个人，竟然会嫁给姥爷。并且，一生为他吃苦。说起来，姥爷祖上原是有些根基的，在乡间，也算是大户人家。后来，到了姥爷的父亲这一辈，就败落了。姥爷的母亲，我不大记得了。在姥姥的描述里，是一个刁钻的婆婆，专门同儿媳妇过不去。姥爷是家里的独子，幼年丧父。寡母把独子视为命，视为自己一世艰辛的见证。儿子是她的私有物，谁都不允许分享，即便是儿媳妇。有坚硬强势的母亲，往往有软弱温绵的儿子。在姥爷身上，有一种典型的纨绔气质。当然，我不是说姥爷是吃喝嫖赌的纨绔子弟——以当时的家境，也当不起这个字眼了。我是说，气质，姥爷身上有一种气质，怎么说，闲散，落拓，乐天，也懦弱，却是温良的。在他母亲面前，永远是诺诺的。而对姥姥，却有一种近乎骄横的依赖。里里外外，全凭了姥姥的独力支撑。姥爷则从旁冷眼看着，袖着手，偶尔从衣兜里摸出一把炒南瓜子，或者是花生，嘎巴嘎巴剥着，悠闲自在。老一辈的说法，不孝有三，无后为大。姥姥生养了九个儿女，竟没有给翟家留下一点香火，真是大不孝了。只为这一条，姥姥在翟家就须做小伏低。作为一个女人，她欠他们。姥姥日夜辛劳，带着六个女儿，不，是五个——大女儿，也就是我的大姨，被寄养在姨姥姥家。姨姥姥是姥姥的姐姐，嫁给了一位军人，膝下荒凉，就把我大姨要了过去，做女儿。姨姥姥家境殷实，把大姨爱如掌上明珠。虽如此，后来，大姨成人之后，始终对这件事耿耿于怀。甚至，有一回，她来看望姥姥，言语间争执起来，大姨说，我早就知道你不喜欢我，那么多姊妹，单单把我送了人。姥姥一时气结，哭了。她再没想到，有一天，自己的女儿会这样指责自己。当然，这是多年以后的事情了。

那时候，还有生产队。生产队。我一直对这个词怀有深厚的感情。在乡村生活过的人，那一代，有谁不知道生产队呢？人们在一起劳动，男人和女人，他们一边劳动，一边说笑。阳光照下来，田野上一片明亮，不知道谁说了什么，人们都笑起来。一个男人跑出人群，后面，一个女人在追，笑骂着，把一把青草掷过去，也不怎么认真。我坐在地头的树底下，饶有兴味地看着这一切。那时，我几岁？总之，那时，在我小小的心里，劳动，这个词，是世界上最美好的事情了。它包含了很多，温暖，欢乐，有一种世俗的喜悦和欢腾。如果，劳动这个词有颜色的话，我想，它一定是金色的，明亮，坦荡，热烈，像田野上空的太阳，有时候，你不得不把眼睛微微眯起来，它的明亮里有一种甜蜜的东西，让人莫名地忧伤。

我很记得，村子中央，有一棵老槐树，经了多年的风雨，很沧桑了。树上挂了一口钟，生满了暗红的铁锈。上工的时候，队长就把钟敲响了。当当的钟声，沉郁，苍凉，把小小的村庄都洞穿了。人们陆续从家里出来，聚到树下，听候队长派活。男人们吸着旱烟，女人们拿着纳了一半的鞋底子。若是夏天，也有人胳膊底下夹着一束麦秸秆，手里飞快地编小辫。水点子顺着麦秸淌下来，哩哩啦啦洒了一路。村子里骤然热闹起来。说话声，笑声，咳嗽声，乱哄哄的，半晌也静不下来。我姥姥带着女儿们，也在这里面。这些女儿当中，只有小姨上过学，念到了六年级，在当时，很难得了。有人重重咳嗽一声，清清嗓子，人群渐渐安静下来。生产队长开始派活了。

生产队，是记工分的。姥姥是个性格刚强的女人，时时处处都不甘人后。多年以后，人们说起来，都唏嘘道，干起活来，不要命呢。我至今也不明白，姥姥那样一个秀气的身子，怎么能够扛起那么重的生活的重担。姥爷呢，则永远是悠闲的，袖着手，置身事外。我姥爷最喜欢的事情，是扛上他那支心爱的猎枪，去打野物。我们这地方，没有山，一马平川的大平原。有河套。河套里面，又是另一番世界。成片的树林，沙滩，野草疯长，不知名的野花，星星点点，绚烂极了。夏天的清晨，刚下过雨，我们相约着去河套里拾菌子。在我们的方言里，这菌子有一个很奇崛的名字，带着儿化音，很好听。我到现在都不知道是哪两个字。这种野菌子肥大，白嫩，采回来，仔细洗净沙子，清炒，有一种肉香，是那个年代难得的美味。河套里，还有荆条子，人们用锋利的刀割了，背回家，编筐。青黄不接的时候，人们也去河套里挖扫帚苗，摘蒺藜。村里的果园子也在河套。大片的苹果树，梨树，一眼望不到头。秋天，分果子的时候，通往河套的村路上，人欢马叫，一片欢腾。对于我姥爷来说，河套的魅力在于那片茂密的树林。常常，我姥爷背着猎枪，在河套的树林里转悠，一待就是大半天。黄昏的天光从树叶深处漏下来，偶尔，有一只雀子叫起来，跟着一片喧嚣。忽然就静下来。四下里寂寂的，光阴仿佛停滞了。我姥爷抬头看一看树巅，眼神茫然。他在想什么？我说过，我姥爷的身上，有一种纨绔气质。这是真的。弯弯的村路上，一个男人慢慢走着，肩上扛着猎枪，枪的尾部，一只野兔晃来晃去，有时候，或者是一只野鸡。这是他的猎物。夕阳照在他的身上，把他的影子拉得很虚，很长。

　　通常情况下，我姥姥对我姥爷的猎物不表达态度。几个女儿倒围上来，七嘴八舌地叫着，知道这两天的生活会有所改善。姥爷把东西往地下一扔，舀水洗手，矜持地沉默着。这沉默里有炫耀，也有示威，全是孩子气的。在这个家庭中，以姥姥为首，姥爷除外，全是女将。

姥爷这个唯一的男人，在性别上就很有优越感。姥姥比姥爷大。姥爷的角色，倒更像一个孩子，懒散，顽劣，有时候也会使性子，耍赖皮。对此，姥姥总是十分的容让。当然，也生气。有一回，也忘了因为什么，姥姥发了脾气，把一只瓦盆摔个粉碎。姥爷呆在当地，觑着姥姥的脸色，终于没有发作。

二

在我的记忆里，旧院，总是喧哗的。我的几个姨们，像一朵朵鲜花，有的正在盛期，有的，含苞欲放。她们正处在一生中最光华的岁月。她们白天下地干活，晚上，回到家，她们凑在一处，在灯下绣鞋垫。谁不知道鞋垫呢？可是，你一定不知道，鞋垫这样东西，在我们这个地方，被赋予了超越实用价值的审美性和情感性。姑娘们绣的鞋垫，尤其如此。我们这个地方，男女订亲以后，女方是要给男方绣鞋垫的。一则是表情达意的方式，二则呢，也有显示女红功夫的意思。为此，女孩子在很早的时候，就开始跟在姐姐们后面，细细揣摩鞋垫的事情了。花样，颜色，针法。她们从旁仔细观察着，暗暗记在心底——比如，是鸳鸯戏水呢，还是燕双飞？是纯色呢，还是杂色？是剪绒呢，还是十字绣？她们看着，比较着，一面在心里反复思量。这是天大的事。她们把一生的梦想和隐秘的心事，都托付给这小小的鞋垫了。直到现在，我依然记得，在旧院，一群姑娘坐在一处，绣鞋垫。阳光静静地照着，偶尔也有微风，一朵枣花落下来，沾在发梢，或者鬓角，悄无声息。也不知道谁说了什么，几个人就吃吃笑了。一院子的树影。两只麻雀在地上寻寻觅觅。母鸡红着一张脸,咕咕叫着,骄傲而慌乱。

姥姥家女儿多,因此,旧院成了村子里姑娘们的根据地。她们喜欢扎在一堆,说悄悄话。谁刚刚相看了一个,谁订亲了,谁的婆家今年正月里要摆席,谁的女婿生得排场,出手也大方。我们这个地方,只要订了亲,就称女婿了。谁谁的女婿,说起来,比对象这个词更多了几分昵近和家常。女婿们,在没过事之前,总是遭打劫的目标。方言中,过事就是结婚的意思。这地方的人喜欢就近,再远,也出不了邻近的几个村子。有时候,在路上碰上一个小伙子,只要有人喊一声那姑娘的名字,小伙子就得乖乖地束手就擒。姑娘家,免了烟酒,左不过押着那个慌乱的女婿,去村子里的供销社买些零食,水果糖,花生米,也有黑枣——一种枣子,黑褐色,甜而黏,有极小的核,这东西我已经多年没吃到了。大家捧着缴获的战利品,跑进旧院,吃着,评判着。逢这个时候,我就格外高兴,在人群里钻来钻去,横竖不肯离开半步。

我说过,旧院只有小姨上过学,在姑娘们当中,算是有文化的人了。小姨生得好看,为人也温厚,在村子里,很得人缘。那时候,村子里老是开会。各种各样的会,叫得上名目的,叫不上名目的,大的,小的。每次开会,总有我小姨。开会的时候,小姨总带上我。我现在依然记得,大队部的一间屋子,墙上挂满了奖状和锦旗,让人眼花缭乱,木头的长椅,斑驳的绿漆,我依在小姨身旁,开会。讲话的人是大队干部,叫做老权的。我看着他的嘴,一张一合,很用力,可是,我听不懂。我心想,他在说什么呢?忽然,从他嘴里蹦出一个词,他说,起码,我们要——我心里一闪,骑马。这回我听懂了。我一下子来了兴趣。骑马。这事情有趣。我等着他的下文,他却再也不提骑马的事了。可能是他忘了。我失望极了。下午的阳光从窗子里照过来，细细的飞尘，在明亮的光束里活泼泼地游动。我把头歪在小姨身上，我困了。后来，直到现在，一提起开会，我就会想到那间屋子，挂满了锦旗和奖状，木头的长椅，阳光里的飞尘，还有，骑马。真的。起码。我只要一看见这个词，就会想起另一个词。骑马。这真是没有办法的事。

在乡下生活过的人，一定知道露天电影。那时候，公社里有放映队，农闲时节，就下来，挨着村子放。早在几天前，消息就已经传开了。放什么电影，好看不好看，有没有副片。副片的意思，就是在正式放电影之前的小片，比如，科教片，宣传片，总之，副片往往枯燥，无趣，远远不及正片的动人心魄。我们都憎恨副片。然而，憎恨里也有希望，因为，我们知道，副片之后，正片就会如期而至。有时候，禁不住电影的吸引，我们也会跑到邻村，先睹为快。小姨抱着我，把我放在一段矮墙上，前面，是黑鸦鸦的人群，密密的脑袋，在遥远的银幕前晃来晃去。轮到在自己村子放的时候，就从容多了。然而也慌乱。早早地吃过饭，姑娘们呼朋引伴，去占地方。远远的，在村子的场地上，一面白的幕布已经悬挂起来了。正反两面，摆满了各种各样的板凳，高高低低。性急的孩子们坐在板凳上，维护着自己的地盘。小姨她们挤在一条长凳上，说着闲话，吃吃笑着，偶尔，你推我一下，我捶你一拳。一股淡淡的雪花膏的香味弥漫开来，很好闻。后排，不知什么时候，就有了一群小伙子。他们说话，哄笑，接人物的台词，怪声怪气，有时，吹一声口哨，响亮，佻达，让人脸红心跳。姑娘群中，就有人轻轻骂一句，然而也就笑了。空气里有一种东西在慢慢发酵，变得黏稠，甜味中，带着微酸。我坐在小凳子上，第一次，我感觉到，男女之间，竟然有那样一种莫名的东西，微妙，紧缩，兴奋，不可言说，却有一种蚀骨的力量。其实，我全不懂。然而，当时，我以为，我是懂得了。

有一个姑娘，同小姨极要好，叫做英罗的。英罗的父亲在县城的药厂上班。因此，英罗家里就常常有一些新鲜的东西。比如，《大众电影》。这真是一本漂亮的杂志。彩色的插页，那些演员，神仙一般的人物，他们的衣着，气质，神情，让人迷恋，让人神往。《大众电影》在姑娘们中间传来传去，她们争论着，赞叹着，那样子既艳羡，又虔诚。英罗到底是有见识的。对于那些电影演员，她顶熟悉。谁多大了，谁演了什么角色，谁和谁，正在闹恋爱，这些，她都知道。英罗讲这些的时候，她平凡的脸上有一种动人的光芒。我喜欢这个时候的英罗。

英罗很早就订了亲。婆家在旁边的村子，叫阎村。人们见了英罗，都开玩笑，叫她阎村的。有时候，小姨她们闹起来，就说，英罗，去你家阎村噢，赖在我们这里，算什么。英罗就恼了。把一张脸挂下来，谁都不理。英罗的女婿，我一直没有见过。只是听人说，家境很好，人却有那么一点呆。究竟怎么个呆法，我就不知道了。

三

我一直没有说我的四姨。怎么说呢，在姥姥家，四姨是一个伤疤，大家小心翼翼，轻易不去碰触。在旧院，四姨是一个忌讳。

如果你对乡村还算熟悉，那一定知道乡村里的戏班子。在乡间，总有人迷恋唱戏，收几个徒弟，吹拉弹唱，排练一番，一个戏班子就诞生了。乡间的习俗，逢丧事，但凡家境过得去的人家，丧主总要请戏班子唱上几天。期间，酒饭是少不了的，此外，还有酬金。在当时，算是可观的收入了。然而，当四姨闹着要去学戏的时候，姥姥坚决不依。姥姥的看法，唱戏是下九流的行当。戏子，更是为朴直本分的庄户人家所不齿。四姨一个好端端的闺女，怎么能够入了这一行。四姨哭，闹，撒泼，绝食。姥姥只是不理。小孩子，示一示威罢了。况且，在这几个女儿中，四姨的孝顺乖巧，向是出了名的。按照姥姥的盘算，是想把这个四女儿留在身边，养老送终。可是，姥姥再想不到，四姨会喝了农药。当终于救过来的时候，四姨睁开眼，头一句话就是，我要唱戏。姥姥长叹一声，泪流满面。

农闲的时候，晚上，村南老来祥家的矮墙里，就会传来咿咿啊啊的戏声。这是老来祥在教戏。据说，老来祥的父亲是地方上有名的旦角儿，人送绰号小梅兰芳。唱起梅兰芳的段子来，简直出神入化，名动一时。后来，小梅兰芳因情自尽，身后，落下一片唏嘘，人们都说，这是颠倒了，错把戏台当作人间了。论起来，老来祥也算是有家世的了。自小，老来祥就迷恋唱戏。一个男孩子，说话，走路，却全是女儿态度。人家的一句玩笑，就飞红了脸。就连笑，也是兰花手指掩了口，娇羞得很了。为此，村子里的人，尤其是男人们，常常拿他调笑。老来祥一直未娶。谁愿意把自己女儿嫁给这样一个人呢。公正地讲，老来祥人生得周正，标致倒是标致的。穿了家常的衣服，举手投足，也自有一种倜傥的风姿。但是，却从来没有听说过，有关他的风流韵事。因此，对于老来祥的态度，村人们是含糊的。感叹，也宽容。这样的一个人，你能拿他怎么样呢。

有时候，我也跟着四姨去学戏。老来祥坐在太师椅上，怀里抱着胡琴，微闭着眼睛，唱一句，四姨学一句。四姨站在地下，拿着姿势，唱到委婉处，看不见的水袖就甩起来，眉目之间，顾盼生情。灯光照下来，把她的影子映在墙上，一招一式，生动得很。我看得呆了。眼前这个四姨，忽然就陌生了。这个唱戏的四姨，不是我平日里熟悉的四姨了。平日里，四姨是羞涩的，内向，寡言，近于木讷。而且，四姨也算不得好看。四姨的鼻子扁了一些。四姨的脸庞也宽了一些。女孩子，总是瓜子脸，才来得俊俏，我见犹怜。可是，唱戏的四姨，就不一样了。就有了一种特别的光彩。真的。后来，直到现在，我还记得四姨唱戏的样子。痴迷，沉醉，灯光下，她的眼睛里水波跳荡，流淌着金子。

四姨天生是块唱戏的材料。扮相甜美，嗓子又好，在台上，只一个亮相，不待开口，台下就轰动了。老来祥微闭双眼，把胡琴拉得如行云流水。四姨轻启朱唇，慢吐莺声，台下霎时风雷一片。我姥姥坐在家里，拣豆子。我姥姥拒绝去看四姨唱戏。可是，她却无法阻挡四姨的声音。四姨的声音像细细的游丝，一点点蜿蜒而来，飞进旧院，飞进姥姥的耳朵里，飞进姥姥的心里。姥姥拣豆子的动作明显慢下来，慢下来，凝住，嘴里骂一句，这死妮子——长长地叹一口气。

流言是慢慢传开的。说是四姨跟老来祥。这怎么可能。村里人都说，按辈分，老来祥当是叔叔辈，虽说早出了五服，可再怎么，人家是水滴滴的黄花闺女，嫩瓜秧一般，老来祥一个老光棍——也有人说，唱戏，能唱出什么好来？戏文里，才子佳人，演惯了，就弄假成真了。有人就唱道，假作真时真亦假——人们就笑起来。

那些天，旧院出奇地安静。我姥姥照常下地，忙家务，脸上却是淡淡的，什么也看不出来。自己养的闺女，自己怎么不知道呢。她早该想到的。自从唱戏之后，四姨就不一样了。原是说这四姑娘性子木一些，调教一下，也好。可是，谁想得到这一层。其时，老来祥，总有五十岁了吧，或者，四十九，唱了一辈子戏，谙尽了风月——四姑娘又是这样的年纪——怎么就想不到呢。姥姥很知道，一个女人，最不能在这上面有闲话。姥姥家里，旧院，出嫁的，待嫁的，全是女儿家。这种闲话，尤其具有杀伤力。我姥姥坐在院子里，手里的棒子一起一落，把豆秸砸得飒飒响。四姨躲在屋子里，只是沉默。

这个冬天，四姨再没有去唱戏。腊月，四姨出嫁了。嫁到河对岸的一个村子。四姨父，我是见过一面的。个子矮一些，跟高挑的四姨站在一起，尤其显得矮小。人却老实。姥姥说，人老实，这是顶要紧的一条。出嫁那天，是腊月初九。雪后初晴，格外的冷。四姨穿着大红的喜袄，勾了头，坐在炕上。响器班子站在院子里，卖力地吹打。新女婿早被人涂了一脸的黑鞋油，像包公，嘿嘿笑着，只露出白的牙齿。陪送的人再三劝道，走吧——不早了，路远。四姨这才慢慢站起来。院子里，唢呐更热烈了。四姨推着披红挂绿的自行车，一步一步，走出旧院。四姨化着严妆，那一刻，我看不清她的表情。四姨在想什么呢？戏里戏外，天上人间。四姨再不会想到，这一点小小的挫折，跟后来漫长的人生磨难相比，不值一提。真的，不值一提。

后来，我总是想起四姨唱戏的样子。那是她生命中盛开的花朵，娇娆，芬芳，迷人，也危险。作为一个女孩子，从那时候开始，我就隐隐地认识到，美好的，总是短暂的。我开始害怕看姑娘们出嫁。而在此前，我是那么热衷于看热闹，挤在人群里，心神激荡。相比之下，我喜欢那些绣鞋垫的日子。描画着，憧憬着，然而，都在远处。我喜欢这样的感觉。

旧院又平静下来。我姥姥立在院子里，看着满地的鞭炮的碎屑，空气里还有硫磺的刺鼻的味道，雪地上，乱七八糟的脚印，一道道车辙，交错着，纠结着，终是出了旧院。姥姥把胸中的一口气慢慢吐出来,长长的,在眼前缠成一团白雾,也就一点一点散了。

姥爷是照常地无所事事。田地里,难得见他的影子。他多是扛着猎枪,在河套的树林子里消磨光阴。家里的事情,他懒得管。他只知道,即便天塌下来,有姥姥顶着。他放心得很。经了四姨的事,姥姥的脾气渐渐大了。这么多年,她是受够了。男人,都是遮风挡雨的大树,可是,在旧院,姥爷却先自缩起来,把她这柔软的性子,生生地百炼成钢。是谁说的,一个家里,如果男人不是男人,女人,也就不是女人了。这是真的。先前,姥姥是一个多么温柔的女子,在娘家,虽小门小户,却也是娇养得很,大门不出,二门不迈,见了人,不待开口,先自飞红了脸。说起这些,谁会相信呢。姥姥大闹一场。她坐在炕上,哭,只觉得委屈得不行。四姑娘的事,要不是姥姥做事果决,怎么能够这么干净爽利。是她,把这杯苦酒,自斟自饮了,还不露一丝痕迹。她知道,这种事,在女方,最是张扬不得。尤其是,旧院一大群女儿家,人们的嘴巴不济,张口闭口,不经意间,就伤了这个,带了那个。她知道其中的厉害。她必得把这一口气,咽回肚子里。也有好事的人来探口气,既然事已至此,不如顺手推舟——老来祥人还不错。姥姥心里冷笑一声,怎么可能。不要说年纪辈分不对,把一对活生生的例子摆在眼皮子底下,这后半生,可怎么做人?姥姥脸上不动声色,暗地里却托了人,把男方家底都一一摸清,自忖闺女过去受不了委屈,就下了决心。这其中的坎坷煎熬,能跟谁讲?姥姥坐在炕上,哭道,聘了这几个闺女,哪一个不是我,一应的琐事揽下来,日夜撑着——要他这个男人做什么?

后来,我常想,可能是从那一回,姥姥才铁了心要招一个上门女婿,以壮门户。

四

  现在，我得说一说我的母亲。我说过，我母亲排行老二。可是，在旧院，母亲却是老大的角色。大姨被寄养在姨姥姥家，再没有回来。母亲人长得俊俏，在姐妹中，很是出类。又做得一手好针线，甚至，比姥姥的功夫还胜一筹。人也伶俐，很能替姥姥分忧。几个妹妹，都是在母亲的背上长大的。母亲没念过书。对人情世故的判断，全凭了天生的悟性。起初，姥姥是立意要把母亲留在身边的。那时候，在乡下，上门女婿，是很丢脸的事情。想想看，有谁愿意把儿子养大，白白地送给别人呢？就只有找那些外路人。外路人，就是外地人的意思。山里人，娶不起亲，又向往平原上的好光景，做上门女婿，是一条不错的出路。也有本地人。兄弟多，家境窘迫，父母往往就把牙咬一咬，舍了脸面，把儿子送给人家做女婿。我父亲就是这样到了旧院。

  我父亲也是本村人。家里兄弟五个，日子的艰难是可以想见的。我的奶奶是一个小脚女人，好吃懒做，没有什么心肝。不讨男人喜欢，在婆婆跟前受了一辈子的气。可是却会刁难媳妇。她漫长的一生，是一部丰富的婆媳战争史。其中，我的母亲，是最为曲折的一章。父亲到了旧院，自然是处处恭谨，这样的情势，他也不得不把自己刚烈的性子屈抑了。好在，父亲和母亲，相处还颇融洽。姥姥的意思，是想让父亲改姓，随着翟家。父亲哪里肯。我说过，父亲是一个性格刚硬的男人。改姓，在他看来，简直是辱没门楣的事情，是一种耻辱，是对宗族的叛逆和玷污。大丈夫行不更名，坐不改姓。这是一个不能妥协的立场。可是,姥姥自有她的逻辑。既然是上门女婿,父亲就是翟家的人。翟家的人,自然要姓翟。这是一个不容争议的问题。矛盾就是这样,从一开始就播下了种子。旧院,迎新的气氛尚未散去,一场战争,已经风雷在耳了。双方僵持,对峙,在其间,最为犯难的,是我的母亲。母亲比父亲小五岁。新婚的喜悦还未及细细品味,漫长的煎熬就已经开始了。能怎么样呢,一面,是自己的男人,一面,是自己的母亲。母亲坐在院子里,看着一朵枣花慢慢落下来,落在印着红喜字的脸盆里,在水面上悠悠转着。母亲的眼泪淌了一脸。在旧院,姥姥是说一不二的人物。如今,在女婿面前,竟是碰了壁。她恼火得很。然而,女婿毕竟是女婿,虽说是上门,终究不比儿子,可以当面锣对面鼓,直来直来。姥姥病了。姥姥的病是虚病。这地方,管莫名其妙的病叫做虚病。据说是被什么东西附了体,病人身不由己。那时候,家家户户都有纺车。你见过纺车吗?在乡村,怎么能没有纺车呢?农闲的时候,或者,晚上,女人们盘腿坐在草墩子上,纺棉花。一只手摇着纺车的把手,另一只手捏着棉条子。纺车嗡嗡唱着,长长的棉线就从棉条子里慢慢扯出来,扯出来,缠绕在锭子上,半天工夫,就出落成一只丰满的线穗子。女人们拿这线穗子搓绳,织布,一家人的衣裳鞋袜,就从一架纺车上来。姥姥是纺线的高手,我母亲她们姊妹的纺艺,都是姥姥手把手教出来的。姥姥病了以后,不再下地,家务也不理,只是坐在纺车前,整日整夜地纺线。姥姥嘴上叼着烟袋,手摇纺车,唱戏。一家人都心惊肉跳,不知如何是好。我母亲跪在一旁,流泪。姥姥微闭着双目,不看母亲一眼。父亲在屋里坐着,对着墙,一脸的铁青。其他的人,谁敢劝?姥爷是这样一个人,醉心于河套里的树林子。家里的这场混战,他是懒得问。几个姨们都年幼,只知道一味担心着姥姥。有谁懂得母亲的苦楚?那一年,母亲十九岁。姥姥逼着母亲同父亲离婚，其时，母亲已经有了身孕。多年以后，母亲临终前的那段日子，不知为什么，总是提起这段旧事。母亲叹口气，说，你姥姥，可真会逼人，可真会——后来，我常常想，姥姥的强硬，父亲的固执，当年，十九岁的母亲，是怎样在这种处境中左右为难，进退失据。或许，也正是从那个时候开始，母亲一生的病痛暗然生成，这病痛，令母亲饱尝煎熬，最终让她撒手尘世。

改姓的风暴还没有平息，母亲临产，大姐出世了。这对姥姥无疑是一个更加沉重的打击。姥姥一生养育了六个女儿，她绝不希望看见下一代再有女婴降临旧院。姥姥招了上门女婿，原是想替翟家接续香火的。如今，改姓不成，又生了女孩，姥姥的病症越发重了。月子里，母亲终日以泪洗面，她觉得欠了姥姥。在这个家，在旧院，她没有颜面。姥姥让大姐称她奶奶。她是把大姐当成了孙女。由于父亲的坚持，最终还是没有改姓。日子似乎就这样过下去了。然而，有时候，世间的事就是如此难料。母亲又生下了二姐。姥姥的病又犯了一回。比先前更甚。那时候，大姐不过两岁多，在院子里跌跌撞撞地走着，走着，一不小心，就摔倒了。姥姥在纺线，唱戏，不孝儿在眼前心肝欲碎——母亲躺在炕上，看着二姐皱巴巴的小脸，只有流泪。父亲也更加沉默了。在旧院，轻易不说一句。

两年以后，当我出世的时候，姥姥已经彻底绝望。她决定让父亲和母亲走。或许，她早已经萌生了此意，只是碍于脸面，无法出口。父亲和母亲离开了旧院，带着三个女儿。也就是说，姥姥招了上门女婿，现在，又不要了。父亲和母亲一时找不到住处，就借了人家一间房，暂且栖身。后来，直到现在，我都无法想象，我的父母亲，两个年轻人，带着三个孩子，如何凭着一双手，白手起家。也正是从那时候开始，父亲和姥姥的关系降到了冰点。我说过，我的奶奶是这样一个人，懒惰，自私，少心没肺。面对自己儿子的困厄，非但没有母慈之心，竟是袖手旁观。兄弟们，也都担心父亲回来分割微薄的家产，齐了心要冷落他们。父亲和母亲，至此，尝尽了人情的冷暖，世态的炎凉。贫贱夫妻百事哀。这话是真的。父亲和母亲，在我儿时的记忆里，常常是硝烟弥漫。有时候，从外面疯玩回来，看见家门口挤满了人，有的在看，有的在劝，知道是父母又吵了架。母亲的呜咽一阵阵传来，夹杂着父亲粗重的喘气声。一颗小小的心就立刻缩紧了。

那时候，父亲是生产队长。我没有说，父亲读过高小，识文断字，打得一手好算盘，在乡间，算是知识分子了。父亲原是二队，到了旧院，就跟了姥姥所在的一队。那时候，生产队长是有一定权力的。派活，是这种权力体现之一种。派什么样的活，轻与重，忙与闲，工分的多与少，这里面颇有说法。据说，父亲常常给姥姥她们派重活。拉粪车，砍秸子，钻高高的庄稼地薅草。姥姥和几个姨，就只有默默受了。母亲知道了，自然要跟父亲闹。经了艰难岁月的碾磨，比起当年，父亲的脾气越发烈了。对母亲，他全忘了是年幼他五岁的妻子，一点都不懂得容让。多年以后，当母亲缠绵病榻，父亲长年细心服侍的时候，我不知道，父亲内心深处，是否有过深深的悔恨。那样健康活泼的一个女人，硬是生生落下了一身的病痛。也许是有过，可是，从来不曾听他说起。那时候，常常，半夜里，被姐姐推醒，说是母亲不见了。母亲不见了。乡村的夜，寂静，深远，姐姐打着灯笼，我跟在后面，满村子找母亲。灯光一漾一漾，映出我们的影子。母亲，你在哪里？我的一颗小小的心充满了忧惧，竟然忘记了哭泣。母亲和父亲吵了架，跑了。从一开始，母亲就夹在姥姥和父亲中间，历尽了煎熬。强硬的姥姥，暴烈的父亲，婆婆一家的歧视和轻侮，贫困的日子。母亲不知该如何面对。她只有逃离。有时候，我们会在深深的玉米地里找到母亲，她披散着头发，满脸泪痕，露水把她的鞋子打湿了，走起路来，吱吱响。有时候，满村子找，也找不着，母亲是去了几十里之外的大姨家。这个时候，我的四姨把我叫过去，让我去找父亲，央他去接母亲。至今，我还记得，黄昏，父亲在田野里放羊，我立在一旁，低声哀求，我想娘了。微凉的风从田野深处吹过，吹干了我脸上的泪痕，紧绷绷的，涩而疼。夕阳慢慢地从树梢上掉下去了，野地里渐渐升腾起薄薄的雾霭。父亲的脸一点一点模糊了。半晌，是一声长长的叹息。

现在想来，那时候，大姨家，是母亲的一个避风港了。大姨是一个心直口快的人，嘴巴向来不饶人。我母亲坐在灶边，只是低头垂泪。我大姨立在当地，冲着我说，小春子，你回吧。你娘就在这里——不回去了。早晚有一天，她得让你们气死。这话是说给父亲听的。我扭头看看父亲，他闷头吸烟，一张脸在烟雾中阴晴不定。

直到现在，回到老家，看见父亲孤独的背影，在老屋的院子慢慢地踟蹰，我总是忍不住要流泪。我的父亲母亲，他们走过了那么艰难的岁月，有淡淡的喜悦，更多的，是漫无边际的伤悲。而如今，母亲去了，只留下父亲一人。所有的喜悦，怨恨，还有伤悲，都不算了，都不算了。

我不知道，我的父亲和母亲，他们之间，是怎样的一回事。他们一定互相怨恨过，世事是如此的艰难，他们，有过抗争，也有过妥协，他们软弱无力，然而，终究是坚忍。他们一生，生养了三个女儿，无子。那时候，在乡村，叫做绝户。很小的时候，我就知道这个字眼的含义。它后面包含的种种，歧视，凌辱，哀伤，无奈，我全懂。为此，我的父亲和母亲，受够了煎熬。可是，他们爱过吗？我很记得，有时候，早晨醒来，听见有人在院子里说话。我知道，是我的父亲和母亲。

母亲在灶边坐着，烧火，父亲吸着烟，他们说着闲话。有点漫不经心，甚至，有点索然。我在枕上听着，半闭着眼睛，心里却荡起一种温情。我喜欢这样的早晨。也有时候，我歪在母亲身旁，睡午觉。父亲走过来，俯下身，看看我，转而逗母亲说话。母亲阖着眼，只是不理，父亲把手指在母亲下颌上挑一下，母亲就恼了，佯骂一句，父亲觉出了无趣，微笑了。这个时候，我紧闭着眼睛，装睡，心里却是充满了喜悦。多么好，我的父亲和母亲，至少在那一刻，他们恩爱着。直到现在，我所理解的爱情，也不过如此了。

大概我上小学的时候，是我们家最好的时光。那时候，我的父亲是生产队的会计，号称财神爷的，在当时的乡村，这是一个很荣耀的职位。而且实惠。新屋已经盖起来了。母亲素来喜欢干净，把里里外外收拾得整洁清爽。八仙桌子，靠背椅，大衣柜，带抽屉的梳妆台，都有了。我母亲坐在炕沿上，和三婶子说着闲话。我父亲伏在桌上，噼噼啪啪地拨算盘。我和小伙伴在院子里跳房子，笑着，叫着，鼻尖上都是汗，有些声嘶力竭了。姐姐们挤在里间，咬耳朵，已经是有秘密的年龄了。阳光从窗子里照过来，慢慢爬上墙，把相框上的玻璃照得闪闪烁烁。相框里，都是我们一家的照片。大姐的最多，也有小姨的，还有表哥。那是他们的年代，就连在照片里，都是笑着的，一脸的意气风发。算起来，那时父亲不过三十多岁，掌握着一个队的财权，算是事业的巅峰了。平心而论，父亲是个美男子，剑眉朗目，周正而端方。到了这个年龄，更平添了成熟男性的风度。我猜想，村里的女人们，都暗暗喜欢他。就连三婶子，正和母亲说着话，看见父亲走过来，就有些言不及义了，讷讷的，有时候，像少女一般，竟然红了脸。那时候，我母亲也不过三十出头，正是好年华，穿着暗格的对襟布衫，一笑，露出一口耀眼的牙齿。我的父亲和母亲，在离开旧院之后，迎来了他们一生中最好的岁月。三个女儿尚未长成，他们自己呢，青枝碧叶的年华，在自己的屋檐下，过自己的小日子。从前的困厄，如同一场旧梦，都过去了，他们不愿意去想了。未来的日子，谁知道呢——终究还很遥远，遥不可及。他们来不及去想。他们再想不到，磨难，已经在未来的某处，静静地潜伏着，窥伺。仅仅在几年以后，母亲的病痛来袭，初现端倪，生活全然变了模样。全变了。

在这段日子里，我依然常常往旧院去。我的父亲和姥姥，依然有龃龉，但是却好多了。怎么说，孩子们都渐渐大了；还有，我的父亲，那几年，也算是有头脸的人物。大姨家的表哥，是旧院的常客。表哥是大姨的儿子，人生得好，文秀，单薄，白皙，一点也没有乡下孩子的粗野和鲁莽。为此，表哥深得姥姥的疼爱，她常常把他带在身边，拾花生，摘棉花，起红薯。表哥和小姨同年，两个孩子在一起，常常是，小姨处处让着表哥。表哥也确是招人疼爱。他总是安静地待在大人身边，从不惹祸生事。他也懂得体贴。对姥姥，对我的母亲，感情尤其深厚。有一度，我的母亲差点就想把表哥收养过来，做儿子。我现在依然记得，在我们家最好的时候，表哥来了，我母亲给他做手擀面，烙饼。那时候，白面，是很珍贵的稀罕物。表哥歪在炕上，我跪在一旁，把他的一头黑发揉来揉去，趁他不注意，我把它们编成小辫，一条一条。我格格地笑出声来了。后来，表哥去了部队，当兵，提干。常常有信来。我母亲坐在炕沿上，听父亲念信：大姨，姨父，你们好……这时候，我母亲的眼睛深处闪着泪光。我母亲，是把表哥当作儿子了。直到现在，隔壁的玉嫂，还老是提起来，新婚的时候，表哥常常到她的新房，也不闹，就坐着，安静地坐着，一坐就是半宿。这个孩子，就是不一般呢。看看，果然。玉嫂说这些的时候，眼神柔软，她是想起了她的好年华。如花似锦。现在，都过去了。

我一直不肯承认，在我的童年岁月，表哥的存在，对我，是一种安慰。真的。对表哥，我怀有一种静静的情感，美好，无邪，它在我的内心深处，珍藏着。我始终不肯相信，在我未来漫长的岁月中，我所喜欢的男人，竟或多或少有表哥的影子。在潜意识里，我是把表哥，这个我童年生活里唯一的异性，当作了理想男子的标杆。父亲不算。父亲是另外一回事。

五

那时候，五姨已经到了谈婚论嫁的年纪。姊妹中，五姨算不得最好看，却是最能吃苦的一个。五姨也是孝顺的。她顺从了姥姥的心意，招了上门女婿，留在了旧院。多少年过去了，我还记得他们结婚时候的情景。五姨穿着枣红条绒布衫，海蓝色裤子，脖子上，是一条粉底金点的纱巾。她半低着头，在人群里羞涩地笑着。新女婿是外路人，跟着母亲嫁过来，下面又有了众多的兄妹。自然是不一样的。如今，来到旧院，就是另一个家了。我在旁边看着他，他长得算得高大，然而清瘦，眼睛不大，却很明亮。一看就知道，是一个精明的人。姥姥教着我，让我喊舅。这是一个陌生的字眼。从小到大，在旧院，我没有喊过。舅很爽快地应着，揽过我，摸摸我的小辫子。我高兴起来。从此，我有舅了。

对这个舅，我姥姥显然汲取了我父亲的教训，凡事都觑一觑他的脸色，很小心了。她不再逼他改姓，由他姓刘，吃着翟家的饭。然而，孩子必得姓翟。同我父亲比起来，我舅，是一个通达的人物。在乡间，尤其是那时候的乡间，很难得了。我舅大概早已经把这些看破了，他微笑着，在旧院里出出进进，自如得很。我舅在人事上也圆通，家里家外，敷衍得风雨不透。甥男孙女的去了，总是笑着，热络地揽过来，让人说不出的温暖受用。在我的记忆里，我舅，真的同这旧院融合在一起了。这是他的家呢。街坊邻里，我舅更是打理得风调雨顺。村子里，翟家本就是个大姓，院房庞大，枝干错杂，其间的深与浅，薄与厚，近与疏，都容不得走错半步。在乡村，看似平和的外表，其内里的错综复杂的脉系，委实是根深蒂固，牵一发而动全身。对于外来人，尤其如此。然而，这难不倒我舅。真的。现在想来，在这方面，我舅是有很高的秉赋的。自从我舅来了之后，旧院里，所有的内政外交，全是他了。我姥姥暗自松了一口长气，夜深人静的时候，竟悄悄流了眼泪。她是真的喜悦，这喜悦里，又有着难以言说的忧伤。这些年，她是受够了。如今好了。然而——然而什么呢，黑暗中，我姥姥不好意思地微笑了。还能怎样，如今，她该知足了。我姥爷也高兴。这一回，他是彻底没有了后顾之忧，可以安心把自己隐在河套的树林子里，不问世事。再不用听姥姥的唠叨和抱怨。在旧院，他是心宽体胖的老爷子，从容，笃定，闲适得很了。人们都说，什么人，什么命。看人家大井。大井是我姥爷的名字。

五姨却不开心。怎么说呢，对男人，五姨是满意的。我舅是这样一个人，聪明，风趣，最知道如何讨女人欢喜。五姨却烦恼得很。五姨的新房，在东屋。姥姥依然按照老派的规矩，住着北屋，正房。新婚，因为是上门女婿，自然人们的目标是新女婿。至于新娘，自家的闺女，总不至于放下脸来胡闹。因此，五姨的新房就清静多了。新婚燕尔，夜里，小两口关了门，自然少不得夫妇之礼。有一回，是个月夜，五姨灭了灯，却发现窗棂上映出姥姥的影子。她在往屋里看。五姨的一颗心乱跳起来，像惊了的马车。这怎么可能。一个母亲，在自己女儿的新房外偷窥。这怎么可能。她想干什么？五姨一夜未眠。自此，她就经了心。这是真的。她想。老天，这竟是真的。五姨同姥姥的芥蒂，大概就是从那个月夜开始埋下了种子。白天，她注意观察姥姥的言谈举止，却什么都看不出来。姥姥，还是那个爽利的老太太，在旧院，她温和，敏锐，也威严。她是一家之主。可是，她是为什么呢？有时候，五姨就想，是不是自己看错了，或者，只不过是一场梦？然而，那个月夜，窗棂上清晰的影子，至今想来，她还心有余悸。她忘不了。五姨把头埋在被子里，无声地哭泣。她是她的母亲，她怎么能够这样。这辈子，她都无法原谅她。她不原谅。很快，五姨临产，生下了一个男孩。我姥姥趴在炕上，看着这个降临在旧院的第一个男婴，翟家的后代，她的眼睛里闪着泪光。这是翟家的香火啊。五姨躺在那里，耷着眼皮，待看不看的，脸上始终是淡淡的。姥姥问话，也有一句没一句。姥姥想，五丫头这是乏了——这么大一个胖小子。

孩子满月的时候，照例要摆酒。孩子的亲奶奶，我舅的母亲，也过来看望。姥姥嘴上不说，内心里，对我舅的母亲，对刘家人，是很忌讳的。等客人散尽，我姥姥来到东屋，对五姨说，既然是进了翟家的门，刘家的人，红白喜事，就不往来了吧。这样清爽。五姨仄着身子，给孩子喂奶，半晌，扔了一句，这我管不了。姥姥再想不到，自己的闺女会这样同自己说话。她呆在那里，一时气结。刚要发作，觉得闺女刚出月子，弄不好伤了身子，回了奶，就不好了。

孩子一日日长大了，五姨的脾气也一日日古怪了。有时候，看着女儿的背影，姥姥想，这是怎么了？简直莫名其妙。为了刘家的事，姥姥没少跟五姨闹。比如说，孩子回家来，手里举着一串糖葫芦，问谁给的，孩子说，奶奶给的，或者说，是叔叔。姥姥就颇不高兴。觉得自己的孙子，平白地吃刘家的东西，她委屈得不行。凭什么？这一来二去，怎么说得清。五姨却不作理会。她知道姥姥的心病。她偏要让她疼。她恨她。可是，她是她的母亲。能怎么样呢，她只能把这恨埋在心里，跟谁都不能提起。跟我舅，不能。跟姊妹，也不能——她跟姥姥，原是母女，可如今，却是婆媳。跟外人，更不能。这是家丑。夜里，五姨看着黑暗中的屋顶，把一腔怨恨紧紧咬住。孩子的脑袋拱在怀里，毛茸茸的。耳畔，是我舅的鼾声。

偶尔，我的三姨和四姨，回到旧院，凑在一处，说着说着，就说起了各自的婆婆。五姨从旁听着，心里是又羡又妒。多好。所有的女人，都能在人前说说婆婆的是非，唯独她不能。有些事情，她只能藏在心底，让它慢慢变得坚硬，像刀子，一点一点切割她的心。

六

那时候，小姨正在忙于相亲。作为家里最小的女儿，小姨活泼，美丽，又有文化，是旧院最亮眼的一朵花。那时的乡村，风气已经渐渐开化。男女青年，经人介绍，也可以在一起说说话了。有一回，我记得，小姨带上了我。

是个春天的夜晚，月亮在天边挂着，又大又白。小姨和那个青年，一前一后，在村路上慢慢走着。我跟在小姨身旁，心里充满了隐隐的激荡。两旁，是青青的麦田。夜风从村庄深处吹过来，带着庄稼微腥的涩味，夹杂着青草温凉的气息。不知名的小虫子鸣叫着，夜晚的乡村，寂静，清明。小姨和那个青年，就这样走着，几乎不说话。偶尔，青年问一句，小姨就低声答了，就又沉默。我走在旁边，却被这沉默深深感动了。我觉得，这沉默里面，所有的微妙的情感，喜欢，羞涩，紧张，不安，萌动的爱意，欲言又止的试探，小心翼翼的猜测——都在里面了。多年以后，我依然记得，那个春风沉醉的夜晚，庄稼的气息，虫鸣，月亮在天上，静静地走。一对男女青年，一前一后，甜蜜的沉默。一个孩子，她懵懂，迷茫，还来不及经历世事，然而，她却亲眼见证了一场爱情。那个青年，后来成了我的小姨父。多年以后，有一回，我偶尔提起此事，小姨茫然地看着我，是吗——我怎么不记得了——其时，小姨已经儿女成行，成了一个地道的乡村妇人，正在为女儿的婚事操劳。年轻时代的那个春天的夜晚，她努力想了想，竟是真的记不起来了。

在旧院，小姨是老闺女，仗着姥姥的疼爱，有时候，就难免有些任性。然而，小姨终归是个乖顺的姑娘，即便任性，也是女孩家的任性，带着一种孩子气。旧院里向来是女人的天下，小姨一向是惯了的。穿衣裳，也少有避讳。可是，现在不同了。旧院里多了我舅。虽然叫舅，却是外人。而且，是一个年轻男人。这让小姨颇不习惯。有一回，是个夏天，小姨从地里回来，一身的汗，就把房门关了，冲凉。冲完，把耳朵贴在门上听了听，院子里静悄悄的，小姨想都没想，就把门打开，端起一盆水就泼出去。只听哎呀一声，是我舅。门里门外，两个人都愣在那里。小姨只穿了一件花短裤，小小的胸衣，雪样的肌肤，在昏暗的屋子里，格外醒目。那个时候，即便聪敏如我舅，也呆了。小姨捂住脸，尖叫一声，把门咣当关上。

那回以后，小姨和我舅，再不像从前那么自然了。从前，他们一起吃饭，下地干活，一起说笑，偶尔，我舅还开开小姨的玩笑。问她最近相亲的事，什么时候把自己嫁出去。赶紧嫁啊，我还等着吃你婆家的酒席呢。小姨就笑，说，怎么，多嫌我了？我就不嫁，这辈子都不离开旧院。这样的嘴仗，是常常有的。姥姥从旁听着，也只是笑。可是，那个黄昏以后，再也没有这样的嘴仗了。小姨和我舅，忽然就变得客气起来，陪着小心，像陌生人。晚上，乘凉的时候，只要有我舅在院子里，小姨就搬个凳子，走到南墙根，丝瓜架底下，抱着戏匣子，听广播。或者，躲在屋子里，关了门，悄悄的，也不知道在做什么。也有时候，英罗她们来，几个姑娘挤在一处，叽叽咕咕地说着，说着说着就笑起来。小姨也跟着笑，只是，比先前安静多了。那时候，五姨正在怀孕，她腆着笨重的肚子，坐在藤椅上，慢慢摇着，冷眼观察着这一切。其实，从那个黄昏，那个黄昏的一声尖叫，她就留了意。她是过来人，也年轻过，她懂。更要紧的是，小姨是她的妹妹。她这个妹妹，年轻，美丽，活泼，惹人喜欢。没错，她是她的妹妹。然而，她也是女人。而她的丈夫，我舅，是男人。她怎么不知道自己的男人？五姨晃着躺椅，一只手在隆起的肚子上轻轻地抚摸着。院子里的苦瓜正在开花，香气浮动。夜晚的雾气一蓬一蓬的，直扑她的脸。在旧院，在这个家，她是一日日沉默下来。她在这沉默里慢慢思忖。她是后悔了。当初，悔不该答应留在旧院。她怨恨。她不怨恨别人，她怨恨姥姥。是姥姥一手定下了她的婚事。这么多年，在这个家里，在旧院，姥姥说一不二。可是，现在不同了。五姨把一只手抚一抚自己的肚子，另一只手把嘴巴握住，让一个长长的哈欠慢慢打出来，眼睛里就有了一层薄泪。一天的繁星，霎时模糊了。

　　那一年，小姨出嫁了。小姨父就是那个月夜的青年。

　　我是一直到后来才知道，此前，小姨其实已经心有所属。那个人家在邻村。对于小姨的这段爱情，我一直深感好奇。他们是如何认识的？是在深夜的电影幕布前，还是在春日赶集的村路上？平日里，小姨和他，如何见面，如何联系？或许，很多时候，小姨自告奋勇地去邻村赶集，私心里，其实是怀着不为人知的小秘密。可以想象，走在青草蔓延的小路上，风吹过来，拂上一个姑娘发烫的脸庞，甜蜜，胆怯，慌乱，然而强自镇定。对面的村庄隐隐在望了，她的心跳了起来。我不知道，这段爱情为什么无疾而终了。也许，是那个邻村的人薄情，或者怯懦——要想娶到旧院的老闺女，姥姥这一关，是一定要过的。也许，是姥姥。姥姥的意思，是要把小姨留在村子里，守着。总之，后来，有了那个月夜。后来，小姨嫁给了小姨父。

你知道压车吗？我们这地方，办喜事的时候，女方的嫁妆车上，是要有小孩子压车的。这小孩子一般是娘家人，或者是至亲。嫁妆车在娶亲队伍前面，先到，男方须得给喜钱，压车的小孩子才肯下来。这个时候，往往是腊月的清晨，天边刚刚泛出一丝微明的曙光。如果时候还早，或许能够看到淡淡的月牙的影子。小孩子坐在车上，接过男方递过来的红包，摸一摸厚薄——这是行前大人们反复叮嘱过的，如果薄，就不下车。也有的孩子，又冷又困，只要有红包，外加上一把糖果，就懵懵懂懂地被抱下来。周围看热闹的人都笑了。他们呵一呵手，开始卸嫁妆了。

在我的童年岁月里，因为是家里最小的孩子，压车的机会就格外多。最不能忘记的，就是给小姨压车。这地方的风俗，姑娘出嫁前的晚上，村里同龄的姑娘们要来家里，吃酒席，然后，留宿，陪伴新嫁娘度过姑娘时代的最后一个夜晚。其实，哪里睡得着？姑娘们挤在一处，对着满屋子的嫁妆，评头论足。那个时候，英罗还没有出嫁。她的婚期，也在那一年，比小姨稍晚。她们说着，笑着，偶尔就闹起来，你推我一下，我搡你一把。旧院里灯火通明，人们进进出出，忙碌，一脸喜色。有时候往这边的窗子望一望，并不轻易过来。这个夜晚,即便是做父母的,也不便过多打扰。这是姑娘们的夜晚。这个夜晚,是一个分界,一个里程的转折。此后,为人妇,为人母,人生的种种境遇,喜悦或者艰辛,幸或者不幸,都由它去了。由它去了。小姨坐在炕沿上,两条腿耷下来,把脚后跟轻轻地磕着,一下,又一下。她的半边脸隐在灯影里,有些看不真切。她在想什么?或许,她是想起了那条青草蔓延的村路。也或许,是那个月夜,到处都是虫鸣。她扭头望了望院子里的灯火,心里不知什么地方就细细地疼了一下。这些日子,她算是看出了,五姨的很多话锋,很多的脸色,竟都是为着她的。从什么时候开始,这个家,这个旧院,就不一样了?二十多年了,她在这里出生,一点一点长大。这是她的家。在这里,她自在,坦然,为所欲为。可是,事情忽然就不一样了。五姨对她,竟是很客气了,这客气里有疏远,陌生,也有暗暗的敌意——这是小姨不愿意承认的。我舅,也忽然间不肯说笑了,凝着一张脸,端着架子,即便说一句,也是讪讪的,很不自在了。就连我姥姥,也是小心觑着小姨的颜色,留意着她的一举一动。有一回,小姨起夜,蹲了半晌,从茅房出来,听见门吱呀一响,一个人影一闪,进了北屋。小姨吓了一跳,正待回屋,听见北屋姥姥的咳嗽声,压抑的,然而却剧烈。小姨心里就一凛,呆在了当院。直到这一刻,她才算懂了。她想起了那个黄昏,那一声尖叫。原来如此。小姨把双臂抱在胸前,慢慢地摩挲着。夏夜的风,竟然很凉,她感觉一粒粒的小东西在裸露的皮肤上簌簌地生出来。她抚摸着它们,静静地打了个寒颤。屋子里,有谁笑起来,她吃了一惊,方才回过神来。一屋子的嫁妆,在灯光下闪闪发亮。她这才知道,自己与它们,是息息相关的。今晚,她是这场戏的主角。还有明天。明天,会是什么样子——谁知道呢。

一大早,我就被哄起来,准备压车。大人们围过来,摸摸我的辫子，把我的围巾紧一紧，叮嘱着。左不过还是那些话：红包少了，别下来。吃饭的时候，看着旁人，该端碗的时候端碗，该摆箸的时候摆箸。要看人的脸色。要懂规矩。我母亲特意把我叫到一旁，嘱我把红包放进棉袄的内兜里。我舅站在车前，指挥着人们搬嫁妆，一面大声同人指点着，一一评说着。我舅的神色，全然是旧院的主人。如今，他把小姨嫁出去，他要让人知道，这些嫁妆的品质，价格，他托人去订做，也亲自去挑选。为了翟家聘姑娘，他费了很多心血。我的五姨，身子不便，把一只手扶着腰，一手托着肚子。静静地看着这一切。脸上淡淡的，始终看不出什么。

那一天的事，现在想来，已经很模糊了。只是依稀记得，我被人抱下来，手里紧紧握着一个红包，立在晨风中，等小姨。天色渐渐明亮了，披红挂绿的队伍迤逦而来，和着高亢的唢呐，在冬日的村路上格外鲜明。小姨在众人的簇拥下，推着车，慢慢走着，走着，一直走进她未来的悠长岁月。

七

旧院是真的安静下来了。阳光静静地晒着，把枣树的枯枝画在地上，一笔一笔，很分明的样子。西墙上，挂着红薯的藤蔓，黑褐色，已经干透了。一只羊正在努力地拿嘴巴够着，却够不着。姥姥坐在门槛上，看了一会羊，又抬头看了一会天。太阳光照过来，像金子，有几粒溅进她的她眼睛里了。她眯起眼，不知怎么，就渐渐有了泪光。她疑心是自己打了呵欠，拿手背擦一擦，自己倒先笑了。这回好了。

六个女儿，全都嫁了。有时候，她自己都不明白，这是怎么一回事。分明地，刚才，还热热闹闹的一处，说着，笑着，闹着，也气恼，把牙根得痒痒的——怎么这一霎眼，就全散了。只留下这个院子，这个旧院，寂寂的，让人空落落的疼。村里的姑娘们也都不来了。英罗，也出嫁了，嫁到了阎村。我蹲在地上，拿一根树枝，百无聊赖地画着，天知道我在画什么。

门吱呀开了，我舅和五姨回来了。姥姥似乎吃了一惊，慢慢从门槛上立起来。她是忘记了。这个家，这个旧院，还有她的五姑娘，她的上门女婿，半个儿子——岂止是半个，她是要拿他做一个儿子呢。姥姥看了一眼五姨的肚子，已经很笨了。她掐着手指，暗暗算了一下日子，快了，也就是月底月初的事了。

五姨的第一个儿子降生以后，皆大欢喜。我的父亲却始终郁郁的。怎么说呢，其实，从一开始，对于我舅的入赘旧院，父亲一直耿耿于怀。当初，他也曾是旧院的东床。他本是立意要在旧院成家立业，终其一生的。然而，他竟然还是走了，他不肯承认，其实是被逐出门。因为无子。父亲是一个极要脸面的人。这件事，一直是他心头的暗伤，是他的人生的耻辱。他和我姥姥日后的一切恩怨纠葛，自此开始。多年以来，父亲和姥姥互不理睬。即便是当街碰上，走个面对面，也是视而不见。想来是多么令人难堪，我母亲夹在这样一种关系之间，左右为难。

连襟之间，或者妯娌之间，往往是不动声色的对手，其间的较量，往往是从最初开始。这种较量微妙，隐蔽，却动人心魄。父亲同我舅，这两个男人，他们之间的较量，几乎贯穿了漫长的后半生。父亲和我舅，这两个旧院的女婿，他们之间的恩恩怨怨，都和旧院有关。连襟两个之中，相对我舅，父亲是显见的失败者。父亲恨我舅，恨我姥姥，恨那个哇哇哭叫的新生儿。总之，父亲恨旧院。当年，他还是一个青涩的年轻人，一切才刚刚开始，是旧院，把他对生活的美好期待，揉碎了。父亲恨恨地想。可是，他的期待是什么？公正地讲，离开旧院之后，他的日子倒渐渐好了。苦倒也是吃了不少。想到这里，父亲摇摇头，叹了口气。然而，他还是怨恨。这些年，他和母亲，闹了多少回，他是记不清了。为了什么，左右离不开旧院。我说过，我舅这个人，聪敏，精明，处事圆通。他随母亲再嫁，很可能，小小年纪，就已经历了很多世事。他敏感，对于人与人之间的关系，他往往能够一眼看破。父亲的心思，他怎么不懂？一进旧院，他看到的，都是笑脸，是欢喜，是对于未来顶门立户的男主人的暗暗的期盼。除了父亲。记得，我舅和五姨成亲那天，父亲去得很迟。母亲几番延请，求他，逼他，软硬兼施，费尽了口舌。后来，父亲是去了。喝多了酒，把酒盅摔碎了，说了很多莫名的醉话。我母亲从旁急得直跺脚，只是哭。我舅把母亲劝开，自己在父亲身边坐下来，父亲满上一盅，他干一盅。也不说话。众人都看呆了。姥姥过来，正待开口劝阻，我舅仰头把一盅酒一饮而尽，说，兄弟给哥赔罪，赔罪了。

自此，我舅同父亲很热络地来往，称兄道弟，闲来喝两盅小酒，叙叙家常，简直亲厚得很。我父亲就不好把脸挂下来，自己本又好酒，也就半推半就地敷衍着。村子里，谁不知道，我舅和父亲，旧院的这一对连襟，好得像兄弟。我姥姥看在眼里，嘴上不说，暗地里却更是佩服我舅的大度和通达。相比之下，父亲就显出那么一点狭隘，固执，不招人喜欢。其实，父亲是这样一个人，心肠软，耳根子也软，见不得人家的一点好处，听不得一句好话，眼窝子又浅，一个大男人，常常是，心头一热，眼圈先湿了。我舅这样上赶着同他交好，尤其是，人前人后，给了他足够的面子。这让父亲感到安慰。有时候，接过我舅递过来的烟卷,刚叼在嘴上,一朵橘红的火苗就凑过来,替他点燃了。他慢慢吸上一口,长长地吐出来。看着淡蓝色的烟雾在面前徐徐升起,很惬意了。

那时候,父亲是生产队的会计。我说过,那些年,是我们家的盛世。我至今还常常记起,父亲坐在八仙桌前,噼噼啪啪拨算盘。太阳光从窗格子里照过来,父亲身上,有一层毛茸茸的金色的光晕。黑褐色的算盘珠子闪转腾挪,一线流光在上面闪闪烁烁。偶尔,父亲抬起头来,同旁边的母亲说上一句,就又埋下头去,继续算账。账本是一种很挺括的纸张,上面有红的蓝的格线,密密麻麻的,有很长一段时期,我的作业本就是这样的账本纸订成的。这让我在伙伴们中间很是骄傲。现在想来,这样的作业本并不好,主要是线条太乱,远不及白纸的干净清爽。可是,在当时,账本纸代表了一种特权。幼小的我,竟也知道特权带来的虚荣了。那时候,生产队里常常吃犒劳,吃犒劳的地点,就在我们家。所谓的吃犒劳,其实就是少数人的犒劳,生产队长,会计,有时候还有仓库保管员。我记得,生产副队长是一位妇女,叫做然婶的。算起来,当时,然婶总也有三十出头了。三十多岁,在女人一生中,该是最好的年华。像初秋的庄稼,饱满,结实,丰饶,汁水充盈,浑身上下,洋溢着成熟女性的风韵。仔细想来,然婶算不得好看,但却是生动的。性格又活泼,人又能干,在生产队里,很惹男人们喜欢。我不知道,对于然婶,父亲心里有什么想法。可是,看得出来,然婶是很喜欢同父亲在一起的。往往,只要有父亲在,然婶的笑声就格外清脆,神情也格外娇柔,不经意地,就飞红了脸。很妩媚了。生产队长是魁叔,一个五大三粗的汉子,喜欢喝酒,大声说话,走起路来,震得地面咚咚响。人们都说,魁叔和然婶。男女共事,难免有闲话,在乡村,尤其如此。有人说,看见他们钻庄稼地了。也有人说,就在河套的树林子里。男人把女人抵在树上,把一树的雀子都惊飞了。说话的人眨一眨眼睛,坏坏地笑了。逢这个时候,我父亲总是很沉默,专心忙着手头的事,一言不发。我母亲却饶有兴致的样子,孜孜地追问着,发出一声声惊叹。这惊叹里有谴责,惋惜,但更多的,还有安慰和满足,甚至是薄薄的嫉妒和愤恨。

吃犒劳的时候,我家的厨房就热闹起来。然婶拉风箱,我母亲在灶前弯着腰,照料着锅里的烙饼。两个人有说有笑,配合默契,简直是一对姐妹了。有时候,母亲就把声音低下来,俯在然婶的耳朵边,悄悄地说些体己话,说着说着,就吃吃笑了。男人们在北屋,喝酒,吸烟,吹牛,偶尔,也说一说队上的公务。说着说着就跑了题。不知说到什么,他们笑起来。那是男人的笑声,粗犷,爽朗,却又意味深长。我在地下把一只陀螺抽得团团转。陀螺是魁叔给我做的,染成鲜艳的红色。我的眼里只有陀螺,我还顾不上别的。饭菜端上来了。烙饼,烀茄子。全都是油汪汪的。生产队库房里,有的是成瓮的花生油。后来,我再也没有吃到过那么美味的饭菜。通常,第二天,我总是被母亲派往旧院,给姥姥送剩下的饭菜。姥姥把饭菜收下,把空碗递给我,一边叮嘱着,路上小心,别摔了。我也不知道,是别摔了我,还是别摔了碗。总之,姥姥说这话的时候,神情慈祥。后来,我常常想,也许,是从那时候开始,姥姥把对父亲的芥蒂,慢慢消融了。她开始以一种新的眼光,来打量这个被自己逐出门庭的女婿。姥姥看了一眼烀茄子,厚厚的一层油,已经凝住了。饼是千层饼,点着密密的芝麻粒。姥姥眯起眼睛看了一会,轻轻叹了一口气。当年,也是尝够了独力支撑的苦楚,一心要如何如何——仔细想来,当年,自己或许是过分了一些。

五姨生第二个儿子的时候,我已经是上了二年级。家丁兴旺,姥姥自然很高兴。就连母亲,也是兴高采烈的,同人闲聊的时候,说着说着,就说起了新生的婴儿。大胖小子,哭起来,嗓门响得很呢。那样子,仿佛是自己生了儿子。姥姥照例是忙里忙外。看着一院子的尿片子,花花绿绿的,晒满了铁丝,纺车架,柴禾垛,甚至柳筐的弯背上,大模大样的,都是。姥姥就微笑了。谁想得到呢。自己竟是有孙子的命。两个孙子,生龙活虎的,把这旧院多年的阴气,全给冲散了。姥姥承认,她喜欢男孩。对这两个孙子,她真想把自己的心掏出来,喂给他们吃。生养了这么多女儿,她是真的麻木了。当然,跟表哥比起来,还是不一样的。怎么说,表哥也是外人。乡间有一句俗话,外甥狗,外甥狗,吃了就走。现在想来,这话是真的。小时候,对这个大外孙,自己是多么疼爱。可是,现在,人家当兵,提干,出息了,一年里,能回来几趟?孙子就不同。姓翟,走到天边,都是翟家的根苗。再远,也是走不出这旧院的。姥姥笑了。天是格外的好。姥姥抬起眼,看着旧院上方那一片湛蓝的天,有一缕云彩,拖着长长的尾巴,悠悠掠过。这辈子她最得意的事,就是把五丫头留在身边。起先,心里还有一点忐忑,生怕蹈了我母亲的旧辙。这回,姥姥是彻底放了心。她把手捏一捏尿片子,太阳真好,只这一会,差不多就要干了。

  阳光照过来,铺了半张炕。五姨倚在被垛上,喂奶。屋子里有一股暖烘烘的味道,奶香夹杂着尿腥,让人昏昏欲睡。墙上,挂满了花花绿绿的锁钱。这地方,生了孩子,人家都要送锁钱。用红绳系了钱,坠了各色各样的玩物,女孩子,往往是花啊朵啊,小鹿啊,凤凰啊,男孩呢,则是老虎,狮子,马或者小熊。锁送过来,都要在孩子的脖子上戴一戴,吉祥,避邪。然后就挂在炕墙上。锁越多,孩子的命越好。五姨抬眼看了看锁钱,层层叠叠的,让人眼花缭乱。锁钱不少。这一回,比老大那时候更多。乡间的人,眼皮都活得很呢。两个儿子,就是旧院的两只胆,两条梁。我舅人缘又好,又有手艺——我舅是很好的厨子,不知道跟谁学的,也许是无师自通,做得一手好饭菜。乡间,婚丧嫁娶,过满月,待干亲,谁家置办酒席,都少不得请我舅帮忙。对于其间的繁规缛节,什么开席茶,安席饭,扫席面,七大碟子八大碗,几荤几素,几深几浅,我舅都懂。在乡村,手艺人受人敬重。可别小看了这手艺,大凡办酒席的,都是人生中的大事。一则是好坏,二则是奢俭。这其中的文章,就难念了。逢这个时候,就只有倚仗我舅。我舅这差事不错。好酒好菜侍候着,最后,还少不得两条好烟带回来。钱倒是不收的。可是,也承了不薄的人情。受惠的人家,总念着什么时候把欠下的这份情还上。比如说,有一回,我姥姥病了,也不是什么大病,就是受了风寒。左邻右舍都来看望。拿不拿东西倒在其次,要的就是这份敬重。再比如说,我舅生了儿子,这送锁钱的,竟是络绎不绝。五姨看着满墙的锁,心里是百种滋味。有点甜,有点酸,又有点苦。说不清。真说不清。透过窗子,我姥姥的影子投过来,一伸一缩,正在晾尿片子。五姨闭了闭眼。怎么说呢,对我姥姥,自从那回事以后,五姨心里就有了结。这个结是个死结,一辈子,她都没有再打开。其间,她也努力过。怎么说也是自己的母亲,骨肉血亲,能怎样呢。可是,没用。她看着姥姥为两个孩子操劳,她也心疼,姥姥是一年一年老了。然而,也还是怨恨。姥姥是真心疼爱这两个孩子。她把老大尿尿,一只手端着,一只手拨弄着孩子的小雀子,嘴里嘘着哨子,孩子冷不防尿出来了,尿了她一手,她倒呵呵笑了。也有时候,她把孩子的小脚放在嘴里,含着,孩子怕痒,格格地笑。五姨冷眼看着这一切,不知怎么,心里却是恼得很。八辈子没见过儿子。五姨恨恨地想。心里有个地方就疼了一下。还有我舅。饭桌上,我舅坦然接过姥姥递过来的饭碗,对姥姥,竟是连让也不让一下。当初,我舅是多么的恭顺有礼，说话，做事，全是晚辈的样子。这些年，谁把他惯成了这副德行。当真是没见过儿子。姥姥又给我舅添了一回饭，那神情，殷勤，近乎谄媚了。五姨吃着吃着，当的把碗一放，回了东屋。

　　院子里寂寂的。蝉声热烈，阳光爬上窗子，静静地盛开。五姨看了一眼怀里的孩子，毛茸茸的小脑袋，把她的胸脯扎得直痒痒。她觉出自己是出了汗。一生气就出汗，她知道自己的毛病。方才，也许自己是太不讲理了。一边是母亲，一边是丈夫，再怎么，都是至亲的人。她也不知道，自己怎么就生了那么大的气。可是，她看不得这个。自小，姥姥，在她的眼里，是多么威严的一个人物。在旧院，姥姥就是王。她敏锐，决断，果敢，在任何事上，都有一种慑人的气势。她是旧院的主心骨。是这女儿国里的男人。姥爷不算。从很小的时候，姥爷在这个家，在旧院，就是可有可无的角色。他跟她们，是不相干的。相比之下，在女婿面前，姥爷倒是保持了一个长辈应有的威严。当然，姥爷向是只顾自己的人。在他眼里，没有旁的人。五姨伸手把孩子鼻尖上的汗揩去，在衣襟上擦了，看着炕角的一个包袱，发呆。那是我的几个姨送来的，孩子的棉袄。这地方有个风俗，姨的裤，姑的袄。新添了孩子，都得按这规矩，送裤或者送袄。我的几个姨，都送了袄。她们是把自己当作孩子的姑姑了。倒不全是一个称呼。姐妹们，回到旧院，显见得拘谨了。见了面，也没有了往日里的亲密无间，说话，做事，总是觑着她的脸色，很生分了。乡间有句话，媳妇越做越大，闺女越做越小。看来，大家是把她当作旧院的媳妇了。既是媳妇，就势必不那么同心同德。而且，姥姥的养老送终，也是五姨的事情。这样一来，就不一样了。有时候，姐妹们回来，说着说着，就说起了各自的婆婆。在乡间，这是女人们永恒的话题。婆婆的刁蛮，昏聩，自己的隐忍，或者机智。正说到有趣处，却忽然缄了口。五姨把孩子往怀里紧一紧，也沉默了。她怎么不知道，在众人眼里，自己的角色变了。她和姥姥，是母女，但更是婆媳。这很微妙，也很尴尬。她恨这种关系。有时候，她就想，她这一生，总也不会有津津有味向人宣讲婆婆的不是的时候了。而且，在村子里，因为是本村的闺女，也几乎少有人同她玩笑。再不像别的媳妇，孩子都老大了，还总是忆起当年的历险。大都是新婚的时候，被谁轻薄了去，被谁差点占了便宜，被谁熬了几个通宵，硬是把个铁打的汉子熬倒了。数说起这些的时候，她们的眼睛闪闪发亮，脸上却是红的。她们是想起了自己的好时候。人的一生，谁没有好时候？可是，五姨记起来的，却总是东屋里的压抑和拘谨，还有，夜晚，窗子上那个模糊的影子。即便是现在，男人们，大都是本家，在她面前，总是一本正经，说话做事，深浅都不是。五姨叹一口气。她自问不是一个轻浮的人，然而，看见别的媳妇被男人们任意地玩笑着，脸上讪讪的，心里却觉出了无味。这算什么，闺女不是闺女，媳妇不是媳妇。当初，她可再也想不到，在自家门口做媳妇的难堪。相形之下，我舅倒是自在得很。我舅人灵活，又风趣，本院的年轻媳妇们，少不得同他调笑起来，不觉就忘了形。逢这个时候，我舅总是涎着一张脸，很受用的样子。五姨心里就恨一声，几天都不给他好脸子。

　　关于我舅和桂桂的事，我是后来从大人们的只言片语中听来的。桂桂是本家的一个媳妇，女婿长年在外，把她一个人扔在家里。说起来，桂桂算不得漂亮，尤其是同五姨相比。可是，天下就有这样一种女人，她们天生是男人身上的肋骨。她们迷人。我很记得，当年的桂桂，穿着家常的小棉袄，胸脯鼓鼓的，腰是腰，屁股是屁股。她看人的时候，眼睛微微眯起来，眼风一飘，很风情了。村子里，有多少男人为她睡不着觉？他们有事没事就往桂桂院子钻，近不得身，哪怕看一眼也好。桂桂却向来是落落大方的，给男人们倒水，递烟，从来不厚此薄彼。女人们都恨得咬碎了牙。却又抓不到什么，也只好把这怨恨藏在心里，暗地里，却把自家的男人盯紧，把自家的篱笆扎牢。五姨是一个细心人。有一回，夜里，看见我舅的身上有抓痕。一看就是女人的指甲，起着檩子，鲜明得很。五姨看了一眼自己剪得秃秃的手指，心里咚的跳了一下。自此，她就留了意。对于我舅，五姨向是放心的。在自家门口，量他也不敢。可是，这一回，五姨再想不到，我舅就是在翟家的门口，在翟家院里，同翟家的媳妇勾搭上了。五姨看着枕边这个男人，他打着鼾，不疾不徐。月亮从窗格子里漫过来，照着五姨腮边的泪水。有好几回，她恨不能把这个男人撕碎了。她想把他揪起来，唾到他的脸上，质问他。她想站到房上，骂那个不要脸的小妖精，让一村子的人都知道他们的丑事。可是，她不能。五姨看了一眼两个儿子，他们睡得正熟。北屋里传来姥姥的咳嗽声。五姨心头涌起一重很深的怨恨。她不能。在别人，这正是女人撒泼的时候，也趁机把男人枝枝杈杈的歪心思整一整。可是，她不能。我舅是旧院的上门女婿，却在门外面偷了腥。只这一条，就会要了我姥姥的命。姥姥是一个极要脸面的人。还有我舅，很可能，因为这个，他在旧院，在人前，再也抬不起头。五姨一夜辗转，早上起来的时候，脸上已是平静如水，心里却暗暗拿定了主意。她照常吃饭，干活，逗孩子。在人前，对我舅，只有比先前更体贴殷勤。背后，却不肯多看他一眼。村子里，多的是百无聊赖的闲人。他们原希望能看一场轰轰烈烈的好戏，可是，却失望了。五姨针插不入，水泼不进，闲话和流言，只有到旧院门前而止。我舅是个聪明人，什么看不出？对五姨，又愧疚，又感激，他知道，从此，他欠了她。好在来日方长，漫漫的一生，且容他慢慢还来吧。

八

那时候,村子里已经渐渐有了不一样的气息。新鲜,诱惑,蠢蠢欲动。田地都分到了各家各户,再也没有了生产队。生产队。或许没有人知道,我,一个乡村长大的女孩子,对这个词怀有怎样的一种情感。直到现在,多年后的今天,在城市,在北京,某一个黄昏,或者清晨,我会忽然想起这个词,想起这个词的深处所包含的一切。欢腾,明亮,喜悦,淳朴。总之,乡村生活的珍贵的记忆,都有了。而今,人们都忙忙碌碌,为了生活奔波。一切都是向前的,人们匆匆赶路,停不下来。再不像从前。从前,人们悠闲,从容,袖了手,在冬日的太阳底下,静静地晒着。或者是夏天,夜晚,搬了小凳,到村东的大树下纳凉。老人们摇着蒲扇,又讲起了古。戏匣子里,正在说评书。庄稼的气息在空气中流荡,让人沉醉。然而,现在,一切都变了。人们躁动,不安,心里给自己定下一个目标,然后,用几个月,几年,甚至,半生,去追逐。有时候,他们什么也没有得到,除了一日日的衰老。有时候,他们得到了一些,可是,依然不快乐。付出了那么多,得到的,却永远是这么少。他们不满足。他们的不快乐源于他们的不满足。然而似乎,他们总没有满足的时候。不像从前。那时候,他们平和,简单,也快乐,也满足。这是为什么呢?他们甚至没有时间停下来,认真想一想。人世是变了。有一回,我父亲叹道。其时,我已经离开村子,在外地读书。母亲的身体一日不如一日。家里家外,全凭了父亲独力支撑。我记得,父亲在油榨坊做过,承包过面粉厂,干过皮革加工，总之，那些年，父亲勤勉，辛劳，为了这个家，他用尽了心力。这其间，父亲辉煌过，经历过很多艰难，可是从来不曾落魄。父亲是个要强的人，他爱面子。有两年，刚兴起万元户的时候，他被人喊作老万。老万。父亲骂一句，也就笑了。有一回，整理旧书，发现了以前的账本作业。一下子想起了当年。父亲的算盘，也不知道丢在哪里了。那些流逝的岁月，父亲他，还记得么？

　　旧院也不一样了。怎么说呢，这些年，我舅一直不大如意。仿佛是一夜之间，人们都自顾朝前冲去了。只留下他，在原地，怔怔的，半晌省不过来。人心也散了。对于他，对于他的手艺的敬重，越来越淡了。这是个什么时代，物质如此丰盛，繁华，到处是商场，超市，什么买不到？只要你有钱。天气晴好的日子，我舅立在院子里，看着头顶树叶缝隙里的天空，发呆。他是这样一个人，聪明，灵活，擅长处理各种关系，人与人的，事务的，他还识文断字——这一点，我一直没有来及说。早在来旧院之前，我舅在村子里的小学教书，民办教师，很多村里的子弟，都曾是他的学生。后来，到了旧院以后，就不教了。有人说，是学校里裁人，裁下去了。也有人说，是民办教师也须得考试。我舅的说法是，没意思——钱又不多，又操心。现在想来，可能我舅的话是真的。没意思。在我舅眼里，什么是有意思？我舅喜欢侃。我至今仍记得他当时的样子，穿着假军装，口若悬河，那神态，那语气，有一种很特别的吸引力。在村子里，他有着别的男人少有的见识和风度。我想，大概当初五姨就是看上了他的这种少有。还有桂桂。可是，这一生，我舅似乎总是耽于想象和清谈。他几乎从来都懒于实践。或者是怯于。当村子里的人都如火如荼地赚钱的时候，他照常守着旧院，守着旧院的寂寞和清贫。孩子们渐渐大了。姥姥姥爷也老了。家里，花钱的地方越来越多。五姨也发愁，更多的是埋怨。我舅，眼见得一日日消沉了。几个姨父，当初都被他贬损过的，如今都过得比他好了。尤其是小姨父，那个月夜的青年，一直被认为配不上小姨，老实，木讷，几锥子扎不出一个屁，用我舅的话说，这两个人，一辈子怕都翻不了身了，现在，竟也做起了生意，而且，越做越大，直至后来，自己开起了工厂，方圆几十里的村子，都在他的手下谋生活，也包括我舅一家。甚至，帮旧院的两个孩子盖房娶亲。当然，这都是后话了。现在，我舅立在院子里，一只黄蜂，环在他身畔，营营扰扰地飞。他也不去管它。阳光静静地绽放，院子里寂寂的，微风把树影摇碎，零乱了一地。一朵枣花落下来，栽在他的肩上，只一会，就又掉下来，掉在水瓮里，悠悠地打着旋儿。我舅盯着那朵枣花，失神了很久。当初，来到旧院的时候，他也许再没想到，怎样一种命运，会降临到他的头上，他这个意气风发的青年，旧院的娇客，会经历怎样的生活的碾磨，其间，虽有不甘，挣扎，却也渐渐学会了隐忍和屈从。在时代的风潮中，他渐渐被湮没了。

　　姥爷去世以后，旧院愈发寂静了。姥姥坐在枣树底下，看着地下白金的影子，煌煌地晒着，仿佛整个院子，都是阳光的荒漠了。孩子们去上学了。五姨，给人家钉皮子。这地方的人，这些年，几乎家家户户做皮革加工。算起来，还是我父亲开的风气之先。之后，渐渐普及了。村子里，到处弥漫着一股皮革的臭味。从人家院子的水道里，流出一股股的污水，汇在一起，在街上肆意淌着。然而，人们久在其中，不闻其秽，相反，倒是情不自禁的喜悦。弄皮革，和弄地相比，简直是天上地下。机器訇訇响着，巨大的转鼓隆隆滚动，难闻的气味中，人们分明辨出了硬扎扎的钞票的气息。只有旧院，一如既往的安静。钉皮子是一桩苦差。烈日下，旷野里，蹲在地上，不停地钉啊钉，猛然站起来的时候，脑子轰的一声，太阳都是黑的了，眼前却是金灯银灯乱走。想来，五丫头也是四十好几的人了，这份苦，怎么受得了。可是，又能怎样呢。原指望，招个女婿，顶门立户，遮风避雨，谁想到，竟是这样一种性子。世事难料啊。

如今，姥姥是老了。有时候，夜里，睡不着，想起这么多年，种种艰辛，磨难，不堪，像一场乱梦，她都不愿去想了。早在五姨生老大的时候，她就知道，她的时代，是过去了。自此，旧院是年轻一代的天下。女儿女婿，也变了。人前倒不怎么样。没人的时候，对她却是淡淡的，有时候搭讪一句，也待理不理的，自己的一张脸倒先自涨红了。这么些年，她也不知道，怎么就到了这样一种光景。没有理由。他们没有理由。尤其是，姥爷去世以后。她更孤单了。这一辈子，她最后悔的事，就是嫁给了姥爷。这个男人，她恨他，怨他，轻视他，简直咬碎了牙。可是，如今，他去了，她整个人却迅速枯萎下来。自此，再没有人让她这样切齿的伤心了。然而，终究还是恨。姥爷安闲了一生，到最后，自顾拂袖而去了，带走了大半生的岁月，独把她留在这个世上，继续煎熬。姥爷的丧事，是姥姥一手操办的。她坚持要我舅作为孝子，披麻戴孝。这是当初入赘的条件。管事的人磨破了嘴，僵持了几日，终于没能如愿。一个折中的办法是，我舅的大儿子亮子，也有十岁了，个头也高，替父亲给爷爷送终，总算不得特别难看。在乡村，儿子这个角色，在这种时候，在父母百年之后的丧事上，格外触目。那些日子，姥姥一直沉默。她是一个老派的人，她看重这些。然而，她还是妥协了。夜里，睡不着的时候，她看着黑暗中的屋顶，为自己的妥协感到羞耻。然而，终究是无奈。有时候，她也会想起姥爷，这个狠心人，他的种种好处。想起年轻时候的一些事情，青草碧树一般的年华，想着想着，就恍惚了。怎么一下子，还来不及怎样，就都过去了。她叹一声，翻个身，骨骼在身体里嘎吱响着。

直到如今，姥姥才明白，她可以任意地对待姥爷，但是，她不能任意地对待儿女。比如，我舅和五姨，比如我父亲和母亲。父亲和母亲是极孝顺的，可是，她却无法坦然接受他们的孝心。当年，她总觉得亏待了他们。

孩子们倒是对她很亲厚。他们是她抱大的。在她身上尿过，拉过，吸过她干瘪的奶。现在他们长大了。像小鸟，扑楞楞飞出旧院。在他们面前，她再也不提起儿时的趣事。她怕他们难为情，怕他们烦。都是陈年旧事了。满堂儿女，她还是感到孤单了。她这是怎么了，真是身在福中，不知福了。

我的姨们也回来。都是匆匆的，带着各自琐碎的烦愁和伤悲。她们陪她坐着，说说家常，说着说着就沉默了。早些年，过年的时候，旧院里最是热闹。女儿们都回来了，拖家带口的。男人们在屋子里喝酒，女人们在院子里，坐着凳子，说话。姥姥穿着大襟的布衫，梳着髻，抱着个坛子，给人们分醉枣。孩子们跑着，锐叫着，一院子的欢声笑语。我姥姥看看这个，瞅瞅那个，脸上是藏不住的心满意足。她喜欢这种气息，太平，安稳，欢乐，这是旧院的盛世。人这一生，还能有什么奢望？可是，后来，都不同了。她老了。耳朵也背了。她盘腿坐在炕上，看着孩子们兴头头说得热烈，却是听不真切了。偶尔，插一句嘴，也全是错。倒把人家的兴致扰了。姥姥望望地下的儿孙，又望一望墙上的像框，那是她坚持留下来的。玻璃已经很模糊了，不是不擦，是擦不出来。里面，全是孩子们的照片，影影绰绰的，看不真切了。这一晃，多少年了。

那时候，我已经在很远的城里读书了。寒假回来，少不得要到旧院，看姥姥。我和几个姨们说话，讲起城里的趣事，都笑了。姥姥很惊讶地抬起头，看着我们，不知道发生了什么，然而很快就释然了。

孩子们在笑。她张开没牙的嘴，也笑了。我心里一酸。我们都以姥姥的名义，聚到旧院，可是，我们却把姥姥忽略了。我们明知道姥姥耳背，她听不见，我们还是照常说笑。下午的阳光照过来，温暖，悠长，让人昏昏欲睡。无数的飞尘在光线里活泼泼地游动着。姥姥坐在炕上，沉默地看着我们。我们这些儿孙，冷酷，自私，竟舍不得放弃一时口舌之快，走过去，坐在姥姥身旁，摸一摸她老树般的手，她苍老的面容，她的白发，俯在她的耳朵边，说一句她能够听清的话。我们把年迈的姥姥，排除在外了。

多年以后，我从京城回到村子，回到旧院，姥姥是越发苍老了。我舅一家，早已离开了旧院，他们到新房安居了。旧院，在儿时的记忆里，宽阔，轩敞，青砖瓦房，有一种说不出的气派。可是，如今，在周围楼房的映衬下，却显得那么矮小，狭仄。这是当年那个旧院么？在这里，有我的迷茫的童年岁月，我的姨们，盛开的青春，我父亲和母亲，我舅和五姨，这两对年轻人，携着手，在旧院走过了他们的苦乐年华。当然，还有我的姥姥姥爷，他们一生的艰辛，困顿，微茫的喜悦，漫无边际的伤悲，都在这里了。

那棵枣树还在。据说，有好几回，我舅要刨掉它，遮了半间房子，粮食都不好晒。都被姥姥劝阻了。枣树更茂盛了。开花的时候，如雪，如霞，繁华一片。引得蜜蜂在院子里飞来飞去，一不小心，把我舅的孙子蜇哭了。姥姥茫然地看着他，这是谁家的孩子？秋天，枣子挂了一树，风一吹，熟透的枣子落下来，啪嗒一声闷响，倒把昏睡的老猫吓了一跳。醉枣，姥姥早已不做了。那个坛子，也不知道，到哪里去了。这么多年，走了这么多的路，我却再没有吃到那么好的醉枣了。香醇，甘甜，那真是旧院的醉枣。而今，都远去了，再也寻觅不到了。

腊　八

腊月初八,换谷盘算着,要不要煮一锅腊八粥喝。在芳村,腊八节这天,人们是要喝腊八粥的。抓一把小米,抓一把麦仁,抓一把高粱米,抓一把豆子,豇豆,赤小豆,花芸豆,花生豆,黑豆,绿豆,再抓一把大枣,笨枣也行,金丝小枣也行,要是家里有核桃仁,也抓一把放进去。几样了?可不止八样了。换谷掰着指头数一数,索性就凑它十样,十全十美么。要么十二样,好事成双么。换谷信这个。

为了这个,闺女老笑话她,说她迷信。换谷不服。这能叫迷信?才到城里几天呀,就嫌亲娘迷信了。女婿倒是话不多。女婿跟闺女同岁,看上去,却比闺女老成得多。说话做事,稳稳当当。就是有一样,不大开口叫人。早先倒不觉得,一个在北京,一个在芳村,隔着千里万里的。而今在一个屋檐下住着,一口锅里搅马勺,就觉出来了。女婿对换谷,能不叫就不叫,实在躲不过了,就跟着外孙女叫,姥姥这个,姥姥那个。换谷心里不大高兴。换谷是个利落人儿,在芳村,原是出了名的。眼一分,手一分,嘴一分。换谷爱说爱笑,平生最恨闷葫芦。背地里,换谷不免跟闺女抱怨。闺女说,一个女婿汉,你叫人家怎么叫?换谷也笑,话忒金贵,开个口就那么难哪?闺女说,丈母娘跟前,人家能有多少话?在外头,跟同事同学朋友,人家话多着呢。换谷看着闺女红扑扑的一张圆脸,前额上细细的绒毛还没褪净。心想护得倒要紧。个死妮子。

　　进了腊月门,气温忽然降下来了。三九四九冰上走,这话不错。正是四九天气,风挺大,阳光却挺好。云彩在天上飞,麻雀在树上唱。快过年了,小区里到处挂起了红灯笼,红彤彤热闹好看,可是城里的年味怎么能跟乡下比?在乡下过年,那才叫真的过年。这要是在芳村,换谷早忙开了。还有老伴儿,老伴儿也不闲着。两个人忙得四脚朝天,颠颠倒倒,蒸馒头,做豆腐,炖肉,蒸年糕,炸丸子,煮肉肠,捏饺子,杀鸡宰鹅……一直要忙到年根底下,忙得欢喜,忙得痛快。换谷想起老伴儿的熊样子,心里骂了一句狠心贼。迎面过来一个老婆儿,穿一件大红羽绒袄,戴一顶枣红绒线帽。换谷撇撇嘴,心里说老妖怪呀,这么大年纪了,还敢穿这么鲜明。那老婆儿走到跟前,却停下了。这天儿可真冷。老婆儿说话好像是外地口音。可不是。真冷。换谷搭讪道。老婆儿说,孩子们都上班去了?换谷说,是哇。上班的上班,上学的上学。老婆儿说,你这是闺女家,还是小子家?换谷说,闺女家。老婆儿说,闺女家好。我是小子家。闺女好哇。换谷见她话稠,仿佛是有满腹心事,忙岔开话题,问她在哪个小区住呀。老婆儿说,就在那个小区,吉祥嘉园。跟这个幸福苑隔条马路。换谷知道吉祥嘉园,小区挺大,一律都是灰蓝色板楼,门卫穿着制服把门,出入要刷卡,看上去挺高级,最起码,比他们的幸福苑要高级。幸福苑是老小区,六层高,没有电梯,他们住五楼,上楼的时候,她总要歇上两回,才能慢慢喘上气来。换谷心里快快的，觉得给那老婆儿比下去了。还有，人家住小子家，天经地义，出气就粗。她住闺女家，哪里有人家气势。

小超市不大，东西倒齐全。进了腊月，年货也多起来。这个打折，那个促销。买一送一啦，满减啦，抽奖啦，都是骗人钱哩，哄着人们把兜里钱掏出来。换谷可不肯上这个当。她在蔬菜架子前面挑挑拣拣，买了一把葱，一把芹菜，两个长茄子，买了煮腊八粥的江米啊芸豆啊大枣啊，又悄悄多拿了几个购物塑料袋，不拿白不拿么。城里什么都贵，就这点子东西，竟然花了好几十。平时买菜的钱都是闺女给，闺女把钱给她打到手机里。算好账，收银台那个眉梢一颗痣的胖姑娘举着一个东西轻轻一扫，滴的一声，钱就扫出去了。换谷拿着手机看来看去，有点不甘心。这么容易？

风小了些。阳光金沙似的铺下来，到处都明晃晃一片。小区里很安静。这个时间，该忙的都出去忙了。大冷天，人们也不大出门。城里人待人冷淡，互相之间都有点戒备心。就算对门住着，人们也只是点点头，顶多寒暄一句，咣当把防盗门一关，就把她后头的话给堵回去了。换谷是个爱热闹的人。在芳村的时候，家里头天天人来人往，热闹惯了。乍一到城里，不免觉得寂寞。闺女女婿都忙。闺女在一家什么公司上班，加班是家常便饭，上下班打卡，听说还要刷脸。我的娘哎，如今的人们真有办法。女婿呢，在一个公家的大单位上班，具体什么单位，闺女说过好几回，换谷到底没弄明白。总之她琢磨那意思是，女婿的单位比闺女的好，国家的饭碗，有保障，工资呢，也比闺女高。为了这个，换谷对女婿的心情就有点复杂。在女婿的事情上，换谷就不由得想的有点多。女婿下班回来，换谷总要悄悄看下女婿的脸色。偏偏这女婿是个不爱笑的，天天锁着个眉头，好像是谁欠他二百吊似的。做饭上呢，换谷也常常照顾着女婿的口味。女婿是南方人，好吃清淡的，爱甜口儿，做什么菜都要加糖。爱吃米饭，对面食不大喜欢。饺子啊包子啊面条啊烙饼啊，这些个换谷最拿手的，竟然都派不上用场。换谷真是遗憾得很，私下里暗暗发愁。这一日三餐，看着平常，其实大有学问呢。要有荤有素，有粗有细，有稀有干，有红有绿，还要不重样儿，还要不破费。换谷纵有一双巧手，也是心思费尽。闺女说，你做啥我们吃啥。她说，那还行？闺女说，你做啥我都爱吃。拉着她的胳膊，晃了几晃。换谷心头一热。她想起闺女小时候，毛绒绒的小脑袋，在她怀里拱来拱去。那时候她才几岁？

午饭就她一个人，把头天晚上剩下的饭菜热热，潦草吃了。饭菜是她悄悄收起来的，闺女看见了，肯定要埋怨她。换谷想不通，剩菜怎么了，剩菜怎么就不能吃了。在芳村，谁家不吃剩饭剩菜呢。吃了大半辈子，也不见有谁吃出不好来。闺女恼了，说，跟你说不清。换谷说，我有理么。得意得不行。得意归得意，她也不敢明火执仗地把剩菜留下来。她总是悄悄的，趁他们不注意。悄悄地留，悄悄地吃。换谷边吃边想，省了就等于是赚了。城里花销大，孩子们不容易。

这房子是两室一厅，客厅还兼着饭厅。原先的厨房是开放式的，嫌油烟大，又给封起来了。闺女女婿一间，她带外孙女一间。换谷刚来的时候，着实吃了一惊。她万没料到，闺女他们住得这么拥挤。并且，这老小区的楼房这么旧，这么——不体面，不排场。换谷又是吃惊，又是心疼。她还以为闺女在北京享福呢。不说别的，就这住处，比芳村可差远了。如今的芳村，谁家不是大房子大院子，盖得铁桶似的。装修得那个豪华，那个讲究。闺女笑得不行，说这怎么能比？换谷心里不服，怎么不能比？不比能看出黑白高低来？闺女他们的卧室里，一张梳妆台兼着书桌，女婿常常坐在书桌前，噼里啪啦弄电脑。

平日里，小两口的房间，她轻易不进去。打扫卫生的时候不算。她总是挑他们不在家的时候打扫卫生。扫地，擦地，擦灰，给阳台上的花草们浇水。换谷的腰不好，常年贴着膏药。来北京以后，就没有再贴。膏药这东西，味儿忒大，别叫人家女婿有意见。怎么说呢，女婿不是闺女，到底隔着一层肚皮哩。

正在屋里忙呢，听见有人叫她，谷子谷子谷子。抬头一看，却是老伴儿，笑嘻嘻的，手里抱着几个大玉米棒子，深绿皮儿，紫红缨子有点蔫儿了，咧嘴的地方露出黄黄白白的玉米籽儿。换谷欢喜得不行，哎呀，又该吹横笛儿啦。换谷好啃煮玉米，她把啃玉米叫做吹横笛儿。每年秋天里，她总要吹几回横笛儿，解解馋。换谷说，我这腰不好，你快帮我把地擦了。老伴儿却不说话，只笑嘻嘻看着她。换谷有点急，说你这人怎么这么肉呀，一辈子的毛病。上去就拽他的袖子，老伴儿却轻轻一挣，不见了。换谷急了，哎？我说？哎？

屋子里安静得很，只有那只闹钟在滴滴答答走着。低头一看，见手里紧紧拽着被子的一角，恍惚想起方才的梦。换谷叹口气。老伴儿走了两年了。当初她总是说，将来她要走在他前头，她要他伺候她打发她，下剩的七事八事，她都不管了。老伴儿说，一辈子听你的，这个上头还得听你的？不讲理。换谷说，我就是不讲理，怎么？笑得嘎嘎嘎嘎的。这房间是阴面，好在暖气很足。外孙女在墙上冲着她笑。不过才一岁吧，黑棋子似的眼睛，咧着嘴，露出一嘴粉红的嫩牙床子。外孙女长得像闺女，鼻子却像女婿，肉乎乎的蒜头鼻子，要是小子家也就罢了，不丑不俊的。闺女家呢，就不够秀气。就是这么个小闺女，闺女女婿凤凰蛋似的，捧在手里怕摔了，含在嘴里怕化了。换谷从旁看着，心里又是欢喜，又是难过。这要是个小子，还了得！说起来，这也是换谷的一桩心事。她这一辈子，就生了一个闺女。在乡下,没小子就处处低人家一头,是个大短处。万没料到,闺女也跟她一样,命里没小子。虽说是城里都不讲这个,可到底不一样。更何况,女婿也是独生子。只为了这个,换谷就觉得对人家有亏欠。有好几回,换谷想劝闺女再生一个,都被闺女给堵回去了。闺女说,都什么年代了?老脑筋。笑得不行。换谷看她没心没肺的样子,心里恼火,忍了忍,到底不好发作。

快快起来,觉得头有点儿疼。其实也不是头疼,就是脑仁儿疼。老毛病了,睡不好就脑仁儿疼。早先脑仁儿疼,都是叫老伴儿给她捏一捏。不能捏头,就捏脖颈子后头,捏一下,捏两下,捏三下,要捏上好一会子,筋筒子都给捏通了,才渐渐清透畅快起来。也不知道怎么回事,竟然梦见了老伴儿。快两年了吧,他走了快两年了,她一回也没有梦见过他。真是怪了。梦里,他竟然是年轻时候的样子,大高个儿,黑塔似的,两个招风耳朵,一笑,眼睛就眯成一条缝。她心里头骂了一句狠心贼。慢慢起来,到厨房里把那些个米啊豆子啊大枣啊泡上,又把芹菜择了,腐竹和黑木耳发上,花生米煮上,想着弄一个凉拌菜,再弄一个尖椒炒鸡蛋。荤菜呢,就把那半只烧鸡拆了。煮粥么,就吃馒头。晚饭他们都吃得少,说是减肥。减哪门子肥哇,真是不懂。

正忙碌着,电话响了。电话在客厅的小茶几上,换谷任它响,也不去接。阳光透过厨房的窗子照过来,把小小的厨房弄得金灿灿的。料理台上摆满了盆盆碗碗,置物架上是案板菜刀蒸锅电热壶各种型号的盆子篮子筐子,灶台擦得干干净净,餐边柜上摆得整整齐齐。换谷是个利落人儿。她可不肯家里弄得颠三倒四的。更何况,厨房是什么地方?厨房是她的战场。一天下来大多数时候,她都待在厨房里,洗洗涮涮,东摸摸西弄弄。厨房里永远有干不完的活儿。至于电话,叫它响好了。反正也不是找她的。再说了，如今都有手机，真要是有急事儿，不会打手机？这话是闺女嘱咐她的，如今骗子忒多，一个人在家，别叫人家给骗喽。换谷心里哼了一声。谁不是长着一个脑瓜儿俩眼睛，活了大半辈子，就那么好糊弄？闺女也真是，自己少心没肺的，还瞎操心别人。不是她说大话吹牛，她吃亏就吃亏在没文化上，要是她念了书，考出来，保准比闺女要出息，要能干，说不定还能成点儿大事呢。谁叫她是换谷呢。随便到芳村打问一下，谁不知道村东头的换谷？

电话铃又响起来。换谷心里说，叫你响，你响，你响，你还响。电话铃声在客厅里回荡，叮铃铃，叮铃铃，叮铃铃，叮铃铃。换谷戴着围裙跑过去，立在客厅里，盯着那奶白色的电话机看。那架势，好像是在跟一个人对峙，看谁的气势大，看谁能把对方压下去。客厅不大，其实也就是一个小过厅，摆上沙发茶几电视柜，满满当当。对着厨房门口，靠墙摆了一张小圆桌，就是餐桌。真是局促得很。只有墙上挂的那些个字画，还有闺女他们屋里那一个挺大的书橱，才叫她觉得有一点点安慰。到底是文化人，读过书的。她最恨村里那些好事的人，问闺女一个月挣多少？房子多大？买的还是租的？女婿呢？咸吃萝卜淡操心。她总是含含糊糊的，不肯给他们漏一句实话。老伴儿说的没错，她就是好面子。死要面子，活受罪。这是老伴儿的原话。她想起老伴儿说这话时候的样子，心里又骂了一句，狠心贼。

这个季节，天短，太阳落山早。刚才还见阳光在窗子上跳跃呢，好像一转身工夫，太阳就转到楼后头去了。屋子里渐渐昏暗下来。换谷看看时间，三点四十，该接孩子了。闺女嘱咐过，今天没有课外班，早点去接，别叫孩子等着。换谷赶忙套上羽绒服，换鞋，又到厨房把火拧了小火，想了想，又转身到客厅糖盒子里抓了两块巧克力——外孙女爱吃，偏偏被闺女女婿管得紧。这个不让，那个不行。事儿忒多。换谷可不管这一套。正要出门，电话却又响起来。换谷一手扶着门把手，一手摸着兜里的巧克力。鬼使神差一般，她三步两步跑过去接电话。喂？那边却没有声音。她又对着话筒喊了一声，喂？你找谁？那边还是没有声音。换谷纳闷得很，刚要再问，那边却咔哒一声，挂断了。

幼儿园不远。出了幸福苑，往右拐，过了那家小超市，再路过一家理发店，在马路对过，吉祥嘉园的南门。老远就看见门口挤满了接孩子的家长，大多是老头老婆儿，爷爷奶奶，要不就是姥姥姥爷。年轻人不多，这个点儿，年轻人都忙着上班呢。保姆也有，并不多。在北京，雇个保姆多少钱？有一回听闺女说起来，惊得她直叫老天爷。一个保姆，这么金贵，挣这么多。心里又是得意，又是安慰。自己这现成的保姆，给孩子们省了多少钱！忽然看见那个穿大红羽绒袄的老婆儿，戴着枣红毛线帽子，在风里头立着，眼巴巴瞅着大门口。就走过去叫她。那老婆儿说，也来接孩子呀？换谷说，接孩子。两个人立在门口说话。风挺冷，小刀子似的，割人的脸。老婆儿说，你家是男孩儿还是女孩儿？换谷说女孩儿。老婆儿说，我家也是女孩儿。换谷心里有些高兴，说女孩儿好，女孩儿是小棉袄儿。老婆儿说，这话我信。换谷又问孩子几岁，大班还是小班，爱闹病不爱，吃饭好不好。那老婆儿看着是个文化人儿，不大爱说话，想不到却跟她说个没完。小子在哪里上班，媳妇在哪里上班，家里几口人，老家是哪里，几时来的北京。换谷听着，不住点头。心里说这老婆儿，看来平时也没个人说话儿。生是给憋闷的。

晚上吃饭的时候，女婿看上去情绪不错，脸上笑笑的，跟孩子逗，逗得孩子都急了。闺女说，今儿个有喜事儿？女婿不说话，只是笑笑的。把孩子的小辫子拨拉过来拨拉过去，孩子气坏了，左躲右躲躲不过，干脆就跑到姥姥这边来，嘴里说，坏爸爸。换谷说，你爸跟你闹着玩儿呢，看你。闺女问，那事，成了？女婿点点头，笑笑的。闺女哎呀叫了一声，喜欢得不行，冲着换谷说，他提职啦。换谷说，提职？闺女说，就是升官，他升官啦。换谷叫了一声老天爷，说升官啦？女婿笑笑的，说刚公示，刚公示。换谷说我的娘，这是大喜事，我说怎么今天眼皮子老跳呢。原来是喜事临门哇。闺女跑到屋里，拿了一瓶红酒出来，打开倒上，说庆祝一下，庆祝一下。一家子碰了杯。就连孩子，也举着半杯果汁碰了一下，像模像样的。换谷说，今儿个腊八，果然是好日子。我煮了腊八粥，你们多吃一碗，多吃一碗。闺女喝了酒，两颊红扑扑的，好像是抹了胭脂一般。眼睛雾蒙蒙，在灯下闪着水光。一个劲儿给女婿碰杯，碰得杯子叮当乱响，说话也开始颠三倒四的。换谷心里叹了一声，恨闺女不稳当，二两骨头！男人家，哪有这么惯着的。闺女忒年轻，不懂这些个。再说了，又不是你升官了，看把你轻狂的。都是大学同学，怎么就差得没个远近哪。悄悄看女婿，高兴倒是高兴，却端正得体，不走模样儿。心里暗暗喜欢，又暗暗担忧。担忧什么呢，又一时说不出。

　　夜里，风好像是小了些。小区临近地铁，有一段在地面上通过，车轮轰隆隆碾过轨道，撞得大地和楼房似乎都在跟着颤动。孩子喜欢趴着睡，小青蛙似的，蹬脚蹬腿。睡觉又不老实，老踢开被子，跟闺女小时候一模一样。睡觉的时候呢，喜欢吧嗒嘴，喜欢说梦话，含含糊糊的，也听不真切。换谷歪着身子，看着身边这个呼呼大睡的小家伙，仔细端详她的眉眼，她的鼻子嘴巴，她毛茸茸的额头，胖嘟嘟的小脸蛋儿。她睡得可真香，沐浴露的香气，混合着小孩子微微的汗酸，还有淡淡的奶香。这孩子也是个爱出汗的，这一点倒随了她。芳村有句话，吃饭出汗，一辈子白干。是说吃饭爱出汗的人是干活的命，受累的命。她偏不信这个。她受累的命也就算了，到了外孙女这一代，生在蜜罐子里头，还受累的命？晚饭的时候，一家人说家常，她说起来下午那个电话，八成是个骗子。女婿正笑笑的喝酒，听她这话，就停下了，跑到座机那边看了看，回来接着喝酒。闺女只顾颠三倒四地说话，笑，说他们同学中谁谁提了副处，谁谁这么多年，还是一个主任科员，谁谁倒是早早提了正处，不想却因为酒驾，出事了，又夸奖女婿能干，跟女婿碰杯。换谷心里骂道，个小官迷。张狂。也不知道是不是换谷多心，她注意到，女婿照常喝酒，却不再笑笑的了。他冲着孩子说，宝儿，姥姥这腊八粥好吃吧？又香又甜。换谷说，是不是？我再给你盛一碗。

半夜里，迷迷糊糊起夜，换谷听见好像有人在说话，心想大半夜不睡觉，谁呀这是。再仔细一听，是闺女的声音。闺女女婿，两个人在吵架。一声一声的，虽说是极力压抑着，还是零零碎碎听见几句。女婿说，工作，房子，单位，她，她，她，她。换谷想，这个她，是谁呢。闺女的鼻音很重，呜呜哝哝的。忽然间，女婿好像蹦出一句，你妈。换谷心里忽悠一下子。你妈。女婿不爱叫人，她对这个挺有看法。女婿跟着孩子叫，姥姥长，姥姥短。她虽然不满，慢慢也就想通了。可她听到女婿跟闺女说，你妈，你妈，你妈这个，你妈那个。她心里还是感到难过，难过得不行。闺女好像是在哭，小声的，一抽一噎的，哭得好痛。换谷心里又是疼，又是急。死妮子，你不是嘴厉害么？就会跟你妈厉害。老鼠扛枪，窝里横。跟你那爹一个模子刻出来的。女婿又在说你妈这个，你妈那个。换谷有心敲门冲进去，问问他，她妈怎么了？为了这个家，老妈子似的，从早到晚，洗衣做饭，伺候着一大家子。换谷立在当地，脑子里飞快闪过一百句质问女婿的话，身子打摆子似的，不住哆嗦。她早该看出来，这个女婿，就是个狼羔子，白眼狼，喂不熟的白眼狼。当初她就不同意这门亲事，可架不住闺女待见呀。个死妮子！正胡思乱想着，忽然听见里面不吵了，闺女却真的哭起来。仔细一听，她的脸上立刻火烧火燎，烫了一般。个死妮子！哪里是在哭，分明是在叫唤。哎呀哎呀的，也不嫌害臊。不要脸的妮子！

换谷躺在床上，心里还在怦怦乱跳。做贼似的。不要脸。真不要脸。好像是做下不要脸的好事的，不是隔壁的小两口，而是她换谷。如今的年轻人，怎么都这个样儿？没羞没臊的，不管不顾的。她真是不懂。她真是想不通。当年，他们年轻时候，给他们一百个胆子，哪敢这么张狂？一会儿猫脸儿，一会儿狗脸儿。一会儿苦，一会儿甜。真是三香六臭。狗东西！不要脸的们！骂着骂着，扑哧一声，自己也就笑了。

夜色深沉，整个城市还在梦里沉沉睡着。该是后半夜了吧。这个时候，芳村的鸡们快该打鸣了。腊七腊八，出门冻傻。进了腊月门，寒冷的日子真的来了。腊月里，冷是真冷，可人们不怕。不是还有个年在前头招手么。

过了年，就是新春了。

六月半

六月半，小帖串。这个风俗，芳村的人都知道。今年闰五月，容工夫，俊省的一颗心就稍稍放宽些。小帖的意思，就是喜帖子，这地方的人，凡当年娶新的人家，都要在六月里把喜帖子送到女方家，叫打帖子。这打帖子的事情可不简单。红红的喜帖子倒在其次，最要紧的，是票子，硬扎扎的票子。如今，票子之外，还添了很多名目，比方说，三金，比方说，手机，比方说，婚纱照。三金的意思，就是金项链，金戒指，金耳环，特别要样儿的闺女家，还要添上金手镯。手机这东西，须得有。这时节，在乡下，有几个年轻人没有手机？还有婚纱照。小两口双双去县城，或者省城，捧回一个大相册来，一个村子的人都要传着看一看，评一评。爱显摆的，还要把其中最得意的，放大了，挂起来。这些钱从哪里来？当然是男方出。芳村的人们都说，老天爷，这年头儿，闺女金贵。谁家有俩小子，简直要把老子吃了。这话，俊省不爱听。俊省喜欢小子。俊省娘家没人。这地方，没人的意思，就是少男丁。很小的时候，俊省便在心里暗暗发了愿。就连嫁给进房，也是看中了刘家的院房大，兄弟稠。算起来，刘家是芳村的大姓，远族近支，覆盖了大半个村子。到了进房家这一支，更兴旺了。进房弟兄四个，进宅，进房，进院，进田。下面又是一群小子，只进田家有一个闺女，总算是变了变花样。在乡下，别的不论，单是红白事，院房大的人家，就显得格外排场，格外热闹，格外有脸面。俊省早计划好了，今年，兵子结婚，要好好地闹上一闹。兵子是老大，家里的头一宗事，总要有点样子才是。

　　早在年初，刚开春的时候，俊省就张罗开了。先是请村西的布袋爷看日子。看日子这事，最是要紧。布袋爷耳朵背，心却是亮的。他微阖着双眼，把一对新人的生辰八字细细算过了，查了书，还要请上一炷香，叩一叩，问一问。看好日子，接下来，就是订笼屉，请响器吹打，请厨，请押轿，请娶客。如今，虽说是不坐轿子，可照样得有押轿。押轿的，自然是男人。娶客呢，则是女人。这娶客有讲究。须得是全福的妇人，夫妇和睦，儿女双全，当然，最好还要容貌周正，有德行有口碑。辈分也要对。乡亲辈，胡乱论。可是在这一条上，一定不能乱，还是要仔细论一论。还有很要紧的一条，属相要合。跟谁合？当然是跟新人合。这就很难得。夜里，睡不着的时候，俊省把芳村的女人们在脑里过筛子，一遍又一遍。除了这些，还有很多琐碎事。比方说，请管事。管事须得是村子里的能人，头脑活，账码清。请管事要谨慎。管事的嘴巴一松一紧，里头的出入就大了。俊省想好了，就请村长建业。建业能，又有身份，一句话掉地上，能砸出个坑。再比方，雇车。不知从什么时候开始，结婚都用汽车了。不像俊省他们那会儿，一队自行车，并不骑，只是推着，慢慢地从村子里走过。如今，乡下的汽车越来越多了，再不用到城里去花钱雇。俊省掰着指头算了算，村长家算一个，老迷糊二小子家算一个，宝印家算一个，统共需要八辆，足够了。俊省的意思，既是喜事，要红色的才好，才喜庆，可是，兵子说了，黑车好，黑车大气。兵子这话是在电话里说的。兵子在城里一个工地上做工。俊省拗不过小子，就用黑车。反正都要用红绿彩扮起来，倒也醒目。俊省盘算着，就依着芳村的例，管司机一顿酒饭，再每人塞给一条好烟。钱是不必的。乡里乡亲的，即便给，也未必好意思接。给什么烟呢？俊省拿不准，就把这事问进房。

怎么说呢，进房这个人，老实，本分，最没有主见，倒是种地的好把式。可是，如今，谁还把地当回事？小辛庄有一户人家，儿女都出息了，家里只剩下老两口。想雇一个人，俊省就让进房去了。活儿也不苦，无非是洒洒扫扫，侍弄一日三餐，还管吃，一个月下来，净挣五百。俊省觉得挺合算。进房却不乐意，每回把钱交给她的时候，就好像受了多大的委屈。俊省不理他，她最知道男人的心思。无非自忖一个大汉们家，给人家当老妈子，供人家呼来喝去地使唤，心里不好受。可是，除了这个，他还能干些啥？五十多岁的人了，腿脚又不好，总不见得像脏人他们那样，去城里给人家卖苦力吧。这样多好。家里外头，两不误。月月有活钱。俊省算了算，一个月五百，一年下来，六千，三金的钱，就够了。俊省的小算盘一响，心里就止不住的欢喜。一欢喜，就想跟进房念一念。有一回，俊省话到嘴边，又咽回去了。进房脾气倔，保不齐会说出什么不好听的话来。还有一条，俊省心里清楚。进房腿脚不好，是那年工地上落下的毛病。寒冬腊月，给人家踩泥，雨靴倒是穿了的，可那一年有多冷！北风小刀子似的，割人的脸。寒气逼入骨头缝里，从此落下个老寒腿。进房心里恼火。在乡下，五十多岁，离养老还早着哩。脏人他们，干劲多足！不像他，只能拖着病腿，在人家干些女人家的活计。俊省知道他的心事，话头上就格外的小心。也不知从什么时候开始，里里外外，都是俊省一个人张罗了。顶多，问进房一句，也是模棱两可的意见。是从什么时候开始的呢？俊省努力想了想，到底是想不起来了。

有时候，俊省心里也感到委屈。嫁汉嫁汉，穿衣吃饭。她想不通，自己怎么就落到了这般光景。建业的媳妇，香钗，是同自己一块儿穿开裆裤长大的，如今呢，一个天上，一个地下，简直是差得没了远近。凭什么？还不是凭着人家是建业媳妇，人家的男人是一村之长，芳村的土皇上。俊省长得好模样，人又机灵，很小的时候，一帮孩子在槐树下玩泥巴，村西相面的文焕爷就说了，这孩子，长大了有饭吃——看那鼻子长的——当时，这帮孩子中也一定有香钗。如今，文焕爷早就过世了，可是俊省有时候会想起他多年前的那句话，心里不觉叹一声，暗暗埋怨文焕爷的眼光。然而，埋怨归埋怨，俊省转念一想，也就把自己劝开了。香钗好是好，高楼大院子，盖得铁桶一般，可偏就生了两个丫头片子，大家大业的，硬是膝下凄惶。为这个，香钗嘴上不说，背地里，去了多少趟医院，喝了多少苦药汤？看来，老天爷到底是公平的。给了你这一样，就拿走你那一样。圆满。人世间，哪里能够有圆满？

过了端午节，两场热风，麦子就黄透了。如今，麦收也容易，都是机器，轰隆隆一趟开过去，就剩下直接拿布袋装麦粒子了。哪像当年。当年，过一个麦天，简直能让人脱一层皮。这一天，俊省在自家房顶上晒麦，阳光从树缝里落下来，落在麦子上，斑斑点点，一跳一跳的。这时节，家家户户的房子上，都晒满了新麦，一片一片的黄，散发出好闻的香味。俊省冲着太阳眯了半天眼，很痛快地打了一个喷嚏。她仿佛闻到了蒸馒头的微甜，还有新出锅的烙饼的焦香，她寻思着，这两天，一定要去老苦瓜家的机子上出半袋子麦仁。新麦，出麦仁最好。把外面的壳子脱去了，只剩下里面的仁。煮麦仁饭，抓一把豇豆，抓一把麻豆，再抓一把赤小豆，那才叫好吃。俊省知道，进房最爱这一口。孩子们就不大热心，尤其是庆子，说还是大米饭好。庆子在县城念高中。俊省的意思，这两个小子，家里一个，外头一个，正合适。要是庆子也在家里，从盖房到娶亲，加上以后的满月酒，没有十几万，走不下来。兵子这边的债台刚垒起来，又该轮到庆子了。这后半辈子，要稍稍松一口气，也是万难。正胡思乱想，听见有人叫她，抬头一看，是小敬。小敬是二震媳妇，正拿了一个筢子，哗啦哗啦筢麦子。俊省说，今儿天不错，火爆爆的大日头，再有个三两天，这麦子就该干透了。小敬说，可不是，这大日头。小敬说快了啊，这有了日子，梭一样，真快。俊省说可不，眼瞅着就逼到跟前了。小敬一只手拿筢子，一只手屈指算了算，哎呀，闰五月，要不是闰五月，这会子，该打帖子了吧。俊省说，可不，今年闰五月。俊省问小敬知不知道行情，这地方，一年一个样儿，得先打听清楚了。小敬是芳村有名的广播喇叭，消息顶灵通。小敬说，上年是一万，大家都这么走着呢。今年么，就不一定了。今年宝印的小子过事。宝印是谁？那还不得好好闹一闹。俊省抓起一把麦子，让它们慢慢从手指缝里漏下来。宝印是包工头，兵子就在他的手下干活。俊省拿手掌把麦子一点一点摊平了，没有说话。小敬说，宝印早发话了，十八辆奔驰，整个胡同，红地毯铺地，一直铺到大街上来。请县城同福居的大厨掌勺，城里乐团的吹打。宝印说了，上席的都是客。到时候，还不知道排场有多大。俊省把手边的麦子一点一点摊平了，越摊越薄，越摊越薄。宝印还说了，帖子嘛，尽着女方要。依我看，今年，这个数，恐怕都不止。小敬伸出两个指头，在眼前晃了晃。俊省心里格登一下子，背上就出了一层细汗，痒梭梭的难受。小敬说，也该着今年办事的人家倒霉。宝印这么一闹，大家跟在屁股后面，跑掉鞋子也撵不上。小敬说没有这么行的，这世道。俊省捏起一颗麦粒，放在上下齿之间，试探着咬了一下，咔吧一声，就两半了，这大日头，真是厉害。俊省把两只手掌拍了拍，细的尘土纷纷扬扬飞起来。宝印这家伙，牛气烘烘的，这家伙，恨，这家伙。小敬一连说了几个这家伙，口气里说不清是怨恨，还是羡慕。宝印这家伙——小敬忽然把嗓门压低了，这家伙，和大眼媳妇靠着呢。俊省说谁？大眼媳妇？不是小茅子媳妇吗？小敬扑哧一声笑了，说人家是土财主，顺手掐个花花草草的，还不是寻常？还不是轻易？钱这东西，谁还怕扎手？俊省就不说话了。院子里，有谁在喊，小敬，小敬——小敬应着，爬着梯子下去了。太阳越来越热了，蝉躲在树叶里，拼命地唱着。俊省看着一片一片的新麦，发了一会子呆。一只花媳妇飞过来，停在她的手背上，红地黑点的身子，两根须子一颤一颤的，忽然，翅子一张，又飞走了。

吃过饭，俊省就歪在炕上。电扇嗡嗡地摇晃着脑袋，把身边的被单子吹得一掀一掀，只蹭她的脸。珠串的帘子被风戏弄着，簌簌的响。宝印。她怎么不知道宝印。当年，宝印家托了人来俊省家提亲，被回绝了。爹的意思，宝印倒是个机灵孩子，只是，家里人口单薄了一些。宝印是独子，上面一个姐姐，嫁到了小辛庄。俊省很记得，有一回，从田里薅草回来，在村东的那条坝上，她被宝印拦住了。宝印说，我在这里，等你半晌了。俊省呢，因为有提亲那回事，见了宝印，总是绕道走。这一回，眼看着绕不过了，就低了头，听他说话。宝印说，你——不同意？俊省吓一跳，她万想不到，宝印会这样开门见山地问她。宝印说，那——你嫌我啥？俊省更是一句话也说不出来，很尴尬了。宝印说，俊省，我，我，你——你会后悔的——俊省呆了一时，扭身就跑了。夕阳在天边很热烈地燃烧着，整个村子笼罩在绯红色的霞光中。多少年了，俊省从来不曾回忆起那个黄昏。今天，这是怎么了？其实，当初兵子走的时候，她也没有多想。这些年，宝印从芳村带走了多少人，一茬又一茬，兵子只不过是其中一个。兵子凭着自己的双手吃饭，又不是仰仗着他宝印的施舍。兵子倒是常常在电话里提起来，老板长，老板短，言语间充满了敬和惧。老板指的就是宝印。宝印的小子，民民，跟着他爹干，俨然是二把交椅。民民和兵子同岁。一样的孩子，不一样的命。一个天天吃香喝辣，一个整日里黑汗白流。俊省想起了宝印的那句话，心头忽然就莫名地躁起来。

傍晚的时候，进房回来了。车铃铛一路响着，一直骑进院子里。俊省在饭棚里炒菜，听到铃铛唱，她知道这是发工资了。可是俊省不抬头，只作听不见。进房骑在车子上，一腿支地，看着厨房里热气腾腾的媳妇，摇了一会铃铛，就止住了，把车支好，立在门口，两只手撑着门框。俊省自顾埋头炒菜。油锅沙沙响着，俊省的铲子上下翻飞，又灵巧，又有法度。进房讨个没脸，就去舀水，洗手。这边俊省已经把炒菜装进盘子里，另一只锅也揭开了盖子，白色的蒸汽一下子就弥漫开来。吃饭的时候，两个人谁都不说话。鸡们在院子里走来走去，百无聊赖的样子。一条丝瓜从小敬家的墙头上爬过来，探头探脑。进房说，发工资了。俊省说嗯。进房说，那老两口，真会享福。俊省说噢。进房说，孩子们也孝顺。进房说小子给安了空调，闺女给买的冰箱。俊省说，那还是有钱。没有钱，咋孝顺？进房说，听说，小子在城里当干部，闺女也不差，婆家是城里人。俊省不说话。进房说，老两口，真会享福。俊省还是不说话。进房说，怎么了，你这是？看这脸拉得。俊省一下子就爆发了，把碗当的一下顿在桌上，说怎么了？你说怎么了？人家享福，人家享福是人家命好，上辈子修来的，我受罪也是自找的，活该受罪。进房说怎么了嘛这是，这说着说着就——

说闲篇哩。俊省说,说闲篇,我可没有心思说闲篇,自己的苦咸,自己清楚。眼瞅着进六月了,帖子的事,我横竖是不管了。进房这才知道事情的由头,说不是说好了吗?他大姨,小姨,我大哥,还有进田他们,大家伙儿凑一凑。俊省哇的一声就哭开了,要借你去借,这手心朝上的滋味,我算是尝够了。进房说你看你,你看你——俊省说,刘进房,嫁给你,我算是瞎了眼——我的命,好苦哇——

　　这地方的人,一年里,除了年节,还有好几个庙。三月庙,六月庙,十月庙。庙呢,就是庙会的意思。乡下人,少欢娱,却是喜热闹。正好趁了这庙会,好好热闹一番。这六月庙,就在六月初一。六月里,田里的夏庄稼都收完了,进了仓。玉米苗子窜起来了,棉田也粉粉白白地开了花,红薯,花生,静悄悄地绿着,在大太阳底下,藏在泥土里,憋足了劲,只等秋天的时候,让人们大吃一惊。节令马上就数伏了。节令不饶人。数了伏,天就真的热起来了。头伏,二伏,三伏。三伏不了秋来到。眼瞅着,地里的秋庄稼就起来了。这时节,忙了一季的人们,也该偷闲歇一歇了。六月庙,家家户户都烧香,请神。这一回请的是谷神,还有龙王。女人们梳了头,净了手,跪在地上,口中念念有词,心里悄悄许下愿。谷神管的是五谷丰登,龙王管的是风调雨顺,乡下人,年年月月,祖祖辈辈,盼的不就是五谷丰登风调雨顺?如今,女人们许的愿就多了,多得连她们自己都有些不好意思开口了。就只有藏在心里。藏在心里,别人就看不见了。这几天,俊省忙得团团转。烧香,请神,最要紧的,是要把人家女方请过来,看戏。这地方的六月庙,总要唱几天大戏。城里的戏班子,那才叫戏班子。穿戴披挂起来,台子上一个亮相,不等开口,就赢得个满堂彩。都是这地方的传统剧目,《打金枝》,《辕门斩子》,人们百听不厌。这时候,定了亲的人家,就要把没过门的媳妇请过来,看戏。说是看戏,其实，就是要让人家过来探一探，探一探家底子的厚薄。好酒好饭自然是少不了的，更要紧的，是临走时悄悄塞给人家的那一封红包。往往是，六月庙一过，是非就生出来了。有人哭，有人笑，还有的，因此断送了一门好姻缘。这些天，俊省格外的忙碌，格外的劳心。怎么说呢，俊省这个人，心性儿高，爱脸面，这个时候，决不能让人家挑出半分不是。俊省把屋里屋外都收拾得清清爽爽，割了肉，剁馅子，炸丸子，煎豆腐，蒸供。这后一样，是有讲究的。芳村的女人，谁不会蒸供？新麦刚下来，新面粉香喷喷的，女人们拿新面粉蒸各色各样的面食，鸡，鱼，猪头，面三牲，莲花卷，出锅的时候，统统点上红红的胭脂，热腾腾摆在那里，粉白脂红，那才叫好看。俊省还特意让进房刮了胡子，换了件新背心。她自己呢，也去三子家的理发馆理了发，穿上那件小黄格子布衫。俊省家里家外打量了一番，略略松了口气。只是，还有一样。既是人家女方要上门，按理说，无论如何，兵子该回来一趟。俊省盘算着，帖子的事，也该问一问兵子。

这天，吃罢晚饭，俊省就去见礼家打电话。见礼是老迷糊家二小子，论起来，还是本家。俊省家里没装电话，有事，就到见礼家打。傍晚的乡村，显得格外静谧。风从田野深处吹过来，湿润润的，夹带着一股庄稼汁水的腥气。这个时辰，见礼一家子肯定在吃饭，这样最好，她正好可以躲在北屋里，跟兵子说几句体己话。俊省想好了，她得跟兵子说一说六月庙的事，主要是那一封红包。还有，这一封红包，由兵子回来塞给人家，顶合适。小儿女们，什么话都好说一些。更要紧的一件事，是打帖子。眼瞅着进了六月，可不能让人家挑了礼。俊省的意思，最好先趁这个六月庙，探一探人家的口风。这些，都离不开兵了。正想着，迎面差点撞上一个人，待细一看，竟是宝印。俊省想躲，已经来不及了。宝印嘴里叼着一颗烟，问吃了？俊省说吃了。宝印说，去哪儿？俊省说串个门儿。宝印顿了顿，说噢，这天热的，真热。俊省说是啊，真热。宝印说，兵子的日子，腊月里？俊省说腊月十六。宝印说，好日子。正跟民民碰着。俊省一惊，问民民也腊月十六？宝印说可不是，真是个好日子。俊省心里忽然像塞了一团麻，乱糟糟的。宝印说，你，还好吧？俊省说，挺好。俊省想什么意思，宝印你是想看我的笑话了。宝印说，进房他，干得还顺心吧，我是说在小辛庄。俊省说那还能不顺心？顺心。宝印吸了一口烟，慢慢吐出来，看着那一个个青白的烟圈一点一点凌乱起来，终于消失了。俊省刚想走开，听见宝印说，兵子在我手里，你放一百个心。俊省就立住了，等着宝印的下文。宝印深深吸了一口烟，却不说了。俊省只好说，这孩子实在，就是脾气倔，你多担待。宝印就笑了，这还用说？我看着他长大，这还用说？在我眼里，兵子和民民一样。俊省脸上就窘了一下，她想起了当年宝印那句话。宝印把烟屁股扔地上，拿脚尖使劲一碾，说，我正思谋着，把兵子的活儿调一调。孩子家，筋骨嫩，出苦力的活，怕把身子努伤了。俊省心里颤悠了一下，脸上不动声色，一双耳朵却支起来。宝印却不说了。墙根底下，草丛里，不知什么虫子在高一声低一声地叫着，唧唧，唧唧唧，唧唧唧唧。还有蝉，躲在树上，嘶呀，嘶呀，嘶呀，嘶呀，叫得人心烦意乱。俊省立在那里，正踌躇着去留，只听宝印的手机唱了起来，宝印从腰间把手机摘下来，对着手机讲话。喂？哦，这件事，我不是说过了吗，你让老孙处理。事事都找我，我长着几个脑袋？少罗嗦，赶紧去办。挂上电话，宝印皱着眉说，这帮人，都是吃粮不管事的。宝印说几个工程，摊子铺得太大了，劳心。俊省看了一眼宝印的手机，心里就动了一下，她说，那啥，我正要去给兵子打电话呢，看他能不能抽空回来一趟，快六月庙了。宝印说怎么不能？回来，让孩子回来。这是大事。宝印说耽误一点工算啥？孩子一辈子的大事。说着就低头拨手机，把手机在耳朵边听了一会，说找兵子，对，就是兵子，还有哪个兵子？芳村的兵子嘛。好，快去。俊省立在那里，呆呆地看着宝印的手机，那上面有一个红灯一闪一闪，很好看。宝印对着手机喂了一句，说，兵子，兵子吗？六月庙，你回来一趟，对，回村里。活不要紧。不要光想着活，该想想你的大事了。兵子，你等着，你听谁跟你说话。俊省紧张地盯着递过来的手机，看宝印冲她挤挤眼，就犹犹疑疑接过来，叫了一声兵子，就不知道说什么了。兵子在那头喂喂的叫着，俊省只觉得嘴唇干燥得厉害，手掌心里却是汗涔涔的，对着手机说，兵子，我是你娘——

六月庙，说到就到了。村子里，真仿佛过节一样，到处都是喜洋洋的。进入头伏了，太阳越来越烈，像本地烧，两口下去，胸口就热辣辣的，头脑就晕乎乎的，整个人呢，就轻飘飘地飞起来了。六月庙前的芳村，空气里，似乎有什么东西慢慢发酵了，带着一丝微甜，一丝微酸，让人莫名的兴奋和渴盼。戏台子也搭起来了，在村子中央的空地上，披红挂绿，上面是高高敞敞的凉棚。这地方的人，几乎个个都是戏迷。河北梆子，丝弦，不论老少，都能随口来上两嗓子。这些天，人们都议论着，这一回，县里的赛嫦娥一定要来，赛嫦娥，人家那扮相，那身段，那嗓子，简直是，简直是——说话的人一时找不到合适的词，就动了粗口，说简直是——他二奶奶的。人们就笑了。说什么是角儿？人家那才是角儿。台上一站，一个眼风，台下立时鸦雀无声。这时候，不论你在哪个角落，都能感觉到，人家的眼风是扫到你了，人家赛嫦娥看见你了。娘的。什么是角儿！

一大早，俊省趁凉快，去赶了一趟集。俊省买了香纸。香纸这东西，不能买早了，伏天里，最易吸潮气，吸了潮气，就不好了。这地方，管专门烧香请神的人叫做"识破"。"识破"可不是一般的凡人。在乡下，逢初一十五，女人们少不得要在神前拜一拜，即便是吃顿饺子，也要盛了头一碗，供在神前。为的是图个吉祥如意。"识破"就不同了。"识破"都是沾了神灵仙气的人，他们能够领会神旨，甚至，直接跟神灵对话。乡村里，有了灾病坎坷，总要请"识破"叩一叩，破一破。"识破"都会看香火。香点燃了，"识破"跪着，看香火燃烧的走势。有时欢快，有时沉闷，也有时，忽然就霍的烧了半边，剩下另一半，突兀地沉默着。这时候，"识破"就开口了，说，这是东南方向，有说法了。因此上，俊省知道，香纸这东西，最不能受潮，受了潮，就不好了。六月庙，俊省是想请"识破"问一问。问什么呢，俊省心里计划着，就问一问家道，问一问光景，还要问一问兵子的亲事。怎么说呢，直到这个时候，俊省还是悬着一颗心。六月半，这第一道关坎儿，还不知道该如何迈过呢。俊省叹了一口气，把香纸收好。篮子里东西还多。二斤鸡蛋。等兵子回来，得补一补，穷家富路，出门在外，苦了孩子。二斤五花肉。肉卤子面，兵子一口气能吃三大碗。这些，都得放到老迷糊家，老迷糊家里有冰箱。天热，可不能糟蹋了东西。俊省还买了绿豆粉。往常，一到伏天，俊省都要搅凉粉。在芳村，俊省的凉粉搅得最地道。凉粉搅好了，用冰凉的井水镇上，吃的时候，浇上调好的汁儿，蒜要多多的放，还有醋，还有辣椒，还有芫荽，吃一口，那才叫过瘾。两个孩子都爱吃。只是，如今，没有井水了，都是自来水，又没有冰箱，俊省就只好一遍一遍地换水。水愈来愈热，粉就一点一点凉下来了。庆子的补习班还要五六天，俊省掐着指头算一算，还是兵子回来得早。宝印说了，活儿有什么要紧？这是大事。可兵子还是要等到月底才回来。小子是怕误了工，怕误了工要扣钱。兵子的心思，俊省怎么不懂？俊省叹了口气，看着院子里一铁丝的衣裳，在风中飘飘扬扬。

晌午，俊省收拾完，刚歪在床上，小敬挑帘子进了屋。俊省让她坐，起身把电扇调快了一档。两个人扯了一会子闲话，小敬说，帖子的事，人们都看着宝印呢。俊省说噢。小敬说，宝印这家伙！宝印这家伙不出手，人们就都等着。俊省说，可不。小敬说，宝印这家伙！这家伙！俊省想起那天宝印的样子，像一头豹子，真是凶猛，让人害怕，又让人欢喜。就那样把她抵在老槐树上，粗糙的树皮，把她硌得生疼。树上的露水摇晃下来了，还有蝉声，落了他们一身一脸。宝印在她耳朵边，热热地叫她，小省小省小省小省。一天的星星都黯淡下来，月亮也不知道躲到哪里去了。后来的事，俊省都记不起来了。俊省只记得宝印那一句话。宝印说，兵子的事，你放心——放心好了。小敬说，宝印这家伙！这个宝印！你，怎么了？俊省这才省过来，知道自己是走神了，忙说，有点困——昨夜里一只蚊子，闹了半宿。小敬说蚊子？是只大蚊子吧。俊省骂了一句，小敬就嘎嘎笑了。屋子里寂寂的，电扇嗡嗡叫着，把墙上的月份牌吹得簌簌响，一张一张掀起来，红的字，绿的字，黑的字。日子飞快，眨眼间，六月庙就到了。

三十这一天，俊省起了个大早。进房已经走了，他得赶着去给人家做早饭。俊省把瓮接满水，浇了菜，泼了院子，把香纸供享装进篮子里，打算去村南别扭家。别扭媳妇是个"识破"，方圆几十里名声很响。晚上，兵子就要回来了。俊省想请"识破"问一问。这事，得瞒着兵子。青皮小子，嘴上没毛，倘若说了什么话，冲撞了仙家，就不好了。乡村的早晨，太阳刚刚露头，就按捺不住了。风里倒是有些凉意，悠悠地吹过来，脸上，胳膊上，绒毛都微微抖动着，痒簌簌的，很适意了。远处的田野，仿佛笼着一层薄薄的青雾，风一吹，就恍惚了。遥遥的，偶尔有一声鸡啼，少顷，又沉寂下来。俊省心里高兴起来。走到建业家门口的时候,听见院子里有人说话。俊省想,这个香钗,起得倒早。忽然,听见有人说兵子。俊省就停下脚步,在墙外边立住了。

谁知道就那么寸?狗日的。建业骂道。一下子仨!活蹦乱跳的小子!狗日的!香钗说,命,命里该。香钗说可惜了的,看俊省这命!兵子都要娶媳妇了。建业说,狗日的!狗日的宝印。钻到钱眼里了!狗日的!

俊省立在墙外面,整个人都傻了。兵子!兵子!她拼尽全身的力气,竟然一句话也喊不出来。兵子!兵子!她想挪动脚步,却忽然眼前一黑,身子就软下去了。

天真热。明天,就是六月庙了。

原载《人民文学》2010年第12期

选载《小说选刊》2011年第2期

那 边

半夜里，不知怎么就闹起别扭来了。

小裳把身子一拧，躲在被窝里悄悄流泪。老边躺着没动，一下一下喘粗气。半晌，听见窸窸窣窣的，好像是在找烟。小裳这一回本来没有打算大闹，见他这样子，心里恼火，往日的千种冤仇顿时涌上心头，一下子掀开被子翻身坐起来，眼睛直直看着他，想开口骂，却一句也骂不出。只好抄起一个枕头，直直扔过去。老边一面抵挡，一面恼怒道，干吗呀这是，大半夜的。小裳哭得一噎一噎的，泪水急雨一般流下来。

迷迷糊糊醒来的时候，天已经大亮了。在枕头上侧耳听一听，四下里静悄悄的，老边好像是出去了。窗帘还没有拉开，一道金线从缝隙里溜进来，反射在梳妆台的镜子里，拐了一道弯，又落在旁边的一盆人叶绿萝上，弄得满枝的金叶子银叶子，十分耀眼夺目。小裳又侧耳听了听，果然没有动静。也不好意思叫。只好慢吞吞起来。

客厅也静悄悄的。衣架上外套没有了,那双大拖鞋也在门口孤零零躺着。深咖色手提包却还挂在那儿,方方正正,若无其事的样子。小裳心里疑惑,有心打电话试一试,终究还是罢了。

胡乱吃了早点,一个人闷在卧室里生气。床上地下乱糟糟一片,她也无心收拾。枕头在地下躺着,面巾纸一团一团,好像是开败的玉兰花,被风雨摧折下来,脏兮兮皱巴巴,又零乱,又沮丧。林妹妹在微信里跟她说话,她回了一个快哭了的表情。林妹妹果然就把电话打过来。小裳心里冷笑一声。这林妹妹,真是事事沾身。林妹妹在电话里问她怎么了,是不是公司那个小贱人,还是老边欺负她了?小裳只说没事。再问,就不说了。林妹妹咬牙道,打掉牙齿往肚子里咽——那你自己难受去吧。一副恨铁不成钢的口气。小裳也无心跟她争辩,只好不说话。林妹妹只管噜里噜苏的诱导。见小裳咬紧牙关,问不出什么来,气道,算我多事儿,你就自己闷着吧。啪的一声就挂了。

这林妹妹跟小裳是闺蜜,姓林,因为生得娇弱,又爱小性儿,动不动就恼了。一张狐狸脸,一副多愁多病身,人送外号林妹妹。人家叫她,她倒也不恼。都说这林妹妹多愁善感的,是个多情的,情路坎坷是注定了的。不想人家倒一路顺风顺水的,谈恋爱,结婚,生孩子,一顺百顺。众人都啧啧称奇。这世上的事真是难料。恐怕连她自己都纳闷,怎么忽然就这样了呢。年轻的时候,都以为自己应该跟旁人不一样,谁知道到最后,却是最平凡不过的那一条路。好像是神话里的仙女,从云端一步一步走下来,一脚就跌到了人间。

百无聊赖的,坐在镜子前面折腾那张脸。眼前摆满了瓶瓶罐罐,全套的兵器,都是老边给她买回来的。老边的一句口头禅是,女人嘛。小裳总是忍不住追问一句,怎么啦。老边不答。小裳就不依不饶的,问你呢,女人怎么啦。老边还是不答。只在她脸蛋儿上捏一下,就去忙别的了。小裳心里不甘，跑过去赖在他身边，非要逼问出个一二三来。老边就笑道，女人就是用来宠的嘛。

手机响了一下，她赶忙拿起来看。却是妈。她看着那个未接电话，叹口气。妈总是这样，响一声就挂了。也不知道是怕费长途电话费，还是怕她忙着，不方便接。磨蹭了半晌，到底还是打过去。妈在电话里照例是絮絮叨叨的，高八度的大嗓门，好像在跟谁吵架，又有一种说不出的烦躁在里面。妈问她怎么样，跟那个小杨，还好吧。还没有等她回答，却又说起了家里的琐事。婆媳两个又吵了一架。她爸简直就是个滥好人。光知道和稀泥。父子两个都一样，没有血性，不像个男人。兵兵闹这一场病，怎么就都赖到她头上了。真是没良心。喂不熟的白眼狼。医药费都给他们拿出来了，还要怎么样？小裳把电话放在一旁，任由那高亢的声音在房间里回响。也不知道怎么回事，好像是，老家总有一箩筐的烦心事等着她。以前倒不觉得。是从什么时候开始的呢。她想了半晌，也想不出。妈在电话里问道，喂，你在听吗，小裳？小裳赶忙应道，听着呢。妈叹气道，你哥他挣不来钱，她就跟我闹。把气都撒到我身上了。养儿子有什么用？一辈子受气受累。儿女是冤家哪。她见妈还要说，一口截断她，道，明天吧，我再给家里寄钱回去。没等她妈说话，就挂了。

镜子里那张脸，粉白脂红，没有一丝瑕疵，完美得叫人觉得虚假。平日里，她几乎是素面朝天的。为这个，林妹妹不知说过她多少回了。老边倒是淡淡的，不说好，也不说不好。她怎么不知道，老边喜欢她干净俏丽的样子，那些个粉黛胭脂，倒把她耽误了。老边自然没有这么说，只是痴痴看着她，看着她，半晌，叹口气道，天生丽质难自弃。小裳笑得一口茶差点喷到他脸上，笑着笑着，泪水却慢慢流下来。老边慌了，问她怎么了，好好的怎么哭了。小裳只是不理。

一大枝水竹探头过来，在镜子里横斜着，绿绿的十分精神。小裳对着镜子试着笑一下，再笑一下。老边总说她笑起来好看。当初，他就是被她的笑容给迷住了。那一回，好像是在一个乱哄哄的饭局上。也记不清是谁张罗的，人挺多，很大的桌子，华丽繁复的大吊灯，几乎就要垂到桌子上了。小裳坐在魏总身边，不断抵挡着魏总那肥胖的毛烘烘的胳膊。魏总是她的老板，对她一向是虎视眈眈的。这样的饭局，也常常点名带她陪同。她心里厌恶，却不敢不来。这魏总出了名的心狠手辣，她也不知道，这一劫她是否能够逃得过去。正是盛夏，屋子里冷气很足，她的手心里却湿淫淫的，都是汗。众人都在闹酒，一声一声的，屋子里的灯光好像也跟着一晃一晃，动荡不安。忽然间觉得对面有人看她。抬眼望去，却见一个男人，举着半杯红酒，一面慢慢摇晃着，一面透过那酒杯的边缘朝她看。她只好仓促的微微一笑。后来，老边跟她说，她那一笑，好看极了。就像，就像，就像黑夜里一朵花，忽然开了。

老边虽说是个生意人，骨子里却有那么一点文艺。据说当年老边也是一个读书人，后来辞职下海做生意，起起伏伏，最后倒是做得不错。具体做什么生意，老边不说，小裳也从来不问。在这一点上，小裳懂得克制。她怎么不知道，老边虽然嘴上不说，心里却是喜欢的。喜欢她这样懂事。还有，对于老边的私事，小裳也从来不问一个字。倒是有几回，老边自己提起来。去旅行了，欧洲。这个年纪了，还喜欢冒险。又跟我闹了，怕是更年期。都是秃头句子。她不知道该怎么搭话，心里却是明镜似的，他说的是谁。倒是从来没有听他提起过孩子，好像是，他们没有孩子。都这个岁数了，怎么没有孩子呢。莫非是，那女的有什么毛病？小裳心里一动。她可以生呀。她这么年轻。也只是这么随便一想，就过去了。老边。要是真的让她跟老边过一辈子,她愿意吗。对于这个问题,她从来不愿意去想。有时候,夜里睡不着,朦胧中她看着枕边这个人,越看越觉得陌生。白天的时候,在人前,老边衣着得体,谈吐不俗,还是一个有风度的男人。年龄倒给他平添了沧桑的魅力,镇定,从容,波澜不惊。可是,有谁知道他睡觉的时候呢。一彻底放松下来,整个人就显出年纪了。眼袋,法令纹,下巴,脸部线条,都松弛下来。嘴巴微微张开,有一种深深的,怎么说,疲惫感,还有风霜味道。头发也该染了,白发从根部长出来,在暗淡的灯光下尤其刺目。肚子已经凸起来了,身上的皮肤也松了。她想起章同学结实的那腱子肉,硬硬的,生铁似的,掐都掐不动。枕边这个人,竟然完全是一个老男人了。就算是在最热烈的时候,他也有点力不从心了。拼命地动作着,却只是徒劳。她在他身下躺着,好像是一盆烈火,被淅淅沥沥的细雨淋湿了,一忽冷,一忽热,一忽生,一忽死。也不是悲哀,也不是沮丧,恼火也不是,愤怒也不是。黑暗中,章同学的影子凶猛的覆盖下来。滚烫的亲吻,急不可耐的抚摸,强健的肌肉,光滑平坦的小腹,长腿蛮横霸道,柔韧有力。初夏的清晨草地一样的味道,带着新鲜的泥土的腥味。她感觉有什么东西流了一脸,也不知道是泪水,还是汗水。章同学。她以为她早已经把他忘掉了。那一个晚上,她打算好了跟他摊牌。她不想跟他一起回他的老家。也不想回她的老家。他说不是说好了吗,都说好了的。为什么,为什么,是不是她喜欢上别人了,还是……她被逼问得无法。她不想离开北京。她爱死了北京,也恨死了北京。她的声音在深夜的北京街头回响。霓虹灯泼了他们一身一脸,他的牛仔裤,还有她的长发,都被弄得红红绿绿,魔幻的,怪异的,陌生的,变形的,有一道蓝紫的光跳跃着,劈头盖脸落下来,正好把他们切开。街上有行人匆匆走过,不知道从哪里来,也不知道要去哪里。没有人回头看他们一眼。她拉着他的手,去附近的钟点房。房间里灯一直开着。她好像是疯了一样,那一夜,她成了这个世界上最放纵的女人。直到如今,她还记得他当时的神情,惊诧,狂喜,迷醉,疯狂。窗子上树影摇晃,夜色忧伤,撩人。仿佛是满月。这么几年了,她的心渐渐硬起来了。她以为,自己早已经慢慢把他忘掉了。谁会料到呢,在别的男人的床上,她竟然一次又一次想起他。不是别的,竟然是那一回,他们仅有的一次欢爱。

林妹妹的微信一直没有动静。可能是忙工作,也可能是忙她那宝贝儿。她总笑话林妹妹没出息,一口一个老公,一口一个孩子,天天在微信上晒的,不是美食,就是家庭教育夫妻关系什么的鸡汤文。生活这东西,实在厉害,什么时候,把一个不食人间烟火的林妹妹,调教成了一个貌似贤良的平庸妇女了。对这一点,小裳又羡慕,又有那么一点看不上。相比起来,她的人生就曲折多了,也丰富多了。小裳看上去安安静静,其实内心里,只有她自己才知道,是有那么一点疯狂的气质的。喜欢幻想,喜欢冒险,喜欢不平凡。她总觉得,她一路从芳村念出来,一直念到了北京城,吃了那么多的苦头,受了那么多的罪,这不应该是最后的结局。跟章同学那一段恋情,不是。在魏总手下做文案,也不是。跟老边这样,也不是。虽说是衣食无忧,还打着美丽的爱的幌子。可谁会相信呢。有时候,跟老边缠绵过后,她一个人在空空的房子里,失声痛哭。她这是做什么呢。想当年,她也是一个清白人家的好姑娘。勤奋,上进,肯吃苦,成绩优秀。清贫是清贫,可浑身上下有一种东西,向上的,明亮的,清扬的,未来就在不远处徐徐展开,不管是锦绣,还是荆棘,她都不怕。她年轻,有的是一腔热血。她什么都能承担。可如今呢。她觉得自己好像陷在一个泥潭里,越是挣扎,越是泥足深陷。有时候喝醉了,醉眼朦胧中,看看前路凶险,她也想过回头。可是,回头一看,山一重水一重,山高水长，回去的路，她竟然再也找不到了。

老边还没有回来。窗子半开着。牙黄色的阳光晒满窗台，说不出的寂寞，还有虚无。不知道谁家在炖牛肉，香气一阵一阵飘过来，混合着暖暖的风，是家常的世俗的气息。也不知道，老边是去公司了，还是回那边去了。那边，是老边的说法。有时候，说起来，就说，回那边一趟。从那边过来。小心翼翼的，一面说，一面看她的脸色。她心里恼火极了。什么这边那边的。这么暧昧。索性就说大房二房好了，也来得痛快。还有老边那小心翼翼的样子，也实在可恨。他怕什么呢。怕她跟他闹，还是怕她真的伤心？小裳心里冷笑一声。记得有一回，也是老边从那边过来，神清气爽的，脸色红润。小裳瞟了一眼那件新毛衣，深咖色，高领，干干净净的，什么花样都没有。老边见她看，忙说新的，纯羊绒，是从鄂尔多斯买回来的。又是秃头句子。她心里恼火，笑道，谁买的呀。老边没料到她这么问，迟疑了一下，才勉强笑道，好了好了，别闹。说着就去洗手间洗手。她站在原地没有动。电视里正在演一个肥皂剧，一对男女，邂逅，调情，缠绵，镜头渐渐虚化，只剩下窗外的风景，越摇越远，越摇越远。他从洗手间出来，见她还在原地站着，便笑道，好了，吃饭去。她一下子把他的手打掉，笑道，问你呢，谁买的。他赔笑道，不闹好吗。明天，让小夏陪你去逛街。她气道，又拿小夏打发我。我要你陪。他依然笑道，我有个很重要的会。等以后啊，一定。她心里冷笑一声。以后。以后是什么时候？她和他，是不是还有这种叫做以后的东西呢。

天气很不错。这个季节，是暮春。万物都疯长起来了。阳光软软的，风也是软软的，风里弥漫着花草的甜腥。楼下正对着一个小花园，有割草机正在轰轰轰轰工作。浓郁的青草的味道，夹杂着泥土的腥气，湿漉漉的，新鲜得有点刺鼻。从窗子里望出去，雾蒙蒙一片，也不知道是烟霭，还是灰尘。这时候，玉兰都快开败了。白玉兰，紫玉兰，硕大的肥美的花瓣，一树一树的，看上去倒还好，其实是开到了极致，内里开始衰败了。这个小区，环境还算是幽静。小裳这个人，太热闹了不行，太冷清了呢，也不行。这房子的好处就是，闹中取静。推开窗子，就能听见喧哗的市声，远远的，若有若无的，跟自己不太相干。好像是在戏院里看戏，坐在高高的台阶上，俯身一看，就是戏里的繁华人生。遥遥的，饶有兴味的，隔着适当的安全的距离，再怎么，戏台上滚烫的泪水都不会溅到自己身上。要是太偏僻了呢，小裳也不喜欢。老边在郊外的那一个小别墅，她也是去过的。四周都是山，林木，寂静的小路。很少见人。安静倒是极安静，却好像是跟外面的世界隔绝了。京郊么，毕竟不是北京城。在郊外的感觉，孤零零的，仿佛是被北京抛弃了。微信朋友圈闹腾得不行，但都是伪装的，虚假的，带有表演性质的，各种秀。她喜欢的，是热腾腾的世俗生活，真实的，没有修饰过的，不在别处，就在京城的核心地带。这栋房子，即便是林妹妹，也没有来过。老边的理由是，低调。要低调。老边说你们可以在外面吃饭啊逛街啊喝咖啡看电影，为什么非要到家里来呢。是啊，为什么非要到家里来呢。是不是老边也看出来了，小裳貌似淡泊，其实有一颗虚荣的心，不为别的，就是想炫耀一下，想让林妹妹亲眼看一看，她在北京核心地段的富人生活。林妹妹的小家她也是去过的。八十平的房子，两居室，每个月还房贷，要还二十年。二十年。二十年后的林妹妹，会是什么样子呢。她不敢去想。房间里家具都是浅色调，简洁明快，没有一件多余的赘物，没有夹缠不清的历史，只有未来，干净的，清白的，正常的，有一种简单的寒伧的快乐在里面。好像是林妹妹的婚姻生活。那时候，他们刚生了宝宝，房间里到处都是尿布，婴儿的啼哭，热烘烘的叫人脸红的奶腥味。林妹妹穿着睡衣，红润，饱满，好像汁水充盈的肥美的桃子，一碰，就会有汁液喷溅出来。小裳看着她把紫红肥大的乳头塞进那皱巴巴的婴儿嘴里，脸上带着一种近乎愚蠢的陶醉和满足，心里砰砰乱跳着，也不是紧张，也不是恐惧，羡慕也不是，喜悦也不是。她忽然感觉自己浑身燥热，嘴唇干燥得厉害，身上也干燥得厉害。好像是她自己的水分，瞬间都被林妹妹吸干了。她就那样干巴巴坐着，傻乎乎的，在那个拥挤的房间里，好像是自己凭空长出很多胳膊和腿，横七竖八的，满屋子都是胳膊和腿，简直拥挤得不行。她逃也似的离开林妹妹的家。林妹妹的丈夫，那个高高大大的年轻男人，把她送出来，搓着两只手，像是羞涩，又像是紧张。这个男人，也不过是二十六七岁吧，小公马似的，浑身上下散发着青涩的莽撞的气息。什么都是新鲜的。什么都是第一次。在生活这条河流里，顺风顺水，还不知道什么叫做风浪。穷倒是真的穷。可谁能料到他的未来呢。不像老边。人生已经走过了大半，努力拼过，跌过跟头，吃过苦头，在江湖上沉浮过，在欢场上也跌宕过。如今功成名就了，对什么都是笃定的，有把握的，胸有成竹。神情呢，总是淡然的，带着微微的笑意，有一点驾轻就熟后的疲惫，还有因为缺乏挑战性带来的微微的厌倦，和不耐烦。法令纹很深，乍一看好像是在微笑，仔细一看，却不是。有一种不怒自威的意思。当初，对他这些，她是那么着迷。他纹丝不乱的头发，品质精良的衣裳，他的微笑，不经意的一瞥，身上淡淡的香水的味道，都令她感到一种深深的震慑。不是喜欢，是震慑。她不得不承认，当初，是她诱惑了他。凭什么呢。他端酒杯的姿势，眼神，沉默带给人的威压，微笑里藏着的那一种傲慢。凭什么呢。她内心里那一种疯狂的气质蠢蠢欲动，她感到自己被激怒了。她款款起身，去了洗手间。不用照镜子，她也知道，镜子里那个女孩子，算不上多么漂亮，但是她年轻，有一种新鲜的青春的魅惑,从柠檬色的薄衫里面喷薄而出。她试着朝着镜子里飞了一眼,娇嗔一笑。好像是黑夜里的花,忽然开了。老边说这话的时候,是在他们熟识了以后,在床上。怎么说呢,当初,她并没有料到这个结局。她不过是一个姿容平凡的女孩子,在被一种莫名其妙的情绪激怒以后,一种反击,一种试探,一个小小的,恶作剧。说得无聊一点,她不过是想试试自己的魅力。这个所谓的成功男人,傲慢,冷淡,彬彬有礼,看上去好像是一个坚硬的堡垒,刀枪不入。她倒是想要看一看,这个坚硬的堡垒,在她的大好青春面前,究竟渐渐怎样出现第一道缝隙,甚至,在她的威力之下,一点一点,土崩瓦解,烟消云散。小裳也知道这想法的无聊,甚至卑鄙。她这是要做什么呢。好好的一个女孩子,竟然有这么可怕的念头,真是疯了。有心告诉林妹妹,到底忍住了。自然了,闺蜜是分享秘密的人,可是,有的秘密,心底深处最私密的那些个不可告人的念头,还是悄悄藏着的好。比方说,那一回,从林妹妹家出来,她眼前老是晃动着林妹妹那一对鼓胀胀的乳房,紫红的肥大的乳头,淡青的血管在白皙皮肤下暴出来,婴儿贪婪的吞咽声。撩拨得她心里乱糟糟的。忽然间那柔软的婴儿的小脑袋不见了,变成了她丈夫,那个高高大大的年轻人,浓密的头发,棱角分明的脸。她感觉身上一阵燥热。也有时候,跟老边亲热的时候,她抚摸着老边已经松弛的皮肤,眼前幻化出别的男人的脸,章同学,高中英语老师,男影星,甚至是一个男客户,地铁上偶遇的戴眼镜的男人,还有,还有林妹妹羞涩不安的丈夫。她幻想着他们,攀爬着,攀爬着,在浓稠的昏暗的夜色里,终于抵达了情欲的巅峰。

　　老边还没有回来。她懒懒地烧水,泡茶,准备给家里的花草浇浇水。临着落地窗是一个小茶吧。她喜欢坐在这里,一面喝茶,一面看看窗外。老边的意思,是要用一个阿姨,做做家务,也顺便陪一陪她,见她执意不肯，也就依了她。她可不愿意家里多一个外人，躲在暗处，偷窥她的生活。就连那个小夏，她也不喜欢。小夏是老边公司里的一个秘书，看上去倒还安静，但她总觉得，小夏的眼睛深处，有一种说不清道不明的东西。小夏经常被老边派过来，陪她逛街，吃饭，购物，有时候也帮她做做卫生。小夏二十多岁，好像比她还要小两岁。据说是刚研究生毕业，学的是专门史。也不知道怎么回事，竟然来老边公司做了文秘。问起来，也是语焉不详的。小裳就不再问了。谁没有难言之隐呢。就像她，研究生不是也学的古典文学，一肚子的鸿鹄之志，想要在这个城市里展翅高飞的，谁想到呢，竟然一步一步，就走到了如今。论起来，两个人同一所大学毕业，算是校友。但小裳对此只字都不愿意提起。也不知道，老边这种安排，是偶然呢，还是故意。见到小夏，小裳就会被勾起很多往事。关于校园，读书，梦想，还有，章同学。小夏呢，倒是特别懂事。该问的问，不该问的不问。周到，细心，知情识趣，又善解人意。称呼老边为我们边总，称呼小裳，叫姐，一口一个姐，十分亲昵自然。小夏人长得平常，却干干净净。这个老边，在有些细节上，还是肯用心的。窗子前面这个小茶吧，就是老边的主意。有时饭后，他们两个相对坐着，喝茶，聊天，看着窗外满城的华灯闪烁，直把小裳看得痴痴的。恍惚之间，脚下的那个璀璨的城市才是真正的人间，而此时，她是在梦里醒着，是那沸腾的人间生活的旁观者。

　　手机响了。却不是她的手机。在老边的手提包里，她找出了一个苹果六。这个手机她没有见过。老边那一个，是华为的。她看着那红灯一闪一闪的，是短信提示，她犹豫着要不要打开看一看，或者是，还依旧把它放回手提包里，随他去。她慢慢喝着热茶，一小口一小口，很珍惜的，好像是怕烫了嘴，又好像是，怕一口喝光了，就再也没有了。老边他，究竟是一个什么样的人呢。他不过不是贪恋她金子一样的年华，她年轻火热的身体，她的娇羞可怜，亦嗔亦怨。他不止一次在她耳边喃喃低语，小裳你真好你真好。他的脸因为激动而扭曲，黑暗中，他的眼中晶莹，好像有泪光。她轻轻安抚着他，内心里却丝毫不为所动。那边。逢这个时候，她总是想起来，那边。这边。那边。他往返于这边那边之间，游刃有余。好像是走钢丝的高手，惊险的平衡之外，还有旁人难以体会的刺激的快感吧。她甚至很少为了这个跟他吵架。吵架也是需要激情的。男女之间更是如此。从一开始，她就清晰地知道，她并不爱他。他也未必真的爱她。她和他，不过是人生苦渡中的一段孽缘，渡人谈不上，至于渡己呢，更是荒唐。或者，取暖？仅此而已。至于缘起缘灭，只能顺其自然了。手机又响了一下，好像是短信的提示。她想了想，终于跑过去，把手机拿出来看。有两条微信。干吗呢。想你了。她看着那微信头像，头皮一炸，脑子里轰隆一声。

　　这种阿里山老姜红茶，还是老边从台湾带回来的。初喝有一点辛辣，微苦，越到最后，倒越有一股回甘了。这两天有点肚子疼，好像是要来好事了。她抱着杯子，一小口一小口喝着，身上就慢慢出了一身热汗，只觉得身心熨帖。她早该想到的。除了她，老边还会有别的女人。那边的那一个，不算。那边，不过是老边的后院，根据地，老边的诸多社会角色中，能够拿上台面来的其中一种，正常的，光明的，符合社会伦理对一个成功男人的要求和期待的。至于老边到底对那边有多少情意，谁知道呢。他们是夫妻。想当初，他们一定也是爱过的，有过盟誓，有过婚约，有过白头偕老的决心。可是，有时候，生活就是这样不讲道理。是什么时候呢，那一个人，那一段恩爱，在小裳这里，就成了那边。谁敢说，在别人那里，小裳这一段金子一样的年华，就不是如此呢。她早该想到的。只不过，她是太怯懦了。也是太自负了，想着人生的戏剧，是否会在她小裳身上出现奇迹呢。毕竟，他们在一起的时间还不算长，才不到两年，对彼此，还有好奇心，探索的欲望，还没有来得及产生厌倦，还有这种情感最后必将导致的，怨恨。她心里冷笑一声。她还是太高估自己了，也高估了老边，高估了男人。窗子底下，小花园里，有人在散步。一个老先生坐在轮椅上，脸上淡淡的，看不出什么。那个老太太，推着他慢慢走，脸上也是淡淡的。看上去，总也有七十岁了吧，穿得干净体面，住在这个小区的，该是上等人家。这么漫长的一生，他和她，是怎么熬过来的？那个老先生，脸色郑重，甚至，有点岁月悠长所馈赠的慈祥安宁，看上倒还是一本正经，谁知道他的内心呢。玉兰花开了，木槿也开了，还有月季，红的黄的粉的，榆叶梅也开得热闹。他看着这些花瓣，是不是也会忽然想起，年轻时候，有一张花瓣一样鲜美的脸，跟身后的年迈的妻子无关。她早该想到的。

　　楼下的邮局人不多。她取款，填单子，汇钱。那个胖姑娘抬头看了她一眼。她早该认识她了吧。她胖胖的一双手在电脑键盘上噼里啪啦一阵敲打，她的手可真胖，手背上甚至有几个深深的小窝，婴儿一般。她填完单子，打印，熟练地点钱。她一定在想，这个女人，穿着价格不菲的裙子，限量版大牌包包，却神情落寞，每个月都来这里汇钱，一大笔钱。看地址，应该是乡下老家。王翠兰，应该是她妈妈的名字吧。看样子，应该就在这个小区住，高端小区，在北京，算是富人聚集的地方。她上去也不大，年纪轻轻，她凭什么呢。说不定就是传说中的那种女人。她又看了她一眼。看着她把那个精美的红色羊皮钱夹装进包里去，轻轻叹口气，想，那个王翠兰，倒是挺有福气。可是，她知不知道实情呢。她撇撇嘴角，又看了她一眼。这一回，小裳也回了她一眼。认真的，警告的，严厉的，带着一种挑衅的意味。她慌忙垂下眼帘。哈，她到底是胆怯了。胖姑娘，你还这么年轻，不出意外的话，终生将困在这个昏暗的小邮局里。对于生活，你懂得什么呢。

天色渐渐暗下来了。她坐在窗前，看着那一窗的斜阳渐渐枯萎下去。手机好像是睡着了一样。手提包里那个苹果6，也没有再响起过。老边他不会吧。从前，两个人闹了别扭，大多都是老边软下身段，给她赔罪的。有时候，她偶尔也主动一次。女人么，总要懂得给男人台阶的。每一回，只要她一给台阶，老边也就兴高采烈下来了。可是这一回，怎么回事呢。难道是，老边要趁机跟她摊牌？或者是，老边是真的没有看见那些个短信和电话，也未可知。风从窗子里溜进来，把纱帘弄得左右摇曳。城市的灯火次第绽放开来，市声遥遥的传来，繁华和热闹，都是跟她不相干的。楼下的小花园笼罩在暮色里，被弄得一重一重阴影，层层叠叠的，幽深，昏暗，诡异，好像隐藏着巨大的秘密。她看着窗外。此时的城市，仿佛一个深渊，她立在窗前，好像是立在深渊的边缘。灯火在脚下一点一点亮起来了，越来越多，越来越繁密。她看着，看看，只觉得头晕目眩，越看越看不清楚。

门铃响的时候，她一下子跳起来。竟然是送快递的。她木然地签字，收货。好像是一套睡衣，鸽灰色，丝绸绣花，是她买给老边的。她从钱夹里抽出一沓钱，递给他。那人惊讶道，已经网上付费了。她不答，执意塞给他。那人不要，夺门想走。她一下子愤怒起来。

屋子里已经完全被黑暗淹没了。只有落地窗子上，隐隐反射出点点灯光，闪闪烁烁，也不怎么确定，好像梦幻一样。她蜷缩在沙发的榻上,身上一阵冷,一阵热。那人早已经走了。空气里有一股湿漉漉的腥甜的味道,混合着强烈的男人的汗味儿。头晕乎乎的,她怎么也想不起来,她和那个人,是怎么纠缠到一起的。只记得,他的喉结粗大,他的手脚骨骼也粗大,他强壮的身体压迫着她,滚烫的,坚硬的,粗鲁的,小公马一般。她大声尖叫着,感觉自己就要融化了。电话忽然响起来,一声一声的,催逼着。她的叫声,跟那电话铃声应和着,越来越紧迫,越来越急促。章建强。她一脚跌进万丈深渊里去了。

手机却响起来。她把睡袍掩一掩,懒懒的躺着,不想动。屋子里更加昏暗了。窗子上那一点点灯光,流离闪烁,捉摸不定。

北京的黑夜,真的来临了。

他　们

她

  她本来以为，他会追出来的。追出来，跟她解释，急赤白脸的，像他们平时吵架的时候那样。她承认，平日里，她是有那么一点强势。在他面前，尤其霸道。他常常被她气得不行，叹气说，你就是跟我有本事！你呀！就算不解释，他只要追出来，抱住她，把她的脸捧起来，默默地看着她，看着她哭——她有一种本事，哭的时候不出声，是静静地流泪。他最怕她这种哭法。每回她这么哭，他总是伸出手，用那只干燥却温厚的大手掌给她擦眼泪——她多么熟悉的手呀——她也一定没有这么多的怨恨。

  然而，他并没有。

  他没有追出来。他选择留在那个女的身边。

  周末，北京的大街上人潮汹涌。车声，人声，混合成巨大的喧嚣的声浪，在初冬的黄昏，给人以莫名的虚无感。暮色渐渐浓重起来。城市被一点一点慢慢包围，吞噬。天空是那种暗淡的铁灰色，阴惨惨的，漫漶着北方这个季节特有的苍茫和寥落。

她掐了一下自己，看是不是在做梦。刚才的一切，不是在梦里吧。就像她无数次从梦里醒来，回忆着那些可怕的梦境的碎片，带着微微的侥幸，恐惧，后怕，还有轻微的满足感。但愿，刚才的一切，都不是真的。

今天是小雪了。北京却没有雪。她都不记得，去年北京的初雪是什么时候了。北方的冬天，大约是少不得雪的。仿佛有了雪，才算是迎来了真正的冬天。雪，仿佛是冬天的一种仪式。有时候，生活是需要某种仪式感的。不是吗。老实说，她并不是一个冷漠的人，像大街上那些这个年龄的女人们一样，被生活磨损得厉害，迟钝，近乎麻木，对生活，对这个世界，早已经失去了热情和好奇心。她们穿着睡衣就敢上街买菜，素着一张脸就敢见人。她们仗着自己的年龄，仗着自己已婚妇女的身份，对生活早就没有了任何顾忌。她们最关心的，就是家长里短，八卦新闻，婆婆妈妈的一堆破事儿，被她们嚼得有滋有味。私心里，她真是看不上她们。

她当年是师范出身，颇有一些艺术细胞，写字、画画、弹琴，都能来两下，关键时刻很能撑面子。她喜欢小情小调，有些小资趣味，骨子里，她是一个浪漫的女人。她不肯承认，其实，当年，也是他那些个花样翻新的浪漫招数，叫她终于动了心。那时候，他还在部队上，穿一身戎装，剑眉朗目，真的是英姿勃发。他在半路上截住她。去敲女生宿舍的门。他给她写情书。那情书热烈极了，也坦率极了。军人么，就应该是这种做派，简单，直接，有点鲁莽，甚至粗暴。她并没有觉得，她因此受到了冒犯。也没有觉得，那简单直接的表达，有什么不妥。见惯了学校里那些男生们小心翼翼的试探，撩拨，优柔寡断，欲言又止，她一腔柔肠婉转，仿佛被一场狂风暴雨击中，一下子就崩溃了。她是小城里小知识分子家庭出身,自幼被教育着要端正得体,要含而不露,要发乎情止乎礼。她哪里见过这个?

她心动了。父亲却不同意。她父亲是小学校长,在那座小城里颇有威望。对于这个女儿,他是寄予厚望的。她是长女,功课又好。有一个弟弟,却是有一点不足。几岁上淘气,玩木匠的家伙,右手一根手指断了半截。为了这点小小的残疾,一家人都小心宠着他。吃的,穿的,玩的,都给他最好的,不肯叫他受半分委屈。渐渐地,弟弟也习惯了。他向来都是要人家爱他的。他习惯了别人给他,从来不曾想到,他还要给别人。在功课上,父亲对她要求严格,对弟弟呢,却马马虎虎。他不舍得叫儿子再在这个上头吃苦。那个时候,还有中等师范学校。她原本是想读高中考大学的,父亲却说,还是读中师吧,女孩子家,稳妥。她就读了中师。

然而终究还是不甘心。她先是参加了自学考试,人们俗称自考的。拿下来专科,又拿下来本科。父亲很高兴,觉得女儿争气。在那个小城里,那个年代,本科足够了。那时候,她已经在跟他交往了。背着父亲,两个人偷偷约会,小城不大,电影院,公园,小饭馆,大街小巷,都留下了他们亲密的痕迹。有一回,他把电话打到家里,父亲一接,二话不说,就挂断了。她哭着求父亲,说她爱他,她要嫁给他。父亲说,你们两个,不是一路人。她说怎么不是?他爱她,她也爱他,这就够了。父亲沉默良久,说,你会后悔的。

他们恋爱了,光明正大地,恋爱了。他穿着一身戎装,在她家里出出进进。高高大大的身坯,干干净净的气质,懂事,周到,眼睛里有活儿。见了街坊邻居,赶着叫人。盘腿坐在床头,跟母亲拉家常。戴上围裙,厨房门一关,不一会儿就是一桌好菜,色香味俱全。倒是衬得她笨手笨脚的,狼狈得很。母亲满心欢喜。父亲的脸色也渐渐柔和下来。弟弟坐着他的军用吉普车在小城里兜风，风头出尽，得意极了。她看着他在自己家人跟前，亲切，自在，随意，一家人似的，心想，这家伙，还真有两下子。

结婚是他提出来的。按照小城里的规矩和风俗，他们结婚了。

父亲说，结婚可以，先别急着要孩子。她看着父亲的脸，心想，这么严肃干吗，她自己还是孩子呢。何况，她还有大事要做。

然而，这世间的事，总是不遂人愿。她正在悄悄准备考研的时候，却发现自己怀孕了。

公公婆婆高兴坏了。乡下人，早急着抱孙子。他们送来自家种的小米，自家养的老母鸡，土鸡蛋。她心里七上八下，拿不定主意。他不说好，也不说不好。母亲呢，一时欢喜，一时忧愁。父亲始终不说话。她想起婚前父亲的忠告，恍惚了一下。沉默半晌，父亲说，这样——既然要孩子，就不要考研了。她吃了一惊。父亲怎么知道她要考研？父亲叹了一声，可惜了。

然而，她还是考了。偷偷地，瞒着父亲。多年以后，她很少想起来，那一段生活的滋味。新婚燕尔，在小学教书，怀着孩子，研究生备考。艰辛的，甜蜜的，孕育着希望，模模糊糊的憧憬，不可知的未来。好像一只小蛾子，朝着那一点微弱的灯光扑去，懵懵懂懂的，跟跟跄跄的，喝醉了似的，带着一股子赌气般的执拗。到底跟谁赌气呢，她也不知道。

研究生入学的时候，她比别人迟了一个月。她生了个女孩，坐完了月子，才从那个鲁北小城，来到北京。

孩子也来了，裹在襁褓里，由她婆婆抱着。他们在北大西门附近，租了一个小房间。刚出满月的奶娃娃，要喂母乳。她每天上完课，要赶回去给孩子喂奶。是北方的初冬了。她穿着厚厚的棉衣，平底鞋，头巾包得严严实实，像一个粽子。她走路很慢，一动一身汗。哺乳期饭量大，她老是觉得饿。老师在上面讲课，她努力听着，听着听着就走神了。耳边是孩子的啼哭声，乳房憋胀，叫人心烦意乱。她感到胸衣被浸透了，湿漉漉的难受。刚出满月，她身体还没有复原。身材臃肿，行动笨拙，迟缓，呆鹅一般。都说一孕傻三年。看来这话是真的。站在北京的大街上，车流滚滚，像巨大的汹涌的长河。立交桥盘旋着扭曲着，错综复杂，像一个谜。地铁在地下轰鸣，仿佛一只庞大的巨兽，在城市的腹部横冲直撞。她在人行道上慢慢走着，走着，对这个陌生的城市升起一种敬畏，还有惶恐。

而今，她早已不是当年的那个傻乎乎的小城女子了。穿着粉色碎花棉袄，满脸惶惑，畏怯，急匆匆赶回出租屋去给孩子喂奶。她早已经瘦下来了。细格子羊毛裙，烟灰色高领毛衫，莫兰迪色长款风衣，剪了短发，有一种俊朗干练的职业气质。她在一家很大的公司做白领，做到了中层的位置。这些年，她在事业上也是拼了。北京这个城市，仿佛战场，她是早就做好了准备，要在这个战场上决一胜负的。

他从部队复员后，也来了北京。自然了，当初，他们也闹过。就是为了他来，还是不来。他原本是有机会留在省城的，通过他一个亲戚的关照，先落户在县城，然后再调到省城。他是长子，他父母想让他留在身边。这倒没有什么可说的。可是他自己，也没有主意，犹豫着，彷徨着，左右为难。她气得不行。这算什么。都说人往高处走，水往低处流。难道还要她回去吗，离开打拼多年的北京，到那一个闭塞落后的小城市去？她下了最后通牒，来，就过。不来，就离婚。那是他们第一次提起离婚这个词。他显然是吃了一惊。后来，他到底还是来了。

他

老实说，当初，他并没有想来北京。他是乡下出身，自小就很知道轻重。他十七岁当兵。在部队上，早早学会了规矩，秩序，等级，他懂得其中的利害。他怎么不知道，北京是首都，全国人民都向往的地方。可是，他更知道，那不是他的世界。他的世界在哪里呢。他原想着，能在部队上混个前程，读读军校，提提干。然而最终都没成。他是伺候首长的。聪明伶俐，细致周到。他最朴素的一个想法是，他好好干，首长能够提携一下他，叫他在部队上待一辈子。他也不是多么喜欢部队，只是在部队多年，早习惯了。况且，部队上有保障，对一个农家子弟，保障尤其重要。那些年，在部队上，他吃了不少苦，受了不少委屈。他咬牙忍耐着，劝自己说，不怕，会好的。一切都会好起来的。他对谁都是温和有礼，从不得罪人。他帮人家擦皮鞋，打水，替人家值班，帮人家跑腿。他天天笑眯眯的。侍奉首长，如同亲生父亲。不，在他爹面前，他也是可以偷懒顽皮的。但在首长跟前，他却不敢有分毫懈怠。他知道，他没有任何背景，他只能靠他自己。小时候，他娘叫算命的给他算过，说是命中有贵人相助。这个贵人，就是首长吧？

然而，他到底还是复员了。

在部队上十几年，初到地方上，他真是处处不习惯。好多年了，他还会做梦梦见军营，穿着军装，跟战友们出操训练。他还会忽然被梦中的哨声惊醒，迅速整理行李，冲下楼去集合。站在北京的大街上，他忽然就恍惚了。这是在哪里。他是谁。仿佛从一个世界穿越到了另一个世界,他真是茫然得很,惶惑得很。

他们租了一个一居室,有点小贵,但好处是邻近地铁,交通方便。他到处投简历。简历是她帮着他做的,挺漂亮,挺正式。可是,他怎么不知道,函授班拿下的大专学历,还有那些在部队上的小成绩小荣誉,那些他曾经的骄傲,在北京这座城市,在这个时代,简直不值一提。只有简历上那张照片,英姿飒爽,一双眼睛明亮清澈,有一种没有见过世面的傻气,直直地看人,也不知道回避。

那些天,他沮丧极了。没有结果。一点结果都没有。他投去的简历就像石沉大海。偌大的北京城,难道连他的立锥之地都没有吗。她劝他,叫他别着急,慢慢来。北京什么地方?他听着她的声音,忽然就发了火。北京是什么地方?有什么了不起的?雾霾,拥挤,贵得要死的房价,人在这里像蝼蚁一般,疲于奔命。他为什么非要在这里做千千万万蝼蚁中的一只?他为什么不回到省城去,回到他的县城,那是他的世界。他是真的火了。他叫她闭嘴。她真的就闭了嘴。震惊地看着他,慢慢地,眼睛里涌上来大片的泪水。他这是怎么了?发什么火呢?有本事出去发啊,冲着女人,算什么呢?

后来,他终于做了保险。拿着电话本,挨个给人家打电话。老同学,老战友,老乡,孩子同学的家长,七大姑八大姨。她还把她的关系介绍给他,她的同学,她的同事,她的亲戚朋友,亲戚的亲戚,朋友的朋友,她的客户,客户的客户。刚开始的时候,他还是抱着很大希望的。他想,他口才好,态度诚恳,他有耐心,他守规矩,做保险,也许并不难。

有一回,他到西三环一家单位推销业务,照老规矩,给了门卫一些小恩小惠,到大楼里,挨个敲开办公室的门。大多都是冷遇。对于保险，人们好像都怀着一种本能的偏见，警惕的，反感的，即便是听他说下去，也是半信半疑，好像他是一个骗子，他们不过是在工作之余找点儿乐子，冷眼看他的骗术如何露出破绽。他心里忿忿的，脸上却还是笑着的。反正他们也不认识他，不过是一个做保险的，喋喋不休的，想尽办法从他们兜里掏钱。不料，他竟然遇到了张同学——现在应该是张处了。

张处跟他是中学同学，邻村的。早年听说他考上了北京的一所大学，轰动一时。多年没有音讯，不想在这里遇见了。办公室里阳光充足，绿植茂盛。到处都是报刊书籍，凌乱中有一种逼人的书卷气。他木然坐在沙发上，看着张处烧水沏茶，不断有人进进出出，送文件，签字，请示，汇报。张处动作娴熟，亲切温和，他却分明感到一种莫名的威压。张处耀眼的白衬衣，洁净的手指，龙飞凤舞的笔迹，那一屋子满满当当的书，办公桌上方鲜艳的小国旗，都叫他不适。趁着张处接电话，他谎称上卫生间，悄悄逃出来。

大街上人潮涌动。他这才注意到，这是一家大名鼎鼎的报社。方才，他怎么就没有注意呢。

自那以后，他对做保险就生出了更大的抵触。觉得，像要饭的。是的。简直就是一个要饭的。电话乞讨，或者上门乞讨。更要命的是，上门乞讨的时候，开门的，却偏偏是故人。他受得了生活的煎熬，却受不了生活的羞辱。他是不是太敏感了？

回家后他一直郁郁的。她问他怎么了，是不是有心事。业务怎么样，她还有一些熟人朋友，都是潜在的客户资源，他可以试一试。她说北京就是这样，敢拼才会赢。她说了很多成功的案例，都是赫赫有名的人物，他们如何在北京白手起家，创造了一个怎样的奇迹。她不停地说着，带着一股难以抑制的激情，又悲壮，又豪迈。他以为自己还会被感染，被激励，像往常那样。可是意外的是，并没有。他听着她那些熟悉的措辞，熟悉的语气，看着她因激动而涨红的脸，眼睛闪闪发亮，他曾经以为，那是希望的星辰。然而，他忽然就发怒了。他摔了茶几上的东西。他咆哮着，叫她闭嘴。够了。他听够了。他不过是一个凡夫俗子，一个最普通不过的小人物，奇迹永远不会降临在他身上。她最好停止幻想。这样对谁都好。孩子吓哭了。惊恐地躲在门后面。她惊讶地看着他，以为他疯了。他冷笑一声。她当真懂得他吗。即便是同床共枕的夫妻。她懂得他的内心吗。当初，是她，非要他到北京来，到北京来。仿佛如若不来，他就不是个男人。他就是懦夫，是胆小鬼。她威胁他。逼迫他。她是不是以为，有朝一日他也能够像那些传奇案例中的人一样，在北京这个城市功成名就？他一个转业军人，一个函授大专生，一个年近三十的普通男人，要学历没有学历，要本事没有本事。她凭什么这么要求他？凭什么？

她

最近也不知道怎么回事，他消沉得很。她自己忙得一塌糊涂，工作上正在打一场攻坚战，是一个大客户，对公司至关重要。老板暗示过她，如果拿下来，他会给她总监的位置。现在她是总监副手，碍于职级，很多自己的想法难以实现。她渴望着能够再往上走一步。她天天写策划书，见客户，跟团队沟通，头脑风暴，加班是家常便饭。原本她就不大喜欢家务，觉得买菜做饭简直是浪费生命。而今更是经常叫外卖，或者在外面吃。家里的冰箱里都是速食品，速冻饺子，速冻馄饨，速冻豆包，真空包装的各种熟食，香肠火腿，午餐肉，豆豉鲮鱼罐头。厨房里几乎不开火。人这一辈子，不是应该把时间精力放在更重要的事情上吗。有时候他也做饭，炖排骨，做红烧肉，糖醋鱼，煮鸡汤面。他倒是对这些厨房里的事情兴致勃勃。她享受着这些，内心里却有一些不以为然。何苦呢。何必呢。一个大男人，怎么心思都在这个上头？事业呢。工作呢。进取心呢。

他在做保险。很多刚来北京的人，都做过保险。这一行没什么技术含量，门槛低，谁都可以做。可是要想做好，绝非易事。她也是想借此磨一磨他的性子。从部队上出来，两眼一抹黑。对地方上的人和事，一窍不通。好像这么多年，他一直生活在另一个世界，生活在真空里。渐渐地，她发现，他喜欢发牢骚，喜欢抱怨，喜欢在鸡毛蒜皮的琐事上计较。他的身上，居然有一种，怎么说呢，一种女性气质，小性儿，脸皮儿薄，算小账，斤斤计较。怎么早先没有发现呢。她难得洗一次碗，他一定要再洗一遍，说没洗干净。她梳头，他跟在她屁股后头捡起掉下的头发，埋怨弄脏了地板。她洗澡时间长一点，他嫌浪费水电。她买一束新鲜百合回来，他唠叨半天，说还不如买成菜。当初，他那一身戎装，威风凛凛，十足男子气概。难道，是她的眼睛欺骗了她？

那一回，他忽然发了脾气。这么多年，她还没有见过他发这么大的脾气。她原本想着，

也许是做保险受了人家的气，保险这一行么，总是这样。发发脾气也就过去了。可是谁知道呢，自那以后，他竟然不做了。终日待在家里，买菜煮饭，接送孩子，给乡下老家的爹妈电话，每天打一通，问东家的房子盖了没有，西家娶媳妇是不是定下了日子。家长里短，鸡零狗碎，全是闲扯淡。她心里恼火得不行。真是没志气！家里开支

这么大，房租，水电，孩子的钢琴课舞蹈课英语课美术课，哪一样能离开钱？只房租这一项，就有五千多块。上世纪八十年代的老房子，一居室，进门就是狭窄的过道，当作餐厅。旁边是厨房和卫生间，极小。卧室在最里面，他们的大床在外面，隔着一个小书架，是孩子的小床。他常常抱怨，北京有什么好的，跟老家乡下的宽房子大院子，真是没法相比。刚开始她还跟他争辩，后来也就懒得废话了。天天累得跟狗一样，到家里只想倒头就睡，哪里还有闲心拌嘴呢。

然而，大多数时候，倒头就睡，也不过是想想罢了。晚上，她还要做策划，写方案，进行市场跟踪。在这种外企上班就是这样，老板要榨干员工的最后一滴血汗。当然了，回报也是有的。她的薪水，独自负担着一家人的生活。他做的保险不曾有过收入，而且，他也早已经不做了。

她更忙了。偶尔不加班的时候还要看书。她打算再读一个硕士，工商管理，跟她的工作有关。这年头儿，弄一个学历不是太难的事。她原本也可以随便弄一个，像她周围的同事们那样。可是她想着，既然要学就学一个最好的，不然还不如不学。她想读北大的MBA，虽说只是每周末上课，可到底是北大啊。师资，环境，经历，同学资源，都是一笔财富。只是有一样，学费不菲，两年，三十一万。她把这事跟他商量，他头一个跳起来反对。你疯了。他说。上学上学，还没有上够吗。还要上到什么时候？他的质问一声接着一声，他的脸因为激动涨得通红，脖子上青筋暴起。她看着他，心里反倒渐渐安静下来。她本来是心怀忐忑的，还有不安和内疚。他们生活拮据，买不起房子，按照房价飞涨的趋势，买房的希望越来越渺茫。以她目前的能力和资历，再努力工作，也只能是勉强应付。她想着读一个相关学历，应该会对她的升职有利。她专业不对口，在公司里，这一直是她的软肋。

然而现在,他的质问和暴怒,倒把她的那点儿不安抚平了。还是那一套老生常谈,读书无用论,百无一用,是书生。骨子里,他是不是根本就看不起她,看不起像她这样的读书人?他早早去部队当兵,甚至都没有读过正儿八经的大学。他的大专文凭,也不过是函授。他懂得什么?要是他像她周围那些朋友一样,有着像样的学历,体面的身份和位置,还需要她像个爷们儿一样,肩负着家庭重担,一马当先冲锋陷阵吗。他有什么可愤怒的呢。她为了谁?一把年纪了还要再去读书,连周末都要搭进去。说到底,他不就是心疼那笔学费吗。还不肯明说。还把罪责推到读书上头。两年,三十一万,确实不低,尤其是对于他们这样的家庭。可是,不是她一个人正在独自负担家庭的经济重担吗。即便是这笔学费,也需要她一个人一分一分挣来。她难道还能指望他来帮她?她看着他暴怒的脸,心里的委屈和愤懑汹涌而来。他不是心疼钱吗?她偏要他心疼。这个北大的 MBA,她是读定了。

他

真是疯了。她居然又要去读书。难道这世上有人天生就有上学的瘾吗。想想吧。当年她中师毕业,又自考大专,大本。本以为该安定下来了,结婚后却又要考研,一考考到北京来。现在呢,好不容易毕业工作了,又要读什么北大的 MBA。两年三十一万。真是疯了。当初他怎么没看出来,她是这样一个疯狂的女人?也许,当初他就看出来了。她那么不顾一切地跟他恋爱,嫁给他这个乡下穷小子,穷当兵的,不顾父母的激烈反对,冒着众叛亲离的风险。要知道,她毕竟在小县城里长大，是城里人，跟他结婚，算是下嫁。那时候，谁不说她是疯了呢。或许，她内心里真的埋藏着一种疯狂的东西，平时看不出，燃烧的时候，是要把自己烧成灰烬的，连同她周围的人。

没错。这大半年，他没有工作。家里的一切，都是她一个人在支撑。他承认，都靠着她。可是，当初不是她非要他来北京的吗。他也觉得这样想有点，怎么说，有点无耻。他一个大男人，他有男人的自尊，也要男人的面子。乡下人，因为自卑，反而最要面子了，乡下男人，都有那么一点大男子主义。在他们老家芳村，女人是不能上饭桌的。男人们喝酒，女人们只能在厨房里随便对付。男人是女人的天，是家里的大树，是顶梁柱，是主心骨。如今，怎么成了这种状况了呢。老实说，他心里头是有怨恨的。当他在厨房里洗涮的时候，当他在阳台上晾衣服的时候，当他在一旁听她兴致勃勃跟客户谈工作的时候，他心里的怨恨渐渐升腾起来。怨恨谁呢。他也说不清。

有一回，她打电话回来，说晚上要陪客户吃饭，叫他们自己吃，不用等她。他一言不发就挂了。接孩子回来，顺道去菜场买菜。菜场里人很多，大都是老头老太太，要么就是家庭主妇，穿着家居服，跟小贩讨价还价。他一个大男人，十分引人瞩目。卖菜的大姐一口胶东话，看他的眼神有点奇怪。她一定在猜想，这个男人怎么回事，怎么老见他买菜接孩子，他不用上班吗。看上去，倒是身强力壮，怎么天天做这些婆婆妈妈的家务事。他媳妇呢。这要是在老家的的话……他不敢看那大姐的眼睛，逃也似的跑走了。孩子仰着脸问他，爸爸，妈妈呢。我要吃红烧肉——

晚上她照例是很晚才回来，一身烟味酒气，混合着诱人的香水味，是北京夜生活的气息。他在床头靠着，冷眼看着她甩掉高跟鞋，卸妆，洗漱，手机犹在滴滴滴滴乱叫，也不知道是微信还是短信。他看着她的侧影印在墙上,高高低低,也不知道哪里来的怒火,一下子就把她掀翻了,压上去。她挣扎着不肯,说累了,太累。他不放手。两个人打架似的,不敢大声,怕惊醒孩子。忽然间她竟然咬了他胳膊。他不防备,哎呀一声,就放开了。

自那以后,他们很长一段时间不理对方。她照例是早出晚归,家里大多是他们父女两个吃饭。他们也渐渐习惯了。两个人饭菜的量,他总是掌握得很好。

有一回,一连几天,她并不去上班。不用问,他知道她是又辞职了。这些年,他都记不清她换过多少回工作了。有时候是她炒人家,有时候是人家炒她。据他观察,好像是她炒人家的时候居多。也不知道怎么回事,她在一个地方总干不长,少则几个月,至多两年或者两年多一点,她就要跳槽。每一回,她总能找出充分的理由来,比方说,老板太跋扈,不尊重人。比方说,待遇不好,达不到她的预期。比方说,未来发展空间小,没前途。当然了,她也总能够很快找到新的工作。据说都是猎头公司找的她。在她那个行业里,她应该算是有点竞争力了吧。她工作起来一向是拼命的。可是,那又怎样?老实说,她的薪水并不低。从最初的两三千,到后来的八千一万两万,没错,她每跳槽一次,薪水都在涨。当然,这都是据她自己说。他却清楚家里并没有积蓄。这些年,她挣的钱都到哪里去了?除了补贴家用,她花钱也是大手大脚惯了。孩子学钢琴,学舞蹈,学美术,学英语,学篮球——一个女孩子,居然学篮球。甚至,还上着法语课,每周上两次,到法国文化中心。看来,她是决意要把孩子培养成一个全才了。钢琴课贵得很,钢琴也不便宜。她眼睛眨都不眨就买回来了。那架钢琴,在他们那局促的出租房里,好像是一个忽然长出来的肿块,华贵的,辉煌的,突兀的,叫人感觉格格不入。他乡下出身,对于这些高出日常生活之外的部分，总觉得不适。对于教育，她却是常常有理的。孩子不能输在起跑线上。素质教育是关键。国内教育不行，孩子将来肯定要去国外上大学。她总是喜欢把一些大词挂在嘴上，诸如视野，格局，领导力，梦想，激情，国际化。在她的激励下，孩子小小年纪就立下了志向，她喜欢法国，她要去巴黎。因此，她帮孩子报了法语班，为将来去法国做准备。他从旁看着这一切，心里头是又是感叹，又是恼怒。血缘这东西，实在是太可怕了。这对母女，竟然越来越像，说话的语气，神态，习惯，对人和事都比较淡，独立，可是骨子里那种不肯安分的东西，蠢动着，喧嚣着，给人莫名的压迫。有好几回，他劝孩子减掉几个课外班，太辛苦了。他没有好意思说太贵了。可是，孩子不肯。她不怕辛苦。看着她小小的倔强的脑袋，脸颊上细细的绒毛还未褪去，有一点婴儿肥，他心里震动不已。这是怎样一个孩子呢。简直像她妈一样。他心里升起一股淡淡的嫌恶，又被一种更强烈的骄傲淹没了。这是他的闺女哇。他的闺女。身在北京，心怀世界。尽管，她并没有北京户口。他们一家都没有。可这并不妨碍，他打电话给老家的时候，以骄傲的口吻，说起孩子，说起媳妇，说起北京的生活，抱怨北京太大，拥挤，人多车多，还是老家乡下好。他这是怎么了？真他妈的。

她

她终于报了名。每周六周日，到北大上课。学费是一年一交，还好，还能应付。她可以多接点儿私活儿，多赚点儿外快。还有，她早就开始用信用卡了。跟银行借钱,比跟朋友开口好多了。干净利索,不用负担那么多人情。这世上,最难还的就是人情债吧。她可不想像他那样,动不动就要父母的钱,兄弟姐妹之间,你借我的我花你的,不分彼此。嫁到他们家这些年,她渐渐看清了,他们家人的关系,他们之间相处的模式,是中国农村最典型的那种,人与人之间,没有边界,没有隐私,血肉模糊一片,打断骨头连着筋。在他们家住,房门都不作兴关上,一家人,关门防谁呢。他们大敞着门,害得她大热天都要穿戴整齐。晚上十点十一点了,他娘还过来拿东拿西,她躺在被窝里,难堪得不行,巴不得她快走,谁料他们娘俩儿却聊起家常来,一递一句的。她气得咬牙,他们却浑然不觉。

她越发忙碌了。平时上班,周末上课。晚上回家还要写作业,准备各种阶段小测。她经常忙得晕头转向,觉得就要撑不下来了。有时候,她也想,何苦呢。她何苦非要拿这个学位呢。难道她真的是像他说的那样,是心理问题吗。那一回,忘了因为什么,他们又吵起来。他说我知道你为什么非要上个学,拿这个学位。她说哦,那你说为什么呢。他说你这是自卑心理,你没上过正儿八经的大学,现在你是在补偿。补偿你早年的遗憾。她说是吗。他说是。你真自私。都拖家带口了,还忘不了早年那点儿大学梦。她看着他的脸,心想,这个男人,他是谁?他还是当年那个人吗。她怎么一点都不认识他。忽然之间,她连吵架的激情都没有了。她懒得跟他吵。

硕士毕业八年,她又回到校园。是啊,她得承认,生活待她不薄。她总能够按照自己的内心法则生活。就像多年前,她不顾一切地跟他结婚,不顾一切地生孩子,不顾一切地考研,不顾一切地来到北京,而今,又不顾一切地来北大读书。这世上,有谁能够活得这么任性呢。她大约算是幸运的吧。只为了这个,她就没有什么好抱怨的。

北大毕竟是北大。她在未名湖边徜徉，看着博雅塔的倒影在湖里荡漾。秋光烂漫，北大的秋色叫人沉静。她踏着满地落叶，在校园里慢慢走。多少往事如潮，汹涌而来。或许，他的话是有点刻薄。可是，他是不是也无意中说出了几分真实呢。她到底是喜欢读书呢，还是喜欢校园里这安宁的气息呢。这么多年了，她一次又一次跳槽，她不肯安于一个固定的环境。她一次又一次躲进校园，躲进书本，她害怕什么呢？她是害怕平庸的日常吗，害怕自己被平庸的日常生活吞噬，像这世上的芸芸众生一样，淹没在世俗的飞尘里，转瞬即逝。她真的有那么热爱读书吗。她真是像人们看到的那样勤奋上进吗。

当年，跟他谈恋爱的时候，也是折腾过的。这么多年了，她好像是还没有对他之外的男人真正动过心。她怀疑，是不是她的那点儿激情都被当年那场恋爱消耗光了。或者是，这么多年，是生活，艰难的琐碎的生活，把她作为女人的激情都偷走了。在北京这些年，她身边也不是没有向她示爱的男人，有的也是世俗意义上的成功人士、老总、大佬一级的人物。可是，她总觉得他们缺乏吸引力。她不肯承认，在男人方面，她是挑剔的，严苛的。有时候，仅仅是一顿饭，就让她萌生了退意。比方说，对方小拇指留了指甲。比方说，对方吃饭吧唧嘴。比方说，对方跟服务生说话的语气过于盛气凌人。比方说，对方饭后检查账单的时候过于仔细时间过于漫长……到了她这个年纪，好像是，爱上一个人是很艰难的一件事。

平时上班，周末上课。每天晚上都要忙到深夜，甚至凌晨。硕士她读的是历史，对于MBA的很多课程，她感觉很吃力。三十多岁，毕竟不年轻了，记忆力也不大好了，精力不济，注意力也不容易集中。工作上的烦心事，家庭里的鸡毛蒜皮，都叫人分神。她坐在课堂上，看着老师在讲台上慷慨激昂地讲课，窗子是一棵大槐树，浓荫遮蔽着漫天的阳光，蝉声盛大，仿佛一场华丽的演出，在某个瞬间忽然停下来，四下里寂静极了，像是一场白日梦醒来之后，发现自己一个人在荒郊野外。她静静地打了个寒噤。老师还在讲课。这老师是经济学领域里的一个大佬，威名赫赫的大神级别，言辞尖锐，观点激进，是一个颇具争议的人物，也因为颇具争议而更加赫赫有名。班上很多女生都是他的粉丝，在朋友圈晒自己和经济学家的合影，用美颜修图，做成各种效果。她们密切关注经济学家的朋友圈动态，时刻准备着给他点赞，评论也都是谄媚的言辞，暧昧的，含蓄的，文艺的，小清新的，加上各种小表情，玫瑰花，红唇，亲吻，拥抱。却从来都没有得到过回复。她冷眼看着这一切，心里头对那些女生十分看不上。热脸贴冷屁股。这吃相也真是难看。是不是，这个时代的女人们都是这个样子，自荐枕席的贱样儿，一次不行再来一次，屡败屡战，越挫越勇。为什么唯独她是一个例外呢。看着她们意乱情迷的样子，她一面鄙视，心里又有点暗暗的嫉妒。敢爱敢恨，这真好。她们年轻的鲜嫩的脸颊，她们大胆的放肆的撩拨，对了，她们叫做撩汉，哈，撩汉，她们一场又一场如火如荼的恋爱，真叫人嫉妒啊。她们还年轻，还能折腾。她却不行了。她老了。折腾不动了。

他

夜深了，整个城市都沉到睡梦里去了。窗外，春风浩荡，穿过京城的五月，草木勃发，夹杂着花的香气，有一种汹涌的情欲的气息。不久前，他们又搬了家。是钱粮胡同里一个小平房，房子老旧，好处是带着一个半截小院落，种着一棵石榴树，花花草草也多，在窗子底下的花池子里长得泼辣。他动手用碎砖头把花池子重新修了，扎了一道矮矮的篱笆，打算种点菜。他在院子里忙得满头大汗，心里却是喜欢的。这个小院子，叫他想起了老家乡下，亲切，家常，自然，接地气。私心里，他不喜欢住楼房。这是他的农民习性吧。农民就农民吧。他可不就是个农民吗。他在心里笑了一下。她却不喜欢。是啊。不喜欢的理由很多。潮，脏，虫子多，不安全，上卫生间也不方便，要到胡同里的公厕。她讨厌每天早晨端着尿盆去公厕的时候，碰上那些同样端着尿盆的邻居们，穿着睡衣，蓬着头发，睡眼惺忪。而走出胡同，就是繁华热闹的东四大街。现代化大都市的里子和面子，充满魔幻现实主义色彩。北京这个城市，真是神奇啊。

  她还在电脑前忙碌，背对着他。台灯的光晕温柔地笼罩着她，给她的影子勾勒上一重毛茸茸的金边。她穿着米色棉布睡袍，细细碎碎的褶皱，随着她的坐姿，她身体的曲线，一路山高水低。从他这个角度看上去，她坐在那里，仿佛是一只花瓶，细腰身，长颈，圆圆的屁股，古典中又有一种撩人的东西。他忽然间就起了兴致，叫她。她不动。再叫，还是不动。他忍不住赤着脚过去，把她抱起来。她挣扎着，说还没忙完呢还没完呢。他只不管。

  屋子里安静极了。风轻轻敲着窗子，苏苏苏苏响。不知道什么鸟，忽然叫了一声，就安静下来。过了一会儿，又叫了一声。他躺在那里，心里乱糟糟的。也不是沮丧，也不是恼恨，愤怒也不是，委屈也不是。他只觉得心里头无名的怒火，在熊熊燃烧。她早又回到电脑前去了。她忙。忙去。忙他妈的死了算了。

  方才，他那么温柔地爱抚，亲吻，她竟然木头一样，无动于衷。是的，木头一样。被雨淋过的湿木头。情欲的烈焰烧灼着他，他拼命压抑着，克制着，他想给她快乐。有多长时间，他们没有像以前那样纵情欢爱过了。他想补偿她。他要补偿她。这些年，她也实在是太累了。在那一瞬间，他对怀里那个女人忽然生出了万丈柔情，这是他的女人，他的妻子，他的亲人啊。他要对她好。他一定要对她好。他更加温柔地爱抚她。春天的夜风敲着窗子，温柔的，羞涩的，像喃喃自语，像低声吟唱。忽然间，她把他推开，说算了，算了吧。起身就去她的电脑前了。

他躺在那里，喘着粗气，像一匹受伤的豹子。狼狈，委屈，愤怒，难堪。她怎么能这样！她怎么会这样！他想起他们从前。从前，他们是多么好呀。他军人的体魄强健有力。他从来都不肯放过她，即使是在她的生理期。他们一起洗浴嬉戏，湿漉漉的水汽，热腾腾的身体，饱胀的火热的情欲。他们故意开着电视，电视节目的喧哗掩饰着他们的尖叫和笑声。他们真是疯了。是从什么时候开始，这件事变得不那么有吸引力了？

没错。她忙。确实忙。每天晚上，她都要忙到深夜。有时候，他半夜起来上卫生间，发现她还在电脑前坐着，她皱着眉头，食指弯起来，抵住下巴颏儿。她在想什么？当他从卫生间出来，却发现她伏在桌子上，两只肩膀激烈地颤抖着，他吃了一惊，以为她在哭，刚要过去问她，她却忽然一仰头，吃吃吃吃笑起来。神经病！真是疯了。他忿忿地想，心里升起一种难言的惆怅。她的喜怒哀乐，他都不知情。无法分享，也无力分担。她的内心生活，他是无法参与了。以前，她不是这样的。什么都爱跟他说，唠唠叨叨的。她有个女同事老跟她过不去，背后说她坏话，人家告诉她，她气得不行。她弟弟不好好上班，又失恋了。她闺蜜在闹离婚，都闹了好几年了，折磨得简直脱了一层皮。她有个客户是台湾人，有一回正跟她表白，却接到他老婆的电话，立刻乖得小白兔一样,真是逗死了。她什么都跟他说。他走到哪儿,她跟到哪儿。有时候因为他敷衍,她还会生气,喂,你听着没有?从什么时候,她不再跟他唠叨了?

她又换了一家公司,据说升了职。她上了北大的MBA,她的新同事,新老板,新同学,他都一无所知。据说,这种MBA班里都是一些老总,要身家有身家,要位置有位置,老实说,他们是命运的赢家,是成功者,他们之所以到北大来上这个班,不过是想镀镀金,拿个体面的学历。三十一万,对他们来说不过是九牛一毛,不,甚至连根毫毛都不是。有谁像她这样呢。硬生生地从自家身上剜下一块肉来。她竟然忍心。她是注册了一家小公司。在这个时代,花一点儿钱就能注册一家公司,谁都可以自己做老板。在北京,像她这样的小公司有多少!没有办公地点,没有员工,没有业务——当然,偶尔她也干点儿私活儿,把公司的一两个零散客户拉过来。她还要雇一个会计,每个月帮着做做账,上上税。她还弄着一个公号,名字就是公司的名字,常常做一些不着调的内容,比方说,什么国家论坛,线性资本,从AI革命到AI进化,等等。反正他看不懂,一看就头大。真是笑话。这些东西看上去高大上,充满高级感,其实不过是花架子,不接地气。他实在不明白,她做这些干什么,有什么用。为了这个公号,她还要经常跟几个九零后零零后小孩喝咖啡,吃饭,说是碰撞一下,碰撞思想的火花。依他看,他们帮她做公号,还不如直接付给人家劳务费来得痛快。真是浪费。费时间费银子费神。他真是看不懂她。

也不知道什么时候,他竟然睡着了。梦里,他们正在冬天的雪地上追逐,打闹。好像就是家乡那座小城,大雪茫茫,寂静无声,覆盖了大地,他们的笑声把树枝上的雪花都惊动了,簌簌落下来,梨花雨一般。她穿着那件大红羽绒服,双颊冻得鲜红,眼睛明亮极了。他们追着,闹着,倒在雪地上,拥吻在一起。这甜蜜的湿润的火热的雪地呀。忽然间,厚厚的雪地变成了洁白的被子,柔软的,蓬松的,带着他们滚烫的体温。而他怀里已经是一个赤裸的女人,黑发丝绸一般,遮盖了她的脸。他们在这雪白的被子上恣意欢爱,情欲如同炽热的岩浆,喷涌而出。一次,又一次。她圆圆的屁股,她的细腰,她线条美好的背,她受伤天鹅般优雅的颈子。她回过头来叫他的名字。他吃了一惊,竟然不是她。竟然,是一个陌生的女人。这是怎么回事?他惊骇着,告诫自己不要,千万不要。身体里的狂潮却汹涌而来。那销魂蚀骨的无边无际的黑暗的甜美呀。

她

最近简直忙昏了头。学校里要应付大大小小的考试,公司里要应付那些个尔虞我诈钩心斗角。孩子呢,又病了。这孩子从小就呼吸道弱,动不动就扁桃体发炎,水肿,常常就发起烧来,附近的协和医院人又多,看病难,真是急死人。往常倒还好。她把这些烦心事往他那里一推,她忙嘛。谁让他成天待在家里呢。可是现在不行了。仿佛一夜之间,他忽然间有了志向。他要创业,要自己开公司,自己给自己当老板。他不想再受人家的气。她在心里笑了一下。看着他一脸严肃的样子,她又后悔了。她庆幸自己没有笑出声来。她不是天天鼓动他激励他吗,怂恿他说,人来到这个世界上,就是要做出一番事业来。而今他当真要做了,她怎么还笑他?

他注册了一家小公司,主要是做汽车销售。在部队的时候,他当过汽车兵。爱车，熟悉车的脾性，对汽车有一种特殊的情感。他真的很投入，很努力。每天一早就出去了。其实也不是上班，他那公司，连办公室都没有。他出去跑业务，叫做开拓市场。经过这些年，在北京，汽车基本已经饱和了。由于空气污染，政府加大环保力度，限制汽车数量。买车要摇号，出行要限号。共享单车一时风靡各大城市，小黄车成灾。他的生意可想而知。他天天愁眉苦脸，觉得迷茫得很。她发现他烟瘾变大了，回家来一身烟味。话却变少了，常常一个人发呆。有好几次，她想过去问问他，都被莫名其妙的事情打断了。她忙得一塌糊涂，学费之外，还要把家里的日常开支挣出来。本来，他们之前说好的，她负担自己的学费，家用部分他们两个分摊。私心里，她倒不是要认真跟他算账，她不过是想借此机会，跟他撒个娇，示个威，叫他知道她的辛苦和不易。况且，这些年都是她在养家，作为丈夫，他不也应该替她分担吗？他好像是偷偷跟他父母借钱了。他的公司没有业务，不仅没有收入，还需要一笔必要的开支，再小的公司，也得保证它的运转。她看着他把钱打过来，没有点破他。他是一个爱面子的人。当着孩子，她就给他这点儿面子。

　　学期末，试都考完了，大家都放松下来。聚会是一定要搞一场的，要嗨，要疯，要发泄。他们邀请了经济学家。谁都没抱多大的指望，他那么忙，怎么可能参加这种聚会呢。可是他竟然答应了。女生们尖叫着，都要癫狂了，她们可都是他的铁粉儿。她表面上淡淡的，心里头却也颇感意外。

　　聚会那天是一个周日晚上，圣诞前夕。经济学家穿了一件烟灰色毛衣，休闲西裤，头发花白，风度翩翩。她送了他一条羊绒围巾，高级灰，围巾一角绣着他的名字。她是在一家私人订制店里订制的，价格不菲。那天晚上，经济学家脖子上一直挂着这条围巾。室内暖气很好，春天一般宜人。她的脸颊发烫，脑子晕晕乎乎，像是喝醉了酒。红酒是经济学家带来的，据说他家里有一个很大的酒窖，专门用来储藏各种红酒。餐厅里笑语喧哗，她坐在一个角落里，总觉得经济学家的目光不经意间扫过来。不知道是不是她的幻觉。拍照片的时候，她原本是站在最边上的，却被人们拥挤着，稀里糊涂站在中间，恰好在经济学家身边。她心里慌乱得不行，只觉得那条羊绒围巾在手边蹭来蹭去，毛烘烘小兽一般。

后来她恍惚了好久。她不肯承认，在她送那条羊绒围巾的时候，她是有幻想的。一个女人的小心思，不仅仅在那质地精良的羊绒围巾上，更在那绣上去的名字里，没有姓氏，只有他名字里最后一个字。为什么要送那样一条围巾呢。她心里骂自己，却不舍得骂得太狠。

她开始盼着每周经济学家的课。有了这点儿盼头，每天的日子变得不那么煎熬了。课堂上的经济学家，真是光芒四射啊。他的眼界，他的口才，他的学识，他的教养，他几乎不重样儿的衣服，考究，精致，有着良好的审美品位。他真会穿衣服啊。她还从来没有见过衣品这么好的男人。是他自己搭配的吗，或者，有人帮他搭配。她不敢深想，是不是，这些干净熨帖的衣服，都经过一个女人的双手的精心打理。他这个年纪，应该是有家室的吧。她的心像是被刺痛了一下。愚蠢，真是愚蠢。胡思乱想。她这是做什么呢。

他出差了，据说是去青海。他公司业务一直不好，汽车之外，开始做医疗器械，救护车之类的。他到青海一家医院，去谈一单业务。好像是跟父母借钱买的机票。他没有跟她开口，她也没有主动给他。也不知道，为什么一定要跑到青海去谈业务，现在通讯这么发达，有这个必要吗。但是，他不说，她也不问。她知道一开口就是吵架。他说他不喜欢她对他的事情指手画脚。指手画脚？她有吗。她不过依据自己多年的工作经验，给他提过几次建议。好吧。既然人家不欢迎，她也懒得费口舌。

他

创业创业，说起来容易，真的干起来，真难哪。真难。他没有资金，没有人脉，什么都没有。赤手空拳，想在北京这个城市创业？他咬着牙，看着北京苍茫的夜色，狠狠吸着烟。这座庞大的城市，像一只钢筋水泥的巨兽，在夜色中沉默地耸立着。天空是那种复杂暧昧的颜色，城市里光污染严重，他好像从来都没有在北京的夜空看见过星星。月亮呢。好像还是在她在读硕士的时候，他来北京看她，中秋节前夕，他们在操场上散步，月亮很大，也不怎么圆，静静地照着他们。这一晃，多少年了。

手机忽然响了一下，是东北的微信。干啥呢。是一个句号。他没有回复。他知道东北对他的情意，他又不傻。

那一回，他去顺义办事，等了三趟地铁，硬是没有挤上去。他有点儿着急。排在前面的是一个女的，穿灰粉真丝裙子，烫着长发，细细的高跟鞋，露出染着粉色甲油的脚趾。下一辆车开过来了，人们摩拳擦掌准备冲上去，他也一咬牙一跺脚，闭着眼睛拼命往上挤，那女的被他推搡着也上去了，可是他背包的带子却被夹在自动门缝里了。他不能动弹，只好僵硬地站在那里。那女的正好背对着他，紧紧贴在他怀里。透过薄薄的真丝裙子，他能真切感受到她丰腴的屁股，汗湿的，热腾腾的，像一个熟透的桃子，稍稍一压也许就汁水四溅。他心里乱糟糟的，感觉自己不可克制地鼓胀起来。终于熬到下车，他逃也似的出了地铁站，到了办事的地方，忽然发现，排在他前面的竟然还是那个女的。灰粉色真丝裙子。圆圆的粉色的脚后跟。熟透的桃子，饱满多汁……

后来，他不止一次地想，这是命吧。这大概就是命。北京这么大，怎么偏偏他们两个碰上了呢。她是东北人，微信和电话通讯录里，他都叫她东北。东北比他大两岁，有着东北女人的泼辣、热情。他不想用风骚这个词。是的，东北风骚。在床上，东北叫他欲仙欲死。结婚这么多年，他好像是头一次，真正领略到性爱的好滋味。他为此对东北怀着一种特殊的感激，还有依恋。他不能见到她，他只要一见到她，就控制不住自己。这真要命。他觉得自己好像忽然间成了毛头小伙子了。他走路生风，容光焕发，常常就莫名其妙地吼一嗓子。死了都要爱不淋漓尽致不痛快……女人和女人，竟然是天差地别。真要命啊。真是要命。

他是在后来才知道，东北是有家庭的，有老公有孩子。老公是做建材的，生意不大，也还好，在北京算是有点根基了。她自己呢，在一家办公楼做物业，算得清闲。最初的激情渐渐退去之后，他心里有点后悔，还有不安。他这是干什么呢？混蛋。真是混蛋。他一个有妇之夫，东北一个有夫之妇，不该哇。实在是不该。他想撤退了。他开始有意躲着东北。不接电话，不回微信短信。有一回，在一个小面馆里，他被东北截住了。想干哈呀。她说。是老爷们儿不，是老爷们儿给个痛快话儿。他满脸通红，一句话也说不出来。是啊。提上裤子就逃跑，他真的太不爷们儿了。她抱着膀子，慢悠悠抽烟。对了，东北抽烟，酒量也不错。他承认，她抽烟的样子，风骚极了，迷人极了，惹得他上火，想立刻把她摁倒在床上，弄得她吱哇乱叫。

他们一直在一起，两年了吧。每次从东北那里出来，他总是后悔得不行，骂自己王八蛋，发誓再也不这样了。可是他管不住自己。她的声音沙沙的，有点烟酒嗓，像是砂纸从丝绸上划过，有一种特别的说不出的性感。她的东北话，又粗鲁，又痛快。她什么话都说得出口，她大声叫着，说着叫人难以启齿的脏话，过瘾极了。她的脏话激励着他，他一次又一次，带着她冲向那迷人的巅峰。天崩地裂啊。这么多年，他觉得自己真的是白活了。他叹息着。人这一辈子，也就是短短几十年。他还有多少好日子？何苦呢。何苦这么为难自己呢。

有一回，两个人躺在床上，东北老公来电话了。她接电话，语气平静，说孩子的家长会的事儿，商量着谁去。他看着她的侧影，心里忽然涌起一股子醋意。他当然知道她，她有老公有孩子。他自己不也一样吗。半斤八两，谁都别说谁。可是，当时他怎么就那么恼火呢。他一把把她摁倒，撕开她的内衣，她惊讶地看着他，用眼神警告他。他不管。她在他身下剧烈地颠簸着，他听见电话里那个男声在问，说话呀，喂，说话，你怎么了？那一回，他们简直是疯了。身下这个女人，是别人的老婆。他在北京一无所有，他却可以享用别人的老婆。这真是太刺激了。他像一个骁勇善战的骑手，在战场上厮杀厮杀厮杀。攻陷东北。攻陷东北。攻陷东北就是攻陷北京。攻陷北京就是攻陷世界。

雨收云散。他躺在那里，感到一种巨大的疲惫，还有虚无。她从卫生间出来，站在他面前，定定看着他，忽然扬手给了他一个辣辣的耳光。那是他们第一次吵架。

他想趁此机会把这事儿了断了算了。纸里包不住火。这种事儿，败露是迟早的。如今，他想把心思放在工作上，他不想被这些破事儿牵绊。私心里，对东北，他也不过是身体的欲望。他不是离不开她。他是离不开她的身体。他贪恋她床上的风情万种。他知道自己致命的弱点。可是他却觉得不妙。东北对他，好像是动了感情。她老是给他打电话，发微信，虽然他一再警告她，不要老这样，当心出事儿。可是她不听。有一回，她打来电话的时候，他正在家里吃晚饭。孩子说，爸爸，你怎么不接电话呀。他说，没事，肯定是推销的，要不就是诈骗。她看了他一眼，没有说话。电话不依不饶地响着。他忽然心头火起，拿过来接了，劈头就说，你有完没完？你要干嘛？就挂断了。她默默吃饭，看着他的脸。他被看得发毛，说看啥呢，我脸上有花儿呀。

是深秋了。深秋的夜晚，已经有了薄薄的凉意。路边的行道树都落尽了叶子，在风中微微颤抖着，好像是禁不住秋夜的寒凉。偶尔有人缩着脖子，骑着车从身边驶过，带着一股凉风。街边的店铺还没有打样，几个年轻人，嘻嘻哈哈哈在吃麻辣串，大呼小叫的。旁边是一家24小时粥店，人影幢幢，热腾腾的水汽把窗玻璃都弄花了。他肚子咕噜叫了一声，像是抗议。他这才想起来，自己还没有吃饭。跑了一天，一单业务都没谈成。怎么这么难呢。创业者成千上万，幸运儿只是那些人们都耳熟能详的名字，可是那大多数呢，那沉默的大多数，他们在哪里呢。现在他跑医院，跟那些销售代表打交道。他给他们递烟，赔着笑，哈着腰，腮帮子都笑酸了，一口牙齿凉凉的。他们呢，正眼都不看他一眼，自顾干自己的事儿。什么东西都。妈的。想当年，老子在部队上的时候，也是牛气过的。跟在首长身边，经风雨，见世面。谁见了他，都得敬上三分。自然了，这都是首长的面子。他不过是狐假虎威。可是那种感觉，真好哇。那时候，他再没料到，有一天他会沦落到这个境地。在北京，四九城跑着，看人家脸色，吃人家的训斥。她呢。她在干什么呢。这个时候,她一定是坐在北大明亮的课堂上,听那些个高大上的傻逼课吧。课后,说不定还要去咖啡馆喝现磨咖啡,去未名湖畔散步,或者去聚会,跟那些所谓的社会精英们,高谈阔论,打情骂俏。他顶烦她这个。她真是内心强大哇。住着出租屋,用着信用卡,花着高昂的学费,去上这样一个莫名其妙的 MBA。说出来,谁会相信呢。这几年,实在没有办法的时候,他只好跟他爹娘开口。他乡下出身,爹娘不过是老农民。他爹给人家看大门。他娘给村小学食堂做饭。有一点工资,勉强够糊口。可是他有什么办法呢。在她娘家,她一直扮演的是一个成功者的角色,是救世主,可以拯救他们全家的命运。她弟弟买房,她出手就是十万八万。后来装修,买车买家具,她许诺要出一半资助他们。她那弟妹,抓住这样一句话,哪里肯罢休呢。天天明里暗里提醒她,倒好像是谁欠她的。弟妹不是亲的也就罢了。最可气的是她那弟弟,好像他这个北京的姐姐是一个肉包子,不咬白不咬。她父母也是糊涂,时时处处偏疼着儿子,难道女儿不是亲生的。为了那笔钱,他跟她唠叨过几次。可是她说什么呢。她居然说他小气,不像个男人。这点子钱唠叨个没完。什么逻辑。这点子钱。她以为自己是富翁吗。打肿了脸充胖子。他最恨的就是她这一点。她知道他的辛苦吗。她只知道坐在课堂上,仰慕那些个成功人士,把那些成功案例拿来刺激他。她不是也注册了一个公司吗。她怎么不去创业?她怎么不去做成功者?

  东北的微信发过来,是一个表情。一只小猫,眼巴巴看着他,双手抱着一颗热腾腾的心。他心里一软,像是被一只小手轻轻捏了一下。

她

他居然搬出去了。带着行李，据说是搬去了办公室。他什么时候租了办公室？

其实，那天的事儿，也不能完全怪她。两年的课结束了，毕业了。终于毕业了。熬了两年，真不容易哇。学院里说，有个金融专业高研班，学期一个月，在美国，结课后可以拿到金融专业的硕士学位。学费十万，人民币。她头一个报了名。模模糊糊的，她觉得这是一个机会。毕业典礼在北大已经举行了。还有一个国外的典礼，在新西兰。自愿报名，她毫不犹豫就报了。她打算先去新西兰，再从新西兰去美国纽约。她感到为难的是，这家新公司她刚来三个月，请这么长的假是不可能的。她想试试看，不行的话就只好辞职。回来她把这事跟他说了。他沉默了一会儿，说，能不去吗。她咬着嘴唇，说我想去。他说那工作怎么办？她说，辞了。他说，那孩子呢。她说，暑假，你要是忙就把她送回老家待一个月。他说，那，学费呢。她说，我这三个月的工资，还差一点，我自己再想办法。他冷笑一声，说好，很好。既然你都决定了，还来问我干什么。她说，我花自己的钱上学，本来就不需要问你。他说，那你废什么话呢。你去好了。去美国，去外星。不想过，离了算了。她说，你什么意思？你没本事，还拦着我上进？在北京，你这样的，是最底层，知道吗，最底层。他说你是高层是精英，装什么逼呀你。那你怎么还跟我这底层混呢。她说你滚，赶紧滚。他拉着箱子，真的滚了。他居然，真的滚了。

滚就滚吧。她相信他不是来真的。她忙着辞职，交接工作，签证，做出国的各种准备。她根本顾不上跟他啰嗦。同事啊同学啊朋友啊都要告个别吃个饭，她意气风发雄心勃勃一点都看不出有什么异样。那个经济学家，她原本想着约他单独见一面的。她总忘不了聚会那一晚的美好气氛。

有一回在校园里，他经常路过的地方，她躲在树荫深处，等了好久。远远看见他过来，雾霾蓝衬衣，米色西裤，花白的头发在阳光下闪闪发亮，像是顶着冰雪的桂冠。她心里咚咚咚咚跳着，硬着头皮迎上去，却不想他的手机响起来，他接着电话，看了她一眼，匆匆走过去了。她站在大太阳地里，看着他的背影渐渐消失，那冰雪的桂冠，在夏天的烈日下慢慢融化，融化。她回味着他那一眼，陌生的，淡淡的，漫不经心的。他不记得她了吧。一定是的。校园里莺莺燕燕，姹紫嫣红。他哪里会记得她这样一个平凡女子呢。尽管，她精心订制了羊绒围巾，还请人绣上了他的名字。那个名字被那么多人挂在嘴上，像一个传说。她想起那天晚上，手边那毛烘烘的围巾，心里头那毛烘烘的小兽。她真傻。她真是太傻了。

从美国回来，北京的夏天还没有结束。草木还繁茂生长着，一大团一大团的深绿浅绿的色块，在明亮炽热的阳光下，显得生机勃勃。车里冷气很足，他开着车，面无表情。是她给他发微信，叫他来接机场接她。理直气壮的，不容推辞的，像往常一样。他很久才回复了一个字，好。两个人一路无话。有好几次，她想开口聊聊美国，聊聊她那些见闻，聊聊孩子，可是，见他闷头开车心无旁骛的样子，她也就闭了嘴。狭小的空间里，这种长时间的沉默越发叫人尴尬。靠垫是玫瑰红底子，绣着淡金深金交错的凤尾云纹。面巾纸的抽取盒是一只布艺小熊，玲珑可爱。汽车前方吊坠是一枚砗磲平安扣，拿黄色丝带系着，晃晃悠悠。她说，谁的车？他说，朋友的。她说哪个朋友？他说你烦不烦？窗外，深深浅浅的绿的色块迅疾闪过。耀眼的阳光下，车流仿佛亮晶晶的水滴，慢慢流淌流淌流淌。车里的冷气很足，她却觉得心头燥热，手心里汗津津的。她看着他的侧影，只觉得这个男人好陌生。他的神情，他开车的姿势，他的沉默，都叫她有一种陌生感。真是莫名其妙。她是不是不该叫他来接她？就像前些天，她还在美国的时候，深更半夜向他求助，她的信用卡有一笔钱要到期了，她让他替她还上。她凭什么那么理直气壮呢，私心里，她是不是还是把他当作丈夫，当作她最亲的人？她花他的钱，天经地义？

车里有一股淡淡的香水味，似有若无。她不知道是不是自己多心。女人强烈的直觉告诉她，这辆车的主人是一个女的。他早就有车本，可是一直没有买车。在北京买车，要北京户口，还要摇号。听说排队都排到几年后了，也不知道是不是真的。

他把她送回住处，就走了。说是约了客户。

他一直在外面住。她原本以为，美国回来之后，他们会有一个新的开始。可是，并没有。渐渐的，他不大接她的电话，常常关机。问起来，说是手机没电了，或者手机落办公室了。总是有理由。有一回，她无意中发现，他出差的车票是两个人的。他网上订票用的还是她之前的账号。那是个女人名字，叫什么莉。时间上也有出入。她眼前一黑，心里有什么东西轰隆一下，塌了。这么俗套的狗血剧情，竟然落在了她的身上。她头一个想法就是，打电话给他，问他到底是怎么回事。他必须跟她解释清楚。电话没有人接。她不甘心，接着打。一直没有人接。她浑身发抖，打摆子一般。她打电话给他爹。他爹说，他不接你电话，是忙吧，肯定是忙，要不就是没看见。我这就打给他，你等着啊。

房间里真寂静啊，寂静，荒芜，像坟墓。她瘫坐在那里，手里紧紧攥着她的手机。她这是怎么了？居然想从他们家人那里求助，哭哭啼啼的，像一个怨妇。她不是一向杀伐决断，泰山崩于前而不变色吗，她的大将风度呢。

他自然是狡辩。说他每天多么忙，多么累，跑来跑去跑业务，钱难挣哪。创业难哪。她花了那么多钱，不帮他也就算了，还怀疑他，污蔑他，还惊动老家的老人。他问她到底安的是什么心，是不是不想过了。她看着他因为愤怒而变形的脸，满是血丝的眼睛，嘴唇上一层干燥的爆皮，他不停地拿手去撕，撕一下，疼得抽搐一下。算了。她想。算了。算了吧。他也不容易。况且，她不过是捕风捉影，有什么证据呢。

他

一场秋雨过后，天气就渐渐凉下来了。秋风浩荡，把整个城市吹彻。北方的冬天即将来临。他倒不是怕冷，他是怕那清冷的办公室，简陋，拥挤，寒碜。他害怕劳碌一天之后，那种彻骨的孤单。晚饭都是在外面解决，随便吃一口，填饱肚子就好。有时候东北会叫他过去，在那里改善一下生活。东北做得一手好菜，身手利落，变魔术似的。她的可口的饭菜，她的火热的身体，她大大咧咧的东北话，带着一股子浓浓的大碴子味儿。他简直离不开她了。在这个庞大的城市里，她是他唯一的安慰。当然，他还有女儿。可是他这个女儿，怎么说呢，性子有点淡，跟人不大亲近，他都不记得她什么时候抱着他这个爸爸，跟他耍过赖撒过娇。这一点，简直跟她妈一样。也不大知道心疼人。比方说，他们闹了这么长时间了，他搬出来住。这孩子竟然都没有问过一句。想来真叫人伤心。大人天天为钱吵架闹别扭，她在一旁淡然听着看着，也不肯舍弃哪怕一个课外班——她有四五个课外班，算来也是一大笔开支。平时花钱大手大脚，有一个花俩。他叹口气。真是没心肝的小东西。她的小脑袋里，都是她的功课啊前程啊远方啊世界啊。哪里有人间的烟火，有人间烟火中他这个倒霉悲催的爸爸呢。东北在热气腾腾的厨房里忙碌，锅碗瓢盆，油盐酱醋，满屋子都是肉汤的香味，夹杂着葱蒜爆锅的焦香，锅盖被蒸汽顶得噗噗噗噗直响。这才是家，这才是生活哇。她们那娘俩儿，怎么总是天下啊世界啊理想啊情怀啊，满脑子都是那些个吓人的大词儿。真不明白。

　　她倒是来给他送过一次被子，家里那条最好的鸭绒被，还是他们结婚时候，他战友送的礼物。他看着她弯着腰给他整理那张行军床，心里有个地方忽然软了一下。这是他的媳妇，结发妻子。这么多年了，他们磕磕绊绊走过来，还有一个孩子。有什么坎儿迈不过去呢。他要跟她谈谈，他要跟她坦白，求得他的原谅和宽恕。他们之间的问题，也该好好解决一下了。她整理完床铺，手机却响了。好像是她的老板，她先是语调谦恭，慢慢的，激烈起来。张总，我这就辞职。立刻，马上。我这就过去交辞职报告。他呆呆地看着她。她又要辞职。她从美国回来，花十万块钱，拿到了那个所谓的金融学学位。她刚刚在这家公司入职不久，屁股还没坐热，竟然又要辞职。她是不是换工作有瘾呢。像习惯性流产一样，一怀上就掉，一怀上就掉。真是他妈的。

　　这一阵子，家里开支都靠他一个人。她这个月的薪水恐怕都还没有拿到吧。折腾，他妈的就知道整天瞎折腾。他爹说的好，男人是挣钱的笸子，女人是存钱的匣子。可问题是，就算是他能把钱挣来，她这个漏底儿的匣子也存不住哇。

她果然辞了职，在家待着，也不急着找工作。天天给他打电话，查岗，阴阳怪气的。好像还查了他的通话记录。他气得不行。这女的真是疯了。她越是这样，他越是反感，越是激起了他的反叛之心。他就是要让她急眼。他不是瞧不起他吗。他倒要让她看一看，他作为男人的魅力，他还能够吸引别的女人。她给他爹娘打电话，给他弟弟妹妹打电话，给他战友打电话，甚至还给她闺蜜打电话，叫他们劝他。她真是愚蠢哪。他爹在电话里骂他，骂他混蛋，说他要是敢胡来，敢离婚，他就打断他的腿，他娘就上吊。他听见电话那边他娘的哭声，心里头猫抓一般。真他妈的。闹得家反宅乱，这个女人。

那一回，东北到这边来办事，顺道来他办公室看看。这是东北头一回到他办公室。两个人坐着，有一搭没一搭说话。阳光从窗子里照过来，把东北弄得斑斑驳驳的，一块明，一块暗。她说，可以抽烟吗。他点点头，看着她慢慢点烟，吸烟。细细的女士香烟夹在她涂着指甲油的手上，过于娴熟了，有一种掩饰不住的风尘味道。他忽然觉得眼前这个女人好陌生。他熟悉的东北，大都是在她的家里，或者宾馆里，私密的卧室，床，被子，幽暗的灯光，浓烈的情欲的气息。而今，她穿戴整齐，打扮着，在办公室这样一个公共的场合，她的妆容，她的细高跟鞋，她的豹纹大衣，她的娴熟的抽烟的姿势，都叫他觉得陌生，还有不适。这个女人，她是谁？

门开了，他惊讶地发现，她站在门口。她看看他，又看看东北。东北正在悠悠地吐出一个漂亮的烟圈。他看见她的脸慢慢涨红。他想站起来，双脚却像焊在地上。他想开口，却忽然间感觉口干舌燥，他的嘴唇黏在牙齿上，撕不下来。她慢慢转过身去，房门砰地一声巨响，然后是哒哒哒哒的高跟鞋声，随着陡峭的楼梯越来越远。东北说，这谁呀，干哈呀这是，神经病。

后来，他不止一次想起来那天的场景。不知道怎么回事，他竟然一点都不后悔。好像是，他早就知道有这么一天，她把他和另一个女人堵在屋子里。他一直等着这一天，他不肯承认，他甚至是暗中期盼。他盼着被她抓个现形，最好是在床上。他只是恼恨，东北怎么那么胖，而且，容貌平庸，而且，浓妆艳抹，穿豹纹抽香烟。他恼恨东北不是一个高雅端庄的淑女，恼恨东北糟糕的穿衣品位，更恼恨自己的审美眼光。她一定会气疯了吧。他宁可天天跟这样一个女的鬼混，也不愿意回家。好。好极了。

她

什么东西！他敢！他竟然也敢！这么多年了，在他和她的关系中，好像占上风的，总是她这一方。是谁说过的，夫妻关系，就像跷跷板。有时候你高一点，有时候我高一点。他们之间，她好像是一直就处在那高的一边。当初，她和他的恋爱，有多少人不看好？是啊，当初。她怎么不知道，他最不想提的，就是当初。好吧。就算是现在，他难道不知道他们之间的差距吗。她高级白领，有学历有位置。他呢，不过是一个小公司的小老板，手下一个兵都没有，光杆司令。在大的经济环境下，前途未卜。他凭什么呢？凭什么他敢在外面胡搞？而且，还是跟这样一个女的？那个女的，描眉画眼，没什么文化，庸俗。一个东北老娘们儿。看上去，岁数也不小了。至少，比她要大。金镯子，漆皮小手包，大红指甲油，法令纹很深，叫人想到一个词，风尘。她恨恨极了。他怎么堕落成这个样子了。他就算在外头找，也找一个稍微像样点儿的哇。他这不是糟践自己，他这是糟践她呀。狗东西。混蛋。不要脸。她好像是心头被插上了一把刀子，疼，尖锐的疼，从心脏到手腕，仿佛有一条看不见的金属细线，薄的，锋利的，一点点切割她。

起风了。风吹过城市，浩浩荡荡。穿过长长的地铁通道，风把她的大衣下摆吹起来，向后，向后。她感到脸颊上有冰凉的东西缓缓淌下。身边不断有人群涌过去，涌过来。陌生的神情木然的人群。他们是谁。他们从哪里来，到哪里去。通道里光线幽暗，两边的墙壁上是大幅的广告，一个女星把嘴唇嘟起来，蜜粉色的湿润的唇，唇线明晰，唇形饱满，半开半合，叫人想入非非。有一个男孩子看呆了，砰地一声跟迎面过来的人撞个满怀，旁边的女孩子好像火了，扭身就走。她是男孩子女朋友吧。

又一趟地铁开过来，轰鸣着，大地微微震颤。她站在自动扶梯上，慢慢往上升起，升起。

电话没有人接。她到底是没有忍住，给他打了电话。她原本想着，不理会他，装作毫不在意。她看他是不是过来跟她解释。可是，没有。她看着那些个打出去的电话，呼叫无人应答，无人应答，无人应答。她怎么就这么沉不住气呢。她气得不行，恨不能跑到他跟前，劈手给他一个辣辣的耳光。他以为他是谁？啊?！

他一直没有接电话，也没有打过来。这个人，看来是真的铁了心了。也好。她就成全了他。她不是一直对他不满意吗。她嫌他赚不来钱，她嫌他跟她不在一个层面上。她嫌他不能跟她一起分担，有时候，连分享都不能够。他们好像是总不在一个点上。嗯，那个点。很重要的点。她身边那么多同学,同事,老板,客户。他们要身份有身份,要地位有地位,她要是跟他们在一起,她还用得着信用卡吗。她的薪水,完全可以当作自己的零用了。家就是应该男人来养的。男人养家,天经地义。还有那个老跟她献殷勤的老外……就算她闭着眼睛摸一个,都比他强。可是,她怎么就这么难过呢。

好几天了,他一直没有音讯。她病了,高烧,烧得迷迷糊糊的,昏沉沉躺着。她不肯承认,她的病是因为他。她跟同事说,感冒了,请两天假。这个季节,感冒的特别的多。

晚上,他回来了。恍恍惚惚的,她听见孩子说话。想必是孩子打电话给他,说妈妈病了。他站在她床前,从高处俯视着她。看那架势,是不打算坐下。他把药拿过来,给她分好,端来一杯水,放在她床头。她看着他。他那一身衣服,夹克衫,牛仔裤,休闲皮鞋,衬衣,腰带,都是她给他买的。这两年,他都没有添置衣服。她想说话,嗓子却是哑的。她想说为什么,为什么这么待我?可是她没办法出声。他把体温计拿过来,交代孩子什么时候量体温。他又烧了一壶水,熬了一小锅白粥。她听见他跟孩子在外面说话。然后,门轻轻响了一下。就没有动静了。不知什么时候,她昏沉沉睡着了。

她的病痊愈的时候,已经是一周以后了。烧退了。身上还是没有力气。可是她觉得头脑清醒,比任何时候都清醒,雪洞似的,凛冽的清醒。或许,他真的适合东北女人那样的人。他老是抱怨,嫌跟她在一起压力太大。跟那个东北女人在一起,应该是轻松的吧。热腾腾的世俗生活,热腾腾赤裸裸的情欲,放松,因为放松而更加享受。男女之间的关系,应该是一把尺子。那个东北女人,衡量出了他的尺寸,分量。他们原本就是不般配的。他和那个东北女人,才是一类人。

她把离婚协议写好,请他签字。

他

  他从来都没有想过离婚这件事。他从来都没想过,要跟她离婚。她什么意思。她这是吓唬谁呢。是的,他是有错。可不都是她逼的吗。
  当初,是她非要他来北京。是她要不停地上学读书辞职出国地瞎折腾。他算是看出来了,她是不折腾,毋宁死。她就不是一个踏实过日子的人。有一回,他们到她的同学家里串门儿。那同学也是她的闺密。从硕士时代,两个人一直走得很近。他们家的房子不大,布置得却温馨宜人,绿植、青瓷、干花、油画、书、茶。他们坐着喝茶,说话。女主人带着碎花围裙,在厨房里预备晚饭。清蒸鱼,红烧肉,蒜蓉油麦菜,西红柿蛋花汤。他坐在餐桌前,心里真是感慨。这么多年了,他好像是从来都没有吃过她一顿这样的家常饭菜。他闷头吃饭,一面吃,一面赞叹。他吃了一碗米饭,又添了半碗,他几乎一个人把那盘红烧肉都吃光了。她惊讶地看着他,拿胳膊肘碰他。他也不理。回来的路上,他们就吵起来了。她说你什么意思?丢不丢人?他说什么什么意思?你还不知道我什么意思?她说你是故意的吧?他说是,我就是故意的。他说我真羡慕人家哇。你们同一年毕业,同一年工作,怎么人家就能过上正常日子,怎么我们就不能?她说我就知道你受刺激了。他们家那么小的房子,在北京也不过是再平常不过的人家。至于吗你。他说我不指望大富大贵,就这么个小房子,就这么一份平常日子,你能给我吗。她说笑话,你这么说还是男人吗。你给了我们什么?这么多年?地铁上的人都静下来,听他们吵架。他冲着人家喊,看什么看？没见过两口子吵架哪？

她来电话，问他签了没有。他啪的就挂了。电话不断打过来，他干脆不接。她开始发微信，语音，说既然这样了，还有什么意思呢。说男子汉敢做敢当，都在外头有人了干吗还赖家里呢。说离，必须离。你要是不签字你就是孙子。他把电话拨过去，说，好。我签。

他们

她搬来了他的父母。又是这一套。她还有没有别的本事，嗯？！他爹和他娘，絮絮叨叨的，数落，叱骂，哭泣，他都要崩溃了。他娘红肿着眼睛，蒸山东大馒头，擀面条。他爹不停地吸烟，旱烟，一屋子呛人的烟味，咔咔咔咔咳嗽着，吐痰，拧鼻涕。在老家乡下倒不觉得，在北京，在城市，他忽然感到这些习惯触目得很，简直叫人难以忍受。他们说好好过，啊，好好过。村里人谁不眼红咱呀。谁不知道，你们一家子在北京工作。咱不能叫人家看了咱的笑话。他木然听着。他娘的菜刀在案板上多多多多响着。隔壁谁家孩子在弹琴。三楼有断断续续的哭声，好像是两口子在吵架。电视里一个深情激越的女声宣布，这里是北京……

正是数九寒天，北风凛冽，把整个城市都吹破了。天空是那种灰蒙蒙的蓝，像是冻上了。阳光却很好，明亮极了，被大风弄得不时恍惚一下。他们陪父母去逛北京城。天安门广场上，人不多，更显得空旷辽阔。故宫城墙下，护城河都结了冰，在阳光下像是铺了一层薄薄的碎金。颐和园，天坛地坛，还到雍和宫去烧香许愿。他娘最信这个。

说是要给他们求个签，保佑他们平平安安，和和美美。她搀扶着他们，都穿得厚厚的。她那件姜黄长款羽绒服，给阳光一照，暖暖的好看。孩子跑前跑后，大呼小叫的。冬日的长空下，北京城庄重的深沉的气质，叫人心里踏实，妥帖。他举着手机给他们拍照，手都要冻僵了。他娘一个劲儿地说，这就是北京哇。老天。这就是北京哇。他们去全聚德吃烤鸭，到东来顺吃涮羊肉，他们还去了毛主席纪念堂。他爹都念叨过好多遍了。他们那一代人，就是这样。他知道，北京这几天，就够他们回去念叨好几年的了。一开口准是，看景不如听景——北京嘛，还不就是那样……

送走了父母，他搬回家来住。

她看着他搬回来。心里又是恨，又是不甘。她就这样原谅他了？她怎么这么没出息哪。她干吗要找他爹妈来，干吗要跟他弟弟妹妹们哭诉？是不是，潜意识里，她怕他离开，她要借助外力，迫使他回到她身边来？她这是何苦哇。

关于这件事，她一直没有跟她父母说。她没脸说。她母亲身体不好。她父亲呢，肯定会说，当初——唉，当初，她都没有力气去回想当初了。

现在，他们过年一起回家，像天下那些夫妻们一样。好像什么都没有发生。

他们之间话不多。无非是孩子，功课，吃什么饭，几点下班。他公司的状况慢慢好起来了。他整天忙得不行，累是挺累，好在看见了一线生机。他人也有了一点变化。机灵，风趣，有眼力架儿，会来事儿。好像是，当年那个在部队大熔炉里锻炼过的人，又回来了。经了北京这个城市的磨砺，更添了些不一样。举止，谈吐，穿衣打扮，待人接物，都不大一样了。逢年过节，他会让她帮着给客户选礼品。她嫌麻烦，干脆给红包算了。他说不一样。钱是冷的，礼品是心意，心意是热的。她嘲笑说，钱不是心意？我就喜欢钱。

她又换了一份工作，离家不远。她照例是忙。她这种工作，没办法。她想着，什么时候干腻了，就自己干。资源，资金，人脉，经验。不急，慢慢积累吧。说不定，有那么一天，她真的能在北京创造一个奇迹。谁知道呢。

有时候，她也想，假如，假如他们不来北京呢。私心里，她有点怨恨北京，却也不是真的怨恨，是幽怨。对这个城市，她感情复杂。就像对一个深爱的负心的男人，爱也不是，恨也不是。爱恨交加。说不清。真的说不清。

后来，他们又吵过无数次。她喜欢翻旧账。他气得不行，你说，你再说。她也就不说了。甚至有一回，两个人穿戴整齐，拿着各种材料要去把手续办了。等电梯的时候，他说，我们户口不在这儿，能办吗？她说你百度一下。他说你怎么不百度一下？都气得笑起来了。又是叹，又是恨。走廊的声控灯一明一灭的。人家的防盗门上贴着斗大的福字，对联上的句子一时没有记住，平安啊，日月啊，春秋啊福寿啊。都是一些吉祥话。

如今，他们早就不闹了。偶尔也吵架，但不那么大动干戈了。

他们都很忙，工作，家务，生计，前程。各种破事儿。他们哪里有时间闹。

余生不长。大约，他们也就这样子了吧。在北京这个城市，过一份属于自己的日月，平凡，家常，却温热。还能怎么样呢。

蜗 牛

天阴着。天气预报说，今天有雷阵雨。也不知道准不准。

早上出门的时候，小瓦叮嘱说，带伞呀。老靳好像是嗯了一声，又好像是没有。小瓦知道，说了也白说。老靳就是这样。

正在阳台上晾衣服呢，却听见有人敲门。小瓦心里说，准是快递，刚才顺丰发来派送通知，还挺快。跑过去开门，却是老靳。老靳说，口罩，忘了戴口罩。气急败坏的。小瓦比他还气，说你猪脑子呀？

今年真是麻烦。从春节开始闹疫情，人们的生活就完全被打乱了。很多单位居家办公，说限制到岗率。一时间人们都宅家里，大人办公，开视频会，工作电话，钉钉打卡。孩子们呢，上网课，线上考试，群里报体温，老师电话回访。一家老小都在家待着，前所未有的拥挤热闹。人们就是这样，要是平时呢，不出门是自己的选择。可这回是因为疫情，不出门是被迫。心理感受大不一样。疫情一天一报，世界全乱套了。小瓦在出版社上班，倒不大影响，在单位也是看稿子，在家也是看稿子,横竖都是看稿子。小瓦的稿子堆得满世界都是,书桌上,小沙发上,茶几上,甚至餐桌上。老靳一面跟在后头帮她收拾,一面抱怨,你这哪是办公呀,你这是打仗哪,发传单哪。小瓦说,特殊时期,您多包涵。

老靳却要每天上班去。没办法,一把手嘛,这种时候,更要冲在前头。老靳说这话的时候,脸儿放得平平的,挺严肃,挺悲壮。小瓦撇嘴说,行了吧,当我不知道,还不是嫌家里烦,你纯粹是躲清静去了。老靳说,你这人,咳,跟你说不清楚。

天上的云层很低,整个城市被锁得严严实实。从阳台的窗户望出去,马路湿漉漉的,泛着黑黝黝的光泽。也不知道是不是夜里下了雨,要么就是清晨滴落的露水。五月份,北方的春天已经深了,正是花草疯长的季节。疫情呢,也渐渐向好。人们终于长吁一口气,紧绷的神经慢慢松弛下来。也是怪了。早先家里那一大盆竹子,都枯死多时了,这个春天却奇迹般地复活过来。先是枯黄的叶子慢慢变绿,后来竟然不断抽出新鲜的枝叶,绿箭头一样尖尖的嫩嫩的挺着,如今蓬蓬勃勃一大盆,越长越高,越长越密,越过晾衣架,直冲天花板,把儿子卧室的窗子覆盖得密不透风。别的植物也长势旺盛,多年不开花的日本海棠也开花了,密密层层热闹极了。虎皮兰本来该换土换盆了,竟然蹿出老高,酿了一大盆新根新叶。金边吊兰也长疯了,发出长长的枝条来,开着细细碎碎的小白花,垂得满地都是。老靳说,世间万物,都讲究个平衡。小瓦说,你是说?老靳说,说不清。

儿子早开始上网课了。小瓦泡茶,看稿子。屋子里很安静,只能听见钟表滴滴答答的声音。这房子是两居室。小瓦一直想要个书房。老靳说,要书房干吗?小瓦知道他后面的话是,一个编辑。小瓦想,编辑怎么了?想要一个属于自己的房间,有错吗?

群里有人@她,是部门潘主任。潘主任说一本稿子的事,然后说,现在疫情向好,大家也千万不能松懈,该报体温报体温,该报平安报平安。但是有的同志麻木了,懈怠了,昨天的情况到现在还没有报上来。当然,不是咱们部门,是别的部门。咱们要引起重视。小瓦看着那一大片文字,想象着潘主任说话的语调和神态。群里人们纷纷回复收到,收到,收到。小瓦也复制粘贴了收到。群里一时安静下来。

不知道什么时候,下起雨来了。雨不大,不紧不慢,是春雨的意思。城市的高楼大厦被雨雾笼罩着,水蒙蒙一片。马路也水淋淋闪闪发亮,在雨幕中向着远方一直延伸下去。而楼下小花园里的草木却越发新鲜蓬勃了,花红叶绿,泛着迷人的水光。雨丝纷纷,偶尔被风弄凌乱了,歪歪斜斜朝一个方向倒下去。小瓦看着窗外,知道自己走神了,心里说,怎么回事嘛,干活干活。

怎么说呢,小瓦这个人,从小性子就淡。对什么都是,行吧,还行吧。当初念书的时候,家里大人都说,要好好学,将来考大学,到城里去。吃国家粮,当公家人儿。小瓦说,行吧。心里却觉得,芳村也没什么不好。芳村也还行。后来大学毕业,有机会留北京,众人争得头破血流的,吃相难看。只她一人冷眼在一旁看着,想不通。至于吗,你死我活的。后来却因为老靳,阴错阳差留下了。她也没多想,留下就留下,哪里不是待着?嗯,还行。还行吧。

其实,在遇到老靳之前,小瓦正跟一个男生谈着。但到底是不是谈恋爱呢,她也说不好。反正那男生常常约她散步,给她作诗填词。那男生是古典文学专业的,斯斯文文,有点羞涩,一说话就脸红,鼻尖上冒汗。莫名其妙的,小瓦有点心疼他。心疼是不是喜欢?她不知道。有一回两个人在校园甬道上散步,捡到一片银杏叶,那男生做成书签,送给她,上头写着一个瓦字。小瓦端详着那字,细细淡淡的笔迹，规矩，板正，青涩，一笔一画，小学生一样，心里有点疼，有点酸，还有点甜。那男生问，好不好？小瓦点点头，又摇摇头。那男生的脸就红了，鼻尖上一粒一粒冒出汗来，在阳光下亮晶晶的。

后来，老靳出现了。老靳第一次约她，就吻了她。小瓦迷迷糊糊的，心里恼火着，恨自己怎么没有躲开。老靳骨架子大，宽肩长腿，一身硬邦邦的腱子肉。老靳说，我爱你。小瓦正不知怎么回应，老靳又说，我要娶你。小瓦心里说，这么简单？这么直接？这么——快？那古典男生，散步了那么长时间，竟然还没有拉过她的手。这个老靳！哎。行吧。还行吧。

老靳老家是苏北乡下，身上有一种，怎么说，一种笃定的决绝的气质。法令纹很深很长，眉头常常微蹙着。看着不吭不哈，却有点不怒自威的意思。老靳一开口，主语总是明确的，不容置疑。老靳说，我要这样。老靳说，我要那样。老靳说，我认为。老靳说，我觉得。老靳说话的时候，眼睛眯起来，好像是在看着某处，又好像是看着无尽的远方。小瓦仰脸儿看着他，感觉自己的手被他一双大手握得生疼。她仿佛听见他浑身的骨节在嘎巴嘎巴作响。莫名其妙的，小瓦觉得，这个人身上有一种叫人担心的力量。也不是担心，是惧怕吧。也不是惧怕，是敬畏吧，要么就是威慑？总之是，叫人觉得踏实，又叫人觉得不踏实。到底是什么呢，她也说不好。

书稿是关于心理学的，枯燥乏味，大量的专业术语，晦涩难懂。也不知道，这种书怎么面对普通读者。小瓦他们出版社，属于行业社，这些年却什么书都做。不好不赖吧，比上不足，比下有余。如今这年头，新媒体对出版业冲击得厉害，就像一大块蛋糕，可分吃的部分越来越小了。要不是还能卖书号，他们早就撑不住了。有能耐的都纷纷另谋高就，剩下的都是些个老弱残兵。吊诡的是，每年毕业季，依然有一批批新人进来，兴冲冲入职，报到，等待着青春的激情和梦想被慢慢磨灭。小瓦倒是挺知足。老靳说过好几次，要给她换工作。换个如意点儿的，比方说离家近，比方说清闲，比方说待遇好。哪怕是图一样呢。小瓦却不想换。她想了想，说，一个工作。行吧。还行吧。

雨越下越大了，天边隐隐有雷声。城市在雨幕中有点幽深，有点神秘。万物都默默伫立着，任雨水恣意地冲刷冲刷冲刷。马路上积水很深，汽车仿佛小船，在河流里飞速行驶着。大公共则笨拙多了，摇摇晃晃，像一头头走投无路的大象，有点茫然，有点莽撞，有点迟疑，傻乎乎不认路似的。有一对男女打着一把伞，在人行道上慢慢走着。有一根伞骨坏了，那伞就瘪进去一块，圆形的伞的边缘弧线残缺着一个口子。忽然间，那女的却不顾雨淋，自顾朝前跑了。那男的也不追，呆呆立在原地，眼睁睁看着那个人落汤鸡似的越跑越远，不见了踪影。雨一直下。不知道什么叶子落下来，不偏不倚，正好落在他那黑色大雨伞上，飘飘摇摇，蝴蝶一样。小瓦叹口气。

小卧室门砰的一下打开了。课间休息，儿子呼啸着跑出来，把自己扔进沙发里，又一下子弹出来，说累死了累死了，直奔冰箱找吃的。小瓦说，天凉，别喝冰的哇。儿子哪里肯，早抱着一盒酸奶喝起来，一面刷朋友圈，一面说，老师正直播呢，她家孩子一个劲儿叫妈妈妈妈，忘了关麦啦。小瓦说，是不是？儿子说，还有我们班胖子，正回答问题呢，他们家阿姨闯进来给他送水果，宝宝的宝宝的叫，笑死人。小瓦说哦。儿子说，还有更奇葩的呢，有个大学老师，直接就——哎，不说啦。小瓦说，怎么不说了？儿子说，少儿不宜。小瓦说是不是？儿子说，老妈，算了，你就是，哎，小白兔一个。小瓦说，什么？什么意思？儿子却把门啪的一声关上，说，没事儿，妈，我上课。

儿子今年初三，毕业班，偏偏赶上这场该死的疫情。谁会想到呢，这寒假一放这么长，从冬天到春天，照眼下形势看，恐怕要到暑假了，暑假后能不能正常返校，都还不好说。儿子刚开始兴奋得不行，在家待着不上学，多爽呀。渐渐就开始烦了。想同学，想老师，想学校，想学校门口的小吃店。疫情。疫情。疫情。全世界都在谈论疫情。这个莫名其妙的家伙，把世界弄得一团糟，也不知道，什么时候才是个头。

电话忽然响了。小瓦吓了一跳，赶忙过去接，却是银行理财的。小瓦挂了电话，想了想，把电话线拔了。儿子上网课，吵不得。

他们这小区是学区房。当初买的时候，小瓦嫌太贵了，老靳说，不贵，这个还贵？比起儿子前程，一点不贵。老靳找了人，拿到了内部优惠价。又找了设计装修的朋友，请人家帮忙，亲自跑家装市场，亲自监工。老实说，他们这房子，从头到尾，都是老靳。有时候小瓦想问一句，却插不上嘴。老靳说，老婆，你只管拎包入住。老靳说这话的时候，正在看商家发来的浴缸图片。小瓦喜欢泡澡，想要一个漂亮浴缸。小瓦看着老靳的后脑勺，灯光打下来，镀了一圈金色的光晕。老靳发量不多，这几年，更见稀薄了。小瓦帮他想了很多办法养头发，总不见效。老靳倒是不大在意，这你不懂——贵人不顶重发。知道吧？

贵人。也是怪了，老靳这家伙，每一个重要关头，总有贵人相助。从苏北乡下一直到京城，老靳一步一步，步步惊心。老靳跟小瓦说这些时候，是往事不堪回首的口气，但她还是从他的神色中捕捉到了不易觉察的得意。对，就是得意，是志得意满。她怎么不知道，老靳痛说革命家史的时候，差不多都是他心情大好的时候。比方说，他提了职，比方说，他晋了职称，比方说，他的工作受了表彰，比方说，他的老部下出息了。人们大发感慨，大约不外是两个时候，春风得意的时候，或者落魄不得志的时候。这些年，老靳一路青云直上，步步踩在点上，回顾往事的时候就很多。老靳的回顾，一定要从苏北乡下他的童年时代说起。他的一句开场白就是，想当年啊。早先，小瓦都是很专注地听着，时不时应和一下。后来，听得多了，情节，悬念，转折，结局，她一清二楚。老靳每次都回顾得深情，小瓦却听着听着就走神了。小瓦不是一个刻薄的人，她从来不忍心打击老靳回首往事的热情。这世上，谁不是跌跌撞撞，一道坎儿之后是另一道坎儿，都得靠自己咬牙迈过去。

当初，搬了新家，谁来都夸装得好，雅致，舒适，有品位。老靳得意得不行。小瓦呢，也高兴。高兴是高兴，心里却有那么一点小小的失落。他们的新家，她这女主人没有什么参与感。有时候，夜里一觉醒来，看着满屋子的夜色，玄关，客厅，餐厅，吊灯，吧台，装饰画，木雕瓷器，干花散发着淡淡的芬芳，觉得有一种不真实的幻觉，像一个，怎么说，像一个梦，因为太完美了，叫人不相信是真的。但小瓦很快就说服了自己。受苦的命吧。不叫你操心还不乐意了？嗯。行吧。还行吧。

老靳在央企上班，待遇不错。钱是人的胆嘛。老靳买房子这么有底气，这么决断，还是觉得以他的实力，负担得起。老靳说这么多年，他总结出的重要人生经验就是，财务上要自由。没有财务自由，就谈不上精神自由。当然，以老靳的年纪资历，现阶段他还实现不了财务自由，可人得有梦想啊。老靳说，人这一辈子，虚得很。没有梦想哪成？老靳是个有野心的家伙。这一点，小瓦花了很多年才看明白。

疫情最紧张的时候，北京城比平时安静得多，空旷得多。街上车很少，行人都戴着口罩，来去匆匆。地铁里空荡荡的，平日里人挤人人贴人，水泄不通的，这时候车厢几乎是空的。人们好像是忽然蒸发了，只留下一个巨大的城市的空壳，叫人觉得恍惚，又叫人觉得荒凉。家里却一下子显得拥挤起来。老靳的手机叮叮当当响个不停，领导的，部下的，下属企业的，合作伙伴的……老靳抱着手机打电话。不同的口气，不同的神情，不同的姿势，不同的措辞。老靳说，郑局好，我宇宙啊。老靳说，崔处吗，我靳宇宙。老靳说，张总好哇，我老靳，靳宇宙。老靳说，老兄，我老靳哪。小瓦从旁看着，忽然觉得，这个叫做靳宇宙的男人，这个跟自己同床共枕十六年的丈夫，怎么这么陌生呢。这么多年了，大多数时候，她是在家里看见老靳，餐桌上，客厅里，卧室里，床上。老靳穿着家居服，眼镜在鼻尖上挂着，有时候并不戴，高度近视的眼睛微微眯起来看人。老靳的卧蚕很重，睫毛却挺长挺密，垂下来的时候，扑闪扑闪，有一种说不出的柔弱稚嫩。头发呢，稀薄地覆盖着头顶，有一小绺不听话，常常从额头上掉下来，小男孩似的，叫人怜惜。老靳。仔细想来，他们好像很少在室外，穿戴整齐，一起参加共同的活动。那么大概，在老靳眼里，她最常见的形象就是穿着家居服吧，夏天是紫色碎花的，冬天是柠檬细格子的，宽松肥大，看不出什么腰身。头发也随便绾起来，素面朝天。有一回，在小区门口碰见老靳，小瓦竟然没有认出来。老靳从车里出来，一身铁灰色西装，黑色公文包夹在腋下，腰杆挺拔，步履从容。小瓦不由得多看了一眼，又看了一眼，这才看出是老靳。晚上，小瓦想把这话告诉老靳。话到嘴边，到底没有说。

　　雨下了一上午，倒越下越大了。屋子里光线暗淡，桌上的台灯就显得格外温暖明亮。这灯是老靳从国外买回来的，样式很特别，灯罩是纸质的，上头写满了外文字母，有一种安详沉稳的书卷气质。小瓦在灯下看稿，常常忽发奇想，这灯会不会忽然着了？那灯罩到底是纸的呀。一窗子的风声雨声，倒越发衬托出家的温馨舒适。雨雪天气，在家里看着街上的行人，来去匆匆，总是会叫人升起一种莫名的侥幸，还有一点些微的优越。在自己家里，不必外出，不必奔波，为了生活，为了梦想，为了这个那个。再大的风雨，都被这个叫做家的东西遮挡在外了。家是多么叫人安心的地方啊。想哭就哭。不想笑的时候不必强笑。就像现在，她拿着稿子，可以走神，可以发呆，可以放声大笑，可以破口大骂。不为什么。什么都不为。

午饭简单，尤其是老靳不在家的时候。儿子通常是三明治或者汉堡，配牛奶酸奶果汁。小瓦呢，煮玉米，蒸南瓜，烤红薯，配蔬菜沙拉。儿子说，什么是代沟，这就是代沟。小瓦也不理他，也不逼着他吃蔬菜水果。从小到大，小瓦就没有逼儿子做过他不愿意做的事。为了这个，儿子跟她格外亲密。喜欢跟她说小话儿，喜欢跟她起腻，挺大的男孩子了，睡觉前要晚安抱，上卫生间也不关门。跟老靳呢，倒是有点生分。老靳严厉，在教育孩子上，尤其严厉。老靳常叹现在的孩子不肯吃苦，没有想法，不知上进，太佛系。这么好的条件，怎么就不珍惜呢。咬牙跺脚，是恨铁不成钢的意思。父子两个常常就争执起来。老靳的一句口头禅就是，靳泽宇，你是男人，记住了，这个世界对男人有多冷酷，你不懂。老靳的神情沉痛，语气激烈，脖子上青筋一条条爆出来，可怕地痉挛着。小瓦心里说，至于吗，儿子不错。聪明懂事，功课中上。还行，还行吧。

午睡起来，雨还在下着。天空灰蒙蒙的，云层好像是更厚了些。台灯忘了关，屋子里有一种黏稠的夜晚的气息，湿漉漉的，暧昧不明的甜蜜，混杂着植物郁郁的腥气。小瓦打开窗子，风夹带着雨点子，劈头盖脸扑过来，弄了她一头一脸。空气新鲜极了，泥土的气味，草木的青涩的苦味，这个季节特有的蠢蠢欲动的气息，扑面而来，叫她不由得打了个趔趄。城市被雨水洗过，清新干净，近乎透明的可爱可亲。街上行人寥寥，好像是都被一场大雨冲跑了。有一只蜗牛在窗台上缓慢地爬着，不仔细看，几乎看不出它在移动。小瓦伸手想够到它，却差那么一点点。蜗牛背着那么沉重的壳子，也不知道，它累不累。

老靳在微信里说，晚上要加班，在单位吃，晚饭不用等他。小瓦看着那信息，心里说，又加班。老靳加班是家常便饭，她都习惯了。老靳忙，最近升了职，就更忙了。对于前程，老靳是有规划的。三年规划，五年规划，十年规划，短期目标和长期目标相结合，他有条不紊。有时候，他会跟小瓦聊起这些，展望展望未来，勾勒勾勒蓝图，憧憬憧憬愿景。他说，我必须。他说，我一定。他说，我相信。他说，我希望。口气坚定，好像生活的魔杖就在他手里攥着，只要他肯，只要他愿意，他就能把整个世界给拿下来。小瓦从旁看着，不免为他担着一份心事。老靳这个人，太用力了。他用力生活，用力工作，用力为未来打拼，用力教育儿子，用力建设家庭。用力地活着。不好吗。小瓦说不清。她总觉得，即便是睡觉的时候，老靳都是绷紧的。除了身体，还有内心。她生怕有一天，老靳的那根看不见的弦啪的一声，断了。

疫情缓解，很多单位复工复产，开始逐渐恢复正常了。儿子学校也发了预通知，要求做好复学的准备。小瓦他们出版社还是实行弹性上班制，轮流值班，行政后勤上班多些，业务部门照常居家办公，左右是看稿子嘛。快递倒一下子多起来，稿子啊资料啊需要及时传递，办公室值班同事负责收发。老靳每天照常上班。开会，调研，出方案，审报告，谈话，协调。忙得焦头烂额。晚上加班回来，还是电话微信不断。小瓦把煲好的鸡汤端过来，叮嘱他趁热喝，凉了就不好了，腥了。有时候是骨头汤，人到中年，钙流失厉害，得补钙。有时候是菌汤，清淡滋补，适合盛夏。有时候是红枣枸杞参汤，秋季进补的。小瓦厨艺还不错，尤其是煲汤有一手。煲汤嘛，要的是耐心。小瓦有的是耐心。她喜欢在餐桌边坐着看书，餐桌正对着厨房，可以一眼看见灶眼上的汤锅。丝丝缕缕的水蒸气冒出来，把锅盖顶得当当当当乱响。湿漉漉的水汽混合着汤的香气，弄得一屋子雾蒙蒙的。小瓦看着书，不时停下来，跑到厨房里去看看她的汤锅。窗明几净，灯光温暖，家里香气四溢。这个时候，她不免想，也许，生活的本质就是这样的吧，一个家，一盏灯，一锅热汤。行吧。还行吧。

老靳的一句口头禅是，我们家小瓦呀——也不知道是赞美，还是批评。老靳说，人这一辈子，太短了。什么都来不及。老靳说这话的时候，正在埋头赶一份材料。老靳的头发软软地覆在头顶，勉强能够遮住。而两鬓开始泛出星星点点的秋霜。灯光下，老靳的法令纹更深更长了，据说，这是官相，主贵。老靳的身体努力向前弯曲着，屁股深深陷进椅子里，肚子却凸出来，显得笨拙吃力。生活真是个魔术师。是什么时候，偷偷把当年那个宽肩长腿、一身腱子肉的青年，变成眼前这个两鬓斑白、头发稀疏、大腹便便的中年人了？

雨渐渐小了。淅淅沥沥，还是不罢休的样子。今年雨水大，也不知道，对庄稼是好呢还是不好。小瓦虽说是乡下长大，对庄稼的事却不大懂。有时候，她不免瞎想，要是当初没有上大学，没有留在北京，自己会是什么样呢。找一个村里的男人，生一到两个孩子。要是头一胎是女孩，就得生二胎。在芳村，人们还是要生男孩的，顶门立户，传宗接代，养老送终。然后，种几亩地，打一份工。可能在外地，也可能就在邻近村里。一辈子最大的理想，就是给儿子盖房，娶媳妇。抱着孙子，在芳村的大街小巷走来走去。狗叫起来。布谷鸟在唱。庄稼在地里疯长。而坟地安静，就在庄稼地里。世世代代。一辈子又一辈子。

黄昏的时候,电话响了。是快递。疫情期间,快递一律不准进小区。因为封闭管理,小区的北门关了,只开着南门。在南门门口,有一个很大的金属架子,分了几层,上头写着楼号单元号。快件们都被分门别类放在架子上,等着主人来认领。

小瓦出来才发现,还是应该打把伞。这雨看上去不大,其实却挺密挺紧。雨丝落下来,银针似的扎在人的头上脸上胳膊上,叫人觉得痒酥酥的,又有点微微的疼。院子里,蔷薇早开败了。一丈红却长得茂盛,高高的秆子,开着小碗口大的花,一大朵一大朵,是那种家常的艳丽,有点甜俗了,倒也亲切动人。月季也开得热闹,被雨水洗过,清新明净。有一只猫在花丛边立着,忽然冲着小瓦喵呜喊了一声。

大街上,人们都戴着口罩,脸遮得严严实实,只露出一双眼睛来。人与人之间都保持着相当的警惕。稍微走近,赶紧彼此避开了。小区外围的铁栅栏上挂着大幅宣传标语,上头写着,防控疫情,人人有责。小瓦抱着她的快递,慢慢在雨地里走着。不断有汽车从她身旁驶过,急匆匆的,溅起一片水花,落在她的家居服上。街上弥漫着喧嚣的市声,那种喧嚣好像是巨大的背景音,虽然嘈杂,却叫人心里格外安宁,一点都不乱。手机响起来。是一个陌生号码。小瓦轻轻舒了一口气。她担心什么呢,担心是儿子?要是儿子来电话,她该怎么办呢?

一世界的风声雨声,渐渐近了,又渐渐远了。路边草地上,有一只蜗牛,慢慢慢慢爬着。它爬得真是慢啊,一点都不慌乱。雨水落在草地上,变成神奇的珍珠,在草叶子上骨碌碌滚动。蜗牛爬过的地上,留下亮晶晶的一道痕迹。

小瓦蹲在雨地里,看了很久很久。

无衣令

一

　　快过春节的时候，小让有点坐不住了。

　　北京的这个冬天格外冷。却没有雪。真是怪了。要在往常，一进冬天，雪就像春天的情书似的，一场又一场，把整个城市都给覆盖了。小区门口总有一些闲人，袖着手，穿得鼓鼓囊囊的，吸着鼻子，跺着脚，说说闲话，偶尔，仰脸看一看天色，说，这天。看这天干得。就有人搭腔了，听预报说，下周，怕是要有雪了？是商量的口气。有人嗤的一声，笑道，预报也敢信？如今的事，谁说得准？就都不说话了。

　　小让站在窗前，看着风把地上的枯叶吹起来，一扬一扬地，落在不远处的一个自行车筐里。一只麻雀在地上蹦来蹦去，倒是肥嘟嘟的，喊喊喊，喊喊喊，很是耐烦。这一个小区，都是上世纪八十年代的楼房，旧是旧了。树却多。大片的绿荫笼着，让人觉得安宁。当初，小让搬过来的时候，一眼就喜欢上了这里的树。房子不大，是一套小两居。老隋的意思，先过渡一下。过渡嘛，肯定是简陋一些。小让嘟着嘴，不说好，也不说不好，只顾低头玩手机。老隋说那什么，晚上，我们去喝老鸭汤，要不，先去新光天地？小让就不好再不说话了。小让知道，老隋这是讨好她。没办法，老隋会这个。小让觉得，老隋是那种会讨女人欢心的男人。这让小让喜欢之余，又有那么一点担心。

老隋并不算老。四十多岁。四十六？还是四十七？小让到底没有搞清楚。每一回问起来，老隋总是调侃，怎么，嫌我老了？要不就是自嘲，老喽，真老喽，奔五了都。小让就不好再问。管他！四十六，或者四十七，有什么区别呢。总之是，老隋比自己大。当然得比自己大。小让这个年纪的女人，二十八岁，按芳村的眼光，不年轻了。即便在偌大的北京城，也仿佛是一粒浮尘，茫然地飘来飘去，一霎眼的工夫，就被湮没了。有时候，从报社下班回来，走在喧闹的大街上，小让总是感觉特别的茫然。大街上那么多人，车，像潮水，一浪又一浪，是要流向哪里呢？

小让在一家报社做保洁。活儿倒是不累，从三楼到五楼，走廊，楼梯，卫生间，都是她的工作范围。不过是洒洒扫扫，和甄姐两个人，轮流值班，一周还有那么两天休息。小让对这份工作还算满意。

说起来，这份工作，还得感谢人家老隋。要不是老隋，小让做梦也想不到，自己还能够在这么堂皇的大楼里上班。刚来北京的时候，小让在一个老乡的小饭馆帮忙。饭馆的门面不大，专卖驴肉火烧。生意倒是十分的火爆。小本薄利，只雇了一个人，就是小让。另外一个，是老板娘。忙碌起来，简直是四脚朝天，没有片刻的闲暇。有一回，小让给旁边小超市送外卖，一进门，同一个低头往外走的人撞了个满怀。驴肉火烧滚了一地，驴杂汤也碰翻了，淋淋沥沥洒得到处都是。小让一下子懵了。那个人骂道，怎么走路，没长眼睛啊？小让一时气结，这人怎么不讲理？正要同他理论，那个人却笑了，说真不好意思，你看这事——没烫伤吧？

小让是在后来才听老隋说，她生气的样子，真是可爱极了。这话小让听了有一些难为情，心里却是喜欢的。小让从来没有问过，老隋喜欢她什么，但小让知道，自己长得好看。在芳村的时候，小让就是让人眼馋心痒的小媳妇。为了这个，石宽的一颗心老是悬着，放不到肚子里。小让就逗他，干脆，你把我拴裤腰带上算了。石宽说，你当我不敢？

二

老隋第一回请小让吃饭，是在一家川菜馆。小让不能吃辣，一张脸红喷喷的，血滴子相似。嘴唇也是鲜艳的，眼睛里波光流转。老隋在对面都看得呆了。小让不停地举杯，大口喝啤酒。冰爽的啤酒，让她觉得痛快。来北京之前，小让没有沾过酒。喝酒从来都是男人们的事。芳村的女人们，有几个会喝酒呢？可是今天，她高兴。真的高兴。这么大一个馅饼，咣当一下砸自己头上了。说出去，谁会相信呢。老隋倒是不怎么喝。只是不停地给她夹菜，让她多吃些鱼。老隋说这家的湘水活鱼很地道，肉嫩，汤鲜，铁狮子坟附近，独此一家。小让看着老隋仔细地帮她择刺，把鱼肚子夹到她面前的小碟子里。老隋的手白皙肥厚，像女人。小让举起酒杯，说，谢谢。谢谢隋大哥。老隋把身子向后面靠一靠，呵呵笑，这话说得，见外了。小让说隋大哥，你是我的贵人。老隋说小让，看你，这么客气。小事一桩。小事一桩。

三

  电话安静地趴在桌子上，没有一点动静。手机也一直静悄悄的。小让拿着一块抹布，不停地擦擦这，抹抹那。小让爱干净，用石宽的话，衣裳穿不破，倒让她给洗破了。阳光透过窗子照过来，像一个苍白的笑脸。暖气倒烧得还算好。可是小让只觉得屋子里清冷。原先，阳台是敞开式的，老隋请人做了一下改装，更严实了。小区里都是老北京居民，生活各方面都很方便。小区里有菜市场。周末的时候，小让经常买了新鲜蔬菜鱼肉，下厨给老隋做饭。老隋呢，对小让的厨艺总是赞不绝口。小让受了激励，菜做得越发好了。小让惊讶地发现，在做菜方面，自己是有天分的，怎么说呢，几乎是无师自通。每一回，老隋都吃得十分满意。也不知道是从什么时候开始，老隋就几乎不带她出去吃饭了。为什么要出去呢，家里有这样好的厨娘。还有，家里也方便。关起门来，就是一个安静温馨的小天地。老隋喜欢在饭后靠在沙发上，看着小让里里外外地忙碌。茶水早已经沏好了。老隋喜欢碧螺春。时不时地，老隋就拎过来几筒茶，都是礼品包装的上好茶。老隋是报社的二把手，大小也是一个副局，好酒好茶自然是少不了的。有时候，喝不过来，小让就自作主张了。给甄姐两筒，寄回老家两筒。老隋见了，也不在意，却说这东西有什么好寄的，寄点钱，啊，多寄点。小让就有点不好意思。老隋这个人，还是不错的。

  楼下传来汽车的喇叭声。小让慌忙跑到阳台去看。不是老隋。老隋的车是一辆黑色奥迪。阳光照过来，把老槐树的影子印在窗子上，参差的枯枝，一笔一笔的，仿佛画在上面，很清晰。小让攥着手中的抹布，看得出了神。老隋在做什么呢？她想给老隋打电话，到底是忍住了。老隋跟她有过约定。老隋说，一般情况下，不要给他打电话。他会打给她。小让当时还开玩笑，说，那，二般情况呢？老隋看着她的小酒窝，忍不住在她的脸蛋上捏了一下，说，小傻瓜。

　　小让是在后来才知道，老隋有家室。老隋的老婆是大学老师，女儿上初中。有一回，小让在老隋的钱夹子里发现了一张照片，是他女儿的。小女孩生得清秀可人，不像老隋。想来，孩子的妈妈，模样应该也不错吧。

　　小让倒是没有拿了这张照片找老隋闹。在芳村，自己不是也有一个石宽吗？虽然，石宽的腿坏了，基本上就是一个废人。可石宽是她的男人，她是石宽的媳妇。她和石宽是两口子。这一条，能改变吗？石宽的腿是在工地上坏的。一块钢坯掉下来，砸断了。来北京打工，就是想多挣些钱，给石宽治腿。要不是遇上老隋，她怎么会有这样好的工作，又清闲，钱又多，比起在老乡的饭店里卖驴肉火烧，强多了。

　　小让把那张照片放好，一面洗衣服，一面劝自己。洗衣机訇訇响着，同客厅里电视的歌声交织在一起。厨房里炖着牛肉。阳台外，邻家的鸽子停在防护栏上，咕咕咕咕叫。有一种纷乱的家常的气息。老隋过来的时候，她早已经把自己劝开了。她让老隋洗干净手，帮她晾床单。老隋乐颠颠地去洗手，吹着不成调的口哨。

　　吃饭的时候，小让有些沉默。老隋照例是有说有笑，一点都没有注意到她的情绪。好在有电视。电视里，正在播着一个没头没脑的肥皂剧。男女主人公在吵架。女人的嘴巴像刀子，锋利得很，一刀一刀飞过去，把男人杀得只有招架之功，没有还手之力。小让端着碗，看得入了神。这个时候，老隋的手机响了。老隋犹豫了一下，踱到阳台上接电话。老隋的声音压得很低。小让张着耳朵听了听,一句也听不清。插了一段化妆品广告,一个明星信誓旦旦地说,你值得拥有。小让忽然感到莫名的烦躁。

老隋接完电话回到饭桌前的时候,电视里那一场战争早已经偃旗息鼓了。老隋说,单位的破事儿。烦。小让把饭菜从微波炉里端出来,没有说话。

饭后,照例是老隋的茶水时间。小让削水果。老隋一手端茶,另一只手从小让的腋下伸过来,揽住她的腰。小让没有像往常那样,把身子依偎过去。她低着头,认真地削苹果。长长的果皮从刀尖上吐出来,蜿蜒起伏,一跳一跳的,像舞蹈,甜美而湿润。老隋的手跃跃欲试,看样子打算有些作为。小让两只手给苹果占着,只好用胳膊肘做些抵抗。怎么说呢,老隋那天有些急躁,平日里,大多数时候,老隋是镇定的。也或者是,小让的抵抗让他感到新鲜。小让从来都是温顺的。老隋喜欢温顺的小让。可是那一天,老隋喜欢抵抗的小让。老隋一把将小让抱起来,把她横在沙发上。小让手中的水果刀当啷啷掉在地上,削了一半的苹果,在地板上骨碌碌滚动。小让忽然起了满腔的怒火。后来,老隋不止一次回味起那个一夜晚,那一场沙发上的战争。老隋提起来的时候,神情惬意,口中啧啧有声。小让不理他。把脸却飞红了。也不知道怎么回事,那一回,她简直是疯了。

床头的闹钟克丁克丁响着。湿抹布攥在手里,冰凉。梳妆台上卧着一只小白兔,红裤绿袄,笑容满面,是老隋送她的。今年是兔年。老隋说,让这只小白兔给她带来好运。小让冲着那只兔子发了会子呆,不知为什么,总觉得它笑得有点高深莫测。小让把兔子来了个向后转,让它那根短尾巴的屁股掉过来。手机突然响了,把小让吓了一跳。是石宽。

　　石宽在短信里问她,票买上没有,几时回去。石宽说家里都忙得差不多了。扫了屋,挂了彩,糕也蒸了,肉也煮了,豆腐也做了,单等着她回去过个团圆年呢。小让不喜欢石宽这样噜里噜苏的短信。大男人,婆婆妈妈的。原先的石宽可不是这样。原先的石宽当过兵,念过高中,人生得也排场,在芳村,算是体面的小伙子。勤快,能干,对小让呢,也知道体贴。石宽没有在短信里说想她。可是小让怎么不知道,石宽恨不能给她插上翅膀,让她立刻飞回芳村,飞到他的炕上,飞到他的怀里。有时候,石宽这个人,怎么说呢,简直是!小让想起石宽那个死样子,心里恨恨的,轻轻骂了一句,飞红了脸。小让没有立刻给石宽回短信。回家的事,还没有定下来。

　　隔壁传来油锅爆炒的声音。老房子就是这一条,隔音不好。小让看了一眼闹表,十一点十分。隔壁的这位老太太,一日三餐都特别准时。老太太生得矮胖,人倒富态,有北京老太太典型的热情,在门口碰上了,总会停下来,搭讪两句。她问小让老家哪里,多大,在哪上班,这房子,一个月多少租金。小让都一一回答了,心里却不舒服。她没有说自己做保洁。只是说,在报社。她总觉得,老太太问话的口气,神情,话里话外,有一种掩饰不住的优越,还有狐疑,这让她感到难受。老太太一定是见过老隋了,而且,也一定猜测过她和老隋之间的关系。怎么说呢,老隋长得还算面嫩,只是秃了顶,看上去便显得有年纪了。不过,老隋的风度好。男人总是这样,成熟加上自信,风度便出来了。还有老隋那辆崭新的奥迪,在这个老旧的小区,还是很显眼的。怎么说呢,老北京人,也不过是萝卜白菜地过日子。钻在鸽子笼似的楼房里,远不如乡下的高房子大院,又敞亮,又开阔。报社附近的胡同里,小让是经常去的。那些胡同深处的平房,传说中的老北京四合院，竟然是那么局促破旧。当年的朱门大户，如今早已经被许多人家瓜分了，围起简单的篱笆，各自为政。小让从敞开的门缝里，看到过那些锅碗瓢盆，鸡零狗碎，铁丝上晾着花被子，门楣上垂下来一辫紫皮大蒜，老石榴树下晒着一小摊绿豆。偶尔，有一个老太太出来，穿着家常的肥大背心，端着半盆淘米水，怀疑地看着门外的路人。谁会相信呢，这是在北京。过两条马路，就可以看见中南海。有时候，小让不免想，在这些老北京人眼里，祖祖辈辈住在皇城根儿，天子脚下，大约也都见惯不惊了吧。平民百姓，在哪里不是过日子？可是，为什么就有那么多人热爱北京呢，想留在北京，誓死不走。比方说，卖驴肉火烧的老乡。比方说，小让自己。不懂。真的不懂。

四

太阳挂在半空中，淡淡的，把人的影子投在地上，有点恍惚。空气里流荡着炖排骨的香气，高压锅吱吱响着，一阵疾，一阵徐。谁家的电视机正在唱京戏，是老生，铿锵亮烈。有小孩子的尖叫，夹杂着生涩的风琴声。是个周末。小让似乎从来没有发现，小区里的周末这么热闹。这个时候，老隋在做什么呢？扎着围裙在厨房里做菜？老隋似乎说过，在家里，他很少进厨房。他老婆是个贤妻良母。从来都是衣来伸手饭来张口的。那么，他一定是在辅导女儿功课了。或者，他们一家三口正坐在热腾腾的桌前，共进午餐？小让掏出手机，按了重拨键。无人接听。还是无人接听。老隋从来不这样。当然了，小让也从来不这样。小让从来不主动给老隋电话。短信也很少。小让懂事。

小让还知道，老隋顶喜欢的，容貌之外，就是她的懂事。小让从来不问老隋家里的事，老隋的老婆，老隋的女儿，她从来不问。倒是老隋，偶尔提起来，说上一两句。老隋的手机，小让也从来不看。有时候，老隋洗澡，或者在卫生间，小让宁愿让手机在茶几上响个不停，也绝不会拿起来代老隋接了。老隋也抱怨。说她不管事。说她不贴心贴肺。小让也不分辩。她怎么不知道，老隋的抱怨中，只有一分是认真，余下的那九分，便尽是男人的撒娇了。

　　怎么说呢，老隋这个人，顶会撒娇。男人撒起娇来，像小孩子，又娇横，又软弱，那种赖皮样子，最能够激起女人汹涌澎湃的母性了。当然，老隋在单位的派头，小让是见过的。走到哪里，都是一群人簇拥着，众星捧月，一口一个隋总，那份恭敬谦卑，自不必说了。还有那些女编辑女记者，平日里像骄傲的孔雀，在老隋面前，都争先恐后地把屏打开，展示着美丽的羽毛。老隋脸上淡淡的，心里却不知道有多么受用。有一回，小让在走廊里擦地，就亲见记者部那个漂亮的女名记跟在老隋后面，替他把外套的衣领整理好，那神态，那举止，不像是部下，倒像是温柔贤惠的妻子了。老隋呢，也并不停下来，一脸的风平浪静，只顾昂首朝前走。小让就借故躲开，到开水间旁边的休息室里去。走廊里传来老隋爽朗的笑声，小让心不在焉地擦手，心里却是有些得意。老隋在外面再怎么叱咤风云，在她小让面前，也是一只温柔的老虎，懒洋洋地闭了眼，任她抚弄。凭什么呢。小让问自己。夜里睡不着的时候，悄悄地问，一遍一遍地问。小让怎么不知道，老隋喜欢她。是真的喜欢。老隋在她面前，可就不是人前那个老隋了。百炼钢成绕指柔，就是这个意思吧。有时候，小让就不免想，在家里，在他的老婆孩子面前，老隋会是什么样子呢。

从地铁里出来,小让站在十字路口,看着来来往往的人群,有点茫然。太阳明明就在天上挂着,却是十分的冷。风不大,像小刀子,一下一下,割人的脸。她也不知道是怎么一回事,竟然就跑到了这里。马路对面,那一片咖啡色和奶黄色交错的住宅楼,便是老隋的家。小让很记得,有一回,老隋开车带她经过这个十字路口,正是红灯。老隋顺手一指,说,那儿,看见了吧,我就住那儿。小让不说话。没说看见,也没说没看见。可是小让却暗暗记下了。她还记下了地铁口。A口。在北京这几年,小让最熟悉的,怕就是地铁了。真是神奇。人在地底下来来去去,穿越整个城市,说出来,芳村的人,谁会相信呢。小让上班,下班,购物,出去见老乡,都是坐地铁。有时候,小让也不免担心,担心北京城被那些纵横交错的轨道掏空了,忽然间陷落。小让常常站在车厢里,看着巨大的广告牌飞速地掠过,一面这样担心,一面笑自己。

走到小区门口的时候,小让才发现,自己是被眼睛欺骗了。看上去并不远的路程,却走了足足有二十分钟。靴子是新的,鞋跟又高,走起路来,更是格外艰难一些。她也不明白,自己怎么就穿了这么高跟的靴子,还有,今天,她把那件羽绒服换下来,穿上新买的大衣。羊毛大衣是老隋买的,酒红色,带着毛茸茸的兔毛领子。看上去像一团火,可这个时节,穿在身上,哪里比得上羽绒服?小让把两只手拢在嘴上,哈着热气,一面看着眼前的小区。黑色雕花铁艺大门,气势很大。不停地有人进进出出。还有私家车,嘀嘀地鸣着喇叭,出来,或者进去。那个高大的保安,很有礼貌地冲人们点头微笑,训练有素的样子。小区门口,已经挂上了大红的灯笼,还有彩旗,沿着甬道两旁,一路招展下去。是过年的意思了。小让远远地站在门口,感觉脚被硌得生疼。这双皮靴,精致倒是精致的,却有着新鞋子的通病,夹脚。冻得麻木的一双脚搁在里面，简直无异于一种刑罚。小让交替着把脚跺一跺，细细的高跟和水磨石地的摩擦声，让人止不住的牙根发酸。这便是老隋的家了。那一扇铁门，不知道老隋已经走过多少回了。还有那一个保安，侧面看去，微微有点鹰钩鼻，想必也是熟悉得很吧。风吹起来，那两只大红灯笼在午后的阳光中一曳一曳。还有那些彩旗，快乐地飘扬着。小让站在风里，鼻子被吹得酸酸的，脸蛋子冻得生疼。也不知道怎么回事，鬼使神差一般，就大老远跑到这里来了。自己这是来做什么呢。来找老隋？怎么可能。她甚至不知道老隋住哪一栋楼。老隋的手机一直都打不通。从昨天晚上，一直打不通。短信也不回。老隋从来没有这样过。这个老隋，不会出了什么事吧。

怎么说呢，其实，最开始的时候，对老隋，小让并没有太多的想法。只是觉得，老隋人还不错，也懂得疼人。同石宽比起来，简直是两个世界的人。老隋说话的时候声音很低，轻轻地，像耳语，温柔得都让人不好意思了。不像石宽。也不单单是石宽。芳村的男人们，个个粗声大气的，即便是再柔软的话，一到他们口中，便也显得硬邦邦的，有些硌人了。老隋人温和，又有学问，言谈举止，有那么一股子书卷气。小让虽然念书不多，却是顶景仰有学问的人。后来，老隋帮她找了工作。她的一颗心，才真的渐渐安定下来。还能怎样呢，一个人在北京，孤零零的，有一个老隋这样的男人依靠，也算是自己的好命吧。那一回喝多了酒，就是在川菜馆那一回。她是真的喝多了。她高兴。老隋许诺她，先委屈一些，做做保洁，等过一阵子，有机会把她弄到资料室。资料室事情不多，薪水呢，就跟那些没有进京指标的大学生一样，是聘用，也算是坐办公室了。报社里年度竞聘的时候，他会把这件事认真操作一下。老隋说你这样一个娇嫩的小人儿，怎么可以老是跟拖把打交道呢。小让半信半疑，行吗，我一个临时工。老隋说，行。有什么不行？老隋说我是老总，有什么事情不行。小让真喜欢老隋这个时候的神情，有点跋扈，有点强悍，有点不容置疑。老隋说这话的时候，一只手揽住了她的腰。小让只挣扎了一下，就由他去了。

　　所有这些，小让都不曾跟石宽提起过。石宽的脾气，小让是知道的。石宽这个人，脸皮儿薄，耳根子软，又顶爱面子。自从腿坏了以后，脾气也渐渐变得坏了。倒都是小让，处处做小伏低，陪着一千个小心，为了不让他摔碟子砸碗。有时候，看着石宽拖着高大的身坯，在自家院子里蹒跚着走来走去，小让就难受得不行。一个硬铮铮的汉子，生生给拘在家里了。也难怪他脾气大，他是觉得憋屈。也许，慢慢就好了。天长日久，上些年纪，脾性就慢慢地磨平了。还有一点，两个人没有孩子。这让石宽更是放心不下。芳村人的话，过日子过日子，过的是什么？是儿女。没有儿女，过的还是什么日子！没有儿女的一家人，算是一家人吗？芳村人，大多是早婚早育。跟石宽年纪相当的，都是儿女成行了。两个人偷偷到医院看过。看过之后，石宽就蔫了。问题出在石宽身上。小让不说话，只是长舒了一口气。总算是，再不用喝那些苦药汤了。还有，婆婆的脸色，也再不用看了。婆婆心眼倒不坏。年轻守寡，苦巴巴地拉扯了独养儿子，到头来却落了个空。石宽出事以后，脾气变得更加暴烈了。倒仿佛是，小让欠了他的。贫贱夫妻百事哀。这话真是对极。小让再想不到，她和石宽的日子，会变成这个样子。想当初，他们也是甜蜜过的。是芳村让人眼红的一对儿。可是，这世间的事，谁会料得到呢？

　　刚来北京的时候，小让和石宽的短信，都是长长的，一篇又一篇，没完没了。小让告诉石宽，北京有多大。北京的楼有多高。北京的大街上，有多少人和车。北京的地铁，在地下四通八达，一顿饭的工夫，就能穿越半个北京城。小让在短信里用了很多感叹号。石宽最常用的一句话是，真的吗？小让最常用的一个词是，真的。小让还在短信里给石宽讲驴肉火烧店里的种种趣事。那个开店的老乡，石宽是认识的。两个人的短信里，因此更多了共同的话题。可是后来，后来小让认识了老隋，小让离开了驴肉火烧店，小让在外面租了房子，小让去了报社。这些，小让就没有再告诉石宽。短信呢，是照常有。可是却越来越短了。

一霎眼，在北京已经有两年多了。北京的一切，小让已经渐渐习惯了。想起当初的大惊小怪，小让有一点不好意思。现在，小让也是在北京的大楼里上班的人了。或许，要不了多久，小让还会调到资料室，跟那些神气活现的女编辑女记者一样，坐办公室了。这些，石宽怎么会相信呢？不要说石宽，就是她自己，有时候想起来，也总觉得仿佛是一场梦。掐一掐自己的胳膊，却是疼的，才知道，这的确是真的了。

北京的冬天，像是笼了一层薄薄的雾霭，灰蒙蒙一片。树木的枝干也是嶙峋的，映了淡灰的天空，也别有一番味道。太阳明亮，却一点都不耀眼。住宅楼旁边，是一家咖啡馆。很现代的装潢，设计也特别，是一只咖啡杯的形状，有点夸张，却趣味盎然。透过明亮的落地窗，可以看见里面的情形。身穿咖色滚粉边工装的服务生，盛开着职业化的微笑，静静侍立着。这个小区的环境不错，周边设施也齐全。想必，该是价格不菲吧。老隋是一个懂得享受生活的人。这家咖啡馆，还有旁边的书吧，饭店，都应该有老隋无数的脚印吧。老隋是和谁一起呢，当然不是和小让。和朋友？或者，和家人？通常，老隋什么时候出来消遣呢？老隋生活的另一面，对于小让来说，像冰块隐藏在水下的部分。她看不到。她所看到的老隋，只是在那间出租屋里。或者，在报社的走廊，惊鸿一瞥，总是浮光掠影的。小让忽然觉得，老隋这个男人，好了这么久，怎么竟像是陌生人一般，让人捉摸不定。老隋的生活，难道真的如他所描述的，一塌糊涂吗？不，老隋从来没有这样描述过。甚至，老隋对自己的生活，几乎没有过任何评价，更不用谈负面评价。老隋对自己的现状，从来没有说过半个不字。那么，一切都是出自小让的想象了。小让看着那大红的灯笼在风中摇曳，红得真是好看。明黄的流苏，动荡飘摇，有些凌乱。小让的一颗心也被风吹得乱糟糟的，一时收拾不起。

有汽车在后面摁喇叭，连续地，持久地，一口气摁个不停，是不耐烦的意思。小让方才省过来，慌忙躲到一旁。定睛看时，一颗心别别地跳了起来。奥迪 A6。车牌号也熟悉。分明是老隋。车在大门口稍稍停滞了一下，便箭一般驶向小区的深处，只留下淡淡的汽油味，在寒冽的空气中渐渐消散。

看开车的气势，应该是老隋。车里坐着谁呢？莫非老隋一家，这是外出刚回来？看来，老隋的心情不错。当然了，也或许，正好相反。难道老隋竟没有认出是她？老隋为什么不接电话呢？如果不是故意，那么就是他不方便了。至少，短信应该回一个吧。小让算了算，一共给他发过九条短信。老隋他，究竟是怎么回事呢？

那一回，也就是上一周，周末。吃晚饭的时候，老隋喝完汤，说起了竞聘的事。老隋的意思，是想让小让进资料室。可是，资料室聘人，也是对学历有要求的。只这一条，就把小让排除在外了。老隋说，每年年底，报社总是会经历一场大乱。竞聘是自上而下，关系到方方面面，牵一发而动全身，也难怪大家都人心惶惶。小让听了不免有些担忧。说老隋，你——不会——老隋愣了一下，就哈哈大笑起来。我不会什么？你担心什么？你这个小傻瓜——老隋点上一支烟，深深吸了一口，又缓缓吐出来，说这帮兔崽子，都不是省油的灯。小让有些紧张，他们，要害你？老隋又深深吸了一口烟，看着灰白的烟雾在眼前慢慢缭绕，消散，说他们也敢！借给他们八个胆子。小让看着老隋的脸，在烟雾中忽隐忽现。那，学历——老隋说，别急。办法总比困难多。老隋问她怎么打算，过年？小让没有回答。汤有些淡了，没有滋味。小让埋头喝汤。只听老隋说，那什么，我得回一趟浙江。哦，是她老家。老爷子病了。小让说嗯。老隋说，我都好几年不回去了。小让说嗯。老隋说你呢？你什么时候回？

小让一面洗碗，一面留意着电热壶的动静。水是温水。老隋在厨房里也装了一个小热水器，专门洗碗洗菜的。有热水真好啊。小让想起乡下，在芳村的时候，冬天，水瓮里都结了冰。洗碗洗菜，都是冷水，带着冰碴子，冷得刺骨。小让的一双手，冻得红通通的，简直就是胡萝卜。人这东西，真是。有享不了的福，没有受不了的罪。温热的水流奔涌出来，泼剌剌的，十分受用。她提了电热壶，到客厅里沏茶。老隋正把烟蒂摁到烟灰缸里，一面摁，一面说，你把时间定下来，我找人给你弄票。小让说嗯，一面仔细地烫茶杯，老隋的手机又响了。老隋看了看手机，又看了一眼小让。小让不理会，依然专注地烫茶杯。老隋便把身子往后一靠，冲着手机说喂？哦，我在外面呢，噢，谈点事。小让起身到阳台上拿水果。

窗外黑黢黢的，是冬天的夜。透过窗帘，有灯光流泻出来，是寒夜中温柔的眼睛。老隋的声音一声高一声低，从客厅里传过来。小让听出来了，是家里的电话。老隋在跟他老婆商量回老家的事。风吹过树梢，发出呜呜的声响。窗棂上，有什么东西被挂住了，一掀一掀的，映在窗子上，像欲说还休的嘴唇。阳台上到底是冷的。小让觉得身上凉飕飕的，仿佛抱了一块冰。

回到客厅的时候，老隋的电话还在继续，看见小让进来，说先这样，等回去再细说——好了，好了，先这样——正谈事呢这——小让低头削水果。老隋凑过来，说这苹果不错，还有吗，回来再让他们搞两箱。小让不说话。老隋把手伸过来，替她接着弯弯曲曲的苹果皮。老隋说，苹果是好东西，得多吃。老隋说我这心脏就多亏了苹果，一天一个，特别管用。老隋说那什么，票的事，你别急。你定好了时间，我就让他们给你买。老隋说，怎么了，问你话呢——怎么了嘛这是——小让把水果刀一扔，忽然就爆发了。怎么了？没怎么！不就是想让我赶快滚回老家吗？我回老家！你好安心过你的团圆年！

积水潭桥下一片混乱。来来往往的人，还有车，潮水一般，在这里汇合，然后分流，流向北京的四面八方。小河上结着厚厚的冰。有小孩子穿着鼓鼓囊囊的羽绒服，在河边小心翼翼地试探。大人立在一旁，很紧张地叮嘱着，不时地喊两声。小让慢慢往回走。这一回，老隋怕是真的生气了。她也不知道自己是怎么回事，发了那么大的脾气。当初遇上老隋的时候，她从来就没有想过，要和老隋如何如何。可是，事情怎么会变成这个样子了呢？即便是后来，和老隋好了之后，小让也从来没有对未来有过任何野心。有时候，跟老隋缠绵的时候，小让也会问，喜欢我吗？愿意娶我吗？老隋总是气喘吁吁地说，愿意，当然愿意。小让怎么不知道，有些话，老隋不过是说说罢了。尤其是，床帏之间的甜言蜜语，更是作不得真。老隋这个年纪的男人，什么没有经历过？可是，那一回，自己怎么就没有忍住呢？说起来，老隋在她面前跟家里通话,也应该是习以为常的事了。通常是,她乖巧地躲开,等老隋过意不去了,会扔下手机来哄她。那之后的下午,或者晚上,老隋都会软下身段,极尽温柔谄媚之能事。老隋虽然嘴上不说,小让怎么不知道,老隋这是向她赔礼呢。禁不住他再三再四的央告,也就慢慢开颜了。然而那一回,究竟是怎么一回事呢?门在老隋背后碰上的时候,发出轻微的声响。小让却是浑身一凛。在那一个冬夜,那声音仿佛一声炸雷,令她顿时怔住了。

五

石宽的短信发过来的时候,小让正忙着搞卫生。年底了,单位要比平时杂乱一些。各个处室都在清理废品。报社,有的是报纸,各种各样的旧报纸,废弃了的报纸大样小样,稿件,成堆的废稿件。那两个收废品的人兴头头地忙进忙出,一头热汗,却是乐颠颠的,见谁冲谁笑。走廊里零零落落的,难免有一些废纸落下。小让就跟在他们后面收拾。手机在口袋里震动,小让就偷个空儿,到一旁看短信。

走廊的拐角处,三层和四层之间,是一盆肥硕的巴西木,枝叶招展,映着雪白的墙壁,十分的葱茏。小让看四周无人,便把那些短信翻出来。石宽在短信里问,快过年了,她什么时候回家。还有,这两天的一些琐事,他也都一一汇报给她。比方说,大舅家娶媳妇,是亲戚,绸缎被面之外,还有礼钱。斗子他爹七十大寿,斗子是村长,整个芳村的人家都随了礼,他们自然也不能落后。还有,彪三回来了,又招人呢,要是有看门的差事,他想去求人家给了他。当然了,求人也不是好张口的，总不能空着手……巴西木肥厚的叶子映在窗子上，静静地绿着。小让感到有一个人影一闪，她吓了一跳。却是甄姐。甄姐问她怎么了。小让赶忙把手机装进衣兜里，说没事。那什么，收废品的那边，你甭管了。甄姐说，我都收拾利落了，他们今天死活也收不完，先走了，说明天再来。甄姐问没事吧，看你的脸色不太好。小让说没事，昨天看一个电视剧，搞得晚了。说着和甄姐一块上楼。甄姐看着她，想要说什么，却什么都没有说。

　　甄姐是北京人，早年在服装厂，后来下了岗，到报社来做保洁了。怎么说呢，甄姐这个人，倒是极热心，老北京人那种特有的热心。又正是四十多岁，更年期，有点话痨。当然了，小让当然能够感受得到，甄姐的热心里隐藏着的那种居高临下的优越感。甄姐说话快，一口一个外地人，是正宗的京腔儿。说好好的北京，都让外地人给搞乱了；说外地人皮实，什么活人都肯干；说要是没那么多外地人，北京房价怎么这么高？虽然甄姐很快就会补充说，我可不是说你啊小让。你别往心里去。小让嘴上说没事，可是心里却还是不太舒服。听多了，就自己劝自己，本来就是外地人嘛，还能不让人家说。甄姐老公是出租司机，偶尔顺路，也会过来接她回家。甄姐总是说，我倒宁愿坐地铁——北京这交通，真的没治了。小让看着她那神情，心里暗笑。至于吗，都这么大个人了。有时候，小让在心中猜测，她和老隋之间的关系，甄姐应该不会想得到吧？甄姐倒是不止一回问过她，北京有没有亲戚？什么亲戚？亲戚干什么的？小让明白，她是不相信，或者说不甘心——凭什么小让一个乡下人进京城，居然能找到跟她甄素芳一样的工作？这是她的北京！刚开始的时候，小让说没有，后来，被盘问得多了，她有点恼火，索性就逗逗她。小让说亲戚啊，倒没有。认真算起来，应该是朋友。甄姐说朋友？小让说是啊，朋友。小让当然懂得甄姐的言外之意，一个乡下人，在北京还有朋友？小让故意含糊其辞，这个朋友呢，也算是个人物。心肠好，又仁义。甄姐的好奇心就被逗起来了，闲下来说话，总要有意无意地问候小让的朋友。甄姐人胖，身材已经走了形，眉眼却是耐看的。想当年，大约也是一个美人。像所有这个年纪的女人一样，甄姐喜欢回顾往事，当然是青春时代的往事。甄姐最常说的一个词，便是想当年。想当年，甄姐是阀门厂的厂花，被众星捧月般地捧着。那是她的全盛时期。甄姐还会絮絮地说起自己的婚姻。年纪轻，不懂事，竟然以为爱情是可以拿来作饭吃的。不管不顾地嫁了。哪里料得到，两个人双双下岗，日子会有这么煎熬。这世上什么都有，就是没有后悔药。当初如果稍微清醒一点，怎么会落到现在这种境地。这一番话，小让听得多了。看甄姐的神情，是感叹自己的沦落。和一个乡下来的女人一起做保洁，恐怕让她更有一种落魄之后的感慨吧。如果，如果甄姐知道了她同老隋的关系，她会怎么想？那一回，她接过小让送给她的茶叶，仔细研究了一番，称赞道，好茶啊，好茶！小让怎么不知道，她的潜台词是，你怎么会有这样的好茶？

　　临近中午，走廊里渐渐热闹起来。报社的自助餐厅在顶层。人们都张罗着吃饭了。服务人员的饭是单开的，吃得早。小让拿了一块抹布，心不在焉地擦拭洗手盆。不断有人过来洗手，说说笑笑的，享受午餐前的放松和愉悦。洗手盆前面的墙上是一面巨大的镜子。来洗手的女人们，都情不自禁地在镜子面前流连片刻，整理整理头发，检查脸上的妆是不是需要修补，在镜子面前旋身一转，左右顾盼。小让闻到一股淡淡的香气，脂粉夹杂着香水，很好闻。老隋也送过她香水，小巧的一瓶，价格竟是惊人的。上班的时候，小让从来不用。一个做保洁的，身上香喷喷的，让人家笑话。只是跟老隋在一起的时候，小让才仔细用上一点。老隋喜欢这种香味。老隋喜欢就好。想起老隋，小让心里黯淡了一下。到底是怎么回事呢？老隋一直没有消息。本来想，今天上班，说不定会碰上老隋。可是到现在，她也没有见到老隋的影子。她在老隋办公室外面徘徊了半天，装着擦地的样子。老隋办公室紧闭着，也不见有人进出，看样子，好像是不在。又不好张口问人。再怎么，一个做保洁的临时工，跟报社的老总，都是不相干的。有人同她笑一笑，算是打招呼。小让赶忙回人家一个笑脸，嘴里说，吃饭啊。对于这一份友好，小让是感激的。她总是力所能及地，把人家这一份善意回报过去。比方说，看见人家提着热水瓶过来打水，却空着手回去，知道这是水还没有烧开，便替人家留了心。等水烧开了，替人家灌满。比方说，有人吃饭不小心弄脏了衣服，在洗手盆旁边束手无策的时候，她总是把自己的肥皂拿出来，给人家用。时间长了，大家都喜欢这个俊眉俊眼的保洁工。人长得好看，又热心。就有人同她闲聊两句，问她老家哪里，多大了，有没有男朋友。小让听出来了，这是人家要帮她介绍对象，就红了脸，说了实话。听的人嘴里就连着哦哦两声，是惋惜的意思。小让的脸更红了。她这个年纪，在北京，有多少人还没有朋友呢。哪里像她，早早地把自己嫁了出去。好好的人也就罢了，偏偏遇上了事。这不是命，是什么呢？想起石宽那些婆婆妈妈的短信，小让心里就烦得紧。想来，娘的话自有她的道理。嫁汉嫁汉，穿衣吃饭。如今可好。倒是得小让背井离乡的，撑起这个家。小让怎么不知道，娘是心疼闺女。天底下，哪一个做娘的，不心疼自己的闺女呢？

　　整个午休时间，小让一直心神不宁。往常，老隋喜欢在午休的时候给她发短信。老隋在短信里问她吃饭了吗，做什么呢，想不想他？小让喜欢这样的短信。在北京，在报社，还有哪一个人像老隋这样牵挂她？也有时候，老隋的短信是另外一种，缠绵热烈，都是让人脸红心跳的句子。小让看一眼，便慌忙删掉了。这个老隋，该死！怎么说呢，老隋这个人，到底是念过很多书的。知情识趣，又温柔体贴，对小让，简直是贪恋得不行。倒是小让，常常软言劝慰着，像哄小孩子。私心里，小让也会忍不住想起石宽。心里便暗骂自己的坏，狠狠地骂。这个时候，她总是主动发短信给石宽。石宽的短信照例是那些鸡零狗碎的琐事，一个意思，左右离不开钱。小让也总是十分耐心地一一回复。手指头在手机键盘上飞快地摁着，摁着。摁着摁着，心里就起了一重薄薄的怨气，身上也躁起来，热辣辣地冒出了一层细汗。石宽的短信不断地发过来。小让看着那一堆鸡毛蒜皮，心里只觉得委屈得不行。当年的那个石宽呢，到哪里去了？

下午，报社里很热闹。甄姐打听来的消息，是在发年货。甄姐抱怨一社两制，正式工和临时工，一个亲生，一个后养，悬殊得太厉害。小让嗯嗯啊啊地敷衍着，有点心不在焉。老隋办公室的门依然紧闭着，门把手上塞满了报纸大样，小样。看来，老隋这是真的不在。走廊里人来人往，大家都喜气洋洋的，有点过年的意思了。外面兵荒马乱，她们正好可以偷闲缓口气。甄姐正在涂护手霜，局促的空间里溢满了略带甜味的香气。甄姐说，刚才听见几个编辑聊天，有意思。小让说噢。甄姐说，知人知面不知心。小让说嗯。小让知道，甄姐这是有话要说。而且，她似乎在等着小让兴致勃勃地发问。小让却没有问。热水器发出轻微的声响，让人想起冬天炉子上坐着的水壶。温暖，家常，有一种没来由的安宁妥帖。甄姐把声音压低，说桃花眼，就是财务室那个出纳——你猜跟谁？小让说，这哪猜得出。跟谁？甄姐把手拢在嘴上，附在她耳朵边说，隋总。小让的一颗心别别跳起来。这话可不敢乱说。谁敢乱说？甄姐说都让人给亲眼看见了。我早就说过，那个桃花眼,一看就不是安分的。还有那个隋总——看上去倒还正派——男人真是,没有不偷腥的猫。

六

冬天的黄昏,总是来得早。暮霭越积越浓,仿佛怕冷的人,在冷风中微微颤抖。远远近近,有灯火次第亮起来,一闪一闪,是夜的眼神。从过街天桥上看下去,车流和人流,汇成一条璀璨的河,在北京的冬夜奔涌,浩浩荡荡。小让在天桥上慢慢走过。冷风吹过来,一点一点把她吹彻。过道两旁挤满了小摊贩,扯开嗓子,不屈不挠地向路人招揽生意。卖水果的,卖手套袜子的,卖碟片的,手机专业贴膜的,还有烤红薯的。行人们大都匆匆而过,像是躲避瘟神。也偶尔有人停下来,狐疑地看一眼那一地的零零碎碎,带着挑剔的神情。这就是北京的夜了。缤纷的,杂色的,斑驳的,仿佛是一个画板,谁都可以在上面涂抹几笔。只要你愿意。

路边有一家牛肉面馆。小让进去,拣了个暖和的位置坐下来。一个女孩子赶忙过来招呼,满脸都是小心翼翼的微笑。这女孩子二十来岁,模样倒算得上清秀。神情却是局促生涩的,一看便知道是乡下来的孩子。小让想起了当初,在驴肉火烧店的日子。那时候,她刚来北京。这一晃,都两年多了。也不知道,老乡的生意现在怎么样了。还有那老板娘。当初小让离开的时候,她简直羡慕得很。一迭声地哎呀呀,哎呀呀,说小让,哎呀小让,你怕是遇上贵人了。想来,那老板娘该不是看出了什么端倪了吧。当时,小让只是笑。也不便多说。弄不好，经她的嘴巴传出去，等传到千里万里的芳村，传到石宽的耳朵里，不知道会传成什么样子了。后来，一直到现在，小让一直没有跟他们联系。小让不是薄情。她到底是心虚。在偌大的北京，这两位老乡之外，剩下的人，全是不相干的。他们知道她什么？她是好是坏，是冷是暖，说到底，跟旁的人有什么关系？在人前，小让倒很愿意伪装一下，装一装大尾巴狼。就像刚才。小让进到这面馆里来，干净，体面，矜持，甚至有那么一点小小的傲慢。有谁能够猜出这个漂亮女人的来路呢？小让很斯文地吃面，一小口一小口，吃得很仔细。不断地有客人进来，夹裹着一股股冷气。那个女孩子跑前跑后，有些手忙脚乱了。一个胖女人立在柜台后面，冬瓜脸，口红鲜艳，看样子，应该是老板娘，目光像刀子，一下一下地剜在那个女孩子身上。吃完面，小让结账。那女孩子慌忙跑过来，伸手接钱的时候，却不小心碰翻了桌上的调料盒，红红绿绿地散了一地。女孩子吓呆了。老板娘走过来，刚要发作，小让摆了摆手，不关她的事。我赔。

　　回到家，小让洗澡。洗了一半的时候，仿佛听见电话响。小让赶忙把水关了。果然是电话。这个座机号码，几乎没有人知道。除了房东，也就是老隋了。石宽也不知道。小让担心石宽会不管不顾地把电话打进来，尤其是老隋在的时候。电话很执着，一直响个不停。小让匆忙洗好，跑出去接的时候，电话却不响了。来电显示是一个陌生的号码。小让看着那号码发了一会子呆。头发湿淋淋的，水珠子淋淋沥沥滴下来，把睡衣的前襟濡湿了一片。该不会是老隋吧。直到现在，她才忽然发现，跟老隋这么久，她竟然一点也不了解这个男人。她所认识的那个老隋，温柔，随和，体贴，善解人意，有时候，在她面前，有那么一点孩子气的赖皮和霸道。曾经，她对他是那么熟悉。可是，现在，她却觉得他竟像一个陌生人了。甄姐的话，也不知道是真是假。要是在以前，她听了这话，一定要找到老隋，当面问他，跟他使性子，闹脾气，撒娇，弄得他束手无措，只好软下身段百般哄她。虽然，她并不敢奢望，老隋会喜欢她一辈子。她也从来不敢奢望，老隋会离了婚娶她。可是，她是女人。她像天下所有的女人们一样，喜欢吃醋。然而现在，她却忽然没有这样的好兴致了。这真是莫名其妙。老隋跟她忽然玩起了失踪，大约不过两个原因。他烦了。或者是，他认真了。小让回想起他们最后一次在一起的情景，每一个细节，每一个句话。难不成，老隋是想把这次吵架作为借口，趁机分手？或者是，老隋对她的吃醋认了真，他想把这个问题解决一下？不像。都不像。烦了，倒是有可能。认真是绝不会的。他怎么会认真呢。老隋这样年纪的男人，还有什么看不透？

睡觉前，小让做了面膜，歪在床头给石宽回短信。电话忽然响了，把她吓了一跳。是老隋。老隋的声音听上去有点含混，仿佛是喝多了酒。小让，我马上到楼下了。小让握着听筒，没有吭声。老隋说，小让，我没带钥匙。一会给我开门。小让不说话。小让，有话，有话见面说——

屋子里烟雾弥漫。老隋坐在沙发上，一支接一支地抽烟。小让几次被呛得要咳嗽出来，却都忍住了。老隋显然喝了酒，涨红着脸，舌头发硬，说起话来，有点语无伦次。可小让却还是听明白了。老隋是在向她诉苦。老隋老婆察觉到了他们的事。老隋老婆正在跟他闹。女人闹起来，你是知道的。老隋说，根本没有理性可言。老隋说他倒不怕她跟他离婚——要不是为了女儿，他们可能早就离了。他是怕她到单位去闹。报社的冯大力，就是一把手冯社长，他们两个一向是面和心不和，对他早有戒心，甚至杀心，一心想找他的软肋。这种事，一旦闹到冯大力那里，结果可想而知。不光是他的仕途从此埋下后患，就连小让的工作，都会受到影响。老隋说这些天，他一直在为这件事焦虑。他得想个万全之策。

暖气很热。小让感觉，刚刚洗过澡的背上热辣辣地出了一层细汗。墙上的钟敲了十一下，在寂静的夜里听起来有点惊心动魄。老隋说，思来想去，这件事，恐怕还得委屈你一下——小让说，我？老隋说，这也是万不得已。她那个人的脾气，我知道。要想让她不闹，就得委屈我们。我们假装分手。当然了，只是假装。这一段，我们最好少见面。小让看着老隋的脸。几天不见，老隋明显憔悴了。还有他的鬓角，星星点点的，是灰白的颜色。先前，怎么没有注意到呢？

一屋子烟味。小让打开窗子换气。冷冽的夜风吹进来，她静静地打了个寒噤。老隋一口一个她，是在称呼他老婆了。这些天，在他老婆面前，恐怕老隋是吃够了苦头吧。吵架之外，一定还有很多别的桥段。赌咒。发誓。表忠心。跪地板。写保证书。一把鼻涕一把泪。悔不该当初。自己呢，就是他老婆口中的狐狸精，贱货，野女人，混迹在她的口水中，被她任意辱骂。在老隋的陈述和辩白里，他们之间的故事，该是怎样一种情节呢？小让猜不出。小让能够猜出的是，老隋应该是个会编故事的人。他一定最知道，什么样的故事才能让他老婆满意。

烟味渐渐散去了。原先温暖的屋子，已经变得冰冷。小让站在窗前，看着外面点点灯火，从一扇扇窗子里流泻出来。一点灯光，就是一个家吧。可是，温暖是别人的。她什么都没有。刚洗过的头发还湿着，现在已经冻上了，硬邦邦地顶在头上，她也不去管。奇怪的是，她竟然没有眼泪。找了老隋这么久，她焦虑，难受，为这个男人担心，生怕他出了什么事。她原以为，等到见了老隋，一定会抱着他，大哭一场，委屈，撒娇，释然，像小孩子，找到丢失的玩具之后，爱恨交织，倍加珍惜。可是没有。她倒是平静得很。在这个他们曾经的小窝里，她只是感觉冷，彻骨的冷。

七

是个阴天。天空灰蒙蒙的，太阳不知躲到哪里去了。风不大，却很冷。从树梢上掠过，发出低低的声响。路边，有报亭老板在分报纸。一张纸片不小心掉在地上，被风吹得一锨一掀。一辆自行车驶过，照直轧了过去。旁边路过的人便张大了眼睛，看着那浅白色的纸上留下清晰的轮胎的印子。路边的拐角处，是一家早点铺。炸油条的油锅支在外面，灶头师傅也不怕冷，一双红通通的手，啪啪地拍打着面团，头上却冒着热腾腾的白气。旁边，却是一家寿衣店。黑底白字的招牌，不大，却很醒目。食客们吃完早点，甚至不朝那招牌看一眼，即便是偶尔看到了，也是漠不关心的神情，只管匆匆地去旁边的公交地铁搭车。早高峰，正是拥堵的时候。人们都忙着心急火燎地赶路，暂时还顾不上别的。偶尔，抬腕看一看表，心里默默算一下时间，还好，差不多能够赶得上。

从地铁里出来，小让收到老隋的短信。这些天，他们很少联系。只是偶尔，老隋有短信过来，也是十分简洁，再不似先前的缠缠绕绕，浓得化不开了。老隋在短信里说，有事要跟她商量。晚上六点钟，京味斋。小让把短信又看了一遍。有事跟她商量。能有什么事呢？难不成，是竞聘的事？这些天，报社里兵荒马乱的，人心浮动。一把手冯大力看来是要大动干戈，重整山河了。改革的力度很大。部门之间优化组合，牵扯的人事众多。这种时候，有人哭，就一定有人在笑。几家欢乐几家愁，大约就是这个意思吧。小让不懂，也不多问。只是偶尔从甄姐那里听来一些小道消息，东一句西一句，全是作不得真的。小让心中惦记着自己的事，又不好深问。只有把一颗乱糟糟的心按住，耐心听甄姐八卦。跟老隋呢，又是如今这种状况。小让更不会把身段软下来，去问老隋。本来，当初来北京的时候，小让也没有什么想法。不过是打一份工，挣一份钱罢了。至于后来的事，她真的没有想过。老隋，还有老隋的许诺，都在她的想象之外，让她有点措手不及。怎么可能呢，全当是一个梦吧。这些天，她早想好了，等这边一放假，领了薪水，她就回老家。回芳村。快过年了。回去好好过年。至于和老隋，再说吧。能怎么样呢？她怎么不知道老隋。老隋再贪恋，也断不会下狠心娶了她。

中午的时候，小让在走廊里给那些盆栽浇水。远远地，看见老隋和冯大力从会议室出来，往这边走。小让拿着喷壶正要走开，只听见冯大力说，这绿萝长得不错——你是新来的吧？小让说社长好，拿着喷壶一时怔在那里，走开不是，不走开呢，也不是。正窘着，听见老隋说，老冯，这件事就这样，回头我们再斟酌一下。小让赶快趁机去走廊那头灌水。

京味斋就在小让住处附近。从前，也跟老隋来过两回。装修倒是古色古香，有老北京的味道。小让点了一壶菊花茶，一面喝，一面等老隋。老隋在短信里说，单位还有一点事情没有处理完，让她稍等。他马上到。小让看着对面屏风上那精致的雕花，心里猜测着，究竟是牡丹呢，还是月季？这是一个小包间，满堂的仿红木，墙上挂了一幅字，小让看了半晌，也没有看出名堂。据老隋说，他也喜欢写字，闲暇的时候，常常一个人关在书房里涂抹几笔。当然了，小让没有看过老隋写字。老隋。小让慢慢喝了一口茶。老隋家里的战争，也该已经平息了吧。老隋不说，她也不问。老隋这个人，她怎么不知道呢，最是懂得讨女人欢心。说不定，经过了这场战争，两个人又回到了从前的恩爱，也未可知。虽然，据老隋的讲述，他们夫妻，从一开始，就是被乱点的鸳鸯。怎么可能呢。小让又不是傻瓜。老隋，只不过是说给她听罢了。也不知道怎么回事，小让心里某个地方还是细细地疼了一下。仔细想来，跟老隋，算是怎么一回事呢。其实，私心里，小让也不免做过一些不着边际的梦。比方说，像老隋在缠绵之际所说的，小让是他的。他隋学志的。他要她。他要娶她。他要她做隋太太。这话听多了，小让就生出一些美丽的幻想。跟了老隋，在北京生活，做北京人。就像她那个老乡说的，做不了北京人，也要做北京人他爹。那么，她就做北京人他娘好了。至于石宽，她倒没有多想。石宽。有时候，小让觉得，芳村是石宽的。而她小让，却应该属于北京。她也知道，这幻想没有道理。可是，她还是忍不住。房间里暖气很热，她把外套脱下来，挂上。从单位回来，她特意弯回家里一趟，换了一套衣服。上班干活，她们是要穿工作服的。那样的衣服，怎么能见老隋呢。尤其是，在这样一家堂皇的饭店里。小让还淡淡地化了个妆。她很记得，老隋说过，晚上，灯光下，是应该有一些颜色的。今天这个约会，小让有点措手不及。她掏出小镜子察看了一下，还好。干净，俊俏，是从前的小让。

老隋急匆匆进来的时候，已经过了六点半了。老隋一面脱外套，一面一迭声地不好意思，说单位里的破事儿，没完没了。燕莎桥又堵车——小让静静地听他抱怨，替他把杯子仔细烫了，倒上茶。有服务生过来，请老隋点菜。看上去，老隋气色还不错，眼睛微微有些肿，眼袋似乎是明显了一些。低头看菜单的时候，秃顶在灯下闪闪发亮。老隋每点一道菜，都要抬头看一眼小让。是征询的意思。小让轻轻点头，说随你。小让不用照镜子也知道，自己的样子有多么温柔。小让还知道，温柔是她的杀手锏。跟老隋这么久，她怎么不知道他？小让穿了那件绯红色毛衣，是老隋喜欢的那件。等菜的时候，两个人默默地喝茶。小让不说话，她在等着老隋开口。玻璃茶壶中的菊花很好看，一朵一朵，满满地绽放开来。枸杞经了浸泡，红得可爱，有细细的哀愁的味道。老隋说，你怎么样？还好吧。小让说嗯。老隋说是这样，小让，有一件事，哦，还是那件事，我想跟你商量一下。小让说哪件事？老隋嘴巴咧了一下，说，就是，那件事——小让看着老隋欲言又止的样子，心中早已经揣测了八九分。老隋说，我也没有想到，哦，我也曾经想到的，她果然去找了冯大力。老隋说女人闹起来，你是知道的。她居然找了冯大力。没脑子！真是没有脑子！老隋说冯大力是什么好东西！现在好了，现在，最高兴的人，就是冯大力！这次竞聘，如果冯大力想在这件事上做文章，我一点办法都没有。老隋说所以，想来想去，他只好来跟小让商量。菜上来了。清蒸鲈鱼、蓝莓山药，木瓜雪蛤，都是小让的菜。这家京味斋，号称新京派，看来，也早已经名不副实了。老隋说，这个冯大力，我了解。心思缜密，生性多疑——当然，也不是刀枪不入——我没有别的意思，小让。我的意思是说，如果，我是说如果啊，去见冯大力一下——小让坐在那里，看着老隋吞吞吐吐。包间里灯光明亮，温暖，细细的音乐隐隐传来，是缠绵的梁祝。小让只觉得背上有寒意漫过，簌簌地起了一层清晰的小粒子，心中却如电闪雷奔一般，一时怔在那里。

八

一连阴了几天，到底是下雪了。雪不大，是细细的雪粒子，纷纷落落的，还没有到地面就化了。大街上湿漉漉的。汽车鸣着喇叭，脾气很大的样子。人们呢，急匆匆地赶路，偶尔抬头望一望天，皱着眉头，自言自语，这雪下得——也不知道是在批评，还是在赞美。可是无论如何，簌簌的雪粒子落下来，给这一冬无雪的城市带来一些新鲜的躁动。毕竟，快要过年了。这点小雪，来得倒是时候。过大年，怎么能没有雪呢。这是芳村人的话。也不知道，这会子，芳村下雪了没有。芳村的雪，那才叫雪。纷纷扬扬的，真的是白鹅毛一般。整个村庄都被这大雪催眠了，还有树木，田野，河套，果园。大红的春联，窗花，灯笼，彩，衬了白皑皑的雪，真是好看。小让很记得，那一年，她刚嫁到芳村。也是大雪。她坐在炕头上，看石宽在地下忙个不停。炉子烧得旺旺的。金红的火苗，勾着淡蓝的边，突突地跳跃着，舔着壶底。水壶吱吱响着，白色的水蒸气不断冒出来。花生在炉口周围排着队，偶尔发出轻微的爆裂声。还有红枣，弥漫着微甜的焦香。大雪天，又是新人，她用不着出门。石宽也不出门，在家守着她。人们都说，石宽是个媳妇迷。石宽也不恼，嘿嘿傻笑。她却臊了。赶石宽出去，却总不成。少不得反倒又被他乘机欺负了。雪粒子落下来，落在她发烫的脸上，凉沁沁的。她也不去擦一擦。也不知道怎么回事，这些陈年旧事，她以为早都忘记了。如今，在北京，在这个雪纷纷的清晨，倒都又想起来了。

甄姐迟到了一会,进门就抱怨这坏天气。抱怨了一会儿,看小让不大热心,就把话题换了。小让听她说起年底单位发奖金的事。三六九等,那是肯定的。年年如此。甄姐又抱怨了一会儿头儿。说这个冯社长,也不是等闲人物。才几年,把报社整治得,火炭一般。一个字,红。那一句话怎么说的?不管白猫黑猫,抓到老鼠就是好猫。小让说噢,可不。甄姐压低嗓门说,听说,今年动静挺大。小让知道她说的是竞聘的事,正不知道怎么开口,看见甄姐朝她使了个眼色,回头一看,却原来是司机小马从旁走过。甄姐笑眯眯地说,今天领银子,下刀子也得来啊,这点儿雪!甄姐说这点儿雪算什么!

午休的时候,小让收到老隋的短信。老隋在短信里东拉西扯,顾左右而言他。老隋说,吃饭了吗?在做什么?老隋说,郁闷。争来斗去的,没意思。老隋说,人活着,究竟是为什么呢?老隋说,牢笼。一只鸟困在牢笼里,什么感受你知道吗,小让?老隋说,人生有很多时候,不得已。老隋说,岂曰无衣?与子同袍。……小让把这些短信看了一遍,又看了一遍。有的话,她看不懂。老隋这个人,就这毛病。酸文假醋的。小让没有回复。

下午到财务室领奖金。年终奖。前面有两个人排队。桃花眼坐在办公桌后面,沙拉沙拉地点钞票,一面腾出一张嘴来,跟旁边的男同事调笑。看上去,桃花眼总有三十多岁了吧,是那种很丰腴的女人。一双眼睛,水波荡漾。老隋是什么时候溺在里面的呢?房间里到处都是盆栽,绿森森的,树林一般。桃花眼那火红的披肩,仿佛一簇火苗,把整个树林都灼烧了。空调很热。小让感觉手掌心里湿漉漉地出了汗。

火车站乱糟糟的。快过年了,外面的人们辛苦了一年,都急着往家赶。小让拉着拉杆箱,背着鼓鼓囊囊的行李,费了半天劲,总算在候车室找到一个立脚的地方。她给石宽发了一条短信,岂曰无衣?与子同袍。

石宽读过高中,石宽懂得这句话的意思吗?

小让不知道。

小米开花

说实话,很小的时候,小米就想象过自己有朝一日坐月子的情景。小米这么想完全是因为受了嫂子的启发。嫂子自从有一天从村南碰有家回来,一句话不说,就软绵绵歪在炕上了。碰有是庄上的先生,开着一间药铺子。这地方的人管医生不叫医生,也不叫大夫,叫先生。小米至今记得嫂子慢悠悠走进院子的情景。娘跟在后头,样子看上去又着急,又欢喜,着急又欢喜。她的身子往前仆着,脚步走得挺凌乱,挺没章法,嘴里念念有词,像是在骂人。小米愣了半晌,才从东屋门槛上咚的一声跳下来,她听见娘骂的是哥哥。兔崽子,臭小子,街门上的柴禾也不收拾好,办事一点都不牢靠,还想当爹哩……小米看见这个时候嫂子的脸是红的,眼皮子向下耷着,下巴颏却是朝上扬着的。当天晚上,家里的那只芦花鸡就变成了热气腾腾的汤,盛进了嫂子的碗里。

那时候,小米在旁边一边咽着口水一边想,怀娃娃真好。也就是从那个时候开始，小米对未来的坐月子充满了憧憬。

小米人不丑。这是娘给她下的评语。小米对这个评语不满意。怎么说呢，娘就是这样，对自家的闺女横挑鼻子竖挑眼，怎么看都不对。对人家的呢，倒是宽宏的，厚道的，不吝赞美的。比方说吧，在街上见了人家抱的孩子，就说，看这小子，生得多排场！说着还凑上去捏捏人家的脸蛋子。村西头娶了新媳妇，跑过去看了，回来称赞，这媳妇，眼睛毛茸茸的，欢实得很。小米有时候就不大服气，觉得娘的眼光有问题。

就说嫂子吧。嫂子是从司家庄嫁过来的。嫂子从进门的那一天起，就让小米不大痛快。其实，这事还得从娘说起。早在嫂子嫁过来之前，娘就一口一个俊子挂在嘴上。人家一只脚门里，一只脚门外，还指不定是谁家人哩。看把娘美的。俊子其实也不俊，只是人生得丰满，皮肤又白，就像刚出锅的白馒头，热腾腾，透着一股子喜气。娘私下里说，媳妇就要娶这样的，兴家呢。爹听了这话没吭声，只是很不自在地把烟锅在脚底板上磕了几下。

嫂子娘家家境不错，这一来，就多少有些下嫁的意思。嫂子倒还好，娘就有些沉不住气。在媳妇面前心虚得很。说话，做事，都觑着媳妇的脸色。小米很看不惯娘这个样子。后来嫂子生了侄子，娘在媳妇面前就越发低伏了。乡间有这么一句话，媳妇越做越大，闺女越做越小。看来是对的。有时候，饭桌上，看着爹娘亲亲热热地逗侄子，小米心里就没来由地酸起来。娘是一个粗枝大叶的人，爱说笑话。在孙子面前，更是容易忘形。她挤着眼睛，做着各种各色的怪样子，嘴里不停地叫着——也听不出是在叫什么，然而嫂子怀里的胖小子却笑了，露出一嘴粉红色的牙床子。娘的兴致更高了。爹也笑。爹是一个木讷的人，平日里总是沉默的，这个时候，那张被日光晒得黑红的脸膛就生动起来，有了一种奇异的光芒。此时，小米心里是委屈的。觉着爹娘不是自己的爹娘了。家也不是原来那个家了。原来那个家，温暖，随意，理所当然。她是爹娘的老闺女，撒娇，使性子，耍赖皮，怎么样都是好的。还有哥哥。哥哥一向疼她，可自从嫂子进门，哥哥就不一样了。无论在哪里，什么时候，哥哥的眼睛老是离不开嫂子。有一回，哥哥和嫂子正说着话，叽叽咕咕的，嫂子没来由地红了脸。哥哥抬起手，把嫂子额前掉下来的那绺碎发抿到耳后。只这一下，小米心里就酸酸地疼起来。

侄子出世了。家里更多了一种欢腾的气息。到处都是小孩子的东西。捏起来吱吱叫的小鸭子，小拨浪鼓，五彩的气球，花花绿绿的尿片子。小米觉得家里简直没有了她的位置。嫂子喂奶的时候，娘和哥哥一边一个，给正在吃奶的小人儿喊着号子鼓劲。小米把帘子啪地一下摔在身后，珠串的帘子就惊慌失措地荡过来荡过去，半天定不下神来。娘在身后骂了一句，这死妮子，看把孩子给吓着。

阳光满满地铺了一院子。风一吹，蝉鸣就悠悠地落下来，鸡笼子旁，豆角架上，半笸箩豆子里，挤挤挨挨的，都是。小米把眼睛眯起来，无数个金粒子在她眼前跳来跳去。她忽然感到百无聊赖。就去找二霞。

二霞正在午睡。听见动静就睁开眼来，用手拍拍身旁的凉席，招呼小米躺下。小米就躺下来。二霞穿一件窄窄的小衫子，仄着身子躺着。小米忽然发现她跟以前不一样了。她的胸前突出来，腰是腰，屁股是屁股。让人看一眼就心慌意乱。小米看着二霞，觉得眼前这个二霞不是原来那个二霞了。这个二霞是陌生的，让她感到莫名地慌乱和忸怩。

晚上，洗澡的时候，小米偷偷察看了自己的胸脯。她惊讶地发现，它们不知道什么时候开始微微肿起来了，像花苞，静悄悄地绽放。小米看一回，又看了一回，心里涨得满满的，仿佛马上就要破裂了。

家里照常是一片欢腾。小家伙咿咿呀呀地嘟哝着，会咯咯笑了。笑得口水都流下来，亮晶晶地挂在嘴角。可是小米不关心这个。

这些日子，小米只关心一件事：去二霞家。

二霞在县城的地毯厂上过班，在小米眼里，算是见过世面的人。其实满打满算，二霞在县城才呆了半年。后来地毯厂倒闭了，她的上班岁月也就仓促结束了。可是这并不妨碍二霞的眼光。小米一直认为，二霞是有眼光的。二霞给小米讲了很多新鲜事。这些事小米以前都没有听过。二霞问小米来了吗？小米困惑地看着她，不知道她在说什么。来了吗——谁？二霞就吃吃笑起来，笑得小米心里有些恼火。刚要发作，二霞又说，不来，就生不了孩子。小米心里咯噔一下子。看来坐月子也不是那么简单的事。

夏天的中午，寂静，悠长。小米和二霞歪在炕上咬耳朵。二霞了不得，知道的真多。小米听得脸上红红的，一颗心跳得扑通扑通的。后来，小米就把脸埋在被单子里，一双耳朵却尖起来，听二霞说话。听着听着，小米就走了神。二霞拿胳膊肘戳戳她，她才猛地吃一惊，把漫无边际的一颗心思拽回来。

回到家，娘刚把饭桌摆出来。哥哥嫂子还在屋里磨蹭。爹蹲在脸盆旁哗啦哗啦地洗手。娘冲着东屋喊了一声哥哥，说快别磨蹭了，吃饭。小米看了一眼东屋的窗子，里面静悄悄的，孩子大约是睡了。娘又小声嘀咕一句，磨蹭。小米的心忽然就跳了一下。幸好是傍晚，院子里，天色已经暗下来了。小米知道自己走了神，在心里骂了自己一句，狠狠地咬了一口馒头。哥哥嫂子吃完饭，就一前一后地回屋了。小米想，刚才磨蹭，现在，倒走得怪急。娘丁丁当当地洗着碗，一边敷衍着在脚边转来转去的大黄狗。爹站在丝瓜架下面，察看着丝瓜的长势。小米又看了一眼东屋的窗子，窗帘已经拉上了，水红的底子上撒满了淡粉的小花，白天看倒不起眼，晚上，经了灯光的映射，竟有几分生动了。小米轻轻叹了口气。

晚上，小米就睡不着了。外屋，爹娘还在说话，有一句没一句的。有时候，好长一阵子静寂，忽然爹咳嗽起来，娘就嘟哝一句，像是抱怨，又像是心疼。月光透过窗户照过来，水银一般，半张炕就在这水银里一漾一漾的。小米闭眼躺着，一颗心像雨后刚开的南瓜花，毛茸茸，湿漉漉，让人奈何不得。小米脑子里乱糟糟的。她想起嫂子刚进门的时候。那时候，娘最常说的一句话就是，别有事没事往东屋里钻。小米心里就忿忿的。凭啥？东屋多好！里里外外都是新的，满眼都是光华。东屋。现在，夜深了，东屋……小米不敢想下去了。

这些日子，小米忽然就沉默了。她常常一个人呆呆地坐着，望着某个地方，一坐就是半天。有好几回，她择菜，好豆角扔了，把满是虫眼的倒留下来。摘西红柿，低头一看，篮子里都是青蛋蛋。娘没看见。她不会注意这些。爹也是。那个胖小子一天一个样子，家里的气氛是欢腾的，喧闹的，热烈的，大家的心都被成长的喜悦涨满了。小米默默地把豆角捡回来，把一篮子青蛋蛋剁碎，扔给鸡们。鸡们神情复杂地啄了一下，跑了。小米拿起一个青蛋蛋咬了一口，酸，而且涩。小米不由得咧了咧嘴。

那天，是个傍晚吧。小米去二霞家。二霞家早吃过了晚饭。她爹娘都不在，一定是去听戏了。村东六指家老了人，从镇上请了戏。这地方红白事都要唱戏。戏台子上，盛装的几个人咿咿呀呀地唱着，台下，是熙熙攘攘的村人。戏腔，小孩子的锐叫，咳嗽声，葵花子的叫卖，此起彼伏，把儿孙们的悲伤都给淹没了。也有小孩子不愿意看戏，他们宁肯看电视。二霞也在看电视，见了小米，也不打声招呼，只管自己看。小米站了一会儿，就想走。二霞忽然说，别走啊小米。小米就停下来，等着二霞的下文。二霞说，咱玩个游戏吧——电视也没意思。

刚打过麦，麦秸垛一堆一堆的，像一朵朵盛开的蘑菇，在夜色中发出暗淡的银光。空气里流荡着一股子庄稼成熟的气息，湿润，香甜，夹杂着些许腐败的味道。二霞走在前面，小米在后面跟着。小米的后面，是胖涛。胖涛是二霞弟弟，小时候胖得不成体统，人们都叫他胖涛。小米听见胖涛呼哧呼哧的喘气声，二霞，去哪儿啊？胖涛从来不叫二霞姐姐，他叫二霞。二霞不说话，只是低头走路。小米说，二霞……这时候二霞在一个麦秸垛前面站住了。麦秸垛像一只大馒头，已经被人掏走一块。二霞指挥着小米和胖涛钻进那个窝窝里，她说，现在，游戏开始了。小米看了一眼懵懂的胖涛，心里有什么地方呼拉一下子亮了一下，她的心咚咚地跳起来。二霞说，来，这样。她让胖涛把裤衩脱下来，胖涛很不情愿，嘟哝了几句。二霞就劝他，许诺把自己那只电子表给他玩几天。胖涛就依了。

夜色朦胧，小米还是看清了胖涛的小雀子，它瘦小，绵软，青白，可怜巴巴。小米心里想笑，却不敢。一阵激烈的锣鼓声隐约传来，唱的是《卷席筒》。一个女声正在哭唱：兄弟——兄弟——呀——小米不敢看二霞，她瑟缩地低下头，说回家了——天……不早了……

小米躺在黑影里，看着风把窗帘的一角撩拨来撩拨去，心里乱糟糟的，烦得很。她老是想着晚上的事。麦秸垛。浓郁的干草味。二霞闪闪发光的眼睛。胖涛的小雀子，可怜巴巴的小雀子。兄弟——兄弟——呀——《卷席筒》里嫂嫂的唱腔悲切动人……小米心想，二霞是不是生气了。私心里，她对二霞有那么一点——叫惧怕也好，二霞是成熟的，吸引人的，在言语和行为上，有主导性的。而且，二霞有见识。在二霞面前，小米愿意服从。可是，今天不一样。小米感觉今天的二霞有点陌生。二霞的声音，神情，甚至，二霞的沉默，都有一种令她感到陌生的东西，陌生，然而又有一种无法抗拒的吸引。还有恐惧，因为陌生带来的恐惧，以及对未知事物的天然拒斥。小米想起二霞的话。那些个午后，寂寞，肥沃，辽阔，无边无际。二霞的话像一粒粒种子，撒下去，就开出花来了。空气里是一种很特别的气息，娇娆，湿润，黏稠，蓬勃，让人喘不过气来。黑暗中，小米的脸一点一点烧起来了。她拿手捂住脸，发觉手心里湿漉漉的，都是汗。这时候，她才感觉两只手由于紧张用力而酸麻了。风掀起窗帘的一角，夜空幽深，黑暗。月亮不知躲到哪里去了。

　　第二天早上，小米起得很晚。爹娘叫了几遍，见没有应答，就由她去了。太阳都一房子高的时候，小米才苍白着一张脸出来。嫂子已经吃完了，正在给孩子喂奶。想必又是娘抱孩子，让嫂子先吃。这时候娘正端了一碗粥，一边喝一边逗孩子。见了小米，说这闺女，长懒筋了。小米不说话。她拿起一块馒头，慢慢地咬起来。孩子在嫂子怀里奋力地吃着奶，吭哧吭哧，能清晰地听见吞咽的声音。嫂子的奶水真足。小米想。这声音令小米很难堪。她看了一眼哥哥，哥哥正把头凑过去，轻轻刮着小家伙的鼻子。小米注意到，嫂子的乳房饱满，肥白，奶水充盈，一条条淡蓝色的血管很清晰地现出来。有时候孩子不留神，紫红色的硕大的乳头就会从那张粉嫩的小嘴里滑出来，只一闪，又被孩子敏捷地逮住了。小米看了一眼爹。爹坐在丝瓜架下抽烟，一副目不斜视的样子。小米把一片莴苣叶子卷起来，蘸了一下碗里的酱。小米喜欢莴苣，碧绿，水灵，看一眼就想吃。这时候，嫂子忽然惊叫一声，说这坏小子，疼死人了。一边说，一边作势拍了一下孩子的屁股。哥哥嘴里丝丝地吸着冷气,娘却笑了,说这小子。语气分明是自豪的。爹剧烈地咳嗽起来,止也止不住。一只白翎子鸡涎着脸凑过来,明目张胆地啄着南瓜叶子。爹嘴里哦秋哦秋地赶着,一时忘了咳嗽。

  阳光从树枝的缝隙里漏下来,一点一点地,在地上画出不成样子的图案。小米把手伸出去,让一个亮亮的光斑落进手掌心里,然后,忽然把手掌合拢来,像是怕那个光斑溜走了。拳头上就亮闪闪的,像一只眼睛,眨呀眨。影壁前面传来索拉索拉的声音,娘在簸玉米。如今,玉米是稀罕物,通常是不吃的,只是有时候馋了,白面馒头也吃得不耐烦了,人们会仔细挑了粮食,细细磨了,蒸饼子,或者打白粥,都是新鲜的。娘簸玉米的样子很娴熟,一下一下,节奏分明。影子在地上一伸一缩,大黄狗从旁半卧着,看着看着就出了神。嫂子抱着孩子串门去了,家里一下子安静下来。爹去打棉花杈子。哥哥也不知到哪里去了。哥哥向是这样。用娘的话说,是个媳妇迷。村里的壮劳力们大都出去打工了,哥哥没去。当然,也可能是嫂子不让去。总之,哥哥不去,做爹娘的也不好说什么。小两口整天黏在一处,人们都说,看人家小伏,岁数不大,倒懂得疼媳妇。一阵风吹过来,有一片阳光掉进小米的眼睛里,小米闭了闭眼。娘在簸玉米。这时候她停下来,擦了一把额头的汗。院子里很静,小米很想跟娘说点什么,可是想了想,又不知道说什么。小米看了一眼娘的脸,一绺汗湿的头发掉下来,随着她的动作一跳一跳。

  吃完饭,小米睡午觉。小米躺在炕上,电扇嘤嘤嗡嗡地唱着,把身上的单子吹得一张一禽。小米闭上眼睛,酝酿着睡觉的事。

  这是一明一暗的房子,爹娘睡外间,小米睡里间。平日里,小米是个头一沾枕头就睡的人,雷打都轰不动。可是现在不行了。现在,小米发现,睡觉是一件很折磨人的事情。有时候,小米会突然惊醒过来，尖起耳朵。周围一片静寂，整个村庄仿佛都睡去了。外间屋传来爹的鼾声，偶尔，娘也磨牙，模模糊糊地说一句梦话。小米躺在黑影里，感到自己的脸慢慢烧了起来。

已经有阵子不见二霞了。其实，有好几回，小米的脚都开始往二霞家的方向走了，心底里忽然就探出一个东西，像缠人的瓜蔓，把脚给绊住了。小米拿自己没办法，想了想，就去地里摘甜瓜。

这地方，人们把甜瓜种在棉田里，叫套种。收花和吃瓜，两不耽误。村外的土路上坑坑洼洼的，深深浅浅的车辙把路面切割得不成样子。机器收割的麦茬齐斩斩的，已经有泼辣的玉米苗在风里摇头晃脑了。路两旁，田地里搭起了各式各样的简易房，它们在乡村的风中站立着，简单，潦草，漫不经心。房前房后抻起了绳子，晾晒着各色衣物。这是村里人家的养鸡场。周围很静，偶尔有母鸡咯咯地叫两声，引得一片鸡鸣，热烈地应和着。小米抬头看了一眼天边，太阳正慢慢地向西天坠下去。浅紫色的云彩在树梢上铺展开来，房子，树木，田野，人，都被染上一层深深浅浅的颜色。田边的垄沟上，零星开着几处野花，多是很干净的淡粉色，也有深紫的，吐着嫩黄的蕊子，很热烈，也很寂寞。小米不由得蹲下来，想掐一朵在手里，踌躇了一时，终于没有忍心。

天色渐渐暗下来了。远远地，一个人影慢慢从河堤下面升上来。逆着天光，小米只能看清来人的轮廓。这个人高大，黝黑，像黄昏中一座移动的铁塔。小米——你在这里，做什么？小米这才看清铁塔是村西的建社舅。建社舅是外地人，村里的上门女婿，论起来，算是娘的堂兄弟。小米看了一眼建社舅，他背了一只大筐，里面是堆尖的青草，颤颤巍巍的，很危险的样子。建社舅小心地把草筐卸下来，放在地上，有几蓬青草掉下来，滚到小米的脚边。建社舅说热，真热，一边把身上的背心脱下来,快速地扇着。小米看了一眼他的肚子,圆鼓鼓的,像扣了个大面盆。小米就笑起来。小米穿了一条布裙子,浅米白的底子,上面撒满了鹅黄色的花瓣。建社舅看了她一眼,说,米啊,建社舅给你打个谜,看你猜出猜不出。小米说那你说。建社舅把汗淋淋的背心甩在肩膀上,从筐里拽出一根草,把它弯成一个圆,说这是啥?小米说还用问,傻瓜都知道。建社舅又从筐里拽出一根草,说,这个呢?小米扑哧一下笑了,草呗。建社舅也笑了一下,说傻。他把这根草从那个圆里穿过去,说,这个呢?小米想了想,说,这个,啥都不是。建社舅把那根草在圆里来来回回地穿进来,穿出去,穿出去,穿进来。他看着小米的脸,手下的动作越来越快。这个呢?小米感觉他的样子很滑稽,忍不住笑了。天色正一点一点黯淡下来,田野里,渐渐腾起一层薄薄的雾气,夹杂着庄稼汁水的青涩气息。远远地,村子上空升起淡青色的炊烟,和茂密的树梢缠绕在一起。建社舅,回家了。建社舅不说话,他站在那里,手里拿着那两根青草。建社舅今天有点怪。小米想。她不想理他了。她要回家了。

暮色从四面八方涌过来,一点一点把小米包围。小米看了一眼树桩一样的建社舅,转身往回走。小米。树桩的声音从暮霭中穿过来,小米听得出他声音的不平常。她忽然有些害怕,撒腿就跑。

小米醒来的时候已经很晚了。太阳透过槐树的枝丫照过来,在窗户上描出婆娑的影子,画一般。小米听见院子里有人说话。

姐,吃了?

建社舅!小米感觉自己马上变得僵硬起来。娘说吃了,建社你坐。

这天,也不下雨。

可不是,干透了都。青改还壮吧?几个月?

八个多。

快到时候了。

可不。

这一晃。

建社舅打了个哈欠,问米哩?

这闺女,长懒筋啦。娘在哗啦哗啦地洗衣裳。还睡哩。米——小米——

建社舅说睡呗,有啥事。

小米忽然一下子就从炕上坐起来。拿手指拢了一把头发,噌噌两步就打开门,把帘子撩起来。院子里的人都没防备,吃了一惊。小米靠在门框上,一只脚门里,一只脚门外,阳光打在她的脸上,一跳一跳地,看不清她的表情。这闺女。娘嘟哝了一句,又低下头摆弄盆里的衣服。建社舅脸上讪讪地,一时没了话题。一只板凳横在门口,小米飞起一脚,把它踢个仰八叉。正在闭目养神的芦花鸡吓了一跳,嘴里咕咕叫着,张皇地走开去。招你惹你了,这闺女。小米不吭声,往盆里舀了水,豁朗豁朗洗脸。建社舅说那啥,待会子说是收鸡蛋的来,我回去盯着点儿。娘说你忙,也叫青改过来坐坐,老闷家里。建社舅答应着往外走,小米洗完脸,抓起脸盆,哗啦一下泼出去,建社舅的裤脚就湿了半截。这闺女,怎么就没个谱。娘歪着头,使劲拧着衣裳,嘴巴咧得很开。老大不小了都。

这程子,小米心里老想着建社舅的那两根青草。想着想着就走了神。有一回,一家人吃晚饭,电视开着,是一个没头没尾的电视剧。男人和女人在说话,说着说着就抱在了一起,开始亲嘴。他们亲得很慢,很细致,像是要把对方的五脏六腑都吸出来。小米心里有些紧。她盼望电视里的人快点停下来。电视里的人却越来越有耐心,他们像两株蔓生的植物,彼此缠绕在一起,越缠越紧。小米不敢看了,她感觉手心里湿漉漉的都是汗水。屋子里的气氛也慢慢变了。有那么一会儿,大家停止了聊天,谁都不说话。电视里的人继续亲着,男人开始脱女人的衣服。屋子里静极了,只听见电视里的喘息声和模模糊糊的呢喃。小米感觉时间像是凝滞了,她木木地吃着饭,全然吃不出一点滋味。这时候爹终于站起来,他重重地咳嗽了一声,说这蚊子,挺厉害。他准备去拿蚊香了,可是又停下来,对着娘说,还有吧?蚊香。娘回头看了爹一眼,就起身到抽屉里找蚊香。抽屉乒乒乓乓开合的声音,把电视里的声音淹没了。哥哥回过头来,看了娘一眼,小米注意到,这一眼里似乎有些愠怒。趁着乱,小米走出屋子,装作上厕所的样子。一阵风吹过,院子弥漫着树木和蔬菜的气息,夹杂着人家的饭菜的香味。小米一直找不到借口出来,她怕大家知道她的害羞。害羞,就是懂了的意思。小米不愿意让家里人知道。她不好意思。回到屋里的时候,电视上一切都过去了。画面上,是繁华的城市街道,阳光明媚,来来往往的行人,车辆,还有轻松的音乐。小米心里像有一根紧绷的弦,一下子松弛下来。一家人也恢复了正常,有一搭没一搭地聊着天,气氛轻松。黏稠的空气开始慢慢流动。大家都暗暗舒了一口气。爹终于没有把蚊香点上。此刻,他神情自在,不慌不忙地卷着旱烟。

邻村四九逢集,一大早,娘就张罗着赶集的事。青改拖着笨重的身子走过来,娘见了,赶忙让她坐。青改却不坐,她站在那,一手扶着腰,一手扶着已经显山露水的肚子。两只脚分开来,像一个志得意满的将军。娘说累吧?青改说还好,就是脚肿得厉害,说着就让娘看她的脚脖子。小米看着青改艰难弯腰的笨拙样子,心里忽然有个地方疼了一下。她想起了建社舅的那两根青草。我怀小米那会,腿都肿了,一摁一个坑。小伏就没事。都说闺女养娘,这话也不能全信。青改说噢,建社倒是盼小子呢。娘去赶集了,青改并不走。小米正不知道该怎么办，嫂子抱着孩子出来了，叫青改姨，亲亲热热地打着招呼。小米趁机溜出来，把青改留给了嫂子。

小米发现自己来事是在快中秋的时候。有一回，也是吃饭，小米站起来盛粥，回来看见板凳上有暗红的颜色，她心里一惊。她想起了二霞的话。这是来了。小米想。她装作若无其事的样子，继续吃饭，心里却是慌乱的，扑通扑通跳得厉害。她不想把这事告诉娘。娘正专心致志地拿勺子一点一点把蛋黄往孙子嘴里抹，小家伙吧嗒吧嗒地吃得很香。小米故意磨磨蹭蹭吃到最后，等大家都走开了，趁着娘去水缸舀水，小米飞快地把板凳面靠墙放好，跑进自己屋子里。

对于这件事，小米不是没有思想准备。该知道的，二霞都说给她听了。可是事到临头，小米还是有点措手不及。有一回，嫂子在厕所里喊她，她知道嫂子是忘了带纸，就撕了手纸送过去。嫂子却说不是，不是这个。小米歪着头想了一回，也没想明白嫂子要什么。嫂子说，你去我屋里——抽屉里有。小米在嫂子抽屉里翻了半天，里面只有一包东西，还没有打开，淡粉色的底子上，有一个女人。女人很好看，一双眼睛似睡非睡。小米就拿了这包东西给嫂子送过去，嫂子接过来，忽然红了脸。小米就对这东西留了心。后来她才知道了那东西的用处。

小米关在屋里，费了好长时间才把自己收拾妥当。娘在外面喊她，小米，囫囵馒头啃成这样——还吃不吃了？

天气说冷就冷了。农历十月，有个十月庙，这地方的人很看重这个十月庙。庙就是村东的土地庙，其实是一间不起眼的小房子。香火却盛。说是土地庙，在村人眼里，就有了象征的意思。乡下人，对这种事是很虔诚的。谁家有了坎坷，都要来庙里拜一拜。求医问药，占卜吉凶，测问祸福，少不了要来烧一炷香。逢年过节，庙里就更热闹了。每年的十月庙，排场是很大的。村里请了戏班子，唱戏，七天七夜，引得邻村的人们都过来看。一些小摊子就在庙会上摆出来，主要是吃食：瓜子花生，新鲜果木，馃子豆脑，驴肉烧饼，油炸糕。到处香气扑鼻，热气腾腾，整个村子像过年一样热闹。

只有小米例外。

怎么说呢？无论如何，小米是有些变了。小米是个有秘密的人了。小米的秘密不仅仅在二霞和胖涛，也不在建社舅，还有他手中的那两根草，当然也不仅仅是她"来了"。小米的秘密在于，她眼睛里世界不一样了，或者说，她看世界的眼光不一样了。从前，在小米的眼睛里，世界是简单的，清澈，透明，一眼看到底。可是，现在不一样了。有一天，小米出门看见大黄狗正在和建社舅家的黑狗纠缠，缠着缠着就缠到一处了，腿对着腿，不可开交的样子。小米的脸腾地一下就热了。她看看四周无人，捡起一块土坷垃就扔过去。两条狗却不理会，仍专心致志地做事。小米气得走过去踢了大黄狗一脚，大黄狗吃了一惊，身子并不分开，瞪着一双无辜的眼睛看着小米，嘴里呜呜地叫几声，表达自己的委屈。小米无法，跺一跺脚，就由它们去。回到家，小米心里恨恨的。她把门一下子关上，咣当一声，把自己都吓了一跳。

小米歪在炕上，看着墙角那个小小的蜘蛛网发呆。蜘蛛网很小，但很精致，蜘蛛去了哪里呢？小米想不出。可能蜘蛛趁小米不注意的时候，就会回来。这说不定。小米看着那个蜘蛛网，心里想，这个世界，总是有人们不知道的秘密。

乡下人憨直，嘴巴少有顾忌。尤其是男人们，他们总有说不完的俏皮话，荤的素的，黑的白的，热闹得很。逢这个时候小米就扭身走开了。她知道，男人说荤话是无妨的，女人却听不得，闺女家，尤其不能。其实，在内心里，小米是愿意听听这些荤话的。乡村的荤话，简单，却丰富；含蓄，却奔放，它们充满了无穷的想象力，耐人寻味。

乡下人，有谁不是从这些荤话中接受了最初的启蒙？小米把这些话装进心里，没人的时候就拿出来想一想，想着想着就把脸想热了。

　　大人们都有秘密。小米想。哥哥和嫂子，建社舅和青改，爹和娘。想到这里小米心里颤了一下。她用最难听的话骂了自己。她不该这么想。尤其不该，这么想爹和娘。爹沉默，甚至有点木讷，勤快得像头牛。娘呢，粗枝大叶，心直口快。爹和娘——小米艰难地想，究竟是怎样的呢？人前，爹和娘是不相干的。有时候，一天也说不上两句话。更多的时候，他们通过旁人进行交流。爹往往这样说，问你娘白娃家的砍刀还了没有。娘最常说的一句话是，叫你爹吃饭。在乡下，越是一家人，人前倒越是生分的，甚至是冷淡的。比方说，父子们在街上见了，彼此之间并不理会，也不打招呼，同旁人倒亲热地扯上几句，有时候干脆停下，热烈地聊起来，聊着聊着就嘎嘎笑了。爹和娘也是这样。走在街上，不知情的，谁能猜出他们是夫妻呢？这真是奇怪的事情。有时候，小米从父母屋子里穿过，心里是紧张的，她有些担心。担心什么？她说不出。可这紧张里又有一点期盼。期盼什么呢？小米也说不出。这真是一种折磨。为此，小米的一颗心就总是悬在那里。越是这样，小米就越觉得爹和娘之间的不磊落。她怀揣着很多纷乱的心思，想过来，想过去，就有些生气。究竟生谁的气呢？她也说不好。

　　十月庙，村子里是热闹的，人们的心都被大戏吸引了去，说话，做事，心不在肝上。娘是个戏迷，这机会更不能错过。爹醉心于戏台下面的事。几个人围在一起，掷骰子。哥哥嫂子也出去了。小米歪在炕上，把电视频道噼里啪啦地换来换去。换了一会，小米啪地一下关了电视，跳下炕来。

　　街上人来人往，空气里蒸腾着一股子热腾腾的喜气，仿佛发酵的馒头，香甜，带着些许微酸。小米喜欢这种味道。她有些高兴起来。

村南的果园子旁边有一个草棚子,这地方人叫做窝棚,是看园子的人住的地方。如今,果园子早已经过了它的盛季,窝棚也就闲下来,显得寂寞而冷清。小米对身后的胖涛打个手势,说过来呀。十月,乡下的风终究是有些寒意了。胖涛的清鼻涕一闪一闪的,隔一会,他就慌忙吸一下。

小米是在家门口碰上胖涛的。胖涛手里举着一串糖葫芦,一边走,一边吃。小米说,胖涛,二霞哩?胖涛说二霞去看戏了。小米说噢,就转身走,没走几步,又停下了。胖涛——小米说,你跟我来。

周围很静。有风掠过果园子,树木簌簌地响着。窝棚里弥散着一股干草的气息,有点涩,有点苦,还有一点芬芳的谷草的腥气。小米和胖涛面对面躺着,谁也不说话。胖涛说,咱们,干啥?小米说,不知道。胖涛说,那,去看戏了。小米说,看戏有啥意思。胖涛说,那你说,干啥?小米说,你说呢?一阵风吹过,有丝弦的声音隐约飘过来,细细的,游丝一般,若隐若现。……姹紫嫣红开遍,似这般都付与……断井残垣……胖涛吸了一下鼻子,说,不知道。要不,看戏去?小米白了他一眼,说,傻。就知道看戏。

冬天是乡下最清闲的时节。庄稼都收进了屋,人们也就放了心。爹专心摆弄自己那匹牲口,有时候也去给人家当厨子。爹的手艺不错,在村子里是有些声名的。冬天,办喜事的人家多起来,爹常常被请去,出了东家进西家。娘原是喜欢玩纸牌的——也不玩大,一角两角的,一晌下来,也分不出输赢,白白磨了手指头。如今娘却不怎么玩了。孩子正是淘的时候,不肯在屋子里待,娘和嫂子就轮流抱着出去,孩子在寒冽的空气里手舞足蹈,脸蛋子冻得通红。

这些日子小米总是郁郁的。有时候,小米也会想起窝棚里的事。她的慌乱,胖涛的委屈,麻雀在窝棚的地上跳来跳去,瞪着一双乌溜溜的小眼睛，好奇地看着他们。

月事照常来，一步都不差。小米的一颗心就放回肚子里，又有些怅怅的。小米想起了二霞的话，越想越感到烦恼。娘抱着孩子回来了，嘴里呼啸着，孩子的笑声像碎了的白瓷盘子，亮晶晶撒了一地。

小米——娘喊她。小米不答应。娘就教着孩子叫，姑姑——姑姑——不听话——小米还是不答应。孩子的小手肉乎乎的，一把把她的辫子抓在手心里。小米刚想回头，眼泪就在眼窝里打转。娘说，臭小子，看把你姑姑弄疼了。小米的眼泪终于扑棱棱落下来，怎么也收不住。

原载《中国作家》2009年第2期

醉太平

一

窗子半开着。绿萝层层叠叠的，在墙上投下了斑驳的影子。不知道谁家的孩子在学琴，断断续续的，有一点生涩，有一点犹疑，还有那么一点微微的负气的意思，反反复复，十分的有耐心。老费歪在沙发上看手机报。世界真是不太平。到处都是坏消息。让人觉得，眼前的这份生活，尽管有那么一些不如意，但到底还算安宁。怎么说呢，这些年，老费都是一个人，习惯了。

当然了，有时候，老费也会想起刘以敏。

刘以敏是一个安静的女人。当初，老费就是喜欢上了她的这种安静。骨子里，老费有那么一点大男子，觉得，安静是女人的第一美德。女人家张牙舞爪，蝎蝎螫螫的，总归不像话。所谓的贞娴幽艳，是老费对女人的最高理想。而在如今这世道，却可遇而不可求，简直是个妄想了。

刘以敏是药剂师，身上常年有一种微微的药香。中药这东西，奇怪得很，它的香气是内敛的，低调的，沉静的，不似脂粉香水，蛊惑人心，叫人迷醉，也叫人动荡不安。结婚十年，老费已经习惯了这种药香，干净的，妥帖的，温良的，让人没来由地感觉现世安稳，岁月平定，都在手掌心里牢牢握着。刘以敏喜欢家务，家里的一切都打理得横平竖直。卧室的床头柜里有一个小医药箱，预备着各种各样的常用药。没事的时候，刘以敏喜欢把这些药拿出来，逐个研究上面的说明。偶尔也淘汰一些，因为过了保质期。大多数时候，刘以敏只是认真地看，一看就是大半晌。老费对刘以敏的这个习惯倒不太奇怪。药剂师嘛。自然对药物满怀兴趣。就像厨师热爱厨艺，建筑师迷恋建筑，有什么大惊小怪的呢。况且，老费和女儿也从中得到了很多好处。有个头疼脑热，小病小灾，一点都不慌张。有刘以敏呢。

  一只鸽子落在阳台的护栏上，咕咕咕咕叫着。白色的羽毛，肚子上隐隐有一痕浅灰。东四这一带，鸽子多。老费把手机扔在一旁，摘了眼镜，半闭上眼。周末，本来说好要看女儿的，但刘以敏说，数奥老师有事，临时调课。计划就乱套了。刘以敏在电话里口气照例是淡淡的。老费心里恼火。也不好说什么。可恨！老费总觉得，刘以敏这是故意。再给易娟短信，等了半晌，易娟才简短地回复：改日吧。老费猜测，这是不方便了。平日里，易娟不是这样的。易娟是一个活泼的女人。在老费面前，尤其生动。老费心里酸酸的，涩涩的，说不出的复杂滋味。易娟有家庭。这一点，老费是知道的。老费不知道的是，易娟的家庭生活是不是如她所描述的那般，索然无味。谁知道呢。女人，大约是世界上最复杂的动物。雾里看花水中望月，你永远猜不透。就像刘以敏。

二

其实，在那一天之前，老费对刘以敏的事一点都没有觉察。刘以敏的生活，怎么说，简直像钟表一样规律：上班，下班，接送女儿，做家务，周末去看望父母——老费的父母。刘以敏江浙人，父母在老家。刘以敏的一颗心，便全长在费家二老身上了。费老爷子嘴巴刁，最喜欢刘以敏的红烧肉。家里那只小黄，也同刘以敏要好。见了她，又是亲又是蹭，不知道怎么亲热才好。费家二老对刘以敏，简直是依赖得不行。一口一个小敏，朝她抱怨着天气，物价，诉说着自己的这儿疼那儿痒，那口气，那神情，竟不像是儿媳妇，简直是贴肝贴肺嫡亲的闺女了。刘以敏呢，也有耐心，好脾气地笑着，问长问短，问暖问寒，直把二老哄得欢天喜地。倒是老费，从旁无聊地看看电视，翻翻报纸，衣帽齐整，神态悠闲，油瓶倒了不扶——倒仿佛是这家的客人了。费老爷子在量血压。费老太太又絮絮地说起老费小时候的那些事，也不知道说了多少遍了。刘以敏择着菜，一面嗯嗯哪哪地应着，适时地惊叹一下，哦，啊，是吗？真的？十分地肯敷衍。费老太太越发眉飞色舞，笑得嘎嘎响。老费看了一眼她们婆媳二人的背影，冲着小黄做了个鬼脸。

三

　　老费所在的研究院,是一个虚实相生的文化单位。说虚实相生,虚,大约要占去十之八九。余下的那一二,便是一本学术刊物。这刊物看上去并不出众,薄薄的,面孔呆滞,但却是国家核心期刊,有不少人的身家性命,都不松不紧地系在上面。评职称,晋教授,搞课题,发论文,哪一样离得了核心期刊?老费呢,作为刊物的执行主编,少不得要出去应酬。各种人情关系,更是缠缠绕绕千回百转。老费性子是个好静的,不喜酬酢热闹,但有什么办法呢,这是工作。出差也多。全国各地的会议,有的是繁多的名目由头。实在推不得,老费就只有去。长恨此身非我有啊。感叹之余,老费也有那么一点得意。大丈夫行世,不说有千秋情怀治国平天下,安身立命之所却是必须的吧。老费的安身立命之所,便是他的学术。都讲学术生命学术生命,学术就是老费的生命。没有学术,哪里有老费的今天?然而得意归得意,老费怎么不清楚,人们众星捧月,捧的是他屁股底下的这把椅子。单凭他老费,怎么可能!

　　对于功名这东西,老费是俗人,也不能免俗。从老北京大杂院里头破血流一路厮杀出来,为的是什么呢?就算老费不热衷此道,在冠盖云集的京城帝都,在弱肉强食的圈子里,他也只有咬牙跺脚,不得不。不过,骨子里,老费还是有那么一点读书人的清高。读书人,拼的是什么?是读书。老费的书读得过硬,文章呢,也委实厉害。在圈子里，也算是个人物。不像那些同行，削尖了脑袋，投机钻营，攻城略地，浪得一些虚名，究其实，却不过是一些学术混子。打着学术的幌子，到处招摇撞骗。眼看着他们一个个发达起来，老费再清高，心里也是有那么一些不甘。凭什么呢？就凭他们肚子里那半瓶子醋，那些个虚头巴脑狗屁不通的文章？这世道，当真是乱了。然而，不甘心归不甘心，老费究竟还是书生本色。无欲则刚。老费信这个。在这一点上，老费倒是很感激刘以敏。结婚十年，刘以敏从来也不曾鞭策过老费，像天下那些望夫成龙的妻子们一样，做着夫贵妻荣的好梦。刘以敏甚至从来不过问他单位里的人事。当年，这个女人也是跟着他一穷二白地走过来的。住筒子楼，生煤炉子，几户人家共用厨房卫生间。一家三口挤几平方的小屋，开门就是床。也不知道是怎么熬过来的。记忆当中，仿佛刘以敏从来没有抱怨过一句。倒是老费，清高之余，觉得究竟委屈了老婆孩子，也害父母双亲忧心，枉为人夫人父人子，更枉为一世男人。痛定思痛，老费咬牙要改。说到底，人最大的敌人，还是自己。这话真是有理。在圈子里看得多了，渐渐积累了心得。老费悟性好。智商加上情商，还有什么是老费看不透的？书生之外，老费也懂得变通。外圆内方，老费深谙此中堂奥。因此上，老费的人缘极好。人缘是什么？是群众基础。在领导那一方面，老费也知道尺度。太远了不行。太近了呢，也不行。好在老费业务过硬，为人呢，又低调。是非又少，人前人后，从来都是不卑不亢。知识分子扎堆的地方，最容易内讧。院里那两派，争权夺利，闹得不可开交。自然了，都来拉拢老费。老费呢，虽则是面上一脸懵懂，可心里明镜似的。争来争去，还不是一个利字。老鸹笑话猪黑。刊物的执行主编，经过几番厮杀，明争暗斗，几败俱伤的时候，一个大馅饼咣当一声，不偏不倚，正砸在老费头上。惊诧之余，两个对立面倒都平静下来。也好。如此也好。老费呢,心里自然是得意,脸上却是波澜不兴。一如既往的低姿态。大块文章呢,却是一篇接一篇,有一些春树繁花开不尽的意味了。火借风势,风助火威。墙里墙外,花香一片。一些心思复杂的人也只有闭了嘴。老费的位子便稳稳地坐下了。那一年,老费四十岁,照说正是血气方刚的年纪,却是沉着淡定得很,从不见一句过火的话,一个忘形的举止。谁不喜欢低姿态呢。高调做事,低调做人。人们说,老费这家伙,看着不声不响,是有韬略的。

四

五月的杭州,正是烟花烂漫。老费从会议上溜出来,走廊里恰巧遇上万红。万红是院里的同事,另一个所的研究员。老费摸出手机,装作打电话的样子。不料却被万红叫住,费主编——老费只好停下来,对着手机说,那好,好,先这么说,回头聊回头聊。万红看着他,嘴角抿着,笑。仿佛是看穿了老费的装模作样。老费赶忙说,烦,真烦。破事儿没完没了——怎么,出来透透气?

江南春光,别有一番风致。一眼望去,西湖的烟波浩淼,尽在一揽之中。微风吹拂,万红的裙子飞起来,还有丝巾,上面的流苏一下子缠上了老费的西装纽扣。老费手忙脚乱地去弄,偏偏那葱绿色的流苏纠结不休。万红看他急得红头涨脸,却并不帮忙,咯咯咯咯笑起来。随着万红的花枝乱颤,老费的一双笨手更是不得要领,心里不由得咬牙恨道,小贱人!果然是名不虚传。嘴上却只好柔软下来,央求道,求你了——万红忍着笑,朝他飞了一眼,一双十指尖尖的小手,三下两下便把那流苏和扣子的风流官司了结了。万红的头发像黑烟一般，有几缕飘进老费的眼睛里，香喷喷，痒梭梭的。老费就有些恍惚。万红把丝巾的流苏看了又看，嗔道，瞧你，都给人家弄坏了。老费看她娇嗔满面，眼波流转，就有点消受不起。想找个借口回去。在圈子里，万红可是一个明星人物，牵藤扯蔓的，瓜葛遍野。老费不想平白地招惹是非。

后半场的会就开得心不在焉。万红那葱绿色的流苏，把老费弄得心神不定。晚餐的时候，万红照例是众人的焦点。圈子里，本就阳盛阴衰，这种会议，女人更是那万绿丛中一点红。酒场上，自然少不得红粉的点缀，要不然，男人们的豪气干云英雄气概，演给谁看呢。万红已经换了装。露肩低胸，春光乍现，十分的惊险。把一帮人都看得痴了。万红究竟是读过博的，懂得文武之道，懂得张弛之理，从端正清丽的女学者，到烟视媚行的女妖精，她不费吹灰之力。火红的小礼服燃烧起来，衬了粉琢般的肌肤，把男人们烤得晕头转向，都渐渐有些失了形状。老费从旁看着那彩云追月的样子，心想，这帮家伙，就这点出息！

开了两天的会，余下的活动便是玩了。游完西湖，又到灵隐寺去烧香许愿。老费头天夜里洗澡贪凉，加上终究旅途劳累，感冒了。一生病，就想家。这是人的通病。老费就改签了机票，提前回了北京。

到家的时候已经是下午四点多了。老费一进门，却发现玄关处的衣帽架上挂着刘以敏的外套。那双米黄色高跟皮鞋，一只端正，一只翘起。莫非，刘以敏今天不上班？老费脑子里闪过无数电影小说里出现过的画面，飞快地，走马灯一般，根本由不得他。心里倒还是镇定的。不知道怎么回事，他有一种命中注定的预感。不祥的，宿命的，魔幻的，甚至有一点隐隐的兴奋，一种类似万事皆休般的——毁灭感。

衣帽架上多了一件男人的西装，卡其色，陌生的，侵略性的，带着某种邪恶的气息。老费的脑子里空荡荡的，响着激烈的回声，因为空旷，只留下模糊的仓促的轰鸣。他一只脚从皮鞋里拿出来，机械地习惯性地去找拖鞋。没有拖鞋。刘以敏的也没有。老费愣了片刻，转身悄悄下了楼。

阳光明亮。明亮得有些虚假。到处都是欣欣然的样子，人间的五月，万物生长，万木花开。楼前的草地里，有割草机在訇訇响着。草木汁液的腥味在空气里流荡，新鲜得有些刺鼻。海棠花已经开了。丛丛簇簇，不管不顾地，开得恣意。还有玉兰。白玉兰。紫玉兰。花瓣肥美，汁水饱满，美丽得颓废，淡黄的花蕊在风中招摇，有一种疯狂的放荡的气息。小区里很安静。人们上班的上班，上学的上学。偶尔也有几个闲人。谁家的小保姆推着婴儿车，只管想自己的心事。一楼的老先生在侍弄他那些花花草草，戴着老花镜，费力地弯着腰。一个胖女人，蓬着头，穿着疑似睡衣，懒洋洋地喝斥着她的狗。老费在附近楼前的凉亭里坐着，默默地抽烟。藤萝架蓊蓊郁郁的，遮住了半个亭子。太阳慢慢从楼后面坠下去了，只留下一片淡淡的绯红，晕染了半边西天。暮色渐渐升腾起来，一点一点地，悄悄包围了他。老费眼睛紧紧盯着三单元的对讲门。刘以敏。怎么就没有想到呢。刘以敏。

五

说起来，同刘以敏的认识，有那么一点小小的传奇。还是大学的时候，有一回到医学院去找一个同学。医学院很大，空旷安静，树木也繁茂，到处是绿荫匝地。几个人在校园里散步，前面走着一个女孩子。正是夏天。女孩子穿一件棉布白裙，宽宽的，带着自然的褶皱，走起路来，腰身一收一放，起伏不定，直把几个青皮小子看得痴了。阳光穿过梧桐叶子，筛下点点光斑，明明暗暗的，叫人不安。一个人就捅捅老费的胳膊肘，说，怎么样——敢不敢？

　　后来，私心里，老费总觉得有一些不甘。是谁说的，身姿之美，胜过容颜之美。简直是胡话！怎么说呢，这个刘以敏，容貌委实一般。自然，也不能算作丑。中人之姿吧。她当初那美好的背影，真是有欺骗性。要知道，那时候的老费，是文青，对爱情，还有婚姻，老费是抱有一些美丽的幻想的。老费心中的女子，究竟是怎样的呢，老费想了半辈子，始终也没有想好。想来想去，反正绝不是眼前的这一个。为了这个，老费总觉得委屈。尤其是，生了孩子之后，刘以敏的身材是大不如前了。更让人心烦的是，随着年纪渐长，刘以敏竟然越发胖了起来。宽袍大袖的家居服，更让她显得没有形状。有时候，看着刘以敏臃肿的身子在屋子里转来转去，老费就懊恼得不行。有什么办法呢，人生就是这样不讲道理。老实说，先前，恋爱的时候，还是有一些美好的意味的。多少年了，老费有时候还会想起来，白裙的女孩子，低着眉心，腰间那盈盈一握的感觉。仿佛是一个夏天的黄昏，蝉在树上叫。风微微吹过来，淡淡的芬芳，若有若无。一颗心跳得厉害。手心里湿湿的，全是汗。也不知道什么时候，生活把当年那个窈窕的女学生偷走了，丢给他一个肥胖的妻子。这真是没有办法的事情。然而，委屈归委屈，老费认真想上两回，也就把自己劝开了。贤妻，良母，孝顺的儿媳妇，敬业的药剂师。还要怎么样呢？真是人心不足了。可是，这世上的事——谁会想得到呢？

小阑干

六

后来，关于那一天的事，老费一直没有问起。生活照常进行。刘以敏把老费出差的衣服全都清洗了，晾干，消毒，熨烫，折叠，收好。刘以敏把那只小旅行箱擦拭得一尘不染，用那个棉布套罩起来。刘以敏炖了雪梨银耳羹，熬了绿豆百合薏米稀饭。刘以敏把小药箱打开，仔细挑选了清火的感冒药。窗子不敢大敞着，只留了一条窄窄的缝隙。屋子里用着加湿器。细蒙蒙的水雾，在阳光下折射出一道斑斓的影子。北京的春天，实在是太干燥了。老费靠在沙发上，看着刘以敏忙忙碌碌。刘以敏的头发随意挽起来，露出雪白的脖子。刘以敏穿一件粉色家居服，胸前一跳一跳的，活泼得很。刘以敏在家不喜欢穿胸罩。老费看着看着，忽然就把眼前的一碗雪梨银耳横扫下去。碗掉在地板上，当啷啷一阵乱响，并没有破碎。刘以敏从厨房里奔出来，看着地下那一只歪斜的空碗，汤汤水水流出来，黏糊糊的，淌得到处都是。又看了一眼老费的脸色，仿佛是没有反应过来，又仿佛是，吃了一惊，怔忡了一时，便去拿拖把。老费坐在沙发上，只觉得胸口堵得难受，喘不上气来。刘以敏扔下拖把，慌忙过来扶住他，直问怎么了，怎么了这是？老费说不出话。半闭着眼睛，呼哧呼哧喘着粗气。刘以敏手忙脚乱地收拾残局。电话响了半天，老费也不管。到底是刘以敏扎煞着一双湿手跑过来接了。刘以敏对着话筒说，——没事，妈，是老费——感冒，小感冒——药刚吃了——老费看见刘以敏的鼻尖上细细的汗珠，心想,她怎么不发火,嗯?她怎么这么好脾气?

后来,老费出差,都是按时回京。回京前,他总是发短信告诉刘以敏。几点的飞机,几点落地,几点到家。刘以敏回道,知道了——啰嗦。

自那回以后,老费经常做梦。梦见自己从外面回来,掏出钥匙,半天也打不开门。或者,终于打开了,进去一看,竟然满眼陌生,是旁人的家。老费冷汗淋漓地从梦中醒来,身旁的刘以敏睡得正香。也不知道从什么时候开始,刘以敏居然也打起了小呼噜。先前,刘以敏不是这样的。是不是,胖人容易打呼噜?屋子里很静。窗外,夜色无边。老费靠在床头,默默地吸烟。

七

这个圈子里的人,都有那么一些毛病。怎么说呢,在浪漫和堕落之间。要说其中的边界,却是微妙而模糊,道不得。自古以来,有多少诗书文章,没有红袖添香的倩影呢。所谓风流才子,正是这个意思。读书人,本就心思旖旎,对世界和人生的认识,要辽阔得多,丰富得多了。又逢上这么一个大时代,闹哄哄,有破有立,或许终究,破的竟比立的还要多。到处是断壁残垣,到处是尘土飞扬。人心呢,就有些俯仰不定。是真名士自风流。这年头,名士风流是不必说的,一些个真真假假的文人,打着名士的幌子,也动不动闹得彩霞满天。仿佛没有一些绯色的传说,倒不像了。周围人的浪漫或者堕落,看得多了,老费也只是一笑。作为知名学者,核心期刊主编,实在不乏暗送秋波的女人，然而，老费怎么不知道，这其中的真真假假虚虚实实？不得不承认，这个时代，女人们是骁勇善战的，遇百折而不挠。不说那些当面的薄嗔浅笑，媚眼如丝，单是那些个柔情缱绻的短信，就令人有些把持不住。这些女人不比那些庸脂俗粉，都是读过书的，在大学的课堂上，也是不嗔自威的厉害角色，镇得住下面那一堂的轻狂后生。在研究机构，也是目不斜视凛然不可侵犯的大女子，学者范儿，然而在老费这里，却是一池春水波光荡漾。她们懂得唐诗宋词的厉害，懂得自古以来男人们的软肋，读书的男人，她们尤其知道他们的痒处和痛处。一向年光有限身，等闲离别易销魂。别来春半，触目愁肠断。欲见回肠，断尽金炉小篆香。这些个春愁秋怨，嘤嘤咛咛，个中款曲，老费如何不懂？任是铁石心肠，恐怕也不会心如止水吧。有时候，怦然心动之余，老费也半真半假地敷衍她们一下，一面按键一面心里骂道，什么衷肠难表，锦书难托，电子传媒时代，到处都是快捷方式，还有什么是难的？老费不是柳下惠。但老费也没有那么好的胃口。大约是因为有了刘以敏的教训，在女人方面，老费挑剔得很。

　　遇上易娟，完全是一个偶然。老费到D大去讲座，易娟是研究生院外联处主任，负责接待。老费由易娟引着，去学术交流中心的报告厅。D大校园很大，绿化也好。正是初夏，到处是草木青青。易娟的高跟鞋发出清脆的响声。让人没来由地心情愉悦。旁边的花圃里，有一种粉色的小花，团团簇簇，开得热烈。一只喜鹊停在草地上，镇定地朝这边观望。老费听见易娟新莺般的声音，费老师，到了。

　　晚饭在D大贵宾楼，易娟也作陪。研究生院魏院长是老费的老同学。席间，老同学自然是推杯换盏，把酒叙旧。然而，老费注意到，魏院长看上去热闹闹地喝酒聊天，一颗心却似乎全在对面的易娟身上。魏院长自以为隐蔽，但是老费的一双眼睛，不知道有多毒。说起来，老费同这个魏院长之间，还有那么一段故事。当年，老费和魏院长同时喜欢上一个外文系的女孩子，莫名其妙地，那女孩子竟被魏院长追到了。当时少年纯情，对老费的打击不可谓不深。自那以后，老费对魏院长的感觉就有那么一点微妙。自然了，魏院长和那女孩子也没有最终修得正果。按说，老费应该高兴，然而，也不知怎么回事，对魏院长，老费的感觉却更加微妙了。贵宾楼的菜不错，酒也是好酒。老费不知不觉就有点高了。席间，易娟一直张罗着，把他照顾得滴水不漏。对那魏院长，倒是彬彬有礼的，十分的自持。老费醉眼朦胧地看过去，易娟仿佛刚刚沐浴过，头发湿漉漉的，灯光下，清新中有一种撩人的妩媚。老费举起杯子，冲着魏院长，脸却朝着易娟，老魏，你们院里真是美女如云哪。

　　自那之后，老费偶尔给易娟发个短信。也没有什么事。不过是问候一下，说一些个不咸不淡的废话。易娟的短信回复得很快。易娟是一个聪慧的女人。伶俐机巧，最宜于聊天。话锋总是不偏不倚，正合适。渐渐地，就有那么一点悠然心会的意思了，是啊，悠然心会，妙处难与君说。可是老费和易娟，却是不必说的。他们心有灵犀。这就有一点意思了。老费常常拿着手机，一遍一遍地看那些短信。越看越觉得，这个叫易娟的女子，真真一个水晶心肝玻璃人儿。有时候，老费想着那些交锋，语言的交锋，你来我往，桃李投报，情不自禁地微笑了。短信这件事，好就好在这里，比书信敏捷，比电话呢，迂回。私心里，当初，老费并没有把易娟看在眼里。作为女人，公正地讲，易娟只能算得上七分颜色。看来，老魏的审美，比起当年，竟是大大不如了。学院里，虽说是草长莺飞，但围墙高了，又有师道尊严的藩篱，终究有它的局限性。然而——老魏感兴趣的女人，想必是有她的过人之处吧。老魏。当年的那一箭之仇，虽说是时过境迁，但又因何不报呢。不过举手之劳，而已。更何况，易娟又是这样一个兰质蕙心的人儿。老费仔细回味着那些短信，那种种得趣处，一颗心不由得摇曳起来。这一回，怕是由不得他了。

八

那一向，同刘以敏的关系有一点——怎么说呢——有一点奇怪。夫妻之间，时间长了，便仿佛血肉相连的一个人了。即便不是心有灵犀，但一个人身上的痛痒，却是同另一个人息息相关的。要说毫无觉察，是不可能的。那阵子，老费在家里越发沉默了。而刘以敏，则以更加镇定的沉默来回应他。两个人仿佛是暗自较了劲，老费什么都不问。刘以敏呢，什么也不说。刘以敏照例安静地上班，下班，接送孩子，给费老爷子做红烧肉，给费老太太针灸按摩。对老费，也温柔体贴。夜里的刘以敏，与先前也并没有什么不同。刘以敏向来不是一个热烈的人。在这方面，又有着医务工作者常见的洁癖，轻度洁癖。老费呢，先前倒是兴致勃勃的，年纪轻，又按捺不住，在刘以敏面前，不免有一点低三下四。后来，那一天之后，老费便渐渐萎顿了，懒洋洋的，清心寡欲，难得有闺房闲情。刘以敏呢，也正好落得清静，有那么一些自得其乐。有时候，老费看着刘以敏洗洗涮涮的噜苏样子，便不由得一时性起，夹杂着无名的怒火，还有一些说不清道不明的情绪，老费就有些凶巴巴的，仿佛身下的女人正是自己的仇人。逢这种时候，刘以敏总是把眼睛一闭，颤巍巍地受了。也不反抗。刘以敏的反抗就是，没完没了地洗澡，一遍又一遍。床上一派凌乱，笼罩在一片柠檬色的灯光里。浴室里传来哗啦哗啦的水声。水汽把磨花玻璃门笼得严严实实。老费颓废地躺在床上，半闭着眼睛。狂欢后的虚无，末日般的恐慌，疲惫，还有无助。空气里似乎有一种草木的腥味，新鲜得刺鼻。海棠花开了。还有玉兰。白玉兰，紫玉兰。鹅黄的花蕊，微微抖动着，在风中招摇，有一种放荡的疯狂的气息。

醒来的时候，身边没有人。刘以敏正坐在卧室的地毯上，各种各样的药摊了一地。灯光把她的影子画在对面的墙上，虚幻的，夸张的，有一些变形。老费把两只手交叉着，枕在后脑勺下。这阵子，刘以敏越来越喜欢摆弄她那只小药箱了。她把那些码得整整齐齐的药，从里面一个一个拿出来，仔细研究它们的文字说明，然后，再一个一个放回去，重新排列整齐。刘以敏的神情专注，近于痴迷。守着那个小药箱，刘以敏能够一坐大半天。不动，也不说话。刘以敏的话不多。刘以敏是一个安静的女人。

离婚是老费提出来的。

刘以敏看着老费的脸，足足有半分钟。然后，刘以敏咬了咬嘴唇，说，好。

多年以后，老费有时候会冒出一个念头，当初，是不是把刘以敏冤枉了？

九

邻家孩子的琴声不知什么时候停下来了。空气里有一种饺子馅的香气。应该是韭菜馅。老费最喜欢韭菜馅。这原是北方人的口味。韭菜馅，大白菜馅，包饺子蒸包子包馄饨，是老费从小就吃惯了的。刘以敏呢，却是典型的南方人的胃。对韭菜，简直是恨之入骨。只那股子气味，就让人讨厌。刘以敏也包饺子，但是喜欢用韭黄，加点虾仁，加点鲜肉，加点鸡蛋，加点香菇。刘以敏的饺子自然是美味的，但是人这东西，就是这样奇怪。味觉的记忆，就是这么顽固。时间长了，刘以敏终于妥协了。刘以敏开始尝试着包韭菜馅饺子，开始学着做大白菜，做红红亮亮的红烧肉，竟是越做越出色了，害得一家老小，尤其是费老爷子，最是好这一口，越发离不开了。刘以敏兴头头地忙活，老费津津有味地吃。老费倒是从来不曾问过，刘以敏是不是也真的热爱上了韭菜和大白菜。

　　老费起身给自己沏了一杯茶。茶不能空腹喝。这是刘以敏的规矩。还有，每天晨起喝一杯白开水，晚上吃一粒金维他，每天叩齿多少下，每天提肛多少回，肉吃多了要清胃火，一周吃一次杂粮粥清肠子……一堆的繁文缛节条条框框。如今，老费是早已经不管这些了。一个人过的好处就是，自由。一个吃饱了，全家不饿。精神上的自由倒在其次。躺在床上，想什么，不想什么，全没有人管。重要的，还是身体上的自由。就像平日里人们调侃的，男人三大得意事，升官发财死老婆。老实说，在刘以敏时代，尽管老费有种种不如意，但还是没有真正越过那条线。要说精神出轨，那就不好说了。老费也是血肉之躯，也是心思细腻满腹才情，圈子里，老费大小也是一个人物。老费的内心世界五彩斑斓丰富多姿，这不是老费的错。比方说这茶，是上好的君山毛尖，便是那个漂亮的湘妹子寄来的。湘妹子是大学老师，在长江之畔仰望京华烟云，仰望京华烟云中的核心期刊主编老费，冠盖满京华，担忧寄情不达，便寄了君山毛尖，并附一句：凝恨对残晖，忆君君不知。老费一面品茶，一面品诗，舌尖心底，其中的百般滋味，就不足为外人道了。

老费一面喝着茶,百无聊赖地翻手机。看见易娟那条短信,潦草的,冰冷的,公事公办的,没有一丝感情色彩。改日吧。改日。他想起同易娟讲过的一个段子。当时,易娟一下子就把脸飞红了。易娟白嫩,是那种吹弹得破的皮肤。因此上,易娟的脸红就格外的动人。如今的女人,尤其是这个年纪的女人,脸红倒成了一种难得的颜色。女人们都很放得开。酒桌上,不仅仅是善饮,即便讲起段子,都是不让须眉的。直把男人们都讲得哑口无言了。这世道,当真是不得了。老费心里暗暗骂了一句。当初,知道了易娟有家庭,老费反倒有一种莫名其妙的放松。有家庭好啊,好极。这样的女人,前瞻后顾,知道进退,懂得分寸。在这种事上,老费不想麻烦。老费看着易娟吞吞吐吐的样子,一颗心就完全放下来了。真的。放松之余,还有一种——怎么说呢——隐秘的快感,邪恶的,疯狂的,侵犯的,带有一种摧毁什么以及颠覆什么的粗鲁的豪情,还有悲壮。妈的。也不知道怎么回事,真是莫名其妙。

这都是后来的事情了。

跟刘以敏离婚以后,有一度,老费觉得自己都快挺不过去了。婚姻这东西,真是奇怪得很。仿佛身体的一半被生生砍了去了,血肉模糊。又仿佛一颗蛀牙,被拔掉之后,依然会疼得钻心,那种空洞的疼痛,让人不由自主地拿舌头去舔,却一次次扑了空。舔过之后,只有更深刻的疼。这是老费没有料到的。女儿判给了刘以敏。老费并没有争。女孩子,跟着母亲,毕竟方便得多。没有了刘以敏和女儿,这三居室的房子显得格外的空旷。连电话铃仿佛都有空洞的回声,盘旋不去。钟表滴滴答答滴滴答答,分外清晰,连成一条线,带着锋利的硬度,把时间切割得七零八落,叫人惊心动魄。老费在屋子里走来走去。

拖鞋敲击着木地板，在寂静的房间里响起，橐橐橐，橐橐橐。活了半辈子，空热闹一场，到头来，还是剩了孤零零一个人。人这一生——怎么说呢？

  房子还是老费单位分的福利房。老费忙。装修全是刘以敏的事。刘以敏心细，眼又高，房子装修得十分的漂亮，引了很多人来观摩，一时间成了朋友间流传的样板房。有话说，男人两大累，离婚和装房子。这两样，老费倒是都不曾有体会。婚离得手起刀落，干净利索。房子也没有介入一个手指头，一身轻松。有朋友提起来，不免有些眼红，说老费这家伙，真是便宜了他！

  老实说，私心里，老费不愿意把易娟往家里带。老费不是矫情。真不是。老费是有障碍。心里总有那么一个小东西伸出藤藤蔓蔓，牵牵绊绊的。可是易娟不依，闹着要去家里看看。老费最看不得她娇嗔的样子，心里一软，就答应了。

  第一回带易娟回家，老费表面上从容，心里却是慌乱得不行。这房子里，一桌一凳，寸布缕丝，怕是连一颗钉子，都有刘以敏的手泽吧。老费到底是心虚，总觉得，刘以敏的眼睛就在不知什么地方，看着。还有女儿。女儿长得像老费。眼睛不大，却黑漆漆的，棋子一般，特别的亮。

  老费把灯都关掉了。易娟笑他老土鳖，笑得花枝乱颤。老费看着黑暗中那横陈的玉体，山是山水是水，山重水复，忽然一下子恼羞成怒。

  送走易娟，老费把家里的床单枕套都洗了。老费学着刘以敏的样子，清洗，消毒，熨烫。老费把家里里里外外都清扫一遍。沙发套也换了。杯子放进消毒柜。窗子半开着，夜风莽撞地吹过来，凉爽得很。老费大汗淋漓地坐在沙发上，累得直喘粗气。空气里弥漫着消毒水的味道。

  易娟。真没想到，易娟竟是这样的好。想起易娟那个疯样子，老费心里痒痒的，又恨恨的。这么多年，看来真是白活了。洗过的床单在阳台上飘飘曳曳，像旗帜，欲望的旗帜。夜月一帘幽梦，春风十里柔情。所有这些，都超越了老费的人生体验。老费半闭着眼睛，回味着方才的种种，觉得犹如新生。女人这东西，真他妈的妙不可言。老魏。难怪了。老魏是情场老手，在高校里，是著名的灰太狼一匹，不知道有多少美羊羊落入过他的虎口。这易娟，难不成已经——不会，应该不会。老费想起老魏的那个光灿灿的秃顶，仿佛罩着一圈佛光。妈的老魏！

易娟。她现在做什么呢？看来，这个周末，是没有什么意思了。

午睡起来，老费有一些萎靡。下午的阳光照过来，透过窗前的植物枝叶，一地乱影斑驳。老费木着一张脸，目光茫然。窗子半开着，有风从树梢上掠过。对面工商银行的招牌把阳光反射过来，落在铝合金窗子上，两个光斑亮亮的，晃人的眼。手机叮的一声响。老费抓过来看，是师弟的短信。不用问，八成又是论文的事。师弟在一所高校当老师，一心想早日晋升教授。可是杂志是双月刊，用稿量有限。况且，前面有多少人排着呢。再细看时，才知道有好几个未接电话，短信也有一堆，原来方才午睡，他设置了静音。电话有的必须立刻回复，有的呢，须得斟酌一下，还有一些陌生号码，是根本不予理睬的。左不过是一些个人，辗转托了关系，求他发稿子。也或者，是诈骗电话，也未可知。这年头，什么事情遇不到呢。短信也挑选着回复了。这不能怪他。在这个位置上，他必得学会选择，有所为，有所不为。要是来者不拒，那还了得！处理好这些电话短信，老费胸中的那一股子豪情又慢慢升起来。人于世当有为。男人嘛，总归是要做一些事情。做事情，总归要有一方阵地。就仿佛唱戏，总少不得戏台子。而今，这刊物就是他老费的戏台子。唱什么，如何唱，老费胸中有数。不用思量今古，俯仰昔人非。一个人，尤其是，一个男人，把社会关系梳理好了，其他的都会迎刃而解。

袁爷的电话打过来的时候，老费正在练字。袁爷说晚上聚聚，六点，老地方。

老费一手拿着毛笔，一手叉腰，退后两步，眯着眼睛看刚写好的那幅字。以德润身。这个德字，用笔有些怯了。今天状态不对。也不知道怎么回事，不似平日里心静神定。袁爷在，一定会有万红。袁爷是谁？袁爷是圈子里的老大，江湖上人称袁爷，霸王一般的人物。坐着学界的头一把交椅，又是官方的大红人。各种头衔一大堆，报纸刊物上的个人简介，恐怕是几行都排不下。在这个位子上，资源丰富，人脉极广。轻易不说话。一言既出，一句顶一万句。这个时代，精神和物质之间的相互转化，超出了一般人的想象力。在京城，文化更是如鱼得水，有多少人打着文化的幌子混饭吃？文化的冠冕之下，是叮当作响白花花的银子。文化中心的名头，也不是浪得的。袁爷这个人，对同代人有些苛责，然而，在对待后学上，却是十分的肯提携。圈子里那些个名字如雷贯耳的，有多少人没有受过他的恩泽？那些初出茅庐的后生小子，更是对袁爷恭谨顺服，持弟子礼。围绕着袁爷，有一大批门生晚学，遍布全国各大高校学术重镇，人称袁派。这袁派兼容包并，以学院派为主，吸收各流派之优长，少门户之见，势力极大。袁爷还有一个好处，是为人低调。然而在个位置上，再怎么低调，气焰却是盛的，如何能压得住？翻手为云，覆手为雨。袁爷的宽袍大袖，手挥目送，想捧谁棒谁，岂不是谈笑间的琐务？万红呢，是著名的交际花，云雨际会，风月无边。在学术位置上，还抱有一些不切实际的幻想，自然懂得如何同袁爷交好。据说，尽管袁爷阅尽人间春色，万红却以一当十，依然是独擅专宠。圈子里，谁不知道，万红是袁爷的女人？万红。老费把毛笔一掷，去洗手。

手头还有万红的一篇稿子。坦率地说，万红的文章，实在是不敢恭维。可话又说回来，自古以来，有几个先机占尽才貌双全的？淹然百媚的万红，纵有风情万种，却根本就没长着做学问的脑子。把学术文章写得像抒情散文，动不动就潸然泪下，就心疼肝儿疼，满纸都是小女子的矫情和装腔作势，同那正大严肃的论文题目对照起来，有一种强烈的戏剧效果，简直让人哭笑不得。也不知道，她当年的博士学位是怎样拿下来的。真是难为了她。当然了，会者不难。在某些方面，万红自有其过人之处。圈子里，凡是有头有脸的人物，有几个不曾领教过万红的厉害？私下里聊起来，仗着酒盖着脸儿，大家不免就有些忘形，编排一些个七荤八素的段子，句句都语义丰富，让人浮想联翩。也有人喝多了，越性儿做起了排列题，刚起了头儿，便被年纪长些的喝止了——都是读书人，风雅固然重要，但斯文还是要紧的。自然了，这种玩笑，一定不能当了袁爷。袁爷的面子，大家还是顾忌的。

其实呢，万红也曾经向老费有过这样那样的暗示。老费一面假意周旋着，心下却清楚得很，兔子不吃窝边草。跟万红在同一个单位，一旦稍有不测，后患无穷。这是其一。其二，万红是谁？她背后的裙带关系，缠缠绕绕，剪不断理还乱，弄不好就牵了这个，绊了那个——都是朋友，老费不想惹麻烦。更何况，还有袁爷。即便是袁爷襟怀阔大，揽尽天下，可袁爷是男人。这世上，有对女人不介意的男人吗？众人觉得神不知鬼不觉，谁知道会哪一天东窗事发？倘若是袁爷对这个女人不认真也就罢了，若是真的有那么一点真心，或者是，仅仅是男人的嫉妒心亦或是自尊心，就完了。为了一个女人，不值。当然了，对万红，老费不是没有想法。英雄难过美人关。何况老费不过是一介凡夫俗子。万红是一个骚货。这世界上，有哪一个男人不喜欢骚货呢？

　　这些年，虽则是骑马倚斜桥，满楼红袖招，但老费有一个原则，圈子里的女人，不动。老费这个人，好就好在有底线。一则是，老费不喜欢送上门的女人。在女人方面，老费喜欢征服感。圈子里那些个投怀送抱的，老费不过是碍着面子，敷衍一下罢了。二则是，老费谨慎。哪怕是在外面如何欢场跌宕，圈子里的清名，他还是要顾及的。他年纪还轻，前程正长，这种事，放下去四两，提起来却有千斤。不说那些暗中的对立面，单是那些觊觎这个位子的人，他数得过来吗？还有，这几年，他是太顺了一些。从学术地位到仕途升迁，几乎是青云直上。太过则损。他深通此道。如此说来，离婚一事，竟是他生活中唯一的瑕疵了。也好。如此也好。结婚的念头，却不曾有过。对婚姻这东西，他是有些胆怯了。这些年，老费不是没有遇上过钟情的女人。比方说，易娟。老费真是迷恋得很。然而，易娟不同。两个人虽在一个城市，可隔行如隔山。中间横着千山万水呢。这其间的行止进退，老费懂。

　　浴室里的顶灯坏了，老费也懒得换。只有一个镜灯，兀自发出昏黄的光。老费洗完手，转身拿毛巾的时候，脚下打滑，趔趄了一下，幸亏还算敏捷，扶住了浴缸的边缘，却被大理石台面的棱角碰了胳膊肘。老费觉得一阵酸麻，低头一看，竟然破了皮。妈的。老费心里恼火。到卧室里找药。

　　刘以敏的小药箱，老费基本上没有动过。刘以敏在的时候，轮不着他动。小药箱是刘以敏的专利。刘以敏不在的时候，老费也很少想到它。有个头疼脑热，扛一扛也就过去了。老费身体还不错。有时候，老费想，刘以敏为什么要把她这个宝贝留下来呢？她干嘛不带走？但是，老费没有问过。在离婚这件事上，老费的话不多。刘以敏说，她要女儿。老费就把女儿给了她。刘以敏说,她不要房子。老费就把房子留下来。刘以敏说,她把家中的存款拿走一半。老费就让她拿走一半。刘以敏说,女儿的抚养费,老费不用管。这一回老费没有答应她。他老费的女儿,凭什么不让老费出抚养费?当时,老费还愤愤地想,刘以敏如此刚硬,八成是准备结婚了。可是,很久之后,也没有听到刘以敏结婚的消息。老费想,怎么回事?难不成——

十

据说,刘以敏照例每个周末都去看父母——而今,应该是前公婆了。刘以敏却没有改口。依然是一口一个爸,一口一个妈,又亲热又自然。倒是有一回老费听见了,觉得颇不自在。那一回,老费一进门,便觉得家里的气氛不一样。热闹的,拥挤的,有一点纷乱,却是安宁的,家常的,世俗日子的气息。门口一大一小两双鞋,大大咧咧的,是那母女俩的。刘以敏扎着围裙,挽着袖子,整个人热腾腾的,在厨房里进进出出。刘以敏胖,爱出汗。看见老费,说来了。是陈述句。也不等他回答,就又忙去了。老费想起了红楼梦里那句话,体丰怯热。是宝玉说宝钗的,一不小心,痴公子惹恼了宝姐姐,还招来林妹妹的笑话。老费曾经跟刘以敏说起过,刘以敏哦了一声,说什么乱七八糟的。老费讨个无趣,知道是鸡同鸭讲。刘以敏是药剂师,只精通药理——怪不得她。厨房里传来高压锅噗噗噗的响声,还有锅铲在炒勺里乒乒的碰撞。老费把文件放在迎门的小茶几上。旁边是一兜赣南脐橙,一只蜜柚,一大盒金施尔康,两瓶深海鱼肝油。刘以敏的手套在旁边胡乱躺着。费老太太见了儿子,高兴地朝屋里喊,甜甜,看谁来了?女儿正在电脑前忙碌,根本没有时间理会大人们的一惊一乍,眼皮抬了抬,敷衍道,爸。就没了下文。费老太太嗔道,这孩子——看不把眼睛看坏喽——张罗着把儿子的外套挂起来,给儿子倒水,把儿子毛衣上的一个线头仔细择去。然后,朝着厨房的方向使了个眼色,压低嗓音说,小敏在——不去看看?老费心里有些怨母亲的噜苏,离都离了,还这么撮合。看着母亲眼巴巴的样子,倒不忍心了。当初,离婚的时候,是瞒着老人,先斩后奏的。费老爷子为此大病一场。好长一段日子,不让老费进家门。老费也不解释。费老太太夹在父子两个中间,怕气着老伴,又心疼儿子。儿子轻易不来,来了呢,就有那么一点上赶着巴结的意思了。人老了,在儿女面前,是不是都是这样?老费问,爸呢,怎么不见爸?费老太太拿下巴颏指了指阳台,说那不是,伺候他那小乌龟呢。刘以敏把一盘菜端上餐桌,说,开饭了。老费本来不打算吃饭的,这时候倒不好走了。后来,老费总是想起那一天的情景。一家人围着吃饭。女儿叽叽喳喳地说着学校的那些事儿。费老爷子就着红烧肉,慢悠悠地喝他的二锅头。费老太太一个劲地给刘以敏夹菜。老费把脸埋在碗里,偷眼看刘以敏,倒是坦然自在。老费就恍惚了。

十一

周末,北京的交通简直让人发疯。老费赶到的时候,一干人早已经到了。袁爷一身布衣,叼着烟斗,在主位上,斜靠着,照例是那一种散淡风度。见了老费，说，费老，恭候多时了。其他几个人连忙立起来，叫老弟，费兄。老费说迟到了迟到了，有劳诸位久等。在座的都闹起来，说是要罚酒。老费仔细一看，袁爷身旁坐的那一位，不是万红。正心下纳罕，见那女人已经立起来，颤巍巍向他敬酒了。老费连忙干了。周围一片叫好。原来那女人也一饮而尽。老费心想，果然又是个厉害角色。袁爷只管笑眯眯地吸着烟斗，从旁看着。那女人生得十分标致，端正，清雅，有那么一种让人心动的书卷气。说话的时候，微微的有一些羞涩。他妈的老袁，真是艳福不浅。关于袁爷的风流账，圈子里都心知肚明。自古风流多文士。读书人，尤其是，有点名气的读书人，有哪个不是柳暗花明满天星斗的。袁爷那腆胸叠肚脑满肠肥的样子，真是白白玷污了这些个女子了。正胡思乱想，听见袁爷在接电话，软声软语，涎着一张脸，纠缠不休，是调情的意思了。老袁这厮，也不知道避人。偷眼看那女子，波澜不惊，倒是镇定得很。这女人，说不定也是久经欢场磨砺，百毒不侵了。众人都凑趣地说笑，大谈时局政治，时不时地语出惊人。细看时，每一位身旁，都带了一个女子。粉白黛绿，各有风姿。再看在座的众人，都是圈子里的核心人物，知道是小范围聚会，百无禁忌。老费就有些后悔，怪自己思虑不周，这种场合，唯独自己一个孤家寡人，不合群不说，倒显得生分了。有一个女孩子过来，替老费斟酒。一双手嫩葱一般，翘着兰花指。老费待要仰面细看时，只听袁爷在对面笑道，老费，这美人儿赏你了。众人笑。老费顺势大大方方握住那只手，凑趣道，美人若如斯，何不早入怀？大家都起哄，逼着他们这一对儿立时三刻喝了交杯酒。袁爷握着烟斗，笑吟吟地看着。身旁的那标致女子周到地为他布菜，一对镯子在腕上叮当乱响。老费趁着酒意，仔细端详那女子，不觉得呆了。比起万红，这女子娇而不媚，更多了一种风流旖旎，眉目如画，明艳不可方物。都说风月无边，怪不得众人身在此中，沉醉不知归路。吃完饭，大家照例去银柜。袁爷兴致很好。看样子，同这女子，尚是新交。

中途的时候，老费出来透口气。歌房里嘈杂得厉害，封闭的空间让人窒息。人们唱的唱，跳的跳，光影投射在如醉如痴的人们身上，有一种末日般的狂欢的气息。走廊里灯光幽暗。有侍应生端着托盘，鱼儿一般穿行。喧嚣的声浪隔了一重门，显得遥远而虚幻。老费抽着烟，看着中厅里那个巨大的鱼缸出神。喝了不少酒，脑子里昏沉沉的。回想方才那女子被袁爷拥着跳舞的样子，心里不由得叹一声。有人从旁边走过，一面走，一面对着手机说话。老费听那声音，脑子里仿佛划过一道闪电。刘以敏！

幽暗的灯光下，老费还是看清了刘以敏的背影。刘以敏穿一件黑色小礼服，改良的中式设计，含蓄典雅，衬了雪样的肌肤，真当得起珠圆玉润这几个字了。高高挽起的发髻，银色的高跟鞋，银色的手袋，走起路来，称得上袅娜了。刘以敏对着手机自顾说着话，并没有注意鱼缸后面的老费。刘以敏。人靠衣裳马靠鞍。刘以敏打扮起来，竟真的是不一样了。这个时间，周末，刘以敏应该在家陪女儿做功课。她在这里做什么呢？

刘以敏那冗长的电话还在进行。她走走停停，后来索性在走廊尽头的沙发上坐下来。雪白的一双腿优雅地交叠着，把手机从左手换到右手。老费悄悄躲进洗手间，给女儿拨电话。刚响了一声，就通了。女儿在那头淡淡地说，有事吗老爸？老费拐弯抹角地噜苏了半天，才装作无意间问起女儿的妈妈，女儿说，妈妈有事。老费说，妈妈有事，你做完功课就早点睡觉。明天还上学呢。

老费再过来的时候，刘以敏已经不见了。

十二

窗子半开着。薄纱的窗帘微微拂动,有植物的气息弥漫开来,潮湿的,蓬勃的,带着一股子微微刺鼻的腥气。老费住的是一楼。当初,买房子的时候,是老费执意坚持的。为了这个,还同刘以敏起了争执。刘以敏嫌一楼潮,采光不好,又杂乱。金三银四,这是楼房的常识。老费呢,私心里,是喜欢窗外那一小片空地,可以用篱笆围起来,侍弄些花花草草。巴掌大的一小片地,说出来,就没有那么冠冕堂皇。可刘以敏还是妥协了,尽管事后常常忍不住把这件事拿出来,挂在嘴上。但抱怨归抱怨,老费把新鲜蔬菜水灵灵地摘回来,送进厨房的时候,刘以敏的唠叨就明显的软弱了许多。这个季节,应该是小葱和菠菜的季节,还有韭菜,春韭嘛。春卷,韭菜合子,韭菜饺子,都是刘以敏的新功课。韭菜这东西,生发阳气,是这个季节的时令菜。老费下班回来,往厨房里探一探,说,韭菜合子——好啊。刘以敏两只手占着,就飞起一脚,啐道,去。刘以敏扎着那条细格子围裙,越显出窈窕的腰身,头发胡乱挽起来,有一缕掉在额前。那个时候,是他们新婚不久。还没有甜甜。

刘以敏。公正地讲,以一个男人的眼光,银柜夜晚的刘以敏,还是有动人之处的。刘以敏怎么就魔幻般地,瘦了?这真是莫名其妙的事情。还有那气质风度,竟完全是陌生的。刘以敏,这个跟自己耳鬓厮磨了半辈子的女人,什么时候脱胎换骨了?老费很记得,刘以敏喜欢安静。那么，喜欢安静的刘以敏，她在银柜做什么呢？

十三

这一片小区，是上世纪八十年代的楼房。灰蓝的色调，旧是旧了，倒让人觉得有一种老派的踏实。偶尔遇上一两个老邻居，不免要寒暄几句。学术上的事，人们自然不懂，也不关心，倒是聊起刘以敏来，都兴致勃勃的。直夸老费家儿媳妇孝顺懂事，老费家真是上辈子修来的福啊。老费嘴上嗯嗯啊啊地应着，谦虚不是，不谦虚也不是。他拿不准，这个楼里的老邻居们，有多少人知道他的婚变。自从离婚以后，每次回来，老费都有些躲躲闪闪。是怕人家关心。离婚嘛，终究不是什么好事。自然了，也算不得什么坏事。这年头，还有什么值得大惊小怪的呢？

一进门，屋子里静悄悄的。门厅的桌子上，放着那只蛋青色的面盆。往客厅里张一张，也是静悄悄的，没有人声。老费正纳闷，往地上一看，拖鞋都在。知道是都出去了。老费心下不由松了一口气。看看表，四点十分。老费就把外套脱了，去客厅里翻报纸。

翻了一回报纸，觉得无聊。老费点了一支烟，慢慢踱到门厅，掀起那面盆上的湿布，一块面团正饧着。厨房里，韭菜洗好了，摊在箅子上沥水。虾仁煸得红红黄黄的，盛在一只玻璃碗中。看这架势，八成是要包饺子。

易娟的短信发过来的时候，老费正在阳台上，看着那一对红嘴儿发呆。易娟说，念。老费心里一动，身上便毛躁起来。却并不着急回复。这女子实在可恨。要煞一煞她的性子才好。

一出楼门,远远地,看见一帮人正往这边走。费老爷子照例是倒背着两只手,费老太太牵着甜甜,刘以敏手里大包小包,时不时换一下手。老费想躲,已经来不及了。只好硬着头皮迎上去,接刘以敏手里的东西。刘以敏闪避了一下,并没有给他。老费就讪讪的,问甜甜一些废话。费老太太见了儿子,笑得合不拢嘴,说怎么要走,晚上包饺子——让小敏做两个菜,你们爷俩喝两盅。

老费一面跟母亲敷衍着,一面看着刘以敏拎东西上楼。刘以敏还是那一条牛仔裤——她实在是不适合穿这种紧绷绷的裤子。平底凉鞋,简单朴素得近乎中性。上身呢,是一件体恤,松松垮垮的,完全没有形状。头发随意挽起来,用一根黑色的橡皮筋扎住。老费心里感叹了一声。银柜夜晚的那个刘以敏——莫非是他看错了?手机在口袋里震动,老费拿出来看了一眼。易娟问,在哪里?

十四

窗子半开着。暮色一点一点涌进来,屋子里的一切模模糊糊,仿佛一个缥缈的梦。老费歪在沙发上。方才,排山倒海的激情已经完全退潮了,人便好像一只被搁浅的鱼,感到一种前所未有的绝望,还有空虚。空气里流荡着一种东西,黏稠的,微甜的,夹杂着一种类似槐花的微腥的味道。老费懒懒地躺着,想起易娟的某个神情,心里不由得荡漾了一下。个小妖精。当真是厉害。

易娟是被手机叫走的。按照原本的打算,老费要请她去吃酸汤鱼。

楼下那家菜馆，酸汤鱼十分鲜美，是易娟的最爱。但看到她对着电话支支吾吾的样子，就一下子索然了。他看着易娟麻利地穿衣服，梳洗，整理那只小巧玲珑的包，在床上翻来覆去地找那只水晶耳针，急三火四的，有点乱了阵脚。老费半闭着眼睛，想听她如何解释。却没有解释。老费只觉得额上被潦草地碰了一下，门吧嗒一声，人就不见了。岂有此理。真是岂有此理。易娟她敢这样对他。她竟然也敢。

窗外的天色已经完全暗下来了。屋子里黑漆漆的。落地台灯就在沙发一旁，但他懒得伸手。想着易娟的不辞而别，老费胸口闷闷的。然而，话又说回来，易娟因何不敢呢？易娟又不是圈子里的那些个女人，她凭什么不敢？况且，易娟是有夫之妇不假，也或者，老费之外，她还真的有情可寄也说不定。可是老费，何曾对她有过半点真心呢？床上辗转跌宕的那一点真心，在坚硬的现实世界中，仿佛阳光下的薄雪，美丽是美丽的，却虚幻得很。即便是空头支票，也从来曾开过。老费是懒得开了。易娟呢，是不是也从来没有过任何期待？愿得一心人，白首不相离。是谁发过这样的短信？仿佛是易娟，也仿佛不是。孔夫子说得对，近之则不逊，远之则怨。看来，自己也算得是小人心态了。

手机屏幕一闪一闪的，仿佛是扑闪扑闪的眼睛。手机咿咿呀呀地唱着。这个时间的电话，左不过是那些个不咸不淡的饭局，无聊得很。这些年，老费算是看清了，热闹闹一场饭局下来，说了一箩筐，有几句话是真心的呢？天下之大，知我者几何？圈子里，没有永恒的朋友，只有永恒的利益。利益关系勾连的同盟，兄弟，师生，甚至情人，是最真挚可靠的。有时候，仗着酒意，也说过一些个激情血性的大话，粪土这个，粪土那个，仿佛平日里那些孜孜以求的东西，都不过是粪土一堆。而富贵寿考，功名利禄，全是他妈的浮云一片。当真是醉话，不过是吹吹牛而已，又有哪句能够当真？即便真的喝醉了，也不过是借他人的酒杯，浇自家胸中的块垒罢了。纵有千年铁门槛，终须一个土馒头。在很多事情上，老费还是看得破的，可是，这世间很多东西，即便是看破了，又如何放得下呢？

记得有一回，袁爷喝高了，坐在那里指点江山，说着说着竟破口大骂，什么他妈的学术，狗屁！袁爷我在圈子里纵横多年，什么没有见过？旁边的一帮人看他口无遮拦，急得直说醉了，袁爷醉了。赶忙着人来伺候袁爷去醒酒。座中都是官方的头面人物，听由袁爷放肆，不呼应，也不劝止，顾左右而言他，倒是个个面不改色。只有袁爷，一面被人扶着往外走，一面大声吟道：有情风万里卷潮来，无情送潮归。问钱塘江上，西兴浦口，几度斜晖？众人都说，这是真醉了。袁爷今天高兴！老费想着袁爷那天的醉态，莫名其妙地，觉得那悲慨豁达背后，竟是满怀萧索。在袁爷这个位子上，竟也有这么多不足为外人道的？圈子里，袁爷是谁？袁爷就是一个传说。袁爷的文章，不说前无古人，也算得后无来者了。袁爷学问大，为人又通透。脾气也大，但那要看对谁。此前，袁爷是从来不醉酒的。老费总觉得，从来不醉酒的人，是可怕的。滴水不漏，不露丝毫破绽。这是老费头一回看见袁爷醉酒。

老费呢，酒量很好，却知道节制。酒这东西，有时候，即便没有酒量，也不得不喝。有时候呢，就算是酒量再好，也不得多喝。有多少回，老费在人前喝得气壮山河，背了人吐得翻江倒海？黑暗中，摸到了一个冰凉的小东西。遗落的水晶耳针。看来，易娟今天是真的心神不宁。易娟这一对水晶耳针，还是他从法国带回来的。易娟当时就戴上了。晚妆初了明肌雪。这水晶耳针，令整个夜晚都璀璨起来了。那真是一个迷人的夜晚。

水晶耳针在手掌心里捏来捏去，小水钻一粒一粒的，有些扎手，但是老费犹自把玩着，让那不规则的小东西在手掌心里辗转地疼，仍不舍得松开。

电话铃忽然响了。老费吓了一跳，本能地跳起来去接，刚拿起话筒，却又断掉了。

老费呆呆地在黑影里立着。手掌心里恻恻地疼，大约是被那耳针扎破了。

老费茫然地发了一会子呆，打开灯，去床头找刘以敏那只小药箱。药箱里琳琅满目，全是药。老费一个个挨着看过去，直看得眼花缭乱。说明书上，有各种各样的标记，曲线，直线，三角，方框，补充说明，着重号，有蓝色，有红色，是刘以敏的笔迹。药瓶子都是新的，没有开封。奇怪了。老费把一瓶酒精挑出来，打开，用棉签涂在伤口上。他激灵灵抖了一下，打了个寒噤。这一点小伤，想不到还真疼。

CD机里放着一首曲子，是八十年代的老歌。八十年代，那时候，他还在读大学。青枝碧叶般的年纪，那真是他的锦绣年代。诗万首，酒千觞，几曾着眼看侯王？玉楼金阙慵归去，且插梅花醉洛阳。他始终相信，书斋里的那一盏孤灯，是能够照亮整个世界的。十年窗下，他对未来有多少想象和期待？年少轻狂，年少轻狂啊。

老费半卧在床上，莫名其妙地，忽然就想喝酒。吧台上有各种各样的酒，红酒，洋酒，白酒，都是上好的品质。老费挑了一瓶红酒，自斟自饮。灯光把他的影子映在墙上，有一些超现实的虚幻。床头是一本他的新书，题目大得吓人，装帧却是十分朴素大气，厚厚的，比装饰墙上的仿古青砖还要厚些，一下子扔过去，想必也能砸出人命。算起来，早已经年过不惑，快要知天命了。书出了一大摞，不说是著作等身，也称得上成果颇丰了。半生熟读书卷，自诩勘破了人间正道，怎么还是这样困在局中，不得自在呢？老费把杯子里的酒一饮而尽，忽然间悲从中来。

　　床头柜的盘子里躺着一只苹果，被从中间切开了，没有削皮。老费对着那苹果看了好一会儿。那被切开的伤口，是不是还是甜的？

　　一觉醒来的时候，窗子已经透出了淡淡的晨曦。脑子里昏沉沉的，是那种宿醉后的钝痛。房间里的家具渐渐显出了模糊的轮廓。仿佛有市声隐隐传来，喧嚣的，遥远的，繁华的，仔细听时，却又是一片岑寂荒凉。手机忽然唱起来。老费想挣扎着起来拿，却一时动弹不得。只好任它唱。看来，这回是真的醉了。